U0920493

无处可逃

[加] 雪薇·史蒂文斯 著
梁清新 译

天地出版社 | TIANDI PRESS

图书在版编目（CIP）数据

无处可逃 / (加) 雪薇・史蒂文斯著；梁清新译. — 2版. — 成都：天地出版社, 2021.11
ISBN 978-7-5455-6602-4

Ⅰ. ①无… Ⅱ. ①雪… ②梁… Ⅲ. ①长篇小说—加拿大—现代 Ⅳ. ①I711.45

中国版本图书馆CIP数据核字（2021）第196268号

著作权登记号　图字：21-2019-508

WU CHU KE TAO
无处可逃

出 品 人　杨　政
著　　者　［加］雪薇・史蒂文斯
译　　者　梁清新
责任编辑　杨　露
封面设计　ONE→ONE & TT Studio
内文排版　四川最近文化传播有限公司
责任印制　王学锋

出版发行　天地出版社
（成都市槐树街2号　邮政编码：610014）
（北京市方庄芳群园3区3号　邮政编码：100078）
网　　址　http://www.tiandiph.com
电子邮箱　tianditg@163.com
经　　销　新华文轩出版传媒股份有限公司

印　　刷　天津文林印务有限公司
版　　次　2021年11月第2版
印　　次　2021年11月第1次印刷
开　　本　880mm × 1230mm　1/32
印　　张　13
字　　数　314千
定　　价　48.00元
书　　号　ISBN 978-7-5455-6602-4

咨询电话：（028）87734639（总编室）
购书热线：（010）67693207（营销中心）

如有印装错误，请与本社联系调换。

献给永不言弃的卡拉

第一部分

第一章

琳赛

2005 年 1 月

我的时间不多了。他就在沙滩上等我，计算着每一分钟。我掬了把冷水泼在脸上，一股股细流顺着脖颈而下，打湿了衬衣。我看着镜子里的自己，努力回忆自然状态下嘴唇应该呈现的样子，好让自己看起来不那么害怕。然后放松眼部的肌肉，擦掉弄花的睫毛膏。不管我用什么方法告诉他，我没有和那个男人调情，都无济于事，我还不如冲着大海喊。

厕所的地面是混凝土铺成的，上面散落着的沙子和碎纸片沾在了我的人字拖上。旁边的小女孩正摆弄着她面前的水龙头，我探过手去帮她打开。她的妈妈刚从厕所隔间出来，向我投来好奇的目光，我忙站到一旁，避开她的打量。

她们手牵着手向外走去，小女孩边走边问妈妈圣诞老人会不会来度假的地方找她们。还有一个月就到圣诞节了。一想到苏菲，我的胸口就剧烈地抽痛了一下。每天，她都会在她的愿望清单上列出新的愿望，而我的愿望清单上却只列了一项。

这次度假本来是安德鲁提前为我们准备好的圣诞节礼物，但这不过是他的借口。他知道他上次的行为太过火了。我想出种种借口不来墨西哥，但是都被他一一驳倒，他还在我们度蜜月的地方订了一间房。这次的套房比上次的还要宽敞，能俯瞰四周全景，白沙映衬着绿松石般波光粼粼的海水，好像如此美景就能弥补他所造成的一切过错。

去沙滩的那天早上，我特意换上一件粉色连衣裙，外面又套上一件无袖罩衫，领口高开，下摆及膝，然后戴上草帽和大大的太阳镜。我们离开房间的时候，他满意地笑了，把我拉近他身边，就势要吻我。我心里一阵忐忑，但是我从他的呼吸里并没有闻到些许酒气。我想要抽身离开，但还是耐着性子等他结束这个吻。

我们在沙滩上的一顶太阳伞下坐定，打发随后的几个小时，苏菲则在一旁玩沙子。安德鲁的手探过来拉住我的手，拇指慢慢地在我手的皮肤上画圈。一个女人从我们面前经过，我看到她羡慕地看了安德鲁一眼。他长相英俊，白色短裤上方的腹肌线条分明，不过晒了几日太阳，他的肤色就呈现出古铜色。但是这一切都对我不再有任何吸引力。我谨慎地不去左顾右盼，但我能想象别人眼中的我们：一对幸福的小两口带着孩子来度假。

我假装在打瞌睡，眼睛却在镜片后注视着苏菲。她正用沙子精心堆砌一座城堡，城堡设有塔楼，四周有护城河环绕。她不时停下来用一根棍子在旁边勾勾画画，一旁是她仔细摆放好的贝壳。到一月份，她就满七岁了，早已褪去小女孩的稚嫩。她四肢纤细，淡金色的头发在岁月的浸染下，变成了色泽浓郁的蜜色，和她爸爸的一样。

她拎起桶，走到我们身边说："我饿了，妈妈。"

我们招招手叫住服务生，一早上他都在给安德鲁·科罗纳斯递来皇冠雪茄。"麻烦给我一杯酒。"安德鲁用西班牙语说。我小口喝着青柠玛格丽特[①]，胃里却好像打了一个结，越收越紧，我努力压下这种不适的感觉。我们点了餐，我要了鸡肉沙拉，安德鲁和苏菲要了薯条和汉堡。眼前的服务生长相英俊，头发和眼珠都是黑色的。他脸上的笑容一闪而过，笑的时候露出一口洁白的牙齿，表情有些放肆。我转移视线，不去看他，但还是不小心犯了一个错误：我把空杯子递给他的时候，他的手指在我的手指上停留了片刻。这本是个意外，身后的嘈杂声让他刚才分了神，但我知道说这些也没用，我们的手确实碰上了。

服务生在我面前的桌子上放了一杯新鲜的玛格丽特，就转身离开了。虽然安德鲁戴着太阳镜，可我还是看出他生气了，他紧紧地抿着嘴。我的思绪像倾斜的小船，在水中慌乱地打转，努力想要找回方向——我必须转移他的注意力。

我指了指沙滩上的那片棕榈树，“景色真美啊。”

“是啊，你看起来很享受。”

“让人很放松。”我挤出一个愉悦的微笑，假装没有听出他话里的嘲讽，仿佛之前许多类似的情形从未发生过一样。

苏菲坐在沙滩躺椅的另一头，用毛巾裹着腰，目不转睛地盯着我们的脸庞，绿色的眸子里浮现出忧虑。她的手指卷着一缕湿漉漉的头发。从婴儿时期开始，每当感到疲倦或是焦虑时她就会卷自己的头发。

“亲爱的，你为什么不去多捡一些贝壳呢？”我对她说，“把它们放在塔楼上应该很漂亮。午饭好了，我就冲你挥手。”她站起来，拿起她的充气海豚，向沙滩走去，不时回过头来看我

① 玛格丽特是美国洛杉矶的简·杜雷萨为了纪念已故恋人玛格丽特调制的一款鸡尾酒，以龙舌兰为基酒。——译者注

一眼。我保持着微笑。

“你一定觉得我很愚蠢。”等她走远，听不到我们说话了，安德鲁说道。

“当然没有。”

他把注意力又转移回书上。他每翻过一页，身体都会微微颤动。我的呼吸开始变得急促，喉咙绷得紧紧的。我抿了一口鸡尾酒，酒里青柠的清香已经散去，只有酸气还残留在胃里。我揉了揉胸骨，心里的压力依然没有得到丝毫缓解。

服务生送来午饭，问我们还要不要点其他东西。安德鲁一言不发，我只好替他回答。我说话的时候，安德鲁一直盯着我看。虽然隔着躺椅，我还是能看到他眼神中的怒火，听见在他心里反反复复的咆哮声。

苏菲正往回走。我侧过身子，离他近了几分，“拜托不要这样，拜托不要把这件事弄大，他只是不小心碰到了我的手。”

“我看见你看他的表情了，琳赛。”

“不，你没有。”这时候，我本该安抚他，告诉他，他才是我唯一爱的人。但是玛格丽特的酒劲儿帮我壮了几分胆量，我变得愚蠢起来。

“是你在胡思乱想。”我说。

他的面孔好像一下子碎裂成了几块，然后重新拼凑出另一张脸，那才是真实的安德鲁，一个除了我以外没有人见过的男人。

苏菲向我们跑来，挨着我在沙滩躺椅上坐下。她的皮肤贴在我的皮肤上，冰冷而又湿润。她伸手去拿炸薯条，“你看见我捡的贝壳了吗，妈妈？”

“看到了，宝贝。”我瞥了一眼她用沙子堆砌的城堡，“好极了。”

安德鲁把番茄酱倒在他的盘子上，拿一根薯条蘸了蘸。“吃午饭，亲爱的。”

“我得先去洗洗手。”我能感觉到安德鲁的目光正跟随我一路通向洗手间。我垂下头，不去看周围的人。

洗完手，我把纸巾扔进垃圾桶里，重新戴好太阳镜。我得赶快回到沙滩上去。苏菲一定还想再游一次泳，我不想安德鲁在她刚吃饱的时候就让她去游泳。我又想起他的皇冠雪茄，他抽了多少根呢，我甚至都不清楚。我以前常会在心里默默计算。

沙滩躺椅上没有他们两人的身影。我的沙拉还放在一旁的桌子上，里面的生菜已经被晒蔫了；鸡尾酒杯里空空荡荡；安德鲁的汉堡和薯条不见了，苏菲的还剩下一半。我环顾四周，苏菲的沙堡周围也没有他们的身影。难道他们已经回房间了？我向着苏菲的沙堡走去，她的毛巾摊在一边，柠檬绿的塑料凉鞋被踢到了一旁。

她的充气海豚不见了。

我三步并作两步走进水里，把手搭在眼睛上看。眼前是一汪起伏不定的蓝色海水，游泳的人在水面上忽沉忽浮。我眯着眼，试着让视线的焦点集中在人们的脸上。她在哪儿？安德鲁在哪儿？我不住地转身，四下眺望，目光在沙滩上的人群中搜寻。度假的游客三五成群；孩子们笑着闹着，追逐波浪。我转过身，再次向远处的水面眺望，寻找苏菲的小脑袋和她的红色泳衣。就在这时，我看到了她的充气海豚，在海浪中上下翻腾，可充气海豚上却没有人。我用最快的速度在水里穿行，水流推着我向前行进，我的脚陷在柔软的沙子里。到了水更深一些的区域，我大幅度地摆动手臂，向充气海豚游去，然后一把抓住了它。他们一定就在这附近，苏菲从来都不让这个充气海豚离开她的视线。

水里人头攒动，我看不到她亮粉色的呼吸管。我想起她吃的那些食物，还有安德鲁，他喝了好几杯啤酒。他是个游泳的好手，可苏菲还在学游泳，游不了多久就会累……我一头扎进了水里。

我看见有两条腿向我逼近，是男性的双腿。我浮出水面，气喘吁吁地大口呼吸着空气。几英尺[①]外一个年长的男人从嘴里拿出呼吸管。

“你还好吗？”他冲我喊道。

“我找不到我的女儿了！”话音刚落，更多的人向我游来。“她穿什么样的泳衣？”“你看见她下水了吗？”“请哪位帮忙叫一下救生员。”

我踩着水，身体靠在充气海豚上：“我没看见她下水。她只有六岁，穿着一件红色的游泳衣。”一艘快艇呼啸而过，激起如潮水般的波浪，带着我们载沉载浮。海水溅到我的脸上。远处的地平线若隐若现。

度假区派人乘着摩托艇，根据我的描述四下广播。大家一会儿潜进水里，一会儿又探出水面，头发上滴着水，护目镜上雾气朦胧。

可还是没有人找到她。我不停地把头潜进水里，但是满眼只有苍白的、不断踢动的腿。沙子被翻搅起来，水里浑浊一片。我只好又浮上去，望着远处的防波堤，心想他们会不会已经被冲进了大海深处。

绳子外围是禁止游泳的区域，一艘船正在海上航行。穿着白色衬衫和橘色短裤的景区工作人员正在用望远镜搜寻地平线附近

① 1英尺约等于0.3米。——译者注

的海域。我期盼着一声呼喊，或类似的声响，但是沙滩上却一片寂静。人们站在海岸边观望。

不知道自己在水里待了多久，我的牙齿打着战。我情绪激动，不知道人们在和我说些什么，只是不停地解释说女儿和我的丈夫待在一起，他也不见了。救生员想让我上岸，使劲儿拽着我的胳膊，最终我还是被他拉走了。我们游到岸边，我深一脚浅一脚地走在沙滩上，手里还死死地抓着充气海豚。我的外衣紧贴在皮肤上，裹着大腿。走着走着，我的双腿再也支撑不住，便膝盖着地，整个人跌坐在地上。火辣辣的阳光照射在我的身上，我凝望着远处的海面，眼前却明晃晃的一片，视线模糊。

身旁的救生员叮嘱我喝点儿水，然后对着身上佩戴的无线电传输设备用西班牙语说着我听不懂的话。远处，摩托艇还在海面上搜寻。

突然，我产生了一种说不清道不明的感觉。在某种意识的驱使下，我猛然转过头，向沙滩望去。有两个人正向我们走来。是他们！苏菲还穿着我们一起挑选的那件游泳衣，红底上印着白色的波尔卡圆点花纹；安德鲁迈着熟悉的大步，两条长腿肌肉发达。两人的手里都拿着饮料。苏菲看上去有些疑惑，好像不明白眼前这乱糟糟的景象究竟怎么回事。

我跳起来，向他们跑去。脚踩在柔软的沙子上，整个人差点儿失去平衡，但我停不下来。我一把抱起苏菲，把头埋在她的脖颈间哭泣。

“妈妈，怎么了？”

“发生什么事了，琳赛？”

救生员也跟了过来：“夫人，这是你的女儿吗？”

“是的，是的！”我把她放下，手捧着她的脸，亲吻她的脸颊、她的嘴唇、她散发着防晒霜味道的鼻子，还有她那风干后结成一绺一绺、咸咸的头发。

安德鲁和救生员聊了起来：“抱歉，我的妻子让你们忙活了这么久。她太爱胡思乱想了。”他笑着说，还微微晃了晃脑袋。

救生员满脸困惑地冲他笑笑，一只手按住我的肩膀，凝视着我的脸庞，“多喝点儿水，夫人，太阳非常大，好吗？”

他走后，只剩下我们一家三口。人群渐渐散去，但是我能感受到人们在窃窃私语，对我议论纷纷。可我不在意。我找到苏菲了，我的苏菲，此刻就活生生地站在我面前。

“我吓死了，”我对她说，“我在水里看见了你的充气海豚。”

“爸爸和我玩的时候它漂走了。他说我们晚点再去找它。”

安德鲁眺望着海面，因为戴着太阳镜，我看不清楚他的表情。我弄出了这么一场闹剧，不知道他会有多生我的气。

“它越漂越远，”他开口说，“我们还以为再也见不到它了。”说完，他牵起苏菲的手，“走吧，我们不要站在大太阳底下。”

我们坐回到遮阳伞下。我的身体还是颤抖个不停，虽然太阳正对着我们。我还在身上裹了一条毛巾——我刚才注意到，安德鲁看了一眼我的外衣，它当时正湿漉漉地贴在我的胸脯和大腿上。苏菲坐在我身边，小手蜷缩在我的掌心，另一只手不住地轻轻拍在我的身上，“我没事，妈妈。我没事。对不起，吓着你了。”

安德鲁目光灼灼地注视着我。我能感觉到他锐利的眼神落在我的侧脸上。我不想搭理他，可我知道他这么望着我就是希望我能回头看他。我转过头，看见他的眼神，卑鄙的、得意扬扬的眼神。

“刚才可真丢人。”他说。

“你为什么不等我回来？”

“你去了太长时间。”他耸耸肩。

“你是故意这么做的。你想吓唬我。”

“别犯傻了。”他说着站起身来，“你是自己吓唬自己。”他向苏菲伸出手：“来，宝贝，我帮你再堆一座沙堡。”

我看着他们离开。苏菲回过头来看我，稚嫩的脸庞上写满了关心。我冲她笑笑，好让她放心。

救生员走过来，“现在一切都还好吗，夫人？”

“嗯，嗯，挺好的。”我敷衍了几句，不想他在这里逗留。他转身离开了，可我从他脸上看到了一种难以描述的神情。是同情吗？还是在他心里，我不过是个蠢头蠢脑、反应过度的金发女人？我还记得自己当时在水里是怎样拼命地四处游动，而那种感觉又是多么绝望。我怎么会变成这样？我怎么会变成这种女人，一个随时随地都胆战心惊的女人？

安德鲁正往桶里装沙子。苏菲和他的脸上都是一副淡然的神情。他觉察到我在看他，向我摆摆手，露出一个友好的微笑。

“是你在胡思乱想。”这是我对他说的话，而紧接着，他就让我为这句话付出了代价。

但是，他不只是想吓唬我。他还想让我明白，他可以把苏菲从我身边带走，而且这只是一眨眼的事。也许某天我去卫生间的工夫，或是我外出了片刻，又或是去商店转了转，他们就不在了，我就再也见不到她了。

等我们回到家以后，我必须得离开他。没有时间再去计划了。不管付出什么代价，不管有多冒险，我必须把苏菲从他身边带走。

我缓缓地抬起手，在掌心落下一个吻，向他抛去。

第二章

琳赛

2016 年 12 月

我醒来的时候，屋里很安静。我挣扎着起床，脚踩在地板上，脚底板一片冰凉。“苏菲？”她没有回应。有时候，她会早起，写一会儿课外作业或是出去散散步。她喜欢研究雪花和冰晶的纹路。每次她一个人去树林里，我都会很担心，还好她会换上徒步靴，身上也会带一只口哨，况且她灵感乍现的时候想要把她留在家里，就好比想把闪电装进瓶子里一样难。

身体打了个冷战，我裹紧身上的法兰绒睡袍，向厨房走去。苏菲帮我在咖啡机里放好了咖啡包，还在咖啡机上贴了一张便笺纸：

抱歉，妈妈。雪花在召唤我啦……亲一个，抱一下。

我的宝贝就是个艺术家。她给我留的便笺我全都攒着。我随手把这张便笺纸钉在公告栏里，在所有便笺的最上方。我检查了一下大门，看她有没有锁好，又重新设定好闹钟。她总是忘记锁门，说反正家里也没什么值钱的东西给人偷。我提醒她说这不是重点。

我打开淋浴，让热水流出来，把水温调到我能承受的最大限度。蒸汽弥漫开来，香皂沫在脚边打着旋，顺着出水口流走。我的头发又长长了，湿漉漉的发卷紧贴在乳房上。我思绪游离，盘算着接下来的这一周要做什么。圣诞节前，客人们也许更需要帮手，是不是该贴个广告招一个清洁工呢？或许，等明年苏菲出去上学以后，我可以扩充一下业务，多接一些清洁的工作。我很享受这种成就感。最开始的时候，我一个人开着一辆小破车，带着一箱清洁用品去跑业务。如今，我已经雇了四名全职清洁工，没有什么能阻挡我前进。

我穿好衣服，把手机从充电器上拔下来，手机上显示一条未读信息，是马库斯发来的。“你这周还来吗？告诉我一声。”马库斯是我们家庭暴力互助小组的防身课老师，有时候会给我上私教课。

我回了信息：“对，有些忙，互助组聚会时见吧。”我又给自己煮了一杯咖啡，第一杯是为了保持头脑清醒，第二杯就是单纯享受了。厨房的餐桌上放着一个水果碗，我把手机立起来靠着碗壁，登上Skype[①]，拨号给珍妮，等她回应。

视频界面出现珍妮熟悉的面孔。经过一夜酣睡，她金色的头发乱蓬蓬的，苍白的脸上未施脂粉。即便如此，她整个人还是散发着一种纤弱的美丽，看起来像天使一般，整个人看上去也比实际年龄要小。她如今也有四十五岁了。我总是和她说，如果她不是我最好的朋友，我一定会忌妒得杀了她。

“天哪，”她感叹道，“一大早就操心啊。”

“怎么了？”

---

① Skype是一款通信应用软件，可通过互联网为电脑、平板电脑和移动设备提供与其他联网设备或传统电话、智能手机间进行视频通话和语音通话的服务。——译者注

“青春期的女孩呀……”她说着摇摇头，“不说了。你今天打算做什么？”

“我还要去给一户人家做清洁，然后可能会去买点圣诞节要用的东西吧。”

“我还以为你每周六都休息。”

“我新雇的那几个女孩，有一个刚刚辞职。她和她男朋友和好了。”我雇的大多数女孩都是互助组的成员，都是一些把生活碎片塞进手提箱、垃圾袋，或是汽车后座上，想要重新开始生活的人。不幸的是，她们并不都是真的做好了往前走的准备。“她说他已经变了，但是你知道的……”

“没错。”我们都沉默了。不用她说，我也知道她此时正在想她的前夫，就像她也知道我此刻在想安德鲁一样。珍妮和我也是在互助组认识的。

“苏菲怎么样？”她问道。我们接着又聊起该选什么圣诞礼物送人，脑子里想到什么就聊什么。过去几年，我们都是一起购物，珍妮总是能让圣诞节前混乱喧嚣的商场购物之旅变成一场趣味纷呈的冒险。自打她几个月前去了温哥华，我就一直非常想念她，我们也时常找机会和对方聊聊天。

“我不知道该送格雷格什么礼物。”我说，“一个才约会了几个月的人，你会送他什么？”

“请他吃一顿美味的晚餐？或是送他一瓶古龙水？Gap这个牌子的毛衣在打折。”

“我觉得他不是那种适合穿Gap衣服的男人。”我笑着说，努力想象文着大花臂，头剃得锃光瓦亮的格雷格身上穿着一件学院风的毛衣是什么样的情景。我见他穿过联合包裹服务公司的员工制服，约会的时候见他穿过T恤衫和深色牛仔裤。他的样子虽然有些凶悍，但是你和他说话的时候，他会用一双充满温暖的棕色眼眸望着你，露出无忧无虑的笑容。也许，古龙水是个不错的选择。我这才意识到，我竟然都不知道他用的是什么牌子的古龙水。

“我得好好想想。”我说，“我在想，要不要邀请他来家里帮我和苏菲装饰圣诞树，但这一直以来都是我和苏菲两个人的节日传统。”

“你应该先问问苏菲的想法。”

“好主意。”我瞥了一眼钟表，“我得出发了。”

天下起了雨，马路边的雪融化后形成软塌塌的泥，粘在我的车胎上。在山茱萸海湾镇[①]过冬天，你永远都不知道过一会儿会下雨还是下雪，抑或是下雨夹雪。我迟到了半小时，但不打紧。卡尔森太太为人和善，她年事已高，家中养了一只猫和一只鸟与她做伴。清洁工来打扫的日子，她上午常会出门拜访她的姐姐。我沿着房子一侧的花园小路往前走，灌木丛和树枝上压着的一团团白雪在雨水的冲刷下融化松动，不时有雪块掉在地上发出一声闷响。我尖叫一声，险些被一大团雪砸中。

我打开门，屋子里冷冰冰的。我忙把恒温器调高了好几挡，然后才脱了靴子。我把靴子在鞋垫上放好，换上拖鞋，然后把托盘放在厨房的料理台上。我闻到一股东西烧煳的味道，像是烤面包片。碗碟架上放着一个盘子、一盏茶杯和一把厨刀。客厅角落里摆着一小棵塑料圣诞树，枝条上零星挂着五颜六色的装饰品，树下堆着一摞礼物。

---

① 山茱萸海湾镇为作者虚构的地名，下文出现的狮子湖镇也是虚构地名，除此而外，书中其余地名是真实存在的。——译者注

我首先开始打扫厨房，细细地擦洗吧台和水槽，直到表面被擦得发亮，然后开始拖地。我一边工作一边哼着圣诞颂歌的旋律，心里盘算着什么时候和苏菲把家里的圣诞树也装饰一下。我们每年总是会买一棵崭新的圣诞树，一边喝着热巧克力看《圣诞精灵》[1]，一边装饰圣诞树。

我转移到客厅，用柠檬香的清洁剂把边边角角擦干净，把针织毯叠好，把抱枕拍得松松软软，用吸尘器把沙发背后和坐垫下的猫毛清理干净。我还没看到盖茨比，它这会儿没准正在床底下打瞌睡。接着，我用吸尘器清理地毯，让绒毛都顺着一个方向。我边拖边往后退，注意不留下一个脚印。我拿起托盘，穿过走廊，走到半路，身后突然传来轻微的响动。我迅速转身，身体瞬间僵住，一个白影掠过。是盖茨比。

我嘴里发出亲吻的声响，唤它的名字，它没有像往常那样向我跑来，我猜它一定是在忙着追蜘蛛吧。

我打扫完主卧，走进房子另一头的客卧。卡尔森太太没什么客人，可这个房间总还是要打扫干净，因为她在里面养了一只虎皮鹦鹉，名叫阿提克斯。这是我最不喜欢的一间屋子，阿提克斯的羽毛屑总是让我忍不住打喷嚏。我打扫房间的时候，它也一直聒噪个不停，不过今天它却一反常态，异常安静。

我推开门，一阵寒风呼啸而来。窗户大开着。我忙跑过去，把窗户拉下来。难怪房间里这么冷。我转过身，手不停地搓着胳膊取暖，这才发现阿提克斯在笼子底部蜷缩成了一个球。它往常

---

① 《圣诞精灵》是一部由乔恩·费儒执导的家庭喜剧电影。影片讲述了圣诞老人为孤儿院的孩子送礼物，小淘气“巴迪”阴差阳错被圣诞老人背回了北极，在北极适应精灵族群的生活后又回到纽约寻根的故事。该片于2003年11月在美国上映。——译者注

总是落在木枝上，尖着嗓子冲着我叫，或是把铃铛弄得乱响一气。我皱起眉头，向前迈了一步，试探地叫了一声："阿提克斯？"它没有动弹。我又往前走了一步，发现它双眼紧闭，而它那小巧的胸一动不动。我回头看着窗户，心想，也不知道窗户开了多长时间了。卡尔森太太一定会非常伤心。

我回到厨房的料理台旁，在包里一阵摸索，找我的手机，一不小心却把包打翻了。唇彩和钥匙掉了出来，我没有去捡。卡尔森太太的姐姐接起了电话，我告诉她我的名字，她这才把电话给了卡尔森太太。

"卡尔森太太，我很抱歉，但是阿提克斯……"我停顿了一下，想着如何措辞。"阿提克斯去世了，我很抱歉。"我又说了一次。

"噢，不！"她的声音颤抖，"发生什么事了？"

"我觉得它可能冻坏了。"

"窗户！我确定我关上了。我早上总是会开窗通通风，让它呼吸一些新鲜空气，这样它也能和外面的鸟儿唱唱歌。"其实我不明白，她为什么要在这么冷的天把窗户开到最大，但我没打算问出口，她已经很难过了，我不想让她更加难受。

"可怜的阿提克斯，我回去就帮它处理后事。"她的声音断断续续，我能感觉到她就快哭了，"我也许该把它埋在丁香花丛下，夏天丁香花盛开后非常美丽。你觉得这个地方怎么样？"

"再好不过了。"我不放心留她一个人去处理阿提克斯的后事，于是便说，"要我帮你做吗？"

她踌躇了一下，然后，我听见她擤了擤鼻涕，"我不能要求你替我做这些。"

"我不介意的。"

“噢，你太善良了，那好吧。”她打了一个嗝，这才从上气不接下气的状态中平复下来，“我会非常想念它。没了它动人的歌声，房子里就太安静了。”

“它是一只可爱的鸟。”她的声音还在颤抖，我真庆幸此时此刻有亲人陪在她的身边。我心里暗暗盘算这周抽空带些花来看看她，陪她喝喝茶。

“谢谢你，亲爱的。”她又擤了擤鼻涕，“你能为它祈祷吗？”

“当然可以。”

我从废品中找到一个鞋盒子和一张报纸，做成一个简易的袖珍棺材，把阿提克斯的尸体放了进去。然后把袖珍棺材放进车库，回到屋里完成剩下的清洁工作。我先用吸尘器清理完阿提克斯的笼子，然后在上面罩上一个单子，又去车库取阿提克斯的尸体。我刚蹲下来准备拾起盒子，就闻到空气里飘浮着一丝雄性的气味，夹杂着些许森林的气息。我迅速站直身体，环视四周。干净整洁的车库里只摆放了一辆老旧的别克汽车，是已故卡尔森先生的遗物。我想，一定是卡尔森太太在车库里放了空气清新剂。

走回厨房的路上，我还是忍不住想起卡尔森太太。自从三年前她的丈夫过世后，她的宠物就是她的全部。我放下鞋盒，去料理台上拿钥匙，但我整个人却怔在原地——钥匙不见了！包好端端地放在上面。我刚才明明把它打翻了，钥匙和唇彩顺势滚落出来，我也没有去捡。眼前熟悉的米色仿真皮包，还是我在沃尔玛促销时买的，女儿当时说，这包和香奈儿的包模样相仿。我探头向包里看去，钥匙和唇彩放在钱包上方。

我向后打了一个趔趄，没顾得上穿靴子和外套，就向门口跑去。就在同时我看见，门一弹，打开了。一个男人赶在我前面跑了出去，他可能一直在某处伺机而动。

我跑进车里，锁上车门，在手机上按下一串号码。接着在手套箱里翻找了一阵，取出防狼喷雾，去掉安全装置，手指勾住触动装置。等待警察的时候，我全神贯注地盯着房子和小路，留意着视线范围内的一切。

三个月前，弟弟就曾打电话告诉我安德鲁被释放出狱的消息，他还说有人见他在温哥华岛[①]露过面。我清楚地记得，我接起电话后，听到克里斯犹豫而又紧张的声音，他还没说什么，我就猜到了。一直以来我都知道，迟早我会接到这样一个电话，告诉我：安德鲁自由了，他就要来找我了。

可是，一天天过去了，几周过去了，几个月过去了，什么都没有发生。可就当我以为我们从此安全了的时候……

我的目光从大门移到窗户，再移到二层，又移回一层。这么长时间，我在里面打扫卫生、唱歌、吸尘，而他也在那里，有可能就站在我触手可及的地方。他为什么不行动呢？不过我转念就想明白了，对他来说就这样报复我还远远不够，他要慢慢地折磨我。

他在监狱里度过的每一年，他都要让我付出代价！

---

① 温哥华岛位于加拿大不列颠哥伦比亚的西南隅，是北美大陆西海岸最大的岛屿。——译者注

第三章

琳赛

1997年12月

“小心！”安德鲁喊道，我闪身躲开，雪球砸在了我的靴子上。“行了！”他一把抱住我弟弟，把他摔倒在地。他们在雪中扭打成一团，抓起一把把雪，往对方脖子里塞，我看着他们嬉闹笑了起来。爸爸从搬家车的后车厢上跳下来，向他们抛雪球，雪球在空中划出一道道漂亮的弧线。他的脸上带着笑意，真好。

要是妈妈也过来就好了。没准过几天我们也可以把她接过来。我手上拿着沉甸甸的箱子，艰难地穿过一片雪地，小心翼翼地爬上一级又一级结了冰的台阶。门厅漆成了好看的灰绿色，仍然散发着新鲜的油漆味。安德鲁让油漆工返了两次工，因为有油漆滑落的痕迹，不过现在总算完美了。屋子里随处可见堆成一摞的箱子。大部分都是从安德鲁家搬来的，其他的是别人送给我们的结婚礼物。

我把箱子扔到料理台上。本该出门搬下一个箱子，我却情不自禁地绕进餐厅，手指抚过松木质地的桌子表面，丝绸般的触感。这张桌子是我和安德鲁上周挑的。我想象着周日晚上邀请家人过来共进晚餐，盘子里堆满诱人的食物，大家愉快地交谈，屋里回荡着欢声笑语。饭后，我清洗碗筷，妈妈可以在沙发上休息一会儿。她近来看起来特别疲倦，恐怕她的多发性硬化症[①]又加重了，不过她是不会说出口的。我还要送他们回家，顺便把剩余食物打包好让她带回去，这样妈妈后面几天就不用再做饭了。安德鲁和爸爸会在桌上讨论他们盖的房子，滔滔不绝地提出一些新计划。克里斯会在一旁听得津津有味，生怕漏听了一个字，一边又在心里掰着指头数还有多少天才能毕业，这样一来，他也能跟着安德鲁干活了。

我走到屋子前方的飘窗边，玻璃的角落里结了美丽的冰花，像一张张舒展的蜘蛛网。屋子里寒气逼人，取暖设备上午还没来得及装好。实在冷得不行了，我们就对着安德鲁随身携带的细颈酒瓶啜上几口。“这味道可不像热巧克力。”我还不忘取笑他一句。

他开怀大笑，“这可是我的独家秘方。”

我转了一个圈。该把圣诞树放在哪里呢？要不就放到窗户正前方吧。我和安德鲁准备买一棵高度能触到天花板的圣诞树，然后在枝丫上尽可能多地挂上串灯和装饰品，只要枝条没被压弯。不久前刚下了一场大雪，在狮子湖镇这个地方，这场雪来得早了些，看来我们要迎接一个白色圣诞节了。我都不记得上一个白色圣诞节是什么时候了。

我回到室外。安德鲁正在卸一个巨大的箱子，里面装了衣柜。他的腿牢牢地撑在地上，表情坚定，脸颊红扑扑的，估计是花了不少力气。他脱掉了外套，只穿着一件白色的针织衫，袖子高高地撸起。他公司的工作卡车清一色是白色的，与员工服、帽

---

① 多发性硬化症是一种针对中枢神经系统白质，导致其脱髓鞘的自身免疫性疾病。——译者注

子的颜色一样，擦洗得一尘不染，他的建筑公司那深绿配黑色的商标显得格外醒目。

爸爸和克里斯在搬家车的后面。这车是租来的，安德鲁原本想请搬家公司来帮忙，不想麻烦我的家人。

“你爸爸他已经辛苦工作一周了。”他说。

我解释说互相帮助一直是我们家的优良传统。

我走到安德鲁身旁。“雪球大战你们最后谁赢了？”

“当然是我。”他笑着说，“你还好吗？”

“我简直不能再开心了。”

他回过头，发出爽朗的笑声。我的心脏漏跳了一下，和夏天那次的感觉一样。我还记得，当时他来到我工作的五金店，说有事要找我们经理。我以前没见过他，而我们小镇上从事建筑工作的人我都认识。他走后，我直奔后方，打探清楚了他的信息。他的名字叫安德鲁·纳什，是从维多利亚市[①]来的，正在湖的尽头开发一小块处女地。

他第二次来的时候，我一边帮他找他需要的东西，一边和他闲聊：说起狮子湖镇，搜肠刮肚地把我们夏天的趣事讲给他听，还说起最近的天气有多热。我发现一直都是我在说个不停，虽然意识到我确实应该闭上嘴听他说话，但我就是控制不住我的嘴。我甚至还拿出一张地图，指给他看湖附近哪些地方最适合游泳，就好像他自己找不到一样。我把现金放入收款机的时候，他的一只手不停地把暗金色的头发拨到后面，头发在他的肩膀上投下一条条斑驳的阴影。

---

① 维多利亚市是加拿大不列颠哥伦比亚的省会，位于加拿大西南的温哥华岛的南端，是温哥华岛上最大的城市和海港。——译者注

“你该理发了。”说完我就脸红了。心想，天呐！我都说了什么。

“是的。”他笑着回答，“最近太忙了。”阳光从旁边的窗户照进来，投射在他绿色的眸子里，好像一汪清澈的泉水。

“你爸爸是伊恩·芬尼根吗？”他问道。

我递给他收据，“你认识他吗？”

“我听说他好像在找工作。”

“我爸爸是个娴熟的木匠，经验丰富。”我屏住呼吸。我不想多嘴多舌，但是又忍不住想起爸爸坐在家里一个接一个打电话的样子。他原本有份不错的工作，但是因为要经常请假回家照顾母亲被开除了。

“让他有空来工地转转。”

在那之后，我每次去给爸爸送午饭都会见到安德鲁。他很少会停下手头的工作和工人一起吃饭，但我去的时候他总会停下来和我打招呼，问我最近怎么样。

“他从不请假。”晚饭的时候，爸爸告诉我们，脸上掩饰不住对安德鲁的钦佩之情，“我们早上去给建筑工人送咖啡和甜甜圈的时候，他就已经去了，晚上他又是最后一个走。”

有一天，我给他带了一个烤牛肉三明治。他看起来十分惊讶，怔怔地盯着手里的食物，让站在一旁的我羞愧不已。然后，他的脸上绽放出一个灿烂的笑容，说他最爱吃烤牛肉了。我们坐下来聊天，他邀请我去参观他正打算购入的一处土地。我们在那片地方徒步，翻过一根根圆木，又从山坡上滑下去，险些屁股着地，两个人哈哈大笑。我们还分享了一瓶水，而我却在假装数落自己为什么不多带点水来。从那天起，我们开始频繁地约会。

虽然我们现在还没有真正住在一起，但我并不担心。我们明白对方心里的每一个想法，能读懂彼此的每一个心情。他知道我什么时候饿了、累了，什么时候不开心了；我也了解他，就像我深知，嫁给他是我做过的最正确的决定。

此刻，安德鲁在经过我身边的时候停了下来，在我的脸颊上落下一个吻。“欢迎回家，纳什夫人。”

我在安德鲁的新办公室里拆开一个箱子，小心地把里面的文件放进书桌抽屉里。这时，我身后传来安德鲁熟悉的脚步声。我转过身，嘴角上扬，可当我看见他的表情后，笑容却僵在我的脸上。他看起来不太高兴，不过紧接着，他脸上的表情舒展开来。

“你不用做这些事。”他说。

“我不介意。”我不知道他是不是因为看见这张书桌不开心了。这张桌子是他爸爸留给他仅有的几件东西之一，我们打扫他的仓库时发现的。他不知道要不要把它搬到家里来，说这桌子年头久了，又满是划痕，况且也不是他喜欢的家具风格。但我和他说，这是上好的橡木，冬天的时候我们可以把它抛光翻新一下。

他走过来，取走我手里的文件，放在桌上，“我有自己的一套习惯，你要是没把东西放对地方，我找起来就麻烦了。”

“是的，没错，你说得对。”

“晚饭很香啊。”我知道，他觉得刚才对我说的话有些重了，想缓和一下气氛。可我心里还是不太舒坦。我动手前应该先问问他的。在父母家里，我习惯了到处帮忙，自从妈妈被确诊患了多发性硬化症，我在家中更是无所顾忌，我甚至还帮他们处理银行的业务。

"我在做约克郡布丁[①]。"

"嗯，太完美了。"他把头贴在我的脖颈上说道。

"你的鼻子好凉！"

"我刚才在铲车道。"爸爸和克里斯几个小时前回家了，他们走后，我们就一直在拆箱子，"看起来今天晚上又要下雪了。"

"希望路上畅通。乔什让我明天回去工作。"

他抬起头，"我觉得你该请一天假，把这里的事先忙完。"

我叹了口气，"又有人请病假了。"好像每年的这个时候，圣诞节狂欢过后，总会有人请病假。

"我本来打算晚饭的时候告诉你，我计划让你爸爸当工头。他以后难免比平时要奔波劳碌一些。"

"噢，可我妈妈的身体……这行不通。"我替爸爸感到沮丧：一方面，家里的确需要这笔钱；另一方面，我知道有几个投标承包的项目，他也是摩拳擦掌，想要大显身手一番。

"你要是辞掉五金店的工作，跟着我干，既可以方便照顾你妈妈，我也多一个帮手，帮我统筹管理房屋资源，展示套房，挑选屋里的固定装置，打理一些类似的事。"

"我不知道……乔什说他会给我升职，让我在办公室工作。"我不想让人们觉得我是个被宠坏了的阔太太，拥有的一切都是丈夫给的。安德鲁的妈妈过世后，他继承了一笔信托基金。他的外公在股市上赚了一大笔钱，但是他每次只能获得一小笔金额。他其实没有我朋友想象中那么有钱。而且，我喜欢在五金店

---

① 约克郡布丁并不是常规的布丁，更像是一种面包，口感也类似软面包，味道略咸，呈咖啡杯的形状，中间凹陷及绵软，外围则香脆。由于约克郡布丁易于吸收肉汁，常与烤牛肉一起食用。——译者注

工作，时常见见我的老顾客，帮助他们选购需要的物品。

“亲爱的，乔什是在放屁。他永远都不会提拔你的。”

“可我已经在那里工作很多年了。”我高中时就开始在店里打工，毕业后在那里全职工作。我考虑过去读大学或是报个什么课程学学，但是我不知道自己想做什么。我很羡慕安德鲁，他才二十七岁就能这么全身心地投入到工作中。

“没错，在柜台后面你是个可爱的姑娘。我没去店里之前就听说过你。可是抱歉，琳赛，我听说他们打算给迈克升职。”

“乔什说话的口气很真诚。”我觉得又闷热又气愤，但更多的感觉是很受伤。

“我不想让你难过。我只是在说别人是怎么看待你的。在他们眼中，你不过只是个金发美女。”他扯了扯我的马尾辫，“他们不会像我这样欣赏你，也看不见你有多聪明、多有创造力。”

也许他说得没错。五金店的那份工作大概没什么出路，但是我一天又能花多长时间在挑选油漆颜色上呢？

“或许我可以帮着你打理资产。”

“要是我打理资产的话没准更好一些。可是你很有眼光，我对你布置的屋子非常中意。”

“我没做什么。”事实上，屋里的配色都是他挑选的。他说，颜色最好选择中性的大地色系，这样一年后卖房子的时候更容易。不过我还是按照自己的喜好挑选了床具、窗帘和植物。我们把结婚照挂在了壁炉上方。

“你让这里更有家的感觉了，你知道这对我有多重要。”他的手探进我的衣服里，一路蜿蜒，抚过我的肩胛骨，转手托起我的后脖颈，轻柔地把我推到桌子边缘。他冷不防地把我抱起来，放在桌上，用手轻轻地分开我的双膝。我身子一歪，差点儿失去平衡。他忙把宽大的手掌放在我的臀部，扶稳我，还做了一个戏谑的表情，“考虑一下，好吗？”

他把我拉近他的身体，在我的锁骨和嘴唇间落下绵密的热吻。我抓着他的肩膀，脑子里一片空白。

我们搬进去的当天晚上，我灵光一闪，一个完美的圣诞礼物浮现在我的脑海中。当时我们正坐在沙发上休息，我忽然发现壁炉架上摆了很多家人的照片，其中他妈妈的照片只有一张，而他爸爸的照片一张也没有。因为他以前搬家的时候丢过一箱子照片，但我知道去哪儿可以弄来几张。他爸爸在海军服过役。海军的退役成员一定有什么协会，我只要做点调查就行。

安德鲁从来不过多谈论他的家人，我也从未追问过，但是每次提起他的妈妈，他脸色都会发生变化。他的表情有时悲伤，但说起美好的回忆时，他又会唇角上扬，露出温柔的笑容。在他二十岁那年，她过世了，那时他的爸爸也已经出海多年。在安德鲁十二岁的时候，他的爸爸就出海执行任务了，此后再也没有回过家。“在海上漂泊了几个月后，他已经无法融入家庭生活。”安德鲁曾和我说，“对他来说太难了。”他的语气平静，就像在陈述一个事实，听不出悲伤，也听不出愤怒。几年前，他的爸爸过世了，下葬的钱是安德鲁出的。

我去网上搜到了安德鲁的爸爸在西海岸执行任务的船只名单。然后只要按照人名和船员的照片挨个去找就行。我用了两天时间，找到一张爱德华·纳什的照片，照片里他和几个男人站在船的首舷①。我把这张低像素的黑白照片在电脑屏幕上放大，细

---

① 首舷指的是船首两侧船壳弯曲处。——译者注

细打量爱德华。不知道是不是身穿制服的缘故，他看上去有些呆板，年纪很轻，安德鲁和他的五官惊人地相似。我不禁好奇，父子俩除了长相是不是还有别的共同之处。可我们再也没有机会去认识彼此了，太遗憾了。要是能早点儿见他一面就好了。我凑近屏幕，想象自己正和他聊起安德鲁。

“你儿子太好了。人人都喜欢他。他热心帮助邻里，为大家建好了公园长凳。他加入了慈善棒球队，甚至还帮我爸爸给我妈妈修了轮椅坡道，方便她四处活动。你该为他感到骄傲。”

我给照片冲印室发了一封电子邮件，问他们能不能帮我把照片冲洗出来。然后我又在网上精心挑选了合适的相框，一心想给安德鲁一个惊喜。

平安夜那天，我和安德鲁约好要一起拆礼物。早上我们去我父母的家里吃了薄烤饼。从小到大，这还是我头一次一觉醒来没有家人陪在身边，我心中有些难过，但一想到要和丈夫一起庆祝节日，内心却也隐隐雀跃。

晚些时候，我们会一起把给爸妈还有弟弟买的礼物精心包好。和安德鲁逛商场的时候我一直很兴奋，购物车里的礼物堆得满满当当。我正有些顾虑，安德鲁是不是给我的家人花了太多钱，他却安慰我说，他就是想对他们非常慷慨，因为他们对他一直很热情。“我只是想让他们开心。”

“拆这个？”安德鲁挑中了我的礼物，我特意用亮晶晶的浅蓝色纸把相框包好，用银色的丝带系好，螺旋状的丝带一圈圈舒展垂下，像上粗下细的冰柱。

“当然可以。”我的胃兴奋地抽搐，真不该喝那么多蛋酒[1]啊。他用宽大的手掌小心翼翼地拆开包装纸，不疾不徐，还冲我眨眨眼，好像很享受拆礼物的过程。一旁的我早已迫不及待，想一把抢过他手中的礼物，替他拆开。

他除去最后一层包装纸，盯着面前的礼物，“这是什么？”他的声音空洞，让我摸不着头脑。他是太兴奋了吗？

“这是你爸爸的照片。”我还特意挑选了一张他看上去最不严厉的照片，照片里的人眺望着远方。

“我知道这是什么。你从哪儿弄来的？”这下我看清楚了他眼中的怒火，表情和他爸爸一模一样。

我想不到他竟会露出这样一个表情，结结巴巴地说：“你以前和我说过他的名字，我就找到一个海军网站。”我抽出手，放在他的前臂上，我感觉到手下的肌肉收紧，结成了一绺一绺，我慢慢地收回了手，“我们有很多我家人的照片，我想——”

“让我觉得自己狗屁不如？我爸爸抛弃了我们。我就是不看他的脸，也记得他做过些什么。我不敢相信你竟然会这样做。”

我先是有些尴尬，然后又感觉很受伤，眼睛生疼，“我这么做完全是出于好意，我不知道你在生他的气，我几乎不清楚你的童年发生过什么。”

“这就是你上网搜索的目的吗？想要看看我的过去有多不堪？”

“当然不是。我不明白你为什么会这么沮丧。”

“你想了解我爸爸是个什么样的人吗？他是个混蛋，懂吗？我在他眼中就是一坨屎，我妈在他眼里也是一坨屎。她过世两天

---

① 蛋酒由鸡蛋、牛奶和朗姆酒调制而成，是圣诞节必备的节日饮品。——译者注

后他才出现，说想要了解我，可他不过是在惦记我的信托基金罢了。我把他轰走了。”他把相框摔在地上，玻璃碎了一地，“这就是你在圣诞节干的好事。”

他走了，片刻之后，他办公室的门被咚的一声摔上了。

我坐在沙发上，泪眼模糊地盯着圣诞树。我怎么能这么傻？他当然不想留下他爸爸的任何物件。我非常爱我的家人，但不表示其他人也和我想的一样。我情不自禁地在脑海里一遍遍回放安德鲁说的话，还有他看我的眼神。我们之前从未争吵过。只有一次，我们度蜜月的时候，他对我疾言厉色，然后独自出去走了很久，把我一个人丢在房间里。后来他和我说，他不喜欢旅行商和我说话的口气，而这完全是我的错。我表现得太热情了，却没有想到万一让别人误会了怎么办。

也许安德鲁只是累了，我们刚度完蜜月，就紧接着搬家。我的目光顺着走廊望去，心里盘算着是否该去向他道歉，最后还是决定给他留点空间。

我捡起碎掉的玻璃，扫干净玻璃碴儿，把相框藏在壁橱里，然后打开电视机。电视节目成功地吸引了我的注意力，但是一个多小时过去了，安德鲁还是没有出来。我轻轻地扣响了他办公室的门。他没有理我。

我的手贴在木头门上，“安德鲁，真是对不起。”他没有反应。

已经是半夜了，我的上眼皮耷拉着，就快熬不住了。我坐在客厅，包最后几件送给家人的礼物。终于，我听到安德鲁办公室的门打开了，接着我感觉到身后的沙发被他压得陷了下去。我屏住呼吸。

“对不起，琳赛。”他说，“我表现得太像个混蛋了。”

我转过身，“不，是我的错。我早该知道的。”

“你怎么能知道呢？你说得对，我没有和你说过他的事。我从来没有和任何人说过他，包括我所有的朋友，甚至包括梅丽莎，我和她住在一起有三年时间。”听到他前女友的名字，我努力忍住想皱眉头的冲动，那个女人背叛了他，还卷走了他一半的财产。

“我不是她。”我说，“我爱你。”

“我知道。”他深深地叹了一口气，“是我配不上你。”

“别这么说。你当然配得上我。我只是希望你能多和我分享一些你的生活。”我起身坐到他身旁的沙发上，“我只是想了解你。”

“没有什么可说的。”他不自觉地吞咽了一下，“简单地说就是，我爸他不需要我这个儿子，他表现得再清楚不过了。我小时候他有几次把我推下了楼梯，偶尔对我拳打脚踢，时不时还会抄起手边的皮带。我童年大部分时间都活在对他的恐惧里，每次他从船上回到家里，总是冲我妈大吼大叫，我见过她胳膊上的淤青。他最终离开我们时我很开心。但是几年后，我妈身体里发现了第一块肿瘤。我尽可能地好好照顾她，直到她过世，可我当时也只是个孩子，你知道吗？”

一想到他经受的一切，我就忍不住想哭。他的成长太过仓促了。“我的家人现在也是你的家人。”我倾身抱住他，紧紧地搂着他。

“在我心里，你很重要。”他说，“就好像这么多年我一直在漂泊，终于找到了一个落脚的地方。我永远都不想失去你。”他用温热的脸颊贴着我的脸，胳膊紧紧地搂着我。我的身体放松下来，心底油然舒了一口气。这才是我认识和深爱的那个安德鲁。

“对不起，我摔坏了你的礼物，”他又说道，“一想到你花了那么长时间为我准备这份特别的礼物，我却搞砸了一切，我就很难过。我不知道自己为什么有时候会变成那副模样，就好像被怒火冲昏了头脑。我不想和你在一起的时候变成那副模样。”他的语气充满了困惑，对自己是那么怀疑，那么羞愧。

我挣脱他的怀抱，看着他的脸，“这没什么大不了的，知道吗？我们以后还会过很多个圣诞节。明年，我给你织一个俗气的围巾或是别的什么东西。”

他在我的脸颊上落下一个深深的吻，“你太好了，我怎么会这么幸运。”

“等你明天见识到我家里有多混乱，没准你就不会觉得自己这么幸运了。”

“我们去睡觉吧。我想抱着你，让你知道我有多爱你。”他的眼神总是会让我渴望他的手在我身上流连，但这次我却犹豫了。

我捡起一个红色的蝴蝶结，“现在还不能睡！我们得先把这些礼物包完才行。”

我看着他小心翼翼地把蝴蝶结摆放在一个大件礼物正中间的位置，我的心情还未完全平复，但是我很快赶走了那些盘旋在脑海中的负面感受。这不就是婚姻真实的面貌吗——发生争执，产生误会，把误会解释清楚，然后变得亲密无间。

我们没能一起包礼物也没关系，至少我们最后一起完成了。

第四章

琳赛

2016 年 12 月

那名警察名叫帕克什么来着。她看上去有三十好几了，红棕色的头发在脑后盘成一个圆发髻，她的眼珠是淡蓝色的。她露出友好的笑容，我知道，她是想让我别紧张，但是我还是不住地颤抖，话也说得结结巴巴。我把她的名片紧紧地攥在手心里，凝视着它，就好像上面印着的RCMP①标志和官方字母会让我感到安全。我记不清名字前的D.代表什么了，觉得文字介绍也模糊不清。当看见她把车停到我车后面的那一刻，我感到如释重负。她先走进房子里，确保没有人潜伏在屋里，但是我知道安德鲁早已离开了。他非常聪明，是不会逗留的。

我们站在厨房里，我向她解释为什么我会那么确定今天的事是我前夫干的。“他把钥匙放到了我钱包上，他以前就常常因为我弄丢钥匙而生我的气。”

“你钱包里有少什么东西吗？”

“我不知道。他还把我滚落的唇彩也放进我包里了。”我盯着那管唇彩，知道我有生之年是再也不会用它了，“他一定是通

① RCMP是加拿大皇家骑警队的缩写。加拿大皇家骑警是联邦制国家中独有的集联邦警察、省警、市警于一体的警察服务机构。——译者注

过窗户爬进来的。”

“好，带我去看看。”

我带她来到客房，指着窗户，她向窗外望了望。才过了一个小时，也不知道下了多大的雨，屋子四周的雪都已经融化了。

“你知道，她屋里有什么贵重物品吗？”

“大概有几件珠宝吧——不过，安德鲁不会拿任何东西的。他只是想提醒我他在屋里。我觉得他应该一直藏在前面的壁橱里，趁我打扫卧室的时候偷偷溜了出来。我记得盖茨比在走廊那头还受到了惊吓。”

“盖茨比？”

“是一只猫。”

“也许我也该和它聊聊。”我冲她眨眨眼，她笑着耸耸肩。警察式幽默。

她打量着窗户框，探出身去，好像在窗台上寻找什么东西，“我要搜集一下指纹，需要房主的电话。”

她在楼上工作的时候，我就坐在楼下沙发上等她。我能听见她压低声音打着电话，还有来回走动的脚步声。显然，她不想当着我的面和卡尔森太太通电话，所以她让我待在楼下，因为没准她还有别的问题要问。

她（我现在想起来了，她的名字叫达娜）拿着采集指纹的装置走下楼梯。之前她已经采集过我的指纹，方便她做比对，然后她还搜集了我钱包和壁橱门上的指纹，但是却没有任何发现。

她坐在沙发的另一头。“我在窗台外面还搜集到几个，回到警局再比对一下。”其实我明白，如果她没能在房间里别的地方有所突破的话，窗台上也不会有什么发现。

“你和卡尔森太太聊过吗？她一定非常担心，还有害怕。”我恨恨地想起，原来是安德鲁害死了她的鹦鹉。她现在会怎么看我呢？

“她正在回来的路上，如果发现丢了什么东西她也会通知我。”她看了一眼手表，“我们约好过几个小时在这里见面。”

“我现在可以离开了吗？”

“如果你不介意的话，我还有几个问题。”她的语气仍旧轻松，却目不转睛地看着我，“你刚才说你前夫最近刚刑满释放。他是怎么进去的？”

“酒驾致死。”

女警官的目光仍旧注视着我，她的眼神专注，好像是在等我进入正题。记忆像洪水般涌来，可我却说不出话来。“他撞上了一辆车，开车的女司机死了。警察在他的卡车里找到一把枪，他告诉警察他原本是想杀了我。”他被判了十年，最高量刑。许多肇事者只会服三分之二的刑期，但他糟糕的脾气帮了我一个忙。他拒绝参加任何改造项目，也从未流露出半分悔意，还参与了多起打架事件，因此保释不断被驳回。七年后，他本来已经具备了法定释放的资格，不料又在狱中捅伤了人，差点让对方丧命。他声称是正当防卫，所以没被起诉，但最终仍服满了全部刑期。

“他出狱后，你有他的消息吗？”

“没有，你不了解。他这是在和我玩心理游戏。他这么做是为了吓唬我。”我蓦地冒出一身冷汗，浑身上下都感觉到一股寒意。此时要是有一张厚厚的毯子，或是能洗个热水澡就好了。

“我会调查他的下落。”

“我没有胡编乱造。”我从我的语气里听出了自我辩护的口吻，我知道我的话听上去并不友好，还好她的面色如常，“他刚才在这里，我知道他在这儿。”

“你害怕他，这我理解。”她说，“但是，不幸的是，没有确凿的犯罪证据或是他来过这栋房子的证明，我什么都不能做。”她表情真诚，我有种感觉，她真的相信我，但这在当下并没有带给我太多安慰。

“那我该怎么办？我怎么做能保护我自己？”

“你可以申请《加拿大刑法典》第810节颁布的和平契约[①]，但是皇家法庭需要你提供更多证据证明他对你的安全构成了威胁。如果你的前夫是那个动了你钥匙的人，这事虽然吓人，但还构不成威胁。”

“这是条限制令吗？”

“差不多，是的。如果你想要的是保护令，它通常是在你离婚时由家庭法庭下达。和平契约更多是预防性质的。他必须在法庭上同意提出的条款，他也可以反对，接着就由你来证明为什么申请和平契约是必要的。”

“这么说，我只能眼巴巴地等着，直到他确实干出什么坏事来？”

“你要是确实觉得他快要对你构成威胁了，就给我打电话，我帮你走申请流程。”她取出一张名片，在名片背面唰唰地写了几笔，然后递给我，“今天的事你要是又想起什么，给我打电话，背面有我的手机号。”

---

① 《加拿大刑法典》第810节规定，任何人有合理的根据担心其他人伤害自己（包括配偶、孩子），或者损坏其财物，就可以申请获得和平契约。和平契约由法院下达指令，要求被告人守法、品行良好。该指令也可以附加条件，如要求被告人避免接触申请和平契约者的家人或者与其保持距离。如果拒绝签署和平契约，将面临一年的监禁；如果签署和平契约，违反和平契约的条款就构成刑事犯罪。签署和平契约不会产生犯罪记录。——译者注

她护送我向门口走去，我忽然想起装阿提克斯的盒子还放在料理台上。“我得帮她把鸟埋了。”

“现在外面雨下得很大。”

“我答应过她了。”我拿起盒子，把它紧紧地搂在胸前。

“不如你把它交给我吧？”

是呀，这样她开车下高速的时候就能随手把它扔出窗外了！“谢谢，如果卡尔森太太知道是我帮她处理的，她应该会更安心。”我拿起包，不等她阻拦，就向门口走去。

她站在后阳台上望着我。我走到花园小筑下，把铲子拖到丁香花丛旁，铲在地上，脚上使劲，让铲子陷到坚硬的泥土里。冰凉的雨水拍打在我脸上，我的头发也变得湿漉漉的。一股股冰冷的雨水顺着我的脖颈流了下来，但是，我不能停下。我气喘吁吁，嘴上说着“拜托，拜托”，终于撬起一大块泥土，把它扔在一旁。这时有人走到了我身边。

“你确定你不——”

土块在她的脚边落下，她灵巧地向旁边跨了一步，静静地看着我把坑挖好，把盒子放进去，又用手刨着土，重新埋实。

我站直身子，缓了几口气。我没有看她，闭上眼睛，低着头，为阿提克斯祈祷。然后，又替我和苏菲祈祷。

第五章

琳赛

1998年11月

她又在踢我了。我停下脚步，站在五金店里，用手抚摸着肚皮。我摸到一只脚，也许是她的小屁股，或是她肩膀。当医生告诉我们，我们会有一个女儿的时候，安德鲁惊喜万分，他给孩子买了一支粉色的钓鱼竿。我轻轻地按了按腹部，感觉肚皮又被她推了回来，不禁莞尔，想象她在我肚子里翻筋斗的样子。一个跳芭蕾舞的宝宝，活像个杂技演员。结婚后五个月我就怀孕了，这出乎我的意料。但安德鲁和我说，他想趁年轻的时候要孩子，这样我们才有精力陪伴他们长大，退休后也能享享清福。他说得有道理，以后打拼事业也不迟。

我叹了口气，视线又落回到墙上。我盯着店里陈列的厨用水龙头看了足足二十分钟，却还是记不起安德鲁想要的到底是拉丝镍的还是不锈钢的。他说："就买我们说的那种。"但是最近他时常在家里进进出出，顺便给我下达一些指令，不过似乎他前脚刚出门，他说的大部分话就从我脑海里溜走了。他一直对我很有耐心。有两次，他还专门从工地赶回家里，给我送备用钥匙。后来，他在冷冻箱里发现了我的钥匙。我想我这辈子都想不明白为什么我会把钥匙放到那里。现在每天早上，他都会把钥匙放在我的钱包上。

他神情关切地看着我说：“也许你应该去看看医生。孕期产生的荷尔蒙好像让你变得糊涂了。”我说我只是累了。

他其实也很累。这次的新项目占用了他不少时间，但他对我依然体贴有加，总是确保我饮食健康，能出去好好散个步。他还陪我挑孕妇装，这让我很是惊讶，毕竟大部分男人都不会关心这些琐事。我的朋友萨曼莎取笑我说，我的穿着打扮看起来就像是四十岁的“足球妈妈”[①]，而她偏偏喜欢炫耀自己的身材。可我再也不需要那么做了。安德鲁的审美更加成人化、更成熟。有哪个男人愿意别的男人盯着自己老婆的乳沟看呢？

价格标签模糊起来。我眨了几下眼睛，然后把眼睛睁大，努力让自己集中注意力，但还是感觉眼皮很沉，嘴上不停地打哈欠。我想起了家里的床，还有炖锅里煨着的鸡。也许，我不该再纠结买哪个水龙头了。

我垂着头向车边跑去，一手拿外套紧紧地护着腹部，但雨滴还是噼里啪啦地打在脸上。十一月的天空阴沉、凄凉，铁锈色的树叶打着旋，顺着水流匆匆地漂过，堆积在路旁。脚浸湿了，脚趾头冰冷。早知道我就该穿上靴子，我原本以为很快就能回去。

我打开车门，爬进车厢里，在方向盘前冷得缩成一团。我转动车钥匙，发动机发出咔嗒一声脆响。我又试了几次，每试一次，心中的绝望就增加一分。最后，我终于放弃了，伸手到包里取手机，这才发现手机落在家里了。我缩在潮湿的外套里，想接下来该怎么办。我不愿享受道路救援服务，我妈妈也不会开车。

---

① 足球妈妈，这个短语最初用来描述那些开车载孩子去踢足球并在一旁观看的妈妈们，后引申指家住郊区、已婚，并且家中有学龄儿童的中产阶级女性。足球妈妈们给人的印象是把家庭的利益，尤其是孩子的利益看得比自己的利益更重要。——译者注

现在我只能用店里的电话向安德鲁求助了，但是一想到他必须放下手头的工作来接我一趟，我就很抗拒这个主意。

我踩着一连串的小水洼，艰难地返回店里。我的头发湿透了，身上感到彻骨的寒冷。“能借我用一下你的手机吗？”我对其中一个店员说，“我的车发动不了。”

“需要搭车吗？”在我身后排队的男人问道。

我转过头，说话的人是鲍勃·欧文。他在镇上也开了一家建筑公司。谢天谢地！我这下可不用麻烦安德鲁了。我认识鲍勃好多年了。他女儿和我弟弟在同一所学校上学。他素来为人和善。

“当然需要，”我回答说，“太好了。”

我洗了个热水澡，擦干头发，尽情地享受蒸汽缭绕的浴室散发出的温暖，这时，我听到车道上传来安德鲁的卡车的声响。他一定又决定早点回家了。我换上一条瑜伽裤和一件长长的汗衫，确认毛巾搭好以后，又把床上的毯子抚得平平整整，没有一处褶皱。穿过房间的时候，我快速扫视了一圈，又把我的鞋塞进鞋柜里。我喜欢让家里看起来整整齐齐，虽然现在越来越不容易了，我的身子变得很重，有时候感觉整个人就要翻倒在地。杂货店里我最喜欢的陈列区就是摆放家用清洁剂的货架。安德鲁总是取笑我像上了瘾一样，但从某种程度上说，这话也没错。每次一有新的保洁蜡、擦亮剂、硬毛刷上市，我就会买来试试。我喜欢站在刚打扫过的屋子一头，欣赏表面被擦得闪闪发光的木制家具、用吸尘器清理得一尘不染的地毯、光可鉴人的窗户玻璃，呼吸飘散着柠檬香味的空气。没有什么比这一切更让我心满意足。

安德鲁从前门进来，身后的雨也被吹进了屋里。我瞥见外面的树被风吹弯了腰，枝条剧烈地舞动。暴风雨来得更猛烈了。

“嗨，亲爱的！”我对他说，“你想吃点炖鸡和饼干吗？”去洗澡之前，我就在烤箱里烤了几块饼干，现在屋子里弥漫着黄油的香气。

我踮起脚，凑过去给他一个吻。在快要吻到他的那一刻，他却转过头去。他的脸色红润，一副饱经风霜的模样，吻落在他的脸颊上，嘴唇一片冰凉。我后退一步，吃惊地看着他。

“你的车呢？”他问道。

“坏了。我本来想给你打电话。后来鲍勃·欧文送我回来了。”

“你可以叫辆出租车。”

“我没想起这茬儿。他提议说送我回去，然后——”

“你是我的妻子，还怀着我的孩子。你知道这像什么样子吗？”

我不明白哪里出了差错。我还以为他挺喜欢鲍勃·欧文的。“我很小心，没有吓到宝宝或是出现其他异常。”

“天哪，你这么聪明的一个女孩有时候竟然这么愚蠢，琳赛。”

肋骨下方忽然传来一阵剧痛，我疼得张开了嘴，那感觉就好像是宝宝在踢我，但她却没有动。“这话太刻薄了。”我回想起最近做错的那些事，脸颊烧了起来。这就是他对我的真实想法吧？

他把我挤到一旁，径直穿过玄关，我差点撞到墙上，我闻到一股威士忌的味道。但可能是我嗅觉出了问题——他一整天都在工作。我犹豫了一下，跟着他走进厨房，看着他从冰箱里拿出一罐啤酒，整个人站都站不稳。

“你喝酒了？”辛苦工作一天后，他会在下班后和员工一起去酒吧，最近他工作好像不太顺利，但他每次最多也只喝两杯啤酒，也总是会事先给我打电话，征求我的同意。

他转过身，拉开啤酒罐，“我再也不想看见你从其他男人的车里下来。我看见你对他笑的样子了，还有你说再见时那副轻浮的模样。”

“你在监视我？”我怎么没有看见他的车停在车道上或是马路上。也许他今天早早下班回来了，然后又走了。但是他为什么要这么做呢?

“你的车行驶了很多公里。你每天都去了哪里？”

“有时候我会开车在附近兜兜风，在我闷的时候。”安德鲁之前就问过我一天是怎么过的，我做的每一件事，见了哪些人，事无巨细，他都想知道，但我以为他只是感兴趣而已。我没想到他一直在检查我的仪表板。我想告诉他这么做不对，但是他脸上的表情吓到了我，他就那样倚在料理台旁，双手捏着桌沿。

“你昨天和萨曼莎去酒吧吃午饭了？”

他看上去是那么生气，口吻几乎就是在谴责。我也开始觉得有些难过。我不喜欢别人这样和我说话，不喜欢感觉自己好像陷入了麻烦之中，而我甚至不知道因何而起。

“我和你说过我们去吃午饭了。”我很少见我的朋友，大多数朋友还在上大学，或是和男朋友搬走了，安德鲁似乎不太喜欢我那些待在镇上的朋友。萨曼莎打电话给我，我就趁机去见了这位闺密，和她聊聊天。

“可你没说是在酒吧吃的，琳赛。你就快当母亲了。”

“我没有喝酒。我不明白你为什么这么生气。”

“皮特的老婆以前也经常去酒吧。”他目不转睛地凝视着我，“你还记得她发生什么事了吗？”皮特是他手下的一名工人，我尤其不喜欢他。每次去工地，我看见他通常都会避开。他抓到了妻子出轨后就和她离了婚，拿到了孩子的抚养权和房子的归属权。我不敢相信，安德鲁竟然不相信我。他怎么能用这种方式威胁我。

“我永远都不会背叛你的，安德鲁。”

“你最好不会。”他吞了一大口啤酒，依然和我对视着。

“这话是什么意思？”

“意思是你不能搭别的男人的车。”

我的脉搏突突突地加快跳动。我见过安德鲁失望的样子，也见过他情绪低落地回到家里，独自在自己的办公室里一待就是几个小时，或是一言不发地坐在那里盯着电视看，但是他从来没有像现在这样冷酷无情或是怀恨在心过。我感觉像是一个陌生人走进了家里。

“也许我今天晚上应该去我爸妈那里过夜。”

“你哪儿都不许去。路不好走。”

孩子在肚子里翻来覆去。我想象自己的心脏正怦怦地剧烈跳动。压力不是件好事，我必须要保持镇静。我把手掌抚在肚子上。嘘，小宝贝，嘘。

安德鲁的目光落在我的腹部，“这也是我想和你说的，琳赛。你得更小心一些。我不希望任何意外发生在孩子身上，明白吗？”

不，这话绝对不是出自他的内心。可我从他的脸上分明看见了——警告。他不只是在威胁我，他可能会和我离婚。他还发出了一种更为严重的警告，一种我还看不分明的东西，浓稠得化不开，黑暗幽深，散发着危险的气息。

“我明白。”

他喝光了手中的啤酒，从冰箱里又拿出一罐。“这下我猜我们没有什么好担心的了，对吧？”他走进起居室，瘫倒在沙发上，摸索遥控器。我慢慢地走到门廊下，等了片刻，他还在看电视。我看着他把啤酒罐拿到嘴边，大口地灌酒，喉咙处的肌肉收缩。他会不会是因为喝多了呢？有些男人喝醉了会变得非常刻薄。安德鲁平时从来没有说过类似的话。

身后的厨房里，炉子上炖着的鸡汩汩地冒着泡。食物。我该让他吃点东西。妈妈总是告诉爸爸不要空腹喝酒。

我又走进客厅，安德鲁没有抬头看我。我把碗放在他面前的咖啡桌上。他正在看曲棍球比赛，穿着红色运动服的曲棍球员的影像在他的瞳孔里反射出来。我缓缓地坐在沙发上，胸腔里的呼吸有些紧促。他突然伸出手，我畏缩了一下，但他只是把手放在了我的腹部。他的手掌心热热的。

“我们应该在家里装一个安全系统。”他说，“最近发生了好几起入室抢劫案件。我们可以把它联网，这样我在工地的办公室里也能查看摄像头了。”

我注视着他的侧脸，想到自己以后整天要活在摄像头的监视下，我走到哪儿它就跟到哪儿。他的手掌在我的腹部又施加了更多力道，我在突如其来的压力下退缩了。

“好吧，”我说，“如果你想这么办的话。”

第六章

琳赛

2016年12月

我回到家中时，苏菲正趴在客厅的地板上画画。还是孩童的时候，她就对画画非常着迷，她会站在安德鲁为她制作的画板前，胖嘟嘟的脸蛋上沾着颜料，两只小手攥着画笔在纸上挥洒出一道道粗犷的紫色线条，“看，妈咪！这是你！”

上中学以后，她喜欢用墨水画画。她会一连几周在一幅画上下功夫，表情时而凝重专注，时而洋溢着心满意足的喜悦。我在电话旁放的纸上、邮件上、报纸上，还有杂志的内页里都发现过她随手留下的涂鸦。我会把它们收集起来放在盒子里。有时候我会把它们取出来研究线条，观察钢笔勾勒下每一根线条的曲折变化。我喜欢通过这种方式探索她内心那个充满奇思妙想的世界；在那个世界里，仙女可以幻化成树木，鱼可以幻化成飞鸟，箱子摇身一变，成了花朵、翅膀、小精灵和龙。

有时候眼前的画会让我忧心：心碎掉的骷髅、着火的轮胎、长角的恶魔、小丑悲伤的脸庞、眼泪汇成的河流。可当我问她这些代表什么的时候，她只会耸耸肩，“我没多想，只是随手画出来。”

与苏菲有关的一切都让我印象深刻，她的遣词用句、她美丽的脸庞、她说话时做手势的模样。比起我，她更像安德鲁，但是她却有独树一帜的风格。她平时会穿包臀的束腰外衣，带图案的紧身裤，围着丝巾。她把头发染成粉色、蓝色或是绿松石色。这周是紫色，衬托得她的绿色眸子更大了。她的身材随我，娇小却结实，跑起来很快。

我记得，我告诉她安德鲁出狱的消息的时候，她沉默了片刻，然后说："所以呢？他和他的律师说过他不会打扰我们了，对吧？"离婚后，他的律师曾给我的律师打电话说："安德鲁希望琳赛可以幸福生活，他再也不会打扰她了。"他还送来了一笔数额可观的支票，作为苏菲的抚养费。我从来没有动过那笔钱，都替她存了起来。

"从现在起，我们仍然需要加倍小心。"我说。

"在他心里，我们已经不重要了。"她固执地说。

"可你对我很重要。所以小心点儿，好吗？你要是见到他，要告诉我。"

"我甚至都不知道他现在长什么样！"我的焦虑惹得她有些生气和沮丧，我真希望她说的是对的，我的担心是多余的。

但是现在我明白了，安德鲁一直都在伺机而动。

我从沙发上拿过一个抱枕，躺在她身旁。"散步散得怎么样？"

"还不错。"她看了我一眼，"你工作还顺利吗？你的后背疼了没有？"

"我吃了一片艾德维尔[①]。"

"你该练练瑜伽，会有帮助的。"有时候她会为我预备好泡澡的热水，或是用薰衣草精油帮我按摩脚，不住地劝我换个新

---

① 艾德维尔是一种布洛芬类解热镇痛药物。——译者注

工作。她不明白，我其实很享受清洁工这份工作。擦擦洗洗、整理家务的时候，我的思绪会漂浮起来。每当我关上客人家的门离开时，我的内心就会归于平静，我觉得心满意足并为自己感到骄傲。我喜欢拥有自己的事业，喜欢独立的感觉，不仅自给自足，还能养活我的女儿。

我想告诉苏菲，清洁带给我的感觉就像她画画一样，但她只是说："你老了以后打算怎么办呢？你得想想退休以后怎么办，妈妈。"我和她说，她就是我的退休计划，她开心地笑了，给了我一个拥抱。有些人可能会觉得，我们太过干涉彼此的生活，纠缠在一起，没有个人私生活的边界，但让他们见鬼去吧。我需要这样。

"我有事情要告诉你。"我说。我们之前有过很多次艰难的对话经历，内容也远远超过了一个孩子的承受能力，但是这次我却不知道如何开口。

她看着我，"你和格雷格分手了？"

"什么？没有呀。"我注意到她听到我的回答前装作不出声，神情有些失落。我看得出来，她喜欢格雷格，但是在我们正式确立恋爱关系之前，我不希望她投入太多感情。

"今天发生了一件事。"我说。

苏菲的注意力这才完全被吸引过来。"什么事？"

"有人闯进了卡尔森太太家里，我迫不得已报了警，但是好像没丢什么东西。"我深吸了一口气，"我很确定是你爸干的。"

她一脸震惊，钢笔从手中滚落。"他为什么要去那里？"四目相接，我见她渐渐明白过来，"你觉得他想伤害你？"

"我不知道他想干什么。"不，不，我知道，"你今天留意到有什么异常没有？有车从家门口开过或是停在附近吗？”

她耸耸肩，“一切正常。”她低头盯着摊开的画作，见上面滴落了一滴墨水渍，便用手指蘸了一下墨水。

“正常”，多么简单的一个词语啊，可在我们俩的生活中却是奢望。我起身，从前窗向外望去，仔细辨别枫树下那些影影绰绰的形状，转过身，眼前舒适惬意的客厅让人感到安心：沙发是我们在车库甩卖[①]时挑中的，上面铺着色彩斑斓的阿富汗编织毛毯；咖啡桌是用我们从沙滩拖回来的漂流木搭建而成的；装饰画全都是从二手商店淘来的，挑选标准仅仅是看它能否让我们开心——有幅画上是一束色彩鲜艳的纸花，还有一幅是一群古怪的猫头鹰，栖息在白雪覆盖的枝头。

我和苏菲从家里逃出去之后，躲躲藏藏了有一年的时间，直到安德鲁的案子开庭。我们住在加拿大各地廉价的小旅馆里，靠着向克里斯借钱和我打零工过活。他当时还在保释期，可能会找到我们，而我冒不起这个险。我们甚至还在艾伯塔省的边界住过几周。每次苏菲一边收拾她的袖珍行李箱一边问我“我们又要搬家了吗”的时候，我都想哭。可当她不再发问，只是一言不发地收拾行李，我更是心如刀绞。

安德鲁被定罪后，我们母女俩才从马蹄铁海湾乘渡轮沿海岸线一路颠沛来到山茱萸海湾。山茱萸海湾坐落在一座面朝大海的山上，社区居民相互关照。我一下子就爱上了市中心那些古朴的铺子和小酒吧。人站在市中心，可以望见远处深蓝色的海水、沿岸绵延不绝的山峦；空气中飘着一层薄雾，夹杂着海水咸咸的味

① 美国居民会在双休日在自家车库或者院子里摆起小摊儿，将家里的闲置物品低价甩卖，这种交易形式称为“车库甩卖”。——译者注

道；在这里你还可以买到刚从水中捞起来的新鲜螃蟹，看水上飞机降落时喷出白色的泡沫。

我和苏菲需要一个家，靠近海边，离我父母的家几个小时的车程。通往山茱萸湾有两个途径：从海岛坐水上飞机或是从内陆乘一个半小时的渡轮。我以为，住在这里我们会开心，我们是安全的。

我坐回到苏菲身旁的地板上。她正在全神贯注地画画，她和安德鲁一样具备一种特殊的本领：能把一切都藏进深不见底的眼睛里，一连几个小时都不动声色。区别在于，她会再次欢欣鼓舞地走出来，要是接触得当，或是问题问到了点子上，她又会眨巴着眼睛，好像刚从漆黑的洞穴里走出来，浑然不知时间是怎么过去的。

“你在想什么？”我问道。

“爸爸。那天晚上的意外。你真的觉得如果他找到我们，就会杀了你吗？”她转过头来看着我，目光在我的脸上游移。

“我觉得他会尝试这么做的。没错。”

“但是他现在为什么会想要伤害你呢？你说过他已经戒酒了。他清醒的时候是不会伤害你的。”我之前以为把克里斯打听来的有关安德鲁的小道消息分享给她是一件正确的事，但是现在我却深感后悔。

“他清醒的时候只是没有伤害我的身体，宝贝，我知道这很难理解。就像是喝酒只是他的一个借口，就算他清醒的时候，他也会因忌妒心作祟，而变得冷酷无情，要是我胆敢离开他，他就威胁我说要伤害我。我很害怕。”

我还记得上次为了向她解释，她爸爸酒驾酿成事故，撞死了人，所以得去坐牢时有多困难。她还是提出想去探监，无论我和她说过多少遍，监狱对她这样一个小女孩来说不是一个安全的地方。我尽可能地保护她不受她爸爸喝酒和发怒的影响。她只知道他是个慈爱的爸爸，而且很想念他。最后，我告诉她，她可以给他写信、画画，等他出狱后给他看。

她长到足够可以承受这些残酷事实的年纪后，我给她讲了更多关于我们婚姻的事。我告诉她，他爸爸曾经是个多爱忌妒、控制别人的人，我给过他很多次机会，但他依然我行我素，酗酒、施暴，差点杀了我。之所以说逃走是唯一的选择，是因为我太害怕了。她后来就不再问他的事情了。有一天，我把衣服收拾好，放到她柜子里，发现她放信的匣子被塞到了最里面，我突然如释重负，虽然我很讨厌承认这一点。

“可是，已经过去这么多年了。”她说。

“他还是个危险分子。”

“如果他变了呢？”她说话的语气让我的心不由得一沉，她的声音中有期盼，或许还带着一丝怀疑，似乎是不确定我的担忧是否真的有必要。

我思索了片刻。她知道他待在哪家监狱，她可能已经给他写过信，或是去探视过他。我从没想过，她做出这么重大的事却没有告诉我。但她现在已经是个青少年了，好奇也是难免的。

“你和他说过话吗？要是说过，告诉我没关系，我不会难过的。”我会大发雷霆，但若是我告诉她我真实的想法，她就不会和我分享任何事了。

她摇摇头，“我只是感觉难过，你这么怕他。”意思是说，她不害怕。我的心仿佛被剑刺中，抽痛起来。我不想要她的保证，那是我该做的事。但是她不害怕，从她脸上，我可以看出来。这就意味着她有可能会犯错。我需要提醒她小心一些。安德鲁是那种看见一条缝隙，就能让它变成一扇窗的人。

“我不相信一个人可以改变他的本性。”我解释说，“过去多少年并不重要，他还是不会原谅我当年和他离婚。他怀恨在心，现如今他又出了狱，或许会面临大大小小的问题，应对各种各样的情绪。这也说明他的状态不稳定。”我想到他曾通过律师发来的那条信息，一想到他又一次成功地愚弄了我，他那时待在牢房里一定又在自鸣得意吧。

“我知道你不开心。”她说，手摆弄着钢笔，“只是，如果他真的恨你，他大可以采取别的行动。而不是，比如说，跟踪你之类的。”

“苏菲，看着我。”她抬起头，迎上我的目光。

“你爸爸他就爱吓唬我。他不只是想要伤害我。看着我胆战心惊，他就会很兴奋。这会让他产生一种强烈的快感。我只是希望他这次表明态度后可以不再骚扰我们，但是我们得留心。如果你见到他，你会告诉我的，对吗？”

她点点头，“好的。”她接着拾起钢笔，又开始画画。我观察她的手指，下笔有些犹豫、不确定，但我不知道是不是我在胡思乱想。接着，她下笔越来越自如，表情舒展开来，身体也很放松。我的身体陷进了沙发里。

一切都会没事的。我们会一起挺过去，就像往常那样。

第七章

琳赛

2003 年 9 月

“爸爸他又把卡车停在邮筒上了。”苏菲站在窗前，还穿着芭比公主的粉色睡衣，手和脸贴在玻璃上。

我站在她身旁。邮筒的木桩在卡车的前轮胎下露出一端，木头碎片散落一旁，红色的金属材质邮筒滚到了草坪中央。第一次出现这种情况的时候，他和我说他只是拐弯的时候太急了。第二次他说是因为我没把车停在车道上正确的位置，没能给他留出充足的空间。

“过来，宝贝。我去打开电视，好吗？”

“爸爸什么时候起床？”

“快了。”我看了一眼时钟。我不能让他睡太长时间——他喜欢陪苏菲度过周日上午的时光，但我却喜欢安安静静地待一会儿。这一周过得并不顺利：他的几名员工辞职了，办理施工许可证的时候又遇上了麻烦，而另一个项目也未能中标。

苏菲跳到沙发上，钻在毯子下面，“我能喝‘流奶’吗，拜托了，妈妈？”她“牛奶”的发音总是让我忍俊不禁。安德鲁觉得她拼错单词的时候我们应该纠正她，但是我和孩子单独在一起的时候，从来没有纠正过她，我想让她在我的陪伴下无忧无虑地成长。这周她已经开始上幼儿园了，虽然只去半天的时间，但我非常想念她，整天魂不守舍地看着时钟，一直到接她放学的时刻。

我给她拿来牛奶，放到咖啡桌上。苏菲在沙发坐垫下翻来翻去，找到了一条带吊坠的银手链。

“哦，不会吧，妈咪！它坏了。”

“没关系，宝贝。它只是掉了。”我脸上保持着微笑，语气轻快，“谢谢你帮我找到它。”我从她手中取过手链，随手装进居家便服的口袋里。手腕上的淤青还不算太严重，几天后应该会褪去，不过我还是得穿长袖衣服。我早该意识到，那天下午应该记着给他发短信报平安。只是我当时太过忙碌了，分身乏术。那天我带苏菲去参加一个生日聚会，做了好多纸杯蛋糕。

我往马克杯里倒了点儿咖啡。杯子是苏菲亲手做的，是她送给安德鲁的父亲节礼物，杯身被深蓝色的油漆涂得惨不忍睹。我拿着杯子穿过走廊，经过苏菲房间的时候，瞥见了里面的一张老旧的白色古董摇椅，不由得想起苏菲出生后，安德鲁时常坐在摇椅前，一摇就是几个小时；换尿布的时候，他的脸上也丝毫没有厌恶的神色；每当她发出软糯的咕哝声和轻柔的咕咕声，他总会充满怜爱地凝视着她。下班回家前，他会特意去面包店买奶昔和新鲜出炉的面包，回到家在面包片上涂上厚厚的一层黄油，一片一片地喂我吃。那时的他多少是快乐的。

我蹑手蹑脚地走进卧室，把咖啡放在床头柜上。他没有动静，于是我又走进浴室，就着水龙头里缓缓流出的水刷了牙。我飞快地扫视了一圈，检查化妆包还在不在洗手台上。有几次，我外出办事回到家中，发现包包没有摆放在原位，里面的东西杂乱无序，抽屉里的衣物也被翻得乱七八糟，好像他在找什么东西一样。我曾小心翼翼地问，是不是他干的，他还指责我疑神疑鬼。而现在，事无巨细，我都会仔细留意。

“琳赛？”蓦地听到他的声音，我不禁吓了一跳。牙刷从手中脱落，水珠溅到镜子上。我忙抓过一块抹布，把镜子擦干净。

“嗯，”我说，“咖啡放在床头柜上了。”

“苏菲在哪儿？”

“看电视呢。”我走出浴室，任由他拉着我在他身边躺下。他的身体暖洋洋的，我的脸贴在他结实的胸膛上。他的嘴唇亲吻着我的额头，手指滑过我的胳膊，圈住我的手腕，抚摸着手腕处细腻的肌肤。

“你的手腕还好吗？”

“还好。苏菲找到我的手链了。”

“你不该那么快地抽身。我差点真的伤着你。”他刚睡醒，嗓音粗哑，但我还是从中听出了另一种语气，一种我再熟悉不过的语气：懊悔。

“我知道。我以后会小心一点。”当时我正准备走开，他其实不是故意要使那么大劲儿抓我，可无意归无意，我伤得也着实不轻。就像上次，他撞翻了一只人工吹制的玻璃花瓶，那是我祖母送给我们的结婚礼物。还有那次，他摔碎了那只陶瓷猫头鹰，这件工艺品在我还是个小女孩的时候就一直摆放在我的梳妆台上。他后来用胶水一片一片地把破碎的陶瓷猫头鹰粘了起来，花了好几个小时，又是取出放大镜，又是摆弄镊子，但我还是能看见它身上留下的每一道裂痕。

苏菲在看动画片，声音从敞开的卧室门口飘了进来。她正在看《卡尤》[①]，估计还要再津津有味地看一会儿才会过来找我们。

---

① 《卡尤》是一部加拿大著名儿童系列动画片，讲述了四岁的光头小男孩卡尤和两岁的妹妹、小猫及家人还有周围小朋友的生活故事，目标观众是学龄前儿童。——译者注

“我有些担心你。”我说，“你最近喝了不少酒。”

“我没事。只是因为北岛的项目，最近压力有些大。”

“也许你该放缓节奏，不要同时承受这么多压力。”

“我得养你，还有这个家，你说得轻巧。你父母欠了那么多债务，我答应了你爸爸，让他再干几年。”

我抬起头，惊讶地看着他。他以前不是还鼓励我爸妈买一辆新车，把家里再装修翻新一下吗？“我不知道你是这么想的。”

“当然了。我的意思是，我要是把公司关了，我们倒是没什么。我有信托基金，但你爸爸和弟弟怎么办？外面可没有那么多工作……”

我大脑一片混乱，惊慌失措起来。他之前从未说过关公司这回事。我以为他顶多会包一些小型的项目，辞退一些新员工。爸爸他快五十了，肩膀又不好。不会再有人雇他当工头了。

“也许你可以雇个帮手。这样一来，你就有更多空闲时间了。”

“那么做会毁了我的生意。这一行的人向来觉得我不过是个有钱人家的孩子罢了，轻而易举就能得到一切。我要是雇个帮手，这下更证明他们说得没错了。”他看起来有些沮丧，我感觉是我让他失望了。他当然不想拿他的名声冒险了。

他拽了拽我的头发，我的头被拽得偏向一侧。“别瞎操心了，我向你保证。”他迎上我注视的目光，语气郑重，“我会缩小规模的，好吗？”

“你总是这么说，可是……”

“我会的，琳赛。这次我会的。”

我把头靠在他的肩膀上。他哼了几节曲子，浑厚的嗓音在胸腔发出共振。“你知道我们的爱命中注定……”我听出这是一首芝加哥乐队[1]的曲子。我们婚礼当天放过这支曲子。安德鲁在记歌词方面天赋异禀，在任何场合都可以信手拈来一段旋律。他知道我们第一次约会的时候餐厅里播放的是哪支曲子，我们做爱的时候放的是哪支曲子，接我的时候车里放的是哪支曲子。

他突然停止歌唱。我紧张起来，等待着。这是怎么了？

“你一定觉得很难熬吧，如今苏菲开始上学了。”他说道。

“屋子里太安静了。”我还想多说几句，却说不出话来，情绪翻涌，像是什么东西堵在了喉头，我舒了口气，我最好的朋友回来了——我亲爱的安德鲁，那个爱意满满的安德鲁。眼前这个男人才是我的丈夫，而不是那个箍着我的手腕，好像要把它折断的男人。

“还记得我上次和你说，我们这周要在一个农场附近干活吗？农场主的牧羊犬下了一窝幼崽。我们应该收养一只。”

我坐直身子，垂下眼睛注视着他，“你说的是真的吗？”我想养狗很多年了。我小的时候曾养过一只西班牙猎犬，取名为飓风，因为它会把一切都破坏殆尽，但它死后，爸妈就不想再养狗了。我借遍了邻居家的狗，和它们玩耍。我和安德鲁聊过好几次，说要养只狗，但他想等苏菲长大一点的时候再养，那时我们也有了固定居所，就不用担心房屋被损坏了。

“我只是想让你开心，琳赛。”他抚摸着我的侧脸，眼神柔情似水，我几乎要流下泪来，“我们明天就去挑一只。”

它的名字叫烈火。身体圆滚滚的，像一只黑色的毛球，长着软塌塌的耳朵，额头上有一颗白色的星形标志。随后的几周，

① 芝加哥乐队是一支美国本土的摇滚乐队，成立于1967年。——译者注

我们去探望过它几次——它还没长到足够大，我们还不能带它回家。通常是我和苏菲一起去看它，有时候苏菲去幼儿园了，安德鲁会和我碰面，我们会在谷仓里和小奶狗们一起共进午餐。我笑嘻嘻地看着他朝烈火扔小棍子，细数他们以后要一起去做的事："我们去露营，哥们儿。你会喜欢的。我打赌你会是一个绝佳的钓鱼伙伴。"

晚上，我会读与小狗有关的书，研究最适合牧羊犬吃的食物和最适宜它们的训练方法。安德鲁给小狗买了皮质项圈和狗绳，还有一块银牌子，上面刻着它的名字。我惊喜地发现安德鲁言出必行——我没有再见他喝过一次酒。

我们计划去领烈火回家的那天，安德鲁却没有如约赶在五点回到家里。我给他打电话，没有人接。我们等到六点钟，七点钟。苏菲的心情越来越沮丧，越来越没耐心。"为什么我们不能去接小狗？妈妈，爸爸呢？"

最后，我把她抱进车里，自己开车去接烈火。我们返回家中时，安德鲁的卡车已经停在了车道上。苏菲把烈火紧紧地抱在怀里，跑进屋子里，"爸爸！爸爸！"我跟着她走进家里，把给狗狗准备的各种食物放进橱柜。我很生安德鲁的气，我觉得自己现在没办法心平气和地和他交流。

苏菲走进厨房。"他在睡觉。"她的语气听上去很是困惑，十分沮丧。是我的错，我早该预料到他会这样。最近我张口闭口就是小狗，没有给他足够的关注。为什么我没能早点看出他积蓄的不满呢？

"没事的，宝贝。他可能是在打盹。不如你带烈火参观一下我们家的后院吧？"她出去后，我去看安德鲁。一走进卧室，我就闻到了浓郁的威士忌的味道，地下躺着一个空酒瓶，应该是从他手中滑落的。

我清理好满地狼藉，把地毯上的水渍吸干，才去准备晚饭。安德鲁没有离开卧室，我把他的那份食物放在盘子里，用保鲜膜封好，放进冰箱里。

苏菲闹着要让烈火在她的房间里睡觉，我告诉她这不是个好主意。安德鲁和我已经商量好让烈火住在洗衣房里。当然这并非我的本意。

我把狗的寝具安放到金属狗笼里后，用报纸把四周包好，我把烈火放进去的时候还顺带放了一只泰迪熊进去，给它做伴。忙完这一切，我才松了口气，躺到安德鲁身旁，听着外面唰唰的雨声。凄风冷雨的夜晚即将到来。我开始想念那段悠长温暖的日子了。我闭上眼睛，试着进入梦乡，耳边却传来烈火楚楚可怜的呜咽声。

我坐起来，在床边踌躇地晃动着双腿。安德鲁的胳膊突然箍住我的腹部，把我一股脑儿地拉回到床上，我惊讶地倒吸了一口气。

“别管它。它得学会自己睡。”他翻过身，打了一个哈欠，“你能帮我倒杯水吗？”

水。他想喝水？没有解释，甚至都没有为醉酒找个借口。我咬紧牙关。现在不是讨论这个的好时机，等明天再说。

我从浴室接了一杯水，拿到床边。

他喝了一口，腕上的手表闪着微光。“太热了，我想要冰块。”

他当然想要冰块了。我光着脚向厨房走去，脚下一片冰凉。这时，烈火开始号叫，拉高声调，发出悲凉的呜咽声。这样下去苏菲也会被吵醒。

我把玻璃杯放在料理台上，蹑手蹑脚地穿过走廊，钻进洗衣房。“嘘，”我悄声说，“没事的。”烈火扭动着身躯，发出低沉的咕噜声，想要挣脱狗笼的束缚。

“你在干什么？”安德鲁站在走廊里，“我和你说过让它自己待着。”

“我就是来看看它。”

烈火忽然吠个不停，前腿攀上狗笼的一侧，金属笼子发出哐啷哐啷的声响。

“该死的狗。”安德鲁把手伸进狗笼，拎着它的后颈把它拿了出来。

我站直身体，抓着他的胳膊，想把烈火救回来。但是安德鲁把它高举在空中。“你这是在做什么？”我急切地问。

他没有回答，只是转身离开了洗衣房。烈火哀号着，四条腿在空中乱踢。我跟着他俩穿过走廊，制止道：“安德鲁，不要！”

他打开后门。风雨交织，呼啸而来。我们身上的睡袍被风吹得紧紧贴在腿上。“你不能把它丢在外面！”

安德鲁回头看了我一眼，松开了手。砰的一声，烈火摔在地上，滚到了他的脚边。我尖叫地跑过他的身旁，伸手去抱狗，手指刚触到它的皮毛，安德鲁就拽着我的手腕，把我拖回了屋里，关上了门。

我当胸推了他一把，不假思索地动手打了他。他把我推到墙上，抓着我的肩膀，猛烈地摇晃。我的牙齿咬到了脸颊内壁。

他倾过身体，呼吸中夹杂的威士忌酒气扑面而来。“你要是出去，我就用铲子把它的脑袋敲碎。听懂了吗？”

我们就这样在漆黑的走廊上四目相对，直到我点了点头。

他松开我的胳膊，我倚着墙的身体颓然滑下。“过来，”他说，“我累了。”

我跟在他身后走进房间。我不能呼吸，有种放声大哭的冲动。我强迫自己迈开腿，一步步向前走去。我要等他睡着，然后去找小狗。

我试了两次悄悄地溜下床，但每次他听到动静，都会伸出腿，压着我躺倒，然后他又把胳膊横过来，拦在我的胸前，像铁箍一样。时间一分一秒地流逝，转眼已经过去几个小时。我盯着天花板，眼泪顺着脸颊滚落。我想要变得更加强大，一把推开他，为狗狗争取，但是我太害怕了，害怕他刚才的威胁不只是说说而已。我忘不了他当时的眼神，就像是在挑衅，就好像我只要行将踏错一步，就正中他下怀，然后他就可以杀了小狗。

终于熬到了天亮，他起床去上班。我假装还在睡觉。一听到他的卡车发动驶去的声音，我就赶忙奔出去，发现小狗躲在房屋正前方的露天平台下，浑身湿透，抖个不停。我喂了它一些暖和的食物，用毛巾裹着它，贴在胸口，向它柔声道歉，向它保证再也不会让它受到伤害。我会言出必行。苏菲醒来后，我轻声告诉她小狗生病了，它必须得回到它妈妈身边去。她听后非常伤心。

我哭着把烈火送回了农场，向主人解释说因为女儿对狗过敏，我们事先并不知情。我不知道他们是否相信了我所说的，但是那位女主人看上去深感同情，向我保证她会再给小狗找一个好心的人家收养。我把它所用的东西也一并送给了他们：食物、餐具，甚至还有那条皮项圈。所有的东西。我一件都不忍心看。

安德鲁回家后，我告诉他，我觉得目前没有充沛的精力去照顾小狗。我想把注意力全部放在苏菲身上。他也再没有问起过小狗。

我看着妈妈用颤颤巍巍的手把热水倒进茶壶里，心中却不知道她还能这样做多久。医生说她还有几年可活，但是没人知道究竟是多久。十月的阳光洒进窗户，照亮她金色的头发和苍白的皮肤，我能清楚地看见她脖子上浅蓝色的血管。

“我去取茶叶，妈妈。”

“不用，我还没老到不中用。”她笑了笑，我也努力挤出一个微笑。我有些心不在焉，神经紧紧地绷着。我看了一眼手表。我不能再耽搁了，他可能会回家吃午饭。我在脑海中回想了一遍家中冰箱里的食材，思忖着做什么可以快一些。他不喜欢我再去他工地上送东西。他说不安全，有可能会被落下的横梁砸到，但那不是实话。他其实是不喜欢那些男人们看我的眼神。我从他的脸上能看出来，还有他催促我赶紧回到车上去时的神情。

我把烈火送回去几天以后，安德鲁告诉我，他把房子在房产中介那里登记了。房子很快就卖出去了。如今，我们已经搬进新家一周了，房子比原先的还要大。这是我们这些年来第三次搬家。我原本想让苏菲在固定的环境中长大，度过她童年的时光，就像我小时候一样。

父母家中的一切我都分外熟悉，环顾四周：黄色窗帘美观大方，奶油和糖盛放在奶牛形状的器皿里，盐和胡椒罐是小鸡形状的。妈妈喜欢具有乡村风情的物件，这些年每逢她的生日或圣诞节，我们都会在市面上搜罗那些可爱得让人发指的东西送给她当礼物。每一样，她都非常珍爱。她用小猪形状的茶壶给我倒了一杯茶，在我对面落座，坐下的时候还不忘在我的手上轻轻地拍一下。

“趁我在家里，有什么能帮你干的吗？”我问她，“我可以帮你洗衣服。”

“谢谢，亲爱的，昨天晚上我还没来得及洗，你爸爸他就洗好了。你们俩可真像。”她吹了吹茶，热气袅袅。

我想到了爸爸，他辛苦工作一天后还要回到家中照顾妈妈。但愿他们的日子能过得容易一些。

“你的玻璃该擦了。我周末再过来一趟。”

“不用了，”她说，“不脏。”

“我喜欢打扫卫生。”

“这倒是没错。你还是个小丫头的时候，就会假装自己是灰姑娘，把家中里里外外都清扫擦洗一遍。”她边说边开怀大笑。

“我真希望也可以对苏菲说同样的话。”

“我们的小公主怎么样了？她喜欢她的新家吗？”

“她喜欢得不得了。我们挑了几张猫头鹰的模板，她坚持要自己贴。大部分都贴歪了，但她却狡辩说它们只是头朝下飞翔。”

她伸过手，把我的刘海从额头上拨开，就像小时候她常常做的那样，“我还是不习惯你的新发型，看起来太成熟了。”

安德鲁总会对我的发型喋喋不休——你看起来像个高中生，或是长发太性感了，会让男人们产生不好的想法。有一次我留着精灵短发回到家中，他又说：“你换这个发型是做什么？”

“我不知道安德鲁会不会喜欢。”

“就算你把头发剃光，他还是会觉得你是这个世界上最美丽的女孩。他喜欢你。”

“我最近却不这么觉得。他总是很忙。”我打开心门，露出一个缝隙，暗暗希望她会追问，希望她能看出我们之间出了问题。

“他只是太投入了。他昨天送你爸爸回来后，转头又回到了工地上。”她摇摇头，“他工作太努力了，你的丈夫。”

我从她的语气中听出了钦佩，我感觉那股敬意忽而使我的心下沉。她没有发现异常。真相在我的嘴边不断吞吐。我再也不能把这一切都埋在心底，承受这种种担忧与恐惧加在一起的重量，但是一想到把一切告诉妈妈，我心中的恐慌却在野蛮地生长。我能想象到安德鲁的表情，如果他发现我跟别人谈论过他。我想起他放在枪支保险柜里的那把猎枪，即便他很少出去打猎，转而又想起他把苏菲的护照放到了他存款的那家银行的保险箱里，钥匙由他个人保管。

妈妈把一盘饼干推过来。

“我不饿，谢谢。”

“你还好吗？”

> 他喝酒，已经无法自控，妈妈。喝醉以后他会变得非常愤怒。我觉得他真的可能会伤害我。你不知道他变成了什么样，我有时甚至不能自由地呼吸。他忌妒成性，监视我，翻我的东西。他想再要一个孩子，而我在节育。我把避孕药藏在装卫生棉塞的匣子里。我想离开他，但是我害怕，害怕他会想方设法把苏菲从我身边带走。我一无所有。我该怎么办？我怎么才能摆脱这一切。我没有信用卡，也没有银行账户。所有一切都在他的名下。我被困住了。

我能想象妈妈听到这一切会多么震惊、困惑和沮丧。这么长时间以来，我都在隐瞒真相，她知道了会多么伤心，又该多替我和苏菲担心。

“我来之前吃过了。”我喝了一小口茶。我希望在这个时刻能多停留一会儿。“爸爸的肩膀好了吗？”

她摇摇头，“他按照医生的嘱咐做了运动，但是没有效果。手术是下一步，会有风险。谢天谢地，安德鲁给了他一份工作。”

“他还愿意为安德鲁工作吗？”

她偏过头，“当然了，为什么这么问？”

我吞了几次口水，想把最近总是堵在嗓子眼里紧绷、绝望的感觉咽下。“有时候我会想，给女婿打工他会不会觉得奇怪。如果他想要干别的工作，我没有意见。”

“你爸爸他知道。”她把手覆在我的手上，直视我的双眼，面带忧色。

这是我的一个机会。“你和爸爸对我来说很重要。而且……”

妈妈睁大眼睛，“噢！我给你看看安德鲁送来的观光目录。”

“观光目录？”

“他打算送我和你爸爸去海上航游，作为送给我们结婚周年纪念日的礼物，但他说这是奖金，你懂的，上税的那些事。他没有和你说吗？我希望这不是他安排的惊喜。没准他也会带你去。”她起身，兴高采烈地谈论起要去的地方，“你得帮我挑几件适合乘船游览穿的衣服。你知道的，我们之前从来没有真正度过假。”

她拿着观光目录坐回到座位上，把它推到我面前。我却无法移动胳膊，只能盯着充满光泽感的封皮上那对笑眯眯的夫妻。

“琳赛？”

“抱歉。我刚才想到了别的事。”我摆正椅子，拉近一些。

她还在盯着我，“你确定没事吗？”

“没事，就是有些疲倦。我可能得吃一粒维生素B。”

“好办法。养育一个刚会走路的小孩，会让人筋疲力尽。”她飞快地把观光目录翻到已经做好了标记的那一页，“你觉得这个怎么样？”

我坐在车里，回头望向父母所住的那栋房子，房子里有花箱和木头秋千。无数个夜晚，爸妈坐在秋千上，而我和弟弟则在前院嬉闹；我和妈妈也曾依偎在秋千上，她用脚轻轻地抵着门廊上的栏杆，直到我倚着她温暖的身体进入梦乡。妈妈一定会疑惑为什么我还不开车离去，但是我需要片刻时间来思考，好让自己在回家之前打起精神。座椅上的安全带勒在我的腰上，我试着把它松开一些，但是固定装置不允许我这样做。我又拉又拽，直到眼泪顺着脸颊滑落。终于，我放弃了，用手使劲儿击打着方向盘，“该死，该死，该死！”

一旁的嘈杂声吸引了我的注意力，原来是一只鸟儿立在苹果树的枝头上叽叽喳喳地叫着。我摇下车窗，呼吸着秋日清新凉爽的空气。天气很快就会转凉，安德鲁回家的时间也会提前，也许他会放慢工作节奏。也许这样一来，他就没必要喝那么多酒，事情也会有所好转。他很爱过圣诞节。我顺着思绪，想起以前过圣诞节时他总是像个小孩子一样在破晓时分起床，为我和苏菲做华夫饼[①]；想起他迫不及待地等着苏菲拆礼物的模样。去年，他给她做了一幢娃娃屋，屋里精致的家具一应俱全。他还送了我一只枫木做的珠宝盒，是他在爸爸的作坊里亲手做的。他告诉我，和爸爸共度的那几个小时是他生命中最美好的一段时光。

---

① 华夫饼，又名格仔饼、压花蛋饼，是一道源于比利时的甜点，用配有专用烤盘的烤炉制成。——译者注

我再次回头望着熟悉的房子，想象爸妈惬意地乘着船，一切都已事先安排妥当，无忧无虑的样子，他们该多开心啊。他们需要一次度假。他们为我付出了一切，牺牲了这么多。我得留在安德鲁身边。离开不是一个选项，至少不是现在。

我发动车子，向家中驶去。我决定午饭做一道汤和烤牛肉三明治，都是他喜欢吃的。

第八章

苏菲

2016年12月

2016年5月19日

安德鲁·纳什C/O罗克兰监狱收

嗨，我叫苏菲，你是我爸爸，不过或许你已经猜到了。你可能现在正疑惑我为什么会给你写信，所以我就直奔主题了。我的英语老师给我们布置了一项作业，我们需要联系一个对我们的生活影响最大的人，告诉他，他对于我们的意义，或者他如何改变了我们。我觉得这个人应该是一个我们欣赏的人，或是我们心目中的英雄，我想小时候你在我心中就是这样一个人。但是这个作业我之所以选中你，是因为你改变了许多人的人生，不只是我的。还有，嗯，我没准会因为有一位坐监狱的爸爸而得个“A”。好吧，这个玩笑很傻。

那么，我接下来应该给你讲讲想起你时我的感受。有时候我感到难过，但是我大多数时候还是真的很生你的气，气你那天晚上酒驾。我总是会想起那个女人。她原本只是想回到家中与家人团聚，但现在她却死了。你被捕后，我们不得不四处漂泊，妈妈一个人打了两份工，我几乎见不到她，而且也没有爸爸了。现在过去这么久了，11年，比我人生的一半还长。你错过了一切。我现在甚至都不知道你是谁了。

我不知道还能说什么。

苏菲

事情就是这样开始的——我有一项作业要做，于是我就情不自禁地想要告诉我爸爸，他是怎么毁掉了我的人生的。我和蒂兰妮谈过这件事，她是唯一知道我爸爸的情况的朋友。学校里人人皆知我妈妈是做清洁工作的，这已经够糟了。一些学生的家长是她的顾客。我是说，这多奇怪，是妈妈在帮他们整理床铺，刷洗马桶。夏天的时候我帮她做过清洁工作，真是太恶心了。我讨厌在我们工作的时候一些顾客转来转去，露出略带歉意的微笑，就好像他们只是太忙碌或是太尊贵了，所以不能亲自打扫他们乱糟糟的家。我想让她换一份工作，比如在办公室工作或是其他什么工作，但是她说她还是更喜欢自己现在的工作。

蒂兰妮觉得我给爸爸写信这个主意很酷，同意给我打掩护。她帮我寄信，我用的是她家的地址，如果他要回信的话，这样更方便。

两周后，我收到了他的来信。

2016年5月29日

亲爱的苏菲

我收到了你的来信，这是我入狱以来最幸福的一天。我把你的信读了六遍。你有充分的理由恨我，但我希望你可以在心中再给我一次机会。我已经改变了。你说得没错，我错过了一切。我不敢相信你如今已经十八岁了。

在我找回自己之前，你妈妈不想让你来探视我，她这么做没错。我希望你知道我从来没有停止对你的思念。我花了很长时间才学会为自己的行为承担责任，很抱歉我没能成为一个好爸爸。我只是很长时间都很愤怒，如果不驱散愤怒，我就看不清面前的道路。后来发生了一件事，我再次伤害了一个人。他突然袭击我，我出于自卫，但不重要了。我意识到，如果我没能改过自新，可能就再也见不到你了。

我加入了嗜酒者互诫协会[①]，一直在践行十二个步骤[②]，试着去补偿那些我伤害过的人。我真心为自己给他们每个人造成的伤害感到抱歉，我也知道我让你失望了。我无数次地希望那天晚上我从未喝醉过。我无法回到过去，但是我非常努力地想要在余生做出积极的改变。

我参加了这里的一个互助小组。他们教会我们如何调节愤怒，如何发泄情绪，不让它们在心中不断累积。这些年来，因为童年的经历，我一直都不会处理所有的负面情绪。我想，我从来都没有从爸爸抛弃我，还有妈妈离世的阴影中真正走出来。所以那时我总是害怕你妈妈也会离我而去。但是我却搞砸了，失去了你们母女。我不是在找借口。我只是希望你或许可以理解一些。

你还记得我们一起建造的那艘小船吗？我知道那次我也搞糟了，我很抱歉。我记得每一件我搞糟的事，我知道

---

① 嗜酒者互诫协会，又名戒酒匿名会(Alcoholic Anonymous，简称AA)，是一个国际性的帮助个人戒酒的自愿互助组织，最初由美国退役大兵比尔·威尔森（1895—1971）和鲍伯·史密斯（1879—1950）医生在1935年创立于美国俄亥俄州的阿克伦市。——译者注

② 十二个步骤是嗜酒者互诫协会根据早期会员反复尝试后的经验得出的帮助个人戒酒的具体步骤。——译者注

我只有用一辈子的时间才能补偿你，但是我愿意去试试。有时候，这里晚上太吵闹，睡不着觉的时候我会制定重造一艘新小船的计划，想我们该如何一起去建造它，然后等我出狱后，我们去湖上泛舟。我从来都没有教过你该怎样钓鱼。

或许这听起来是件无足轻重的事，但是你出生后，这是我非常想和你一起做的一件事。但那些年我喝了太多酒，这件事也从未实现过。我忘记了许多事，却从来没有忘记爱你。

我要去工作了。我在这儿有份工作，管理工具室。这份工作既能打发时间，通过它我也认识了一些还不错的人。我还读了不少书，也参加了一些课程，但我还是期望可以尽快出去。我理解，你也许不想给我回信，但是如果你愿意的话，那对我来说就太重要了。期待你的回信。你还喜欢画画吗?

爱你的爸爸

读完他的信，我感觉喉咙发紧，脸颊发烫，心里空落落的，头痛欲裂，思绪汹涌而来。我已经很多年没有想起那艘船了。我们花了好些天，用砂纸打磨，油漆上色，但是后来一连数月它都无人问津，静静地躺着，上面盖着一层油布。现在我终于想起在他身旁和他一起工作是一种什么样的感觉：学习使用颗粒大小不同的砂纸，粗糙的手上满是污垢，呼吸着油漆的气味。我把信塞到了梳妆台下面。

那天晚上，趁妈妈上床睡觉后，我回到房间里开始画画。我先是画了一片魔法森林，树上花叶缠绕，然后在画的中部画了一方池塘，上面飘着我们建造的小船，里面坐着一个小姑娘和她的爸爸，两人拿着钓竿，青蛙在他们四周蹦蹦跳跳。我把画折起，放进信封里，第二天交给蒂兰妮，让她寄给他。在那之后，我们开始每周都通信。

今天他专程从岛上飞到山茱萸海湾镇来见我。这是我们十一年以来的初次相见。我打算和我的爸爸见上一面。这太疯狂了，以至于我昨晚都没睡着觉，眼睛下方浮现出大大的黑眼圈，我不得不用化妆品遮盖，画了比平时还要夸张的眼线，这样我还能假装是化了烟熏妆。

我把一捆信塞进背包里——最近我天天都带着它们。妈妈从来不会乱翻我的房间，她在吸尘或是打扫前总会先征求我的同意，但是我还是不能冒险。我蹑手蹑脚地走进房间，来到厨房，心中祈祷她还在睡觉。糟糕，她已经坐在餐桌旁，吃着吐司片。我闻到了花生酱的味道。

她看了我一眼，“你今天起得挺早。想吃点儿什么？”

“我去学校吃，谢谢。”有一瞬间，我产生了一个疯狂的念头，如果告诉妈妈我已经和爸爸通过几次电话了，她会做何反应呢？最开始有些奇怪，我不知道该说些什么，但他的声音是那么熟悉，接着记忆汹涌而至：我想到曾经坐在他的工作卡车里，听他打电话；他谈吐睿智，让我很是自豪；他的员工事事都会与他商量。我甚至可以闻到他用的椰子味空气清新剂的味道。然后，我又想起了他那一整套金属材质的午餐盒，他会带小包装的奥利奥给我，把我的蜡笔放在他的手套匣子里。我想问问妈妈，她还记不记得这些。我们怎么会从来都不谈论这些事情？我们怎么会只谈论那些坏事？

也许她会说：“好吧，我亲爱的女儿，因为他威胁说要杀了我，你记得吗？”

我当然记得，还记得非常清楚。所以我才会在和他第二次通话的时候问起这件事。如果你觉得我给我狱中的爸爸写信需要很多胆量，那询问他威胁要杀了我妈妈这件事则需要用尽全部的胆量。假如那天晚上他对妈妈开枪了怎么办？一念至此，我的整个世界都开始变得摇摇欲坠，我感觉自己必须要坐下来。

“有件事我得问你。”我说，“很重要。”

“你想问我什么都行。”

“车祸发生的那天晚上你真打算杀了妈妈吗？你带着一把枪。”

他沉默了很长时间——就当我以为他可能已经挂了电话，他突然说：“她告诉你枪的事了？”

“是报纸上写的。”我长大以后妈妈才告诉我这件事，但我早就从媒体上得知了事情的全部经过。我把网上能找到的报道，但凡提到他名字的内容都读了一遍，那感觉就像是在观察一个陌生人的生活，一个离我很遥远的人。

“这个问题合情合理。但是让你张口问出这件事，我还是觉得自己是个彻头彻尾的混蛋。你知道吗？你还是个孩子。你本不应该看到那些东西。我从来没有真正伤害过她。我喝醉了，心情低落，头脑混乱。那把枪甚至都没有上膛。”

我想问问妈妈他说的是不是真的，但我根本不可能随口提起这件事。那相当于自寻死路。就算我告诉她：他只是关心地询问了我的学习情况、在校成绩，以及大学想选的课程；然后我们一起讨论了就业形势，还有我是否该去一家平面艺术工作室实习——如今数字化发展已是大势所趋；我们之间的交流再正常不过，就像我想象中朋友和他们的爸爸交谈时的样子。她仍然会大发雷霆，余生我都会被禁足。她是不会理解的。她不知道他现在变成了什么样。

我从冰箱中取出午饭，打开背包，一边走一边手忙脚乱地收拾我要用的美术用品。因为走得太急，那捆信从包里掉了出来，正好掉在妈妈的脚边。

“这是什么？”她问道，身体一动，就要俯身去捡。我连忙捡起来，贴在腹部，不让她看见寄件人的地址。

“一个作业而已。”

她看起来有些困惑，“还要用信封吗？”

“一言难尽。”天哪，我真是个白痴，我感觉脸上火辣辣的，“我得走了，要去见蒂兰妮。”

“好的，告诉她小心驾驶。”她总是重复这句话，我猜大多数妈妈或许都会这么说，但是她却不一样。这句话就像是她的一种迷信，类似口头上的敲木头[①]，仿佛只要有一次忘记提醒，坏事就会发生。归根到底还是因为爸爸出的那次事故。

我记不太清他喝酒的事了。我努力回想，但还是想不起来，因为我当时只有六岁。有时候，我觉得自己依稀还记得他呼吸中散发的啤酒味，他回家后妈妈紧张兮兮的样子，还有他会躺在沙发上睡着。但是我不确定这些是我的记忆，还是妈妈零零碎碎告诉我的。我小的时候，她会尽可能地不去和我谈论这些事。后来，她告诉我说，要是爸爸喝得醉醺醺的，她会先安顿我睡下或是打发我去看电视。即便现在提起他，她还是会畏缩。我不清楚她自己是否意识到了。等我再次了解了他的为人，确定他真的改

① 在西方民间传说中，人们认为接触木制的东西可以确保好运、甩掉坏运气。——译者注

过自新了，然后就告诉她，让她再也不用害怕了。

她低下头继续看手机，浏览她的脸书主页。

“再见。”我匆匆离开了家门。

这一天过得异常缓慢，放学铃声响起的时候我感觉自己就快要爆炸了。距离见面还有一个小时，我每隔几分钟就会看一下表，心中胡乱地想：他乘坐的水上飞机有没有按时降落，他现在是不是在去咖啡店的路上。蒂兰妮在我的储物柜前和我碰面，祝我好运。“回来后讲给我听！”她说，“真希望我可以和你一起去。”

“那就太奇怪了。”

“我知道。那之后给我发短信吧。”

我骑单车从学校出发直奔市中心，一路上骑得飞快，觉得胃里翻搅。我们约好在“泥嘴峰”见面。我用兜帽遮头，围着羊毛围巾。妈妈不常到市中心来，但我还是担心她提前打扫完最后一栋房子后会来采购圣诞节要用的物品。

我停在咖啡店外面，把自行车拴在灯柱上，深吸一口气，这才推开店门。我在人群中搜寻，每当我的视线落在一个男人的脸上，我的心里都会急切地泛起一股冲动，想要在那人身上寻找到熟悉的特征，一个接着一个。如果我找不到他怎么办？如果他变化太大我没认出他怎么办？如果他决定不来了怎么办？

我第一眼几乎没有认出他来。视线掠过，又落回到他脸上。他坐在角落里的一张小桌子旁，看着一张报纸，眉头微蹙，好像是看到了不喜欢的内容，又或许是他需要配一副眼镜了。他一手拿着报纸，另一只手握着一只大号的马克杯。我瞥见一抹金光在他手上闪过。他还戴着结婚戒指？

盘子中散落着食物的碎屑。他已经用过餐了，我担心自己是不是迟到了。他是个块头很大的男人，胳膊上的肌肉隆起，对比之下桌子显得更加小巧。不知道他有没有在监狱里面举铁。他的头发留得很短，发型接近平头，发色变成了灰白色。他留着络腮胡。我不记得他留过络腮胡，心里莫名恐慌起来。要是他一直都留着络腮胡，只不过是我不记得了怎么办？我感觉自己盯着他看了有五分钟。人来人往，老是有人往我身上撞。我应该走过去，但是我却迈不开脚。

他抬起头。我看得出来他没有认出我，他的目光从我身上扫过，眼神空洞。突然，他又看了我一眼，紧接着露出微笑，但笑容却有些不自然，好像是出于尴尬或是某种说不清道不明的情绪，他的脸颊变成了粉红色。

他起身，把手在牛仔裤上蹭了蹭。他的个子没有我想象中高，但是棕色针织毛衣里的双肩却很宽阔。

我走过去，站在他面前，“嗨。”我的手还抓着背包带，就好像是背着一只降落伞，只要我想，随时都可以从这里跳下去。

“你的头发，”他开口道，“出乎我的意料。”

“对，抱歉。忘记提醒你了。”我没想过他看到渐变式发型会有什么反应，我一侧的头发剃短至耳朵上方，一侧的留长，还染成了紫罗兰色。

“我喜欢这个发型。”他停顿了一下，盯着我又看了一会儿，“我不敢相信你都长这么大了。我是说，我知道过去很多年了，但是，哇哦，你再也不是那个小姑娘了。”

我不知道该说什么，气氛有些紧张。我决定缓和一下，“我第一眼也没有认出你来。我还以为我爸爸是门口那边那个秃顶男人。”

他开怀大笑，“我一直盯着每一个走进这里的未成年少女看。我想这里的员工就快要把我赶出门了。”

“是啊，确实有些诡异。”

“是我的错。”他说。看见我脸上的表情，他莞尔一笑，“嘿，我在监狱里也学了一些新潮的表达。我们有电视，也没太多别的事情要做！”他坐回椅子上。

我在屋里环视一周，发现没有认识的人，这才耸肩让背包带滑下双肩，落了座，却没有摘掉兜帽和围巾。

“我没替你点餐，”他说，“我不知道你想吃点什么。”

“我不饿。”一个小时后妈妈就准备好晚餐了。我们总是在客厅吃饭，边吃边看电视，谈论一天发生的事情。我感觉身体上像勒着几条橡皮筋，不停地拉开来、弹回去。“你在干什么？”我的脑海里盘旋着妈妈的声音，“你怎么能对我撒谎？”

我只是想知道他是什么样的人，我提醒自己。我有权利去了解我的亲生父亲。我突然对妈妈产生了一种愤怒，连我自己都深感意外。如果她允许我去监狱探视，我就不必偷偷摸摸地做这些事。我知道当我还只是个小孩子的时候她是想要保护我，但是现在我已经长大了，对人也有了自己的判断。

“想喝茶还是咖啡？”他转动着自己的咖啡杯。我想起以前我们在雪地里玩耍之后，他常常会给我做热巧克力，他会转动杯子让里面的棉花糖跟着旋转，说这样会带来好运。这些我差点儿都忘记了。

“热巧克力，”我回答说，“我要一杯热巧克力。”

我们慢悠悠地喝着。外面下起了雨，人们冲进咖啡店里，衣服被雨水打湿，滑溜溜的，闪着水样的光泽。他们甩甩湿漉漉的头发，发出人们侥幸逃脱后经常发出的那种笑声。我想起了妈妈，不知道她现在好点儿了没有。我希望她今天别出去工作了，我知道她还在为卡尔森太太打扫屋子那天发生的事心烦意乱。我真希望自己可以告诉她那不是爸爸干的——其实他周末在工地上干活。

我琢磨从店里给她带点东西回去，比方说美味可口的汤、新鲜出炉的小圆面包，或是她喜欢吃的辣鸡肉腊肠卷。但是那样一来，她就会问我问题，我就不得不骗她我和谁谁在一起做了什么，没准还会把事情搞砸。

他聊起了他的工作。他现在正在一家公司担任建筑工头，好让自己重新熟悉如今的行情，打算以后去单干，再次创业。我看得出来他在斟酌用词，想让自己听上去乐观笃定一些，但我觉得他并不喜欢他的老板。

“我很早就下班了。不想迟到。”他指了指一旁的咖啡，“我已经喝了两杯了。”我细细打量他的脸。他的表情诚恳，还有些害羞。“你妈妈怎么样？”

“我觉得我们不应该聊起她。”他在电话里或是任意一封信里从未问起过她，我还有些庆幸，现在却感觉不太舒服。我又瞟了一眼他手上的戒指，八九不离十就是结婚戒指。妈妈要是知道了肯定很生气。

他注意到了我的表情，摸了一下戒指。“我知道我把事情搞砸了，”他说，“但这不代表我已经不爱她了。”

“她现在过得很快乐。”

他没有说话。我想起了妈妈，他说的是事实吗？我觉得她和格雷格在一起很开心——他人真的很好，幽默感十足，总是拿妈妈的某件事调侃，打趣她会按照颜色把海绵整齐地排列在水槽边上。他永远都是那么快乐。我的意思是，一年大部分时间里都是穿短裤工作，换了谁，谁会不开心呢？但是她不经常谈论他。或许是因为也没什么好谈的，他就是格雷格而已。

“听到她过得快乐，我很开心。”他说，“她在和别人约会吗？”

“爸爸。”尾音兀自停在我嘴里，这个词听起来是那么陌生、奇怪，在嘴里变得黏稠。

“你没必要这么称呼我，”他说，“你可以叫我安德鲁。”

“安德鲁。”这感觉更奇怪了，但是我不知道该怎么描述。或许什么也不叫比较好。

“她一定有男朋友了。她那么漂亮，不会单身太久的。”他笑着说，就像在开玩笑，好像自己不过是轻描淡写地一问，没什么大不了。咖啡店里此时异常地嘈杂与喧闹，说话声此起彼伏，热巧克力让我感觉有点反胃。

“没有，”我说，“她没在和人约会。”我不想聊这个话题。我和他说我不想聊起她，但他好像都没听见我说话。

“那太糟了。我真心希望她能遇见一个让她开心的人。”他看起来很真诚，但是我看不懂他的表情。我不了解他。

“在嗜酒者互诫协会还顺利吗？”

“挺顺利的。”他点点头，“我有一位互助对象。”

“每次聚会你都参加吗？”

“你说话的口气就像是我的律师。”他笑了，我却再一次犹疑起来，不知道这个问题是不是惹他烦心了。妈妈以前是不是就是这种感受呢？我想告诉他我必须得走了，但是其实我也不想走。我贪恋这难能可贵的闲暇：坐在这里，和自己的爸爸喝咖啡，就像其他普通孩子一样。

“你不需要回答我。”我说，“我只是不知道该聊什么。”

“我也是，”他说，“我们聊点儿别的吧。”

“好的。”

“我给你带了样东西。”他把手伸进脚边的一个袋子里，取出一个四方形的长盒子，从桌子对面递给我。我一眼就认出，这是美国三福霹雳马的第一代彩铅。我曾经站在艺术品商店里眼巴巴地盯着它们看，但最后却买了相对更便宜的一套。我的手指抚过盒子表面。150种色彩。他怎么会知道我非常渴望拥有这套彩铅？

“谢谢你。礼物太棒了。”我感觉应该说点别的什么，但是却找不到合适的语言去解释自己此时此刻多想用它们画画，缤纷绚烂的色彩在我的脑海里盘旋。我想把它们全部摊开摆在地上，用手指触摸每一根彩铅。

“你带画板过来了吗？”

“带了。”

“我能看看你画的画吗？”

我从包里取出画板，递给他。他翻过一页又一页画纸，不时评论几句，我的脸颊发烫。我不想承认自己有多喜欢这一刻，他的脸上带着骄傲的神色。我多想向他展示我的作品。我这才意识到，里面有几幅画其实就是为他而画的，我当时甚至都不知道。没关系的。我想，妈妈会理解的。

第九章

琳赛

2004 年 6 月

他到家了。他的靴子躺在前门口，门厅里到处都是灰尘和泥土。苏菲的粉色跑鞋被压在他的靴子底下，我把跑鞋取了出来。他比平时喝得还多，踉踉跄跄地走进门，瘫倒在沙发上，没有看我一眼。

我凝视着他，他打着鼾嘴巴张开着，一只胳膊甩到脑袋上方。他的头发又长长了，就快遮住眼睛了，就像我们初次见面时一样。进入六月才一周的时间，他的脖子和肱二头肌就已经被晒成了古铜色。我以前总爱把手覆在他突出的肱二头肌上。他把衬衫卷高到腰部的位置，另一只手压在肚子上。我把他压在肚子上的手抬起来，它不一会儿又会落回原位。他的衬衫上好像沾上了什么污渍，可能是番茄酱，也可能是比萨酱或是意大利面酱。我研究起污渍，心想必须用去污剂才能洗干净。

妈妈会把瓶装的去污剂这类东西放在浴室柜里。她总会在爸爸的衬衫上或是我的某条裙子上滴上一滴——那时我还小，爱玩泥巴，时常会弄脏身上穿的裙子。她说等弟弟独自打理作坊的业务后，他们应该送她样品试用。她和爸爸一月份乘坐邮轮出去玩儿了一趟，被晒黑了，但是很开心。日子磕磕绊绊地过去了几个月。苏菲已经五岁半了。她早上会自己起床，给自己泡好麦片，然后看动画片。

她就要看到他的这副模样了。我应该去她的房间里收拾好东西，带着她离开。我们可以搬进父母家中，我会找个工作，一个活计，随便什么都行。我想起了自己非常热爱的室内设计课程，心中又腾地冒起一团怒火。安德鲁总是工作到很晚才回家，不能接苏菲放学，时不时还需要我送点东西到工地上。上课还有什么意义呢？我退出了。

他嘴里嘟哝着什么，咂咂嘴，用手指挠了挠肚皮。他会在半夜时分醒来，踉踉跄跄地爬上床，用胳膊把我拉近他身旁。他的身体密不透风地包围着我，让我无法呼吸。一连几个小时，我都睡不着觉。

“爸爸他怎么了？”

我惊呆了。苏菲是什么时候从卧室溜出来的？她穿着粉红色的睡衣，头发乱糟糟的。手指不停地卷着一缕头发。

“他就是累了。”

她走近他身旁，俯身看着他，用鼻子嗅了嗅，然后看着我，小声说：“他闻起来臭烘烘的。”她的表情是那么天真，但是我能看出来她渐渐懂事了，也听出她语气中有些微的责怪之意。还要多久她就能闻出啤酒的味道？她会怪他喝酒吗？他又会做何反应呢？

我走近她，想要拉着她离开，“乖，苏菲，上床睡觉去。”

安德鲁突然睁开眼，粗鲁地挥动着胳膊，胳膊刚好避开苏菲，却撞得我失去平衡。我撞在身后的咖啡桌上，顺着桌沿滑倒在地。我躺在地上，惊得半晌没回过神来，大口大口呼吸着空气。苏菲在我一旁紧紧地抱着我，喊道：“妈妈！”

“没事的，宝贝。”我转过头，半天才挤出一句话来，每吐出一个字肋骨都隐隐作痛，后背好像折断了一样。

安德鲁站在地上，身体摇摇晃晃，“该死的，你这是在干什么？”

“爸爸，住手！”苏菲哭着说，“你把妈妈推倒了！”

他盯着我们看了一会儿，缓慢地眨着眼睛，“苏菲？”他伸出手，她缩在我身旁。他的眉头蹙起，向前走了几步。

“安德鲁，”我说，“安德鲁，拜托你去睡觉吧。”

他的视线落在我身上，我屏住呼吸。终于，他转过身，步履蹒跚地向卧室走去。手在墙上摸索，支撑着身体的重量。卧室门被他“砰”的一声摔上。

当晚，我睡在苏菲的房间里，蜷着身体，围着她小小的身体，她一惊醒我就用手摩挲她的头发。睡前我先去厕所，在镜子里检查了背上的伤，然后拿一块冷毛巾敷在后背右上方的位置，毛巾碰到伤处的那一刹那，我痛得龇牙咧嘴。那条长长的红色印记之后会变成淤青。

我爬到苏菲床上，找了个舒服的姿势趴着，挺直后背。我屏住呼吸，强忍着疼痛，不让自己呻吟出声。苏菲伸过手来，轻柔地触摸着我的肩胛骨，小手轻轻地落在我的脊柱上，“疼吗，妈妈？”

“有点儿。”

“这是意外，”她安慰道，“他不是故意的，明天他会道歉的。”

我忍住泪水。我的女儿已经知道为他找借口了。我突然意识到，她这是跟我学的。她还不到六岁，就已经学会了原谅他。

早上她还在睡觉，我轻手轻脚地下了床。他不在房间里。我在厨房里发现他在倒咖啡。他拿起玻璃瓶，“要一杯吗？”

“不了，谢谢。”我在厨房圆形岛台边的一个高脚椅上坐下。黑皮材质的椅子是他亲自挑选的，我并不喜欢，觉得色调太冷，模样也过于男性化。“我们聊聊吧。”我战战兢兢地说，把瑟瑟发抖的腿撑在高脚椅上。

他重重地叹了一口气，“昨天晚上的事对不起。我没吃晚饭，醉得厉害。我们刚完成一项工作，我想和大伙庆祝一下。你知道会是什么局面。他们不停地给我酒喝。”我想到他衬衫上溅上的食物污渍，心想他又在撒谎。

“你昨天喝醉了，推了我一把，我撞到了咖啡桌上。”

他一脸震惊，然后猛地回过头，“不会的，我怎么会没印象。”

他当然会否认，但让我震惊的是，他竟然那么振振有词。他果然比我想象中还会表演。我每次破坏了他设下的某条规矩，他都记得清清楚楚，甚至是在他喝醉的时候。若不是早已深谙这一点，我没准又会相信他的说辞。

“苏菲目睹了一切，她很害怕。”

他用手把额头上的皮肤揉得皱成一团，做出一副绞尽脑汁思考的模样，想要努力回想起昨晚发生的事情。他的脸上浮现出羞愧的神色。他在一把高脚椅上坐定，“我伤到你了吗？”我点点头，他用手摩擦着头发，眼睛湿润，好像就要流下泪来。“我休息一天，好吗？我们好好聊聊，带苏菲去公园转转。”

“公园弥补不了发生的事。”

“你说得对。我是个白痴。我该怎么补偿你？”他抓住我的手，“我很爱你，你是我的心肝宝贝。一想到把你吓成那个样子，我就很痛恨自己。你能原谅我吗？”他看上去是那么认真、那么沮丧，有一刻，我的心动摇了。

“我不知道。”我说，“你的所作所为，那是家庭暴力。”

他睁大眼睛，“嘿，我可不是那种男人。不要这样说话，好吗？我喝醉了，犯了错，但不是故意的。”

“是不是故意的不重要，事情还是发生了。”

“我很抱歉。我会一次又一次地向你道歉。我会用我的余生补偿你。我们会一起待在这所房子里，苏菲离开去上大学，就是我们两个人相伴。无论你想要什么，我都会为你做。”

“你喝酒喝得越来越凶，我再也忍受不了了。”

“你说什么，琳赛？”他紧张起来，我从未见他这么害怕过，“你想让我放缓节奏，对吗？我以后下班不喝酒了，行吗？”

我深深地吸了口气，从他手中抽出手。或许我应该晚点儿再去聊这个话题，而不是在他宿醉未消的时候。他现在甚至连一杯咖啡都没喝完。不，永远都不会有合适的时机。我必须现在就表明心意，趁他还在懊悔，趁我还有勇气。

“我们的婚姻走不下去了。我不快乐。你总是喝酒，现在连苏菲也看见了，明白是怎么回事了。你不让我做任何事情，你的控制欲那么强，我感觉要窒息了。”我看见他畏缩了一下，但我的话语磕磕巴巴地冲口而出，“我打算带着苏菲搬到我父母家里住一阵子。如果你需要帮助，去嗜酒者互诫协会，也许我们能——”

“你不能离开。”

“我已经决定了。”

我话音刚落，就好像有人给他的脸戴上了一副面具。他的整张脸——脸颊、额头，甚至连嘴巴都绷紧了，眼神变得空洞。

“我们今天晚上聊聊，行吗？”他看了一眼手表，“我得去工作了。”他的语气听起来十分平静，就好像在讨论我们晚饭要吃什么。我以为他会大发雷霆，目光在他脸上逡巡，心中困惑不已。他难道不明白我说的话吗？

他走到料理台旁，拿过午餐盒，没有吻我就离开了。我站在窗户旁边，望着他的卡车渐渐消失在视野里。

我告诉自己，他只是需要仔细考虑一下。他今天会花时间想想，然后就会明白他确实需要专业人士的帮助。他会明白的，这样做对大家都好。

我把苏菲送到幼儿园，目送她拖着沉沉的脚步向教室走去，她的芭比书包装得满满当当，压在她的背上，她的身体微微前倾。早上她一直很安静，她把彩色图画本摊开放在腿上画画。不知道她有没有听到我和她爸爸的对话。我想到每次安德鲁说要带她去工地上或是五金店里，她的小脸都会为之一亮，高兴得手舞足蹈，一头奔向门口。不管他说要带她去哪儿，她总是格外兴奋。一阵尖锐的疼痛猝不及防地袭来，让我几乎喘不过气来，我用手揉着胸脯下的肋骨。

今晚。他说我们今晚可以好好聊聊。我必须做好准备，坚强地面对即将到来的一切。现在，我不能允许自己软弱。我迈开脚步，背上的伤被牵引，痛得我蹙起眉头。我需要找一位律师。

我没有办法使用自己的手机，安德鲁会检查每个月的账单，询问陌生电话。我在咖啡店附近找到一部付费电话，快速地翻开电话簿，和一位女律师预约好这周晚些时候见面。

手机振动起来，是安德鲁发来的短信：“忘记带午饭了。你能送来吗？”

他想让我去给他送午餐？难道他觉得制造一切安好的假象就

可以当事情没有发生吗？他甚至都不喜欢我去参观工地，况且他很容易就可以买到一顿午餐或是回家一趟。我的心急速地跳动，感觉车里逼仄狭小，闷热难当。我一直盯着手机。手机再次振动。

“琳赛？”

我不能动。不能拿起手机。

“不要这样。”

手机安静了几分钟。

“或许我可以带苏菲出去吃。”

他之前从未在午饭时间去学校接过她。他在计划什么。我用颤抖的手拿起手机。该死。“我半个小时后过去。”

工地上一派忙碌的景象，机器声轰鸣，人来人往。我在工人中搜寻安德鲁熟悉的身影，终于在一辆水泥卡车附近发现了他。我向他走去，我们之间的距离越来越近，我的呼吸再次变得急促起来。他是想在他的办公室里谈吗？他和一个男人站在一起，白色的安全帽反射着太阳光。

我走到他身边，“安德鲁？”

他看了我一眼，转动头上的安全帽，擦了擦眉毛上的汗水，“嗨，宝贝。我还需要一会儿。他们正在打地基。”水泥卡车的滚筒转动，凝重的灰色水泥浆顺着斜槽流下。他对那男人说：“每次我一看见水泥，就会想起吉米·荷法[①]。”

男人哈哈大笑，“不是吧，他没准在什么地方的地下停车场。”

“我真好奇工地上究竟埋了多少尸体。”安德鲁的胳膊环住

---

① 吉米·荷法是一位美国工会领袖，1958年至1971年间担任国际卡车司机协会的会长，1975年失踪。——译者注

我的肩膀说，“这就是离开我的下场，宝贝。”

我一动不动，手里攥着安德鲁的午餐袋。那男人微笑着，表情看上去有些迷惑。此刻他正盯着我看。我应该开个玩笑，缓和一下气氛吗?

“别犯傻了，”我说，“我可不想弄脏我的手。”两个男人放声大笑，但是我听得出安德鲁喉咙里的呼哧声，他的笑声是多么勉强。他其实怒不可遏。

“那还不简单。”安德鲁说，“你可以把我扔在这里，伙计们会把土填回去，没有人会知道。”他抓住我，把我拉到地基的边缘，我紧紧抓着他。如果他松手，我就会掉下去。

“安德鲁！”我尖叫起来。

他把我拉回到他身边，用胳膊紧紧地搂住我，脸颊贴着我的脸颊，“嘿，放松。我就是在胡闹。”

那个男人还在哈哈大笑。他以为这也是玩笑的一部分——安德鲁和我在打闹。安德鲁的嘴唇压在我的唇上，我被迫吻了他，视线越过他的肩膀，我看到那个男人红着脸走开了。

终于，安德鲁松开了我，从我的手中取过午餐袋。“谢谢你送来。”他从袋子里取出一块三明治，“烤牛肉。我的最爱。”他咬了大大的一口，慢条斯理地嚼着，目光又落回水泥卡车上。那个男人在一旁走来走去，正在和卡车司机说着什么。我注视着安德鲁，他的脸像是一具冰冷的面具。

“家里见，亲爱的。”他走开了。

第十章

琳赛

2016年12月

周一晚上，我走进互助小组，椅子上零零落落地坐着几个女人，她们一言不发地盯着自己的脚或手，其余的女人则围在咖啡壶四周，闲聊天气。我拿起一杯咖啡，找了个位置坐下。

我们每次聚会的形式都一样：聊聊这几周发生的事，还有自己是如何处理的。这个房间对我来说非常熟悉：墙壁是教堂地下室里的那种砖墙，窗外下着淅沥的雨，酸腐的气味混合着咖啡的香气和头发的潮气。我感觉胃里盘旋的紧张感缓解了几分，很庆幸逼迫自己从温暖的家里走出来。

今天晚上的互助组里出现了几个新面孔，这些女人眼中的震惊还未消散，身体紧绷，蜷缩在衣服里。其中有一名年轻姑娘，黑色的头发明显是染的，大概二十五岁。我留意到，她的目光总是扫过门厅，好像下一秒就要夺门而出。我冲她露出一个鼓励的微笑，她的脸唰地红了，但是接着，她放松下来，仰靠在座位上。

珍妮和我是在我搬到山茱萸海湾镇后的第一次聚会上认识的。我以前从未参加过互助小组，不知道该说些什么。我坐在角落里，脸颊滚烫，胃液翻涌。然后，一个烫着夸张大卷的金发女人一下坐在我身旁，递给我一杯黑咖啡，她的头发携着雨水的湿气，散发着薰衣草洗发水的芬芳。

“很难喝，但是效果还不错。”说着，她露出一个温暖的笑容。

我大吃一惊，含糊地说了一声谢谢，接过杯子。我还不习惯在没有安德鲁的陪伴下与陌生人打交道，或者说，我一直没有拥有过那种按照自己的心意与陌生人说话的自由。有一部分的我并不确定自己是否属于这群人，但是我喜欢她眼睛里闪烁着的恶作剧般的光芒，她脸上戴着的那副略微有些大的时髦墨镜，还有她脚上穿着的那双亮蓝色的雨靴。

我喝了一小口咖啡，做了个鬼脸，“我可能永远也睡不着觉了。”

“不管怎样，我觉得我们中的大多数人都睡不着觉。”她垂下头，注视着手里的杯子，“比这杯咖啡还要黑的只有我前夫的心了。”她揶揄的口气让我感到惊喜。那不是一种感到受伤或是羞愧的口吻。她语气中带着愤怒。这时，我忽然意识到，原来自己已经厌倦了时刻低垂着头，厌倦了那种一切都是自己咎由自取的感觉。同她一样，我也感到愤怒。

“比这杯咖啡口感还要强烈的是我前夫的控制欲。”我说，“他们都该被冲到厕所里。”

她向我投来惊讶的一瞥，嘴角上扬，“这咖啡太尖酸了，就像我离婚律师的那张嘴。”

我笑得前仰后合，差点把咖啡洒出来。看到这个情景，珍妮爆发出一串爽朗的大笑声。我们不得不从聚会中抽身出来，好让自己冷静下来。

珍妮每两周会去一趟全食超市购物，她对羽衣甘蓝的了解之深，我这辈子都赶不上。她会用邮件把最近尝试过的沙冰配方发给我，比如大麻蛋白质沙冰或鼠尾草[①]籽蛋白质沙冰。她还会每天发一条振奋人心的语录给我。后来，她在温哥华找到一份生活方式咨询师的工作。她终于开始在梦想的道路上前行了，为此，我感到非常激动。但她离开后，我的生活也随之空虚了许多。我已经很久没有结识过一位完全支持我的女性朋友了。昨天我们用网络电话联系，我告诉她我在客户家中发生的事情，她听后比我还要气愤。

“十年还不够。”她说，“他们应该把他关起来，然后把钥匙扔掉。如果你需要离开那个小镇，立刻联系我。”

我还不想离开山茱萸海湾镇，这样一来安德鲁就得逞了。但如果他变本加厉，我很高兴珍妮可以给我一个家。我的父母早已离世——几年前妈妈因为多发性硬化症恶化而去世，爸爸不久后就患上中风。我的婚姻给他们带来了沉重的打击，他们一直责怪自己没能及时发现安德鲁对我造成的伤害，也对我从未向他们吐露实情而感到失望。但是，当我向他们解释他是如何威胁和伤害我之后，他们给予了我更多谅解。妈妈坚持认为我应该从一开始就告诉他们事情的真相，让我千万不要担心他们。后来爸爸也让我向他保证，只有等安德鲁的案子庭审结束，他被判入狱后，才能回到岛上。

克里斯和我依然关系亲密，但是现在他和他女朋友住在一起，到了春天他们的孩子就会出生。我周六给他打电话，告诉他发生的事情，他觉得不安，提议说要来陪我，但是我让他待在玛蒂身边。她现在更需要他的陪伴。

---

① 鼠尾草是一种常绿性小型亚灌木，有木质茎，叶子灰绿色，花蓝色或蓝紫色。——译者注

我和互助组里的伙伴分享了我近期的遭遇，我告诉她们，我觉得安德鲁在跟踪我。她们表示理解，纷纷给了我一些很好的建议，教我如何与警察和法院打交道。但是我从她们脸上看到了恐惧和担忧，落座后我心里更慌乱了。

聚会快结束的时候，马库斯来了。他从跑车上卸下器具——地毯、吊带和拳击手套。去年他来过几次，我们都很期待他的课程。他是我见过的最引人注目的人。站在他身旁，我感觉从他身上升腾起的火焰把全世界点燃了。

一个暴风肆虐的雨夜，我是唯一一个坚持来上他的拳击课的学生。他说："你愿意在这种天气出门学习打拳，一定有故事吧。"

我们坐下来聊天，我告诉他安德鲁的事情。在互助小组的这些年，我习惯了和女人们分享我的过去，但是我惊讶地发现自己和一个男人竟然也能如此顺畅地沟通。他有很准的直觉，总是能猜中安德鲁有时是怎样控制和打压我的。他非常了解暴力行为，以及从中逃脱是多么不易。我有种感觉，他也有过一段困扰他的过往。

自那之后，我们开始私下隔三岔五地约会。天气好的时候，我们会在室外练习。我发现他很迷人，惊讶于自己有多喜欢和他一起运动。我也曾短暂地想过这段感情是否能有进一步的发展。有次我的车胎漏气，他送我回家，并在门厅逗留了片刻，我们交谈了几句。后来为了表示感谢我送了他一瓶红酒，我以为他也许会邀请我与他一同享用，但他从未提起过，后来，我们变成了很好的朋友。通常，下课后我们会一起喝咖啡。那时，我才了解到，他曾是一名精神病科医生。他一定是一个好医生。我给他讲了很多我和安德鲁的事情，他比任何人知道的都要多。他也给我讲了他女儿的事。

我在他的房间见过凯蒂的照片。她是个漂亮的女孩，高挺的鼻梁，灿烂的笑容，小麦色的皮肤。她一毕业就爱上了一个年长的男人，随后几年陷入了一段不稳定的关系中。马库斯怀疑她的男朋友虐待她，但是她没有承认，还离家出走了。她出事的那天晚上给马库斯打了一个电话，说她想回家。在去接她的路上，他听到了噩耗：他男朋友开枪打死了她，然后举枪自杀。那年她只有二十二岁。

一年后，他的婚姻破裂了，他也决定放弃医生的工作——他说："我感觉自己就像是个骗子。我连自己的女儿都帮不了，我还能帮助谁呢？"马库斯把所有家当都留给了前妻凯瑟琳，用了几年时间去旅行。我无法想象他有多难过，先是失去女儿，然后是妻子。他们肯定一度非常相爱，因为他曾说过，给女儿取名为凯蒂，尊母亲的名讳，原是他的主意。但是，现在他看上去已经找到了内心的安宁。

晚上，马库斯在房间里绕了一圈，指导每一个人的动作，直到大家都完全掌握了动作要领，但我却有些不在状态，打了几拳都失了准头，有几次格挡没有到位。

"你还好吗？"马库斯问道。我点点头，他举起护具，我使出几记勾拳。"再来。"他说。我停下来，与他的目光交汇。我一直都很惊讶，他总是能很快地察觉我的情绪变化，无论我的情绪是好是坏。除他以外，可以做到这一点的就只有我的女儿苏菲了。

我又重重地击打了护具几下，马库斯终于点头表示认可，走到下一个人的身旁做指导。课后，我帮他把器具搬出去。

"这下你可以告诉我你在想什么了吧？"他说。

"压力很大的周末。"周日我给卡尔森太太打了个电话，她确认说家里没有丢东西。她受到了惊吓，还没缓过神来，打算在她姐姐家住几个星期。我又给那位女警官打了电话，她告诉我最终只匹配出我和卡尔森太太的指纹。她还没能找到安德鲁的下落，但是我觉得她并没有花功夫找。我的意思是，在她看来，安德鲁没有做错任何事。

“安德鲁闯进了我客户的家里。我打扫房间的时候，他就躲在里面。他动了我的钥匙——把它们放在了我的钱包上。”

“该死的。”他正把一个箱子往角落里推，突然停下来骂了一句，“你报警了吗？”天空开始飘雪，雪花从敞开的大门钻进屋里，在灯光下飘浮，有的落在他的黑发上，有的融化在他的胡碴儿里。他心烦意乱地拂去雪花。

“我立刻就报警了，但是警察没有找到他的指纹。”

他摇摇头，“从你开始缺课的时候，我就有种不好的预感。像你前夫那样的家伙，不会这样轻易离开。我应该提醒你的。”

“这不是你的错。是我放松了警惕。”

“那么，别再掉以轻心了。每天晚上都检查一下家里的警报装置有没有启动。”

我点点头。“我希望你这周还是能抽出时间来锻炼。”马库斯有一个家庭健身房，里面配备了一流的设备。安德鲁出狱后一直没有来找我，于是我就懈怠了。这是我犯下的第一个错误，可我不打算一错再错。

“当然。”

“你知道吗？过往的一切又卷土重来，那种熟悉的恐惧和愤怒再度袭来。我真的以为他往前走了，一切都结束了。我怎么会如此愚蠢？”

“你一点儿也不愚蠢，愤怒大有裨益，我们可以利用愤怒。”

我喜欢他眼睛里闪耀着的光芒和他脸上那种毅然决然的神情。

我点点头，转过身去。他说得没错，我不会让安德鲁轻易得逞，让他把我变成一个不知所措、任人宰割的羔羊。“周三见。”

第二天晚上，格雷格拿着一大瓶当地产的红酒来到我家。他和我分享了一些有趣的红酒名，比如“红猴丝绒”“紫熊猫”，还为自己的新发现颇为自得。他带来的红酒价格不高——格雷格给人开车，挣着微薄的薪水——而且他从来都不会想要出风头，我很喜欢他这一点。趁他生火的时候，我给我们一人倒了一杯红酒。然后，两个人放松地倚在沙发上喝酒。红酒的味道不错，我原本有一饮而尽的心思，但是一连几夜睡眠不足，多喝一点儿我就会醉得不省人事。

我给格雷格讲了周末发生的事，轻描淡写地提了几句，就换了个话题。我告诉自己，我这么做是因为我不想让他为我担心，但事实是每当我提起安德鲁的名字，我的心里就会不由得生出一种无助的感觉，压力与沮丧交织成一团。况且，这也不是我们今晚约会的初衷。我不需要格雷格充当我的倾听者，在我倒苦水的时候安慰我，或是用充满同情的目光看着我，像个应声虫似的重复我说的话。

我们不会时常聊天，两个人在一起主要是图个开心。我们在一起时总是很轻松：共进晚餐，然后去他家或是来我家里看部电影，偶尔散散步。他比我要小上几岁，三十出头的年纪，似乎还是一副玩世不恭的模样。每当想起他初次出现在我家门口时的狼狈模样我还是会忍不住笑出声来：当时有级台阶松动，他绊了一跤，毫不夸张地说，他就这样“降临”在了我的家门口。正巧，我打开门，看到他捂着膝盖跳来跳去。下一次登门，他特意带了一个工具箱，里面装了一把锤子。

电话铃声响起，“是我弟弟。”格雷格暂停了电影。

“打电话只是想问问你过得怎样，”克里斯说，“一切还顺利吗？”他的声音和爸爸的非常相像，但是他遗传了妈妈标致的长相和乐观的性格——总是相信一切都会好转。和克里斯在一起的时候，就像父母还陪在我的身边，让我感觉很安心。我没预料我还这么年轻就失去了双亲，我每天都想念他们。对苏菲来说，克里斯是一个非常棒的舅舅，既能保护她，又非常可靠，总是会参加她的朗诵会或是足球比赛，节假日还会和我们一起吃晚餐。苏菲年纪稍大一点的时候，她会去岛上，和克里斯还有他的女朋友一起过周末。她简直迫不及待地想要一个小表弟或小表妹来宠爱。

“目前为止，还不错。不过，我们能明天再聊吗？格雷格现在在我这儿。”

他停顿了一下，我知道他一定很好奇——我和他提过格雷格，但只是说我们在约会，没有说过他在我这儿过夜。“好吧，白天给我打电话。”

我把手机放在咖啡桌上，转过头看着格雷格，他转换了一下身体的重心，正好与我面对面。

“那么，我什么时候可以见见你弟弟？”他说，“我们已经约会了快三个月。他或许就快怀疑我是不是有什么毛病了。”他笑得肆无忌惮，左边脸颊上露出迷人的酒窝，下巴上也凹下去一点。但是他的语气中却透着一股认真劲儿，几乎是害羞的口吻。我感觉有些惊讶，没想到他会对见我弟弟这件事这么在意。

“我已经很长时间没有介绍男朋友给克里斯认识了。”我紧张地笑出声来，拿起碗。格雷格做了爆米花，非要把黄油均匀地涂在表面。他用沙拉餐叉和勺子把一块黄油放进盛爆米花的碗中，他前臂上的文身图案弯曲变形了。那是一只色彩鲜艳的凤凰，火焰高高地蹿起，隐没在他的袖子中，我知道，在那里火焰会遇上一组扑克牌。他胸口的位置文着“红心国王”几个字。

他微笑着说：“这么说，我是你的男朋友了？”

“你想当我的男朋友吗？”此时此刻，我并不想聊这个话题，我同时还在思考安德鲁今晚会在哪里。此时他会不会就在门外的某个阴暗的角落里虎视眈眈。但是不管我想不想聊起这个话题，对话已经开始了。

“我不知道。有什么额外的好处吗？”他温暖的手在我的大腿上画了一个圈，然后一路向上抚去，我的身体随之绷紧。我没有兴致，正打算说拥抱一下就好了，可转念间我意识到这不就是安德鲁的目的吗？他老是钻进我的脑袋里，把我的生活弄得一团糟。与格雷格做爱，我感到非常愉悦。他是除安德鲁之外我唯一同床共枕过的男人，最开始的感觉是有些奇怪，他的嘴巴和身体不像安德鲁的那样咄咄逼人，他会让我来掌握主动权，这种新鲜的感觉让我很是兴奋。我这才明白性爱也可以很有趣。我可不会让安德鲁把这点欢愉也夺走。

“去床上我再告诉你。”

格雷格向卧室走去，我关了灯，给苏菲发了条信息，和她说晚安。她今晚在蒂兰妮家里过夜。我又检查了前门的门闩有没有插好，从窗口快速瞥了一眼外面的马路。以前安德鲁快到家的时候，我总是可以在他的卡车的轰鸣声传来前先行感觉到他要回来了，他开车转过最后一个弯的时候，我的胃里会莫名地震颤。

我闭上眼睛，把手放在胃部。最近风平浪静，但是我知道他一定还有别的打算。玩玩小小的心理游戏来满足他的胃口，还是他打算再伤害我？我还记得他曾威胁说要杀了我，记得他的愤怒来得有多强烈，好像世间没有什么可以阻止他。我摸了摸脖子，温热的皮肤上脉搏突突地跳动。我还活着，我还能呼吸。

我又看了一眼窗外，这才跟着格雷格走进卧室。

早上七点，我被哗啦啦的雨声吵醒。房檐上的某条排水槽一定是给堵了。窗外，雨水像瀑布般倾泻而下，响声清亮。我必须给房东打个电话。我强迫自己下了床，走进厨房，打开灯。格雷格半夜就回家了，房间里静悄悄的。他很少在我这儿过夜。苏菲的存在是借口，事实是，有时候当我一觉醒来发现他躺在床上，一条腿沉甸甸地压在我身上时，我会惊慌失措。

可现在我却希望他昨夜留宿。这样早上醒来我就能依偎在他温热的身体旁，听他用瓮声瓮气的嗓音说话，他早上的声音比其他时间的更加粗，就像是沙砾滚动发出的声响。我曾用手指抚过他身上的疤痕——上半身那条是阑尾手术留下的，小腿上那条长长的、凸起的伤疤是电锯留下的，锁骨上锯齿状的伤疤是他青少年时期在一起摩托车事故中留下的。我从来都没见过一个男人身上有这么多的伤疤。

我煮上咖啡，准备做午餐的时候喝上一杯，然后把剩下的倒进保温杯里。我需要补充足够多的能量。我今天要清扫两栋房子，还要上一节马库斯的拳击练习课。今天的第一位客人是我的老客户之一：乔伊，五十多岁，脑袋受过伤，患有短期失忆症。他的家人雇我给他打扫卫生。有时候，他会忘记我还在屋里，当他发现我在刷马桶的时候会明显地大吃一惊。还有几次，是他让我大吃一惊：我看到他穿着条纹的平角内裤，一边吃鸡肉罐头或意大利面，一边在客厅里走来走去；有一次他披着桌布，听着《冰雪奇缘》的主题曲《随它吧》翩翩起舞。他还鼓动我和他一起跳，叫我“安娜”。我犹豫片刻，然后拿起拖把，假装它是麦克风，情绪饱满地投入到演唱中。

乔伊大部分时间都在看《至尊辩护律师》的重播。打扫完乔伊的房间后，我赶去第二栋房子，完成下一份工作。那是一栋两层高的大房子，里面住着四个年龄都不足十二岁的邋遢孩子，家里动辄鸡飞狗跳。所幸，今天房子里还不算太过凌乱，我稍微提前一点儿打扫完了，于是我决定在去马库斯家的路上顺道去趟银行取些钱。我耐心地等待自助取款机吐钱，突然有一种奇怪的感觉，像一只蝴蝶在胃里拍打着翅膀。我飞快地往身后瞥了一眼，没有人在后面排队。

我拿起收据，把收据和现金一起放进手提包中，转过身。

这时，我看见了他。他站在银行的一个角落里，正往钱包里装钱，然后随手将钱包塞进屁股口袋里。他留着短发和络腮胡，和以前不太一样，但他走路的姿态依然是那么熟悉，同样让我熟悉的还有他脑袋的形状、宽阔的肩膀，以及他耸肩的动作。

银行四面的水泥墙飞快地向我压过来，仿佛我和安德鲁之间的距离不过寸许。我能闻到他皮肤散发的气味，他用的香皂的味道，清晰地看见他嘴唇的轮廓。他的唇角上扬，露出和苏菲一模一样的微笑。他就要看到我了，然后叫出我的名字，用那种同时混合着爱意、愤怒、谴责和失望的口吻。

跑！

腿。我必须迈开腿。身体里凭空生出一股力量，在它的驱使下，我拔腿狂奔，像疾驰的陀螺。我跑得太快了，钥匙掉了出来。那一瞬间，时间好像突然慢了下来，钥匙缓缓落下，跌落在人行道上。金属材质的钥匙撞击地面，发出“哐啷”一声，声音在路面回荡。

我跌跌撞撞地原路折回，弯下身子，一把抓起钥匙。刚准备起身，就听见——“琳赛”。他大步走来，向我一步步靠近。我们之间的距离不断缩短。

“离我远点儿。”我站直身体，举起手中的钥匙，用细长的那头对准他，好像手中握着的是一把剑。可事实上，它们不堪一击，不过是几块金属。

他停下脚步，举起手掌，“我刚才在银行里，我不知道你在外面。”

“你为什么会在这里？”不过答案无关紧要。我知道他为什么会在这儿。我得离开，但是脚却像石头一样沉。为了安全起见，我无数次地向四周张望，期盼有行人路过。但是大地好像裂开了一道缝，把所有人都吸进了地下。街上没有一辆车，也没有一个行人。

“我工作的那家建筑公司在山茱萸海湾镇签下了一块新的建筑用地。我正在四处逛逛，看有没有合适的房屋出租。”

不是这样的。他早就知道我们住在这里。他是预谋已久的。

“我不想让你住在这里。”我的声音在颤抖，我觉得自己是那么软弱，这一切都让我感到厌恶。我想让自己的话听上去充满力量，不容置疑，但我的语气就像是一个孩童在乞求。

“我理解，但是工作在哪儿，我人就得到哪儿，时势所迫。”他什么时候迫于过时势的压力。我很高兴他说出这样的话，因为他现在让我更加火冒三丈了。

“你不能去见苏菲。”

“她下个月就十八岁了。”

“她不想和你扯上任何关系。”但是他说得没错，她就快成年了。我阻止不了他们见面，我什么都不能做。

“她认不出我了。”

“我希望能保持现状。她是个好孩子，不要搞砸她的生活。”

“我已经变了，琳赛。我已经不是当初你嫁的那个人了。我在监狱里咨询过心理医生，现在还参加了嗜酒者互诫协会——这十一年来，我滴酒未沾。”

我真希望自己能把钥匙戳进他的眼眶，不停地戳，直到他再也不能盯着我看。“我不相信你变了，哪怕只有一分钟。”

“我们不要在大街上这样。我能请你喝杯咖啡吗？”

“我不会跟你去任何地方。”他竟然觉得我会愿意坐下来和他喝杯咖啡。不过有什么好惊讶的呢，他忽略事实的本事一向很可怕。好像在他的脑子里，我们是多年的老朋友一样。我转身离开。

“琳赛！”他呼唤着我的名字，我一刻不停地往前走。他的声音渐渐远去，低了一个八度，但还是足以传入我的耳中。只听他说：“我知道你做的事。我知道那天晚上你给我下了药。”

他的话撞击着我的后背，我差点儿重心不稳摔倒在地。我跌跌撞撞地往前走，人行道在我的眼前若隐若现，我觉得自己就快要晕过去了。我努力眨眼，想要把心中的恐慌一并眨出去。挺住，挺住，继续往前走。

我机械地迈着步子，回头匆匆扫了一眼。他还在盯着我看。我的车停在街上，这就表示他已经知道我开的是一辆蓝色马自达。我试着把车钥匙插进钥匙孔里，双手却抖个不停。我盯着双手，强迫手指头恢复灵活，好让我立刻坐进车里。怒火帮了我一把，让我感觉更加强大。我坐进车里，尽可能飞快地把车开走。

我迟到了十分钟，马库斯给我开门的时候还是面带微笑。

“我刚才都开始疑惑，”他说，“我想你是不是走到半路，临时起意去了一趟冰雪皇后[①]。”

我知道他在和我开玩笑——自从上次给我们一人买了一支“暴风雪”，他就时常拿这件事来调侃——但是今天我却实在笑不出来。“抱歉，希望我没有打乱你的计划。”

“没有。我也迟到了。”马库斯做任何事从来都不会迟到。他这么说只是想让我安心。他打开大门，我跟着他走进里面，瘫坐在一只椅子上。

“我在城里见到安德鲁了。他在一家银行里。”亲口说出来，承认刚刚发生的一切，对我来说委实不易。我说话上气不接下气，就好像刚冲刺爬完一段台阶。

“他在跟踪你？”他一屁股坐在我对面的椅子上，深色的眉毛拧在一起，看起来很愤怒。

“他说他是因为工作才要搬来这里，这简直是胡说八道。他想让我知道他已经改变了。”我露出苦涩的笑容，“他一丁点儿都没有变。”我真希望能向马库斯和盘托出——那些药片，还有安德鲁说的话——但是我却不得不保密，独自承受可怕的真相。

“天哪，琳赛。”马库斯身体前倾，用手抓着我的膝盖，“我真的很抱歉。”除了训练时的身体接触，这是他第一次碰我。他的手让人感觉很结实、很安心。

“我给警察打过电话。她说安德鲁声称，卡尔森太太家遭人闯入的那天早上他在工作。我知道他在撒谎，但是他们没有足够的理由进一步验证他说的是否属实，也不能以任何罪名起诉他。

① 冰雪皇后是美国一个软冰激凌连锁品牌。下文提到的“暴风雪”是冰雪皇后冰激凌中最大的系列产品。——译者注

他们不打算浪费时间。”

“你能申请限制令吗？”

“只见过他一面还不足以满足申请，而且他没有做出任何威胁到我的事。就算有限制令，我也无法阻止他搬到镇上。他有他的自由。”

“我有时候真的非常憎恨这个制度。它保护的都不是真正需要保护的人。”他望向窗外，嘴巴紧闭，我想他是不是想起了凯蒂。

他转过头，看着我，“若是你想出城待一阵子，我在岛上有栋临湖的房子。你和苏菲可以住在那里。”

“你有栋临湖的房子？”

“它归在我家名下很多年了，周围安静、安宁——是个摆脱烦恼、思考生活的好去处。”他以前一定是和他的妻子、女儿住在那里，他的提议让我感到荣幸，但是安德鲁对岛上的每一寸土地都了如指掌，岛上某处偏远的湖边是我最不想去的地方。我并不觉得那里对我来说很安宁。

“谢谢，但是我们待在哪儿并不重要。只有他重新回到监狱，我才会再次感觉到安全。”我挤出一个微笑，“这应该只是时间问题。”

他也冲我笑笑，但还是面带忧虑，“我没开玩笑。”

“我知道，我现在只是需要保持正常。我之后会考虑你的提议，好吗？”

他点点头，“它就在那里，你如果需要的话，就跟我联系。”

我们开始练拳击，直到练得筋疲力尽，腿和胳膊上的血管都突突地跳动才结束。我走出健身房，在浴室里麻利地洗了个澡，换上清爽的衣服。运动后体内飙升的内啡肽早已慢慢退去。刚到马库斯家时，我还处于震惊、麻木的状态，没有准备好面对事实。但是现在，我可以感觉到它轮廓分明。

安德鲁要搬到山茱萸海湾镇了，他想要见苏菲。

我爬上楼梯，穿过客厅，在窗户旁驻足了片刻。从这里能看到海景，冬日的海浪在远处翻滚，云彩是灰色的，积聚起来，满载着雨水。我盯着云彩看了一会儿，试着调整呼吸让自己镇定下来。我不能哭哭啼啼地出门。我想到了苏菲，我该怎么和她说？恐慌再次袭上心头。一切都会好的，我让自己缓了口气。

我把边桌上的书籍摆正，细细查看书名。马库斯涉猎广博，但似乎偏爱回忆录和传记类的图书。我留意到一本讲痛苦的书，草草地翻了前几页，想到了他和他的女儿。然后小心翼翼地把书放回原位。

马库斯正在厨房里煮咖啡。他也洗了个澡，乱糟糟的头发湿漉漉的。

他举起马克杯，“咖啡时光？”

“当然啦。”我接过马克杯，坐下来，“你的写作还顺利吗？”他在创作一本书，以自己环游世界的经历为背景，梳理不同的文化是如何看待死亡和痛苦的。他让我读过几章，内容十分吸引人，我希望他还能让我多读一些。他聊起了最近的研究，我想集中注意力听他说话，但是安德鲁在银行外面最后说的几句话依然在我脑海中盘旋。他是不会就此罢休的。这么多年来他一直知道这件事，但却从未有任何举动。至少到目前为止还没有。我的皮肤变凉，寒气像蛇一样蜿蜒爬过我的脊椎，我不由得打了个冷战。有那么一刻，我感觉他好像就坐在我身边，在我的耳边低声说：“我警告过你。”

第十一章

琳赛

2005 年 10 月

天还没亮他就走了。走之前，他拿嘴唇在我的脸颊上亲昵地蹭了几下。我假装还在睡觉，但其实大部分时间我都醒着，听他的呼吸声和钟表嘀嗒嘀嗒的声响。

我强迫自己下了床，趁苏菲还没看见水槽中摔碎的碟子和地板上隔夜的红烩牛肉留下的污渍，清理厨房里的一片狼藉。他气我没有等他吃饭，就好像我多想和他坐在餐桌旁，欣赏他那副吃相——像个邋遢的老男人一样耷拉着脑袋，食物还没吃到嘴里就从叉子上掉落了。

最近两个星期，他早早就出去工作，经常在苏菲睡下后才回到家中，头发乱蓬蓬的，憔悴不堪。有天晚上，交警拦下他的车，他靠边停车后，被罚二十四小时内不得驾驶，之后他开始嚼薄荷味的口香糖，好像这样一来就可以掩盖啤酒的气味。他还和我抱怨，说那警察是个多管闲事的王八蛋。

清理完厨房，我给苏菲做了午餐，然后沿着走廊向她的房间走去，边走边大声地唱我们的叫早曲目："我爱你！你爱我！"

她用小小的声音回复道："我们要多幸福有多幸福。"

我推开她的房门，在她身边躺下，钻进她温暖的毯子下面，挠她痒痒，直到她扭动着身子逃下床去，咯咯地笑个不停。"妈妈！不要！”

我开车送苏菲去上学，我从车内后视镜看见她在跟着广播里放的歌曲哼唱。看到这一幕，我如鲠在喉。她的目光与我相遇，露出一个甜甜的微笑，“今天会是美好的一天，妈咪。”她的口气中是满满的自信。她真真切切地相信世界上的一切都是美好的。爸爸妈妈疼爱她、呵护她，让她免受风吹雨打。这些也是我渴望的，我也希望自己能有同样的感受。

“是的，宝贝。”

我把车停在一辆公交车后，她从儿童座椅上下来。“好好学习，好吗？”我给了她一个紧紧的拥抱，目送她向教学楼走去。然后我回到家里，边洗澡边哭泣。先是小声的啜泣，然后变成号啕大哭。我靠在湿漉漉的瓷砖上，平复心情，调整着呼吸。吸气，吐气，吸气，吐气。我必须振作起来。今天是个重要的日子，一定不能搞砸。

我用毛巾擦干身上的水，擤了擤鼻涕，把可丽舒牌[①]的纸巾扔进垃圾桶里。安德鲁又一次丢弃了我的《人物》杂志[②]。泡个久久的热水澡曾是我的一个嗜好，是我享受的唯一一段安静时光。经历了那天在工地上的一幕，回家后我坐在浴缸里，把自己泡在热水里，想让身体停止颤抖。我应该带着苏菲远走高飞吗？他会穷追不舍吗？我想到了那摊黏稠的水泥，想象它在我的身体上流淌。他回到家中时我还在泡澡，他一把推开浴室门，让我大吃一惊。他坐在浴缸一侧。我把膝盖收到胸前，害怕到无法惊

① 可丽舒是美国的一个纸业品牌，诞生于1924年，旗下生产各类与纸相关的产品。——译者注

② 《人物》杂志创刊于1974年，是美国时代华纳集团旗下的一本周刊，每周都会以图文并茂的方式报道名人或是有人情味的故事。——译者注

叫。他报复我的时候到了。他会把我的头按进水里。

“我想了一下你今天早上说的话。”他说，“你哪儿都不能去。我不想伤害你，但是我可能无法控制我自己。我太爱你了，不能失去你。”

我努力想要说些什么，把该说的话都想了一遍。你不能强迫我和你待在一起。爱情不该是这个样子。可他的眼神让我沉默了。

“只要再给我一些时间，”他说，“事情就会好转。”他跪在浴缸旁，用手摩挲我的颈背，“不要让我伤心。”

就这样，我留了下来。不是为了他，而是为了苏菲留下来。因为我总是会情不自禁地想到在工地上挖的那个大坑。我不想我的女儿在成长过程中没有母亲的陪伴，不想她一边生活，一边觉得被自己的母亲遗弃。我会再努力一些，我会做一个更贤惠的妻子，我会让这场婚姻进行下去。

可转眼一年过去了，事情却并未有所好转。

我看了一眼时钟，手中搅动着蛋糕糊，胃里却在不安地翻搅。距离他的午休时间还有三个多小时。他走进家门的时候会是笑意盈盈，还是会一言不发、闷闷不乐？我必须得在他回来吃午饭之前，做好生日蛋糕，买好杂货。我在脑子里又过了一遍购物清单。我把家里打扫得一尘不染，还在前门上挂了一个万圣节花环，南瓜也准备就绪，等到苏菲放学回家就能雕刻。

他过生日的时候我们通常会出去吃晚餐，但是今年他说：“我们待在家里吧。不要小题大做了。”我不知道他是否是真心实意地说出这番话，还是实际上想让我小题大做。如果我真的只是在家里准备了晚餐，会不会反而惹他生气。

金属勺子从手中滑落，蛋糕糊溅到了橱柜一侧，我赶忙擦干净。我跪坐在地上，用指尖按压太阳穴，想要缓解经常性的头痛。血管突突突地跳个不停，头痛对我穷追不舍。

我想到了我藏在罐子里那少得可怜的积蓄，我把它们埋在花园里的那棵枫树底下。这些钱有的是退东西换回的钱，还有的是从他的口袋里找到的现金，我一点一点积攒下来。那块地方正好是整个院子里唯一一处摄像头监控不到的死角，但即便如此，我藏钱的时候总是会随身带着园艺工具。我一直在思考其他可以赚钱的方法，比如替邻居做清洁、看孩子，但我还没想到有什么办法可以让我不被当场捉住。

我站起来，看着那摊橙色的面糊，用手指蘸了蘸尝了味道。四层高的南瓜蛋糕，外面裹着一层奶油干酪，和他妈妈以前给他做的一样。我在糖衣上写上他的名字，换上了他送给我的淡蓝色连衣裙。但这一切还不够尽善尽美。

商店里播放着诡异的万圣节音乐，让我感觉很不舒服。每排过道的尽头都装饰着骷髅头，红色的眼睛闪闪发亮，让人毛骨悚然，并不觉得有趣。我把物品扔进购物车里，快速地结完账。走出商店，雾气弥漫开来，遮住了原本闪耀着金色、红褐色、紫红色光芒的山峦。秋日潮湿的空气拂过脸颊，像是眼泪打湿了脸颊。我回家开车时不得不缓慢行驶，仔细辨认地面的中线。

安德鲁的卡车停在车道上。我赶忙把车驶进停车位，因为速度太快，刹车太猛，安全带紧紧地勒着我的胃。他回家的时间比平时提前了三十分钟。

我走下车，手在他卡车的引擎盖上停留了片刻，是凉的。卡车洁白如新，纤尘不染，没有丝毫工地上的泥土或灰尘的痕迹。轮胎上过了油，边缘闪着银色的光泽。他心情不好的时候，就非常爱干净。

我慢跑上门前的台阶，怀里抱着满满当当的杂货，推开门。

“安德鲁？”没有回应。

我走进厨房，他正坐在餐桌旁，面前放着一只碗。锅还在炉子上，水槽旁放着一个土豆汤罐头的空罐。他最讨厌罐头汤了。

“对不起，”我说，“我应该早点回家。商店里乱成一锅粥了。我给你做个三明治吧。面包店的人说这是新鲜出炉的面包。”我拿出一条发酵面包、几片火鸡冷切肉，然后迅速地把其他杂货塞进冰箱里。他在我身后一言不发。我硬着头皮回头看了他一眼。他正盯着我，眯着眼睛。

“你在蛋糕里放了太多肉豆蔻。”

我这才看见桌子上还放着一个碟子，上面有着一抹黏稠的白色乳酪。我转过头，看了一眼放在料理台上的特百惠牌保鲜盒，发现蛋糕还在里面。他只是挖了一角。

我强迫自己与他有眼神接触，“我会再做一个。”

“你看上去像坨狗屎。”

我用手摸了摸头发，“外面很潮湿……”他坐回椅子上，目光仍然没有从我身上移开。“我去整理一下。”我穿过走廊，想要理清思绪。显然他在为某件事生气。是因为我不在家吗？还是我遗漏了什么事？打扫厨房的时候我明明很仔细。

我推开浴室门，怔在原地。我的化妆品被扔得到处都是，散粉、腮红被摔在地上，弄花了白色的瓷砖。洗手台下方的柜门敞开着。沐浴液的瓶瓶罐罐、几块肥皂、漱口水、各类护肤品都被扔了出来。装芳香泡沫剂的瓶子被摔破了，浅蓝色的液体流了出来，混合着地板上的污渍，闪耀着彩虹般的光泽。“山间清风”洗衣液的甜腻味道在空气中久久不散。

我跪在地上，双手颤抖着把装卫生棉的盒子拉过来。不，不，不。

身后传来皮靴咔嗒咔嗒的声响，声音在门口戛然而止。他敲了敲门框。我闭上眼，紧紧地攥着拳头，又松开，慢慢地转过身去。

他举着一包药片，药片的包装泛着银色的光泽。“我还一直在想，”他说，“怎么琳赛第一次怀孕的时候那么容易，现在就变得这么困难呢？医生说，不是我的问题。”

我站起来，后背靠着洗手台，坚硬的棱角抵在我的皮肤上，“我还没做好准备再生一个孩子。我一直在想怎么告诉你。”

“你让我觉得是我出了问题。”

“不是！我不是故意……”

“你这个谎话连篇的婊子。”

他脸上憎恶的表情激起了我本能的反抗。“是你逼我撒谎的。”我的心头蹿起了一股怒火，一直努力抑制的恨意挣扎着摆脱束缚，“你这样对我，我为什么要再和你生个孩子？”

“我怎样对你了，琳赛？”

他的语气是那样的冰冷，我知道我越界了，脑袋里铃声大作，提醒我要适可而止。但是压抑了这么长时间，终于能够奋起反抗，这种感觉太好了。

“在你眼里我什么都不是。我只不过是你的女佣，或是一个还不能替自己拿主意的孩子。你不是真的爱我。”

“看样子你已经为自己决定了不少事情，对吧？但是再也由不得你了。”他向我走来，我蜷缩着身体，紧紧靠在洗手台的边缘，他和我擦肩而过。

他站在马桶前，把药片从包装里抖落入水中。然后他走过来，站在我的正前方，双手撑在我身体两侧的洗手台上，“该死的，你似乎还没意识到还能生是一件多好的事情。没有人愿意再要你了，琳赛。你没那么聪明，而且也没有原来那么漂亮了。”

“那就让我走，”我说，“和我离婚。抚养权我们一人一半。”

“我永远也不会允许这种事发生。”

“这也由不得你，”我说，强硬的口气连我自己都吃了一惊，“法庭自有判决。”

“你以为我会干坐着等一个判决结果？如果你敢离开我，胆敢尝试离开我，以后苏菲的双亲就只能有一个，你听懂了吗？”

我再也说不出话来。心脏在胸腔里怦怦地剧烈跳动，我感觉自己就快要晕过去了，但我还是强迫自己点了点头。他的脸距离我的脸庞不过寸许，眼睛凝视着我的眼睛。他抓起我的一大把头发，拽得我的头皮生疼，凑在我的耳边低声说道：“我这就去学校接苏菲，我们会去外面吃晚餐，庆祝我的生日，你不在邀请之列。”

他松开我，我的身体沿着洗手池滑落。他穿过屋子，靴子踩在地上发出清脆响亮的声音。我跟着他，跑着穿过走廊。这时，他已经站在门外，下了楼梯。我在料理台上寻找钥匙，又在包里迅速翻找。我缓慢地转了一个圈，目光在屋子里搜寻了一遍，又检查了前门旁的挂钩。钥匙不见了。

车头灯在客厅的墙壁上投下一道道阴影。我在前门看见了他们。安德鲁首先进来。我打量他的脸庞，发现他的脸颊和鼻子红扑扑的。是因为冷吗？还是他喝了酒？上帝啊，拜托你不要告诉我他就在卡车里当着苏菲的面喝酒。苏菲跟在她爸爸的身后，拖着书包，身体缩在粉红色的冬衣里瑟瑟发抖。但是她的眼睛是明亮的，语气欢快地和我打了声招呼：“嗨，妈咪！”

“宝贝，担心死我了。”我跪在她的身前，替她揉着肩膀，“你为什么这么冷？”她的辫子歪歪扭扭的，额头四周的婴儿般纤细的头发散乱着。我把其中一些捋回去，又细细打量她的脸庞。她看上去并不沮丧，只是用手指转着一缕头发，眼巴巴地望着爸爸。近来，他喝醉酒回到家中，苏菲会跟着他在房间里四处走动。他要是坐在沙发上，她就在他旁边坐下，直到我催促她上床睡觉，或是向她承诺给她讲一个她从来没听过的睡前故事，才能收买她，让她乖乖听话。

“我没事，妈咪。”

“她挺好的。”安德鲁踢掉靴子，靴子撞在我身后的墙壁上，发出一声闷响。女儿正注视着这一幕，我努力不让自己畏惧。他没有换上拖鞋，我竖起耳朵，听见他穿着袜子踩在地上，向客厅走去。只听声音，我分辨不出他走路是否摇晃。

“你们去哪儿了？”我努力用欢快的语气问苏菲。

“别烦她。”安德鲁的声音从客厅传来，“她得去睡觉了。”

苏菲用洁白的牙齿咬着下嘴唇，“我冷。”

我解开她外套的扣子，“去洗个澡暖和一下怎么样？”我扫了一眼客厅。安德鲁正盯着电视机，一个接一个地换频道。

“不要把她当成婴儿。”他突然开口说道。

苏菲受惊似的飞快看了我一眼，我给了她一个拥抱。“我在你的床上多放一张毯子。”我对着她冰凉的、小小的耳朵说，“你可以换上你毛茸茸的睡衣。”

我用她最喜欢的迪士尼公主毯把她裹得严严实实，然后搂着她，让她能够感觉到我身体的温度。我给她揉了揉手和脚，然后替她按摩腿。

“你玩得开心吗？”

她点点头，黑暗中，她柔软的头发挠得我鼻子发痒。

“爸爸带你去哪儿了？”

“我们去爬山，看星星。爸爸给我买了一支全新的望远镜，是粉红色的。我们还吃了比萨。爸爸的那块比萨边吃边掉，他把芝士弄得到处都是！”她咯咯地笑了，然后打了个滚，靠近我身边，摸着我的手，“你感觉好点儿了吗，妈咪？”

“什么？”

“爸爸说你生病了。”她的语气听起来有些困惑。我感觉腹部的肌肉绞在一起。他当然会骗她啦。我真的是病了。我厌倦了生活在恐惧之下。

“我现在一点儿也不痛啦，宝贝。我很高兴你玩得这么开心。”

她打了一个大大的哈欠，脑袋懒洋洋地靠在我的肩膀上，“我能睡觉吗？”

我尽量多陪她待了一会儿，直到她的呼吸变得平稳才离开。我知道他在客厅里等我。他打算说什么呢？是我必须得生个孩子，还是他会做什么糟糕的事？如果我拒绝和他做爱会怎么样呢？他喝酒的时候从来都不会对性爱提起兴趣。他清醒的时候，主动向我献媚调情，我都会配合他。我已经学会对他虚与委蛇，无论自己是否有兴致。直到完事，我才从与身体抽离的状态下回过神来。如果我找各种借口，以身体疲倦为托词，他便会充满敌意地指责我在欺骗他。索性顺了他的心意，也就省事许多。

我走进客厅，看见安德鲁已经在沙发上昏睡过去，一旁的地板上躺着一只威士忌空酒瓶。这么说，今天晚上他一直在喝酒。

他总是喜欢回到家再喝上几杯威士忌，然后才心满意足地给飘飘然的状态画上一个句号。我坐在他对面的椅子上，看着他渐渐入睡。一想到他一边喝啤酒，一边开车驶上蜿蜒曲折的山路，旁边还坐着我的女儿，我就一阵心悸。只要拐错一个弯，我可能就会永远失去她。

环顾四周，客厅里的一应陈设，与我们住过的其他房子的客厅非常相似。壁炉前晾着苏菲做好的手工。她花了几个小时把树叶、松果粘在了一块海报上，用亮晶晶的金色胶水粘牢固，迫不及待地展示给他看。

他的钱包放在咖啡桌上，他很少会乱放钱包。钱包旁边放着我的钥匙链。这是他故意设下的陷阱吗？我盯着他的脸庞，屏息倾听，他的呼吸很沉。我把身体向前凑过去，慢慢拿起钱包，打开，看见里面装着五张一百美元的现金。

突然，他换了个姿势，我吓得不敢动弹，只是盯着他看。随后他转过脸，面对沙发靠背。一直等到他的呼吸变得平缓，我才点了点钞票，小心翼翼地把它们拿出来。我不敢相信，我竟然在做这种事。我停下来，接着又想到那些被冲下厕所的避孕药。

我拿起我的钥匙，紧紧地攥在手中，不让它们发出叮叮当当的响动，然后蹑手蹑脚地走出客厅。我在壁橱里找到我的手提箱，把衣服、洗漱用品收拾好，有条不紊地在卧室走来走去收拾行李。然后，我走进苏菲的房间，拉开她的抽屉，把她的内衣、睡衣、牛仔裤和毛衣打包好。连衣裙。对，我必须带上她的那条公主裙。

“你在做什么，妈妈？”

我转过身来，把手指头放到唇边，悄声说：“我们要去冒险。”

她坐起来，“爸爸去吗？”

“不去。他明天得去工作，所以我们必须非常、非常安静，好吗？”

她点点头，头发飘散在脸庞，在月光下泛着银色的光。我把她抱在怀里，她把腿盘在我的腰上，头埋在我的颈弯，就像蹒跚学步时那样。我感觉出她的身体渐渐变得无力，沉甸甸地倚在我身上。她睡着了。我把她抱到车上，让车门敞开，把她安放在儿童座椅中。她的头垂下来。我把她的脸转到一侧，然后用毯子裹着她，把我们的背包扔在后座上。

我坐到方向盘后方，在钥匙链中摸索车钥匙。好像不太对劲儿。我摸不到我的车钥匙。我打开车内的照明灯，忐忑不安地瞥了一眼不远处的房子。我从手提包里取出手机，手指继续在里面不停地摸索。终于，我触到了冰凉的塑料材质，凑到灯光下一看，有邮箱钥匙、房门钥匙，但却偏偏没有车钥匙。

身旁传来一阵窸窣声，冰凉的空气涌进车里，一只手紧紧地抓住我的手臂。安德鲁正拉着我的胳膊，想要把我从车里拽出来。我挣扎着，双手死死地攥着方向盘的橡胶套。但是他的力气太大了，我倒在地上，双腿还卡在车里。他把我从车里拖出来，跨坐在我的胸前。我抑制住脱口而出的尖叫声。苏菲，我不能吵醒苏菲。

我用手推他的胸口，想要从他身下挣扎出来。照明灯的光从敞开的车门涌出来，勾勒出他身体的轮廓。他的脸隐没于夜色中，让人看不分明。

他的双手用力掐着我的喉咙，我无法呼吸。我抓他的手、他的手腕，膝盖撞上了他的后背。时间变得缓慢。

“我警告过你。”他嘶声说。

我的眼球好像要爆裂开来，血液在大脑中剧烈震荡着。我想用手指头戳他的脸，但他却把我的手拉开了。随后我闭上眼睛，手也松开了。

“妈咪？”

清甜的空气蓦地涌入口鼻之中。我把头扭向一边，脸压着冰冷的泥土和碎石。我没有一丝力气，只能兀自艰难地喘气，喉咙好像裂开了一样。

“妈妈从车里掉出来了。”安德鲁说。

“妈妈？”苏菲试探地叫了我一声，语气中满是担忧。她困在儿童安全椅中，看不见我躺在地上。安德鲁调整了一下身体的重心，从我身上爬下来，但他的手还压在我的胃上——以示警告。

“我没事。”我气喘吁吁地说。过了一会儿，我侧转身体，用膝盖撑在地上，缓缓起身。安德鲁帮苏菲从车里出来，把她举起抱在怀里。她搂着身上的毯子。

“我还以为我们要去冒险？”苏菲说。

“冒险结束了，亲爱的。”安德鲁说。

他大步向屋里走去，苏菲仍然在他怀里。她探过他的肩膀，向后望着我，小脑袋随着他的步伐来回晃动。

第十二章

苏菲

2016年12月

我正在自助餐厅里用素描本画画。蒂兰妮先去储物柜拿东西了，而我还拖拖拉拉地没赶去上下一堂课。我想要努力把乌鸦的翅膀画得更生动一些——我一直画不好它的羽毛，因为我总是忍不住想起我爸爸。我很害怕自己打开了一扇未知的大门，而现在我却没办法将它关上。他问了很多与妈妈有关的问题。如果这才是他想见我的真正原因呢？如果妈妈发现了我一直在欺骗她该怎么办？

杰瑞德·麦克道尔坐在我旁边。我还在继续画乌鸦，我能感觉到他在看我，他好像在等我抬起头或是开口说点什么，但我不打算停笔，因为学校的风云人物之一就坐在我旁边。他可能想让我帮助他做作业吧，或是觉得我手上有毒品，因为我染了紫色的头发。至少，这是我能想到的最合理的解释，毕竟我毫无头绪。

我们从来没有说过话，但以前上课的时候我偶尔会偷偷地看他，我们上学期选了同一门课。说起来，他的脸部特征还挺有趣的：鼻子很长，嘴相对于脸型来说又显得有些大，但他生了一双漂亮的眼睛，亮晶晶的黑色眸子，很像是乌鸦的眼睛。但这并不重要，我永远都不可能和他在一起。我不觉得他是个混蛋，但我们没有共同的朋友，也没有任何共同之处。他家里很有钱，有栋海景别墅，他自己还有一辆车。妈妈给他们家做清洁。所以，就是这样。

又过了好一会儿，我还是没有说话，他凑近了一些。

“我听说你妈妈这周末遇上了一件可怕的事。”他开口说道。隔壁桌的几个孩子转过头来，看着我们。我盯着他们，直到他们讪讪地把目光移开。

我看着他的眼睛，“你是怎么知道的？”

“她和我妈说的。她想确保以后打扫的时候，家里有人在。警察调查清楚是谁干的了吗？她觉得自己是被跟踪了吗？”

我不知道该说些什么。妈妈没有告诉过我她害怕独自一人外出工作，也没提起过她提醒客户的事。她有没有告诉他们爸爸的事呢？她会失业吗？

“这关你什么事呢？”

他皱了皱眉头，“你怎么了？我只是想知道她是不是没事了。”

“她很好。”我大声说道。闯入卡尔森太太家里的一定得是个强盗才行，不能是我的爸爸。但我非常不想妈妈被吓到。杰瑞德拿着星巴克的咖啡杯，双手放松地捧着。他的指甲光滑，修剪得整整齐齐。他大拇指上戴着银色的指环，上面刻着很酷的图案。我想凑近去看看，可是我突然想起了我爸爸那双粗糙的手，他还戴着他的结婚戒指。妈妈告诉我，他曾经差点让她窒息。他怎么能做出这种事？我盯着我的画。

“你没事吧？”杰瑞德说。

“我必须在上课前完成这个。”我把身体转到一旁，肩膀挡住他的视线，让他看不见我的脸，然后开始接着画翅膀，我的指尖弄脏了翅膀。

他安静地待了一会儿，“对不起，打扰你了。”他从桌边站起来，拿着书走出食堂。我继续画着乌鸦，脸颊火辣辣的。我拿笔在乌鸦身上反复涂抹，直到它消失在黑压压的线条下。问题解决了。

周日下午，安德鲁和我去了河边。我还是习惯称他为安德鲁。这种感觉很奇怪，就像是对老师直呼其名，或者用外号称呼老师。他一直在向我展示如何抛竿，我弄丢了一些鱼饵，但他似乎并不介意。他还提前做了三明治。面包软塌塌的，就像是早晨刚从冰箱里拿出来的，还很厚，夹着烤牛肉和切达奶酪[①]。我算是一个素食主义者（我会吃鱼和鸡蛋），但我能感觉出来我喜欢吃他做的三明治对他来说意义重大。他一直在偷偷地观察我的反应。我噎了一下，然后赶紧喝了一口他买的胡椒博士[②]，把食物冲进胃里。他说他记得我喜欢喝这个。我觉得他这么做很体贴。我没有告诉他，我大概十三岁起就没有喝过胡椒博士了。

“我还在学习做饭。”他说。

“挺好吃的。”

“不算好吃吧，”他笑着说，我也跟着笑了，“肉太干了，你妈妈做的烤牛肉才是最正宗的。”

他的话题又转回来了，总是能转到她身上。我盯着我的三明治。

“我本来还不确定你今天是否能和我见面。”他说。

“为什么不能呢？”我瞥了他一眼，同时来回跺着脚，好

---

① 切达奶酪，又称车达奶酪、车达芝士，是一种天然奶酪，原产于英格兰。——译者注

② 胡椒博士是美国七喜公司生产的一种焦糖碳酸饮料。——译者注

让脚暖和些。他在沙滩上生了一个火堆，我们垫着毯子坐在原木上，但我仍然感觉很冷。

“你妈妈知道我要搬到这里，很生气。”他看了我一眼，“我没有告诉她我们一起喝咖啡的事。我感觉她还不知情。”

我的双腿停止晃动，“你说什么？”

“她没有告诉你，星期三我在银行外面看到她了？今天我本来打算和你分享一个我工作上的好消息，但又想也许她已经和你说了。”

“你要搬到这里？就是说，你会一直待在这里？”我说不明白我的感受。我想重新了解他，但如果我们合不来怎么办？妈妈一定会很难过。我又回想起过去几天，她似乎承受了很大的压力，我还以为是因为她工作上的事。我当时还庆幸她心烦意乱，无暇顾及我，现在我却感觉很糟糕。

“这是一个很好的工作机会，我已经错过了你过去十一年的成长。今年，我想在你上大学之前，多花些时间陪伴你。”

“我没有告诉妈妈我见过你。她仍然很害怕你。”

“我知道。”他看上去很伤心，嘴角失落地垂下，“我希望，等她发现我没有试图搞砸她的生活，她就不会再害怕了。”

“你没有善待她，”我说，“你伤害了她。”我大声地说道，连我自己都吃了一惊，但我感觉自己勇敢大胆，不惧一切。我觉得她会为我感到骄傲。

“我控制不了自己喝酒，”他说，“每次喝了酒，我一连几天都会恨我自己。我想我永远都不会再喝醉了，但下次我忍不住又喝了，我变成了另一个人。就像某种强大的黑暗力量突然出现，控制了我，我停不下来。”

“你想过那个女人吗？”问出这个问题的时候，我几乎是在耳语，我感到河流的湿气和冬季的寒气渗入了我的骨头，我打了个冷战。我在网上见过她，看到了她开的那辆车，前面被撞得面目全非。她的名字叫伊丽莎白·桑德斯，只有二十八岁。他们登的是她从卫校毕业时的照片，上面的她看起来非常开心和自豪。我阅读了下面所有的评论，看得出每个人都讨厌我爸爸。

“一直以来，”他说，“有很多年，我都无法面对我一手造成的灾难，因为我打心底里拒绝承认。但嗜酒者互诫协会教会我接受和宽恕。有一天，我坐下来，给她写了一封信。”

“她有一个家。”

“我知道。我也给她的家人写了一封信。”

“他们回信了吗？”

“没有，但我理解。我毁了他们的生活。”他看着我，“我也搞砸了你的生活。”

“这几年的确很艰辛。”

“我非常想念你。我过去没有领会到我的生活有多美好。曾经为之生气的事……”他摇摇头，“我很遗憾，以前让你和你妈妈成天胆战心惊。”

“我不记得你吓到过我。”

“你现在怕我吗？”

“我现在也不了解你。”

“我明白了。”他点点头，拿起钓竿，走向岸边。

我坐在原木上等待着，不知道该做什么。我看着他，他把鱼饵用钓竿抛出去，然后小心翼翼地把渔线收回。我强迫自己站起来，走到他身边。他看了我一眼，“那么，给我讲讲我不知道的事。你最好的朋友是蒂兰妮。你有男朋友吗？”

“没有。”我笑了，但是我脑海中最先浮现的却是杰瑞德的脸庞。我不知道自己为什么会想起他乌黑光泽的头发。如果要画他的话，该怎么画他略显弯曲的鼻子呢？“你呢？”我问他，“你现在有和人约会吗？”话语刚落，我的脑海中浮现出一个奇怪的画面：我的爸爸安德鲁和一个女人出去吃晚饭。他会谈论我吗？她会想要见见我吗？也许她已经生了孩子，这样一来，我就像是也有了兄弟姐妹。继而我又想到妈妈对这些都一无所知。这可不像是圣诞节，我可以随意与她分享。

“我早已有了一生所爱。”

“你是说妈妈？”

“一直都是。”

我胃里忽然一阵恶心，烤牛肉的味道翻了上来。也许现在是时候告诉他事实了，“她有男朋友。我上次没有告诉你是因为我不想伤害你的感情。”

他凝望着河水，很长时间都没有说话。我看不清楚他的表情。我以为在了解格雷格的存在后，他就可以往前看，这样对他来说更好。但是现在我倒是希望自己什么也没说过。

“这很好，”他终于开口说道，“我希望她快乐。”

“你生气吗？”

“我很失望，但我理解。她已经很长时间没有跟我说过话了。”

不知为何，我却产生了另外一种可怕的感觉：我犯了一个严重的错误。也许他做这一切是另有打算呢。“你不要出现在她身边。她不想见你。”

“别担心。这次我不会搞砸了。”我还没来得及说点什么，他瞟了一眼手表，“我们该撤了，否则我会错过回岛上的飞机。”

我们收拾好所有的东西，我跟着他向卡车走去。在车里，他告诉我，我欠他二十美元的钓具费。我知道他在开玩笑，因为他说话时嘴角向上扬起。我笑出声来，但心里却在想他刚才说的话。他似乎觉得他和妈妈还有机会。我说的和妈妈有关的事，他都没有听进去。我很害怕，害怕他不相信我。

第十三章

琳赛

2005年10月

弟弟开着老旧的蓝色皮卡驶上车道，这时我刚好在前院耙叶子、摘核桃，核桃把手指染得黑漆漆的。

“妈妈说你取消了周日的晚餐。”他说。

之前我就小心翼翼地用化妆品遮盖了瘀青，然后在脖子上围了一条围巾。苏菲还好奇地问我为什么要把围巾围在里面。我告诉她，这是我最新的穿搭风格。于是，她早上也围了一条围巾去学校，围巾长长的两端飘曳在身后。

我做早餐的时候，安德鲁一直看着我，但他什么也没说，只是一连喝了两杯咖啡，然后吞下几片泰勒诺[①]。我转过身去看了他一眼，发现他的目光落在我的喉咙上，接着移开了，脸上好似被一片愁云笼罩着。

“我感觉不太舒服。”疼痛和疲劳共同的作用下，我的声音依然嘶哑。我几乎一夜没睡，盯着天花板，一遍遍地回想起那一幕：安德鲁的手在我的喉咙处游移，肺部尖叫着想要吸进空气。我确信，如果苏菲没有叫出声，他会一直掐着我的脖子，直到我窒息而亡。她救了我的命。我曾经还能够说服自己，他不会真的

① 泰勒诺是美国产的一种解热镇痛药。——译者注

伤害我，他不会做到那个地步，他内心的良知或是爱意会让他停下来，他是爱我的。可现在我没办法欺骗自己了，类似的事情将会反反复复地上演。

也许下一次，在他的推搡下，我会撞到家具上，或在他的撞击下，我从楼梯滚下去，因为一件可以怪到我头上的事情。还要多久他又会对我拳脚相向，打断我的骨头，还要多久他就会完全失去控制，再次掐住我的喉咙？

克里斯从卡车前面绕过，从我的手中拿过耙子，在地上刮擦，把零零散散的叶子添到落叶堆里。我的脑海里突然闪过我们小时候一起堆落叶的画面，那时我们还互相比赛，看谁堆的落叶最高。然而有时飓风突然袭击，落叶一眨眼就被吹散，我们只好再从头开始堆。我又想起了烈火。我多想让苏菲能在狗狗的陪伴下成长。

我转过身，双手扒拉着一颗一半陷进泥土里的核桃。我不想让克里斯看到我哭泣。我深呼吸了几下，把拔出来的核桃扔进独轮车里。

“松鼠把这些埋得到处都是，”我说，“乌鸦衔着核桃，扔到屋顶上，白天黑夜我都能听到它们哗啦啦滚落的声响。它们还把排水沟给堵塞了，安德鲁都要抓狂了。”

“我昨晚给他打电话祝他生日快乐，说顺路过来看看你们。他说他带着苏菲在外面，你头有些痛。一定很严重吧。”

我眨了几下眼睛，努力保持镇静。他好像知道我们之间出了些问题。我回过头看了他一眼，“是鼻窦炎引起的头痛。我吃了几片艾德维尔，就直接睡下了。安德鲁对我很体贴。”

“好吧。”他直视着我的眼睛，我无法转移视线，“我一直在想，你们俩之间还好吗？”

“当然了。”我想扯掉围巾，想让他看看我的伤痕，想乞求他的帮助，但我却只是强颜欢笑，“一切都挺好的。”

“你在他身边时似乎不像你自己。你好像很紧张或是因为某些事情而有压力。”

我站起来，擦干净手，“我可能只是累了。我们俩很好，真的。”

“你是知道的，你可以告诉我发生了什么事，对吧？我不会和安德鲁透露一个字。”

“没有什么可说的。”我耸了耸肩，“我很高兴。”

“别胡说八道了，琳赛。你都不再微笑了，不像以前那样发自内心地笑。你也不和朋友一起参加活动或是去什么地方。你曾经设下了很多目标。你的求学计划呢？你就好像是放弃了生命中的一切，而安德鲁就是你的生命。”

“我现在有了一个孩子。今时不同往日了。”

“算了吧。这只是一个借口。你的一些朋友也生了孩子，我在附近遇到她们，她们问起你。萨曼莎告诉我，你没再给她打过电话。”

他是不会相信一切都很完美的。我的目光落在车道上，又回到他身上。“我们的关系遇到了麻烦，但我们正在想办法解决。苏菲需要他，”我说，“他非常爱她，也对她很好。”

“你不能只是为了苏菲就和他待在一起。”

“还有其他原因。你不明白。”

“其他原因？比如？”

我从他手中一把抢过耙子，狠狠地耙着泥土，垂下头，“我真的需要把这个弄完。”

“你在担心爸爸？他肩膀的情况满足申请伤残的条件。他一直没有申请，是因为安德鲁告诉他，他太需要爸爸的帮助了。”

我转过身来，“我不能离开，好吗？我结婚了。我许下了承诺。”可我没有意识到自己正用手摸着喉咙，直到我看到克里斯注视着我的脖子，眯起了眼睛，我才回过神来。我忙把手放下来。

“你应该回去工作了。安德鲁会疑惑你去哪儿了。”

“你为什么这么害怕他？”

我无声地摇了摇头，眼泪就快要决堤。我想告诉他我不害怕，我很好，我不需要他的帮助，但是我害怕自己只要一开口说话，就会崩溃。

“他伤害你了，是不是？”

我扔下耙子，转过身，径直向房子走去。我做不到，我没办法看着他的脸告诉他我的丈夫差点儿掐死我。

他抓住我的胳膊，“琳赛，别走。回答我。”

呜咽声在我的喉咙里不断积蓄，我感觉喉咙像被勒住了一样。我不想哭，因为一旦开始哭泣，我可能就停不下来了。我用手掩着脸。他抓住我的肩膀，想要直视我的眼睛。

“你必须告诉我。你必须保护苏菲。”

“你还不明白吗？”我几乎是在大喊大叫了，痛苦、悲伤拼命地挣脱出来，“我想要做的就是保护苏菲！他会带走她。他掌管着所有的钱，掌控着一切。”

“我会帮你找一位律师。专业的律师。”

我露出苦涩的笑容，“你还是不明白。他昨天晚上差点儿杀了我。”我抓住围巾，一圈一圈地解开，指着脖子上的瘀青说。

他愣了一秒，紧接着勃然大怒，脸涨得通红，手紧紧地攥成拳头，脖子上的肌腱突出，像是蓄势待发的公牛。

“该死的混蛋。我要揍扁他。”

这下轮到我抓着他的手臂，“你不能告诉他你知道了。他会再次伤害我的。”

“天哪，琳赛。”他把手插进头发里，白金色的发色，和我的一样。他看上去忽然成熟了许多——他是个男人了，不再是我的那个小弟弟了。“也许我们应该告诉爸爸。”

“我们不能。如果他们想帮我，我害怕他会对他们做出什么事。”

“好吧。”克里斯看上去平静了许多。他仍然闷闷不乐，但已经不像刚才那样冲动，想要冲到工地上揍安德鲁一顿，我松了一口气。他的目光落到卡车上，凝视了片刻，又落回到我脸上，“必须想一个办法……”

“我被困住了，克里斯。他时时刻刻在观察我——家里到处都是摄像头。他监视着我的一举一动，日复一日。院子里的这个角落是唯一一处他无法从摄像头上看到的地方。而他只有睡着了才不会监视我。”

他迎上我的目光，“他喝醉了怎么睡觉？是昏睡过去吗？”

“有时候是，但他睡得并不安稳。我哪怕只移动一英寸，或是翻身到我那边，他都会醒来。我太害怕了，不敢溜出去。毕竟很难让苏菲保持安静。”

“如果我有一个办法呢？”

几分钟后，我和弟弟站在树下，风吹动树叶，在我们周围飘落。不时有核桃掉在地上，发出砰的一声。我的双手渐渐冰凉，但我却没有感受到丝毫凉意。

希望在我心中升起。这些年来这是第一次。

晚餐后，苏菲去客厅看漫画，安德鲁从桌子对面给我滑过来一张卡片。

卡片正面有一颗硕大而又鲜红的桃心，还用银光闪闪的浮雕字体写着：我亲爱的妻子。我不想打开，但是他注视着我。

我鼓起勇气读完里面那首浪漫的诗，里面还有一张旅行社寄来的信。他买了三张去坎昆[①]的机票，十一月中旬出发，也就是两周后。

卡上有他的亲笔签名：一直爱你的，安德鲁。

"我有必要好好休息一段时间，"他说，"好好陪陪你和苏菲。"他从桌子那头，伸过手来，握住我的手，"你觉得呢？"

至少还需要一个月的时间，我和克里斯才能把整个计划付诸行动。如果待在家里，我都觉得很难伪装出其乐融融的场面。但我也没办法在整场旅行中都假意逢迎，他一定每天都会想要做爱。我该怎么办？

"苏菲得去上学。"

"她可以请一周假。"

"我不知道，圣诞节前还有很多事情要做。"

"再过两个月才到圣诞节。想想看，苏菲该多开心。美丽的海洋、宽广的游泳池，她会拥有一次难忘的旅行。"

我凝视着桌子对面的这个男人，他又拿苏菲来揭我的伤疤。

他身体前倾，向我凑近了一点儿，"琳赛，之前发生的事情，我真的很抱歉，好吗？请让我补偿你。我们可以花一周的时间好好放松一下。你可以做做水疗，每天享受一下按摩和面部护理。你还记得我们度蜜月的时候你有多喜欢喝那些玛格丽特鸡

---

① 坎昆是一座著名的国际旅游城市，位于加勒比海北部，墨西哥尤卡坦半岛东北端。该城市三面环海，风光旖旎。这里的海滩是世界公认的十大海滩之一。——译者注

尾酒吗？我们可以坐晚上的游船，看海滩上的舞者跳节奏欢快的舞蹈。我也可以和你跳舞。无论你心中渴望什么，我都会帮你实现。”他的微笑充满希望，他的声音轻松诙谐，但是我看到了他眼中的恐惧。

他知道他要失去我了。可他的恐惧并没有让我感到安全，它让我更加害怕。他会不惜一切代价来阻止我离开。

“这听起来很不错。”当他松开我的手去拿啤酒时，我说。我把手放在膝盖上，攥着拳头，让指甲嵌入掌心，直到那股想要尖叫的冲动过去才松开手。没关系，如果他觉得我对和他一起度假这件事很期待，没准会更好。他会自信满满，以为一切尽在他的掌控之中。这样一来，他可能就不会密切关注我。很快，很快我就可以自由了。

第十四章

琳赛

2016年12月

又是一天辛勤的工作。每周三我都会去清扫两栋房子，两栋面积还都不算小的房子，这让我很期待周末的降临。也许，我和苏菲可以去看个电影或是去越野滑雪。她不喜欢滑雪，更喜欢坐在小木屋里的炉火旁画画，但我总是有办法让她出去待几个小时。如果能见到格雷格，我也会很高兴。上个周末他在忙着修理他的卡车——在圣诞节前夕的抢购热潮中，偏偏车里的变速箱坏了。他开玩笑说要借钱："你不是坐拥几千美元吗？"但是当我问他是不是认真的，他说："不是，我会解决的。"

我告诉他我在镇上见到了安德鲁，他很担心我，还努力安慰我，我感到很欣慰。"尽量不要因为这件事太过忧虑，下次记得报警。"那天晚上他修好卡车以后，主动提出说来陪我，但是他的声音听上去很疲倦，我就回复说我没事。我想让他利用这个闲暇可以好好休息一下。可是后来，当我走在一片死寂的房子里，真希望自己当时答应了他的提议。

早上我去马库斯家练拳击，他看了我一眼，说道："这么糟糕吗？我本来想给你个拥抱，但你看起来眼泪就快要掉下来了。"

我点点头，嘴紧紧地抿成一条线，"我需要变得更加强大。"

“不，你已经很棒了，但我打算再教你一些致命的招式，好吗？”

“那这几个月我们一直在做什么？”

“一步一个脚印。现在，我要把你变成一种致命武器。”他笑了，我非常欣赏他的这种幽默，我差点就要给他一个结结实实的拥抱，但他可能说得没错，我会流眼泪。我退后一步，假装跳起来，对准空气，使出一记上勾拳，再来一记刺拳。

他观察了我一会儿，“好吧，也许我只要给你展示一下如何踢人就行了。”

我把我的手提包放在厨房的桌子上，从冰箱里拿出一瓶水，倚在门上休息了片刻，思考晚餐该吃什么。一份烤玉米粉饼[①]？冷冻比萨？或者是吃剩的香肠和炖土豆配烤面包——我今天消耗的卡路里足够多了。苏菲给我发短信说她要去蒂兰妮家吃晚餐，八点左右回家。我把炖土豆放到炉子上，然后上楼打算在网上买一些圣诞节要用的东西。

卧室里很冷，我费力地穿上一件毛衣，换上我最爱的那双毛茸茸的袜子，等待电脑启动。我坐在办公桌前查看电子邮件，但没有一封新邮件显示出来。这有些奇怪——我的邮箱里通常总是会收到几封电子邮件，虽然大多是垃圾邮件。这时，我发现有的电子邮件是新发来的——一个潜在的客户在向我咨询价格。但这封邮件已经被点开过，标题不再显示粗体。我盯着屏幕，心想苏菲回家吃午餐了吗？她为什么要用我的电脑？

---

① 烤玉米粉饼是一种墨西哥食品，在面粉或玉米粉做的薄饼中填充美味的干酪、香料和蔬菜等原料，通常把薄饼对折成半圆形。两个半圆形的薄饼算一份烤玉米粉饼。——译者注

我顺着邮件列表，检查邮件的发送时间和日期。有一些邮件是前一天晚上发来的——邮箱广告、团购券、冬季服装打折、圣诞节促销。询问清洁报价的邮件是早上六点发来的，刚好在我起床前。我又检查了另外两封电子邮件的发送时间，它们是我下午工作的时候发来的，也显示为已读。

一封是珍妮发来的，谈论圣诞节礼物的事，邮件里啰啰唆唆地叙述着她给每个女儿买的礼物；另一封邮件是格雷格发来的。我点开，浏览了一下内容。他说上个周末很抱歉，他等不及要见我，说我应该尽快到他家过夜。

我会为你做早餐，给你送到床上去。

我没办法把目光从屏幕上移开，光标闪烁，这“该死的”文字。我一动不动地坐在椅子上，但内心中的那个我已经慌乱地四处走动了。恐惧幻化成形，像一个巨大的、笨重的野兽，在我的体内穿行，势如破竹。安德鲁来过屋子里吗？他读过这封电子邮件了吗？

不可能的。家里安了警报装置。忽然，我记起，有一次苏菲忘了拿什么东西而回到家里。她有可能没有重新打开警报器。

我低头看着桌面，日历上记着各种笔记：日期、时间、约会。然后，我注意到键盘旁边的一摞邮件，是我今天早上刚取回来的账单，当时我就把它们随手扔在了杂乱无序的信件堆里。我发现，每个信封的封口都被整整齐齐地撕开了，它们被仔细地一个接一个叠放在一起，四条边都对得分毫不差。

我迅速站起来，把椅子推开，向后退了一步。

我从铅笔架上拿出一只指甲锉，飞快地转动身体，眼睛快速地扫过房间。床有问题。今天早晨，我明明把它铺得平平整整，确保每个角落都没有褶皱，但现在边缘却有一个压痕，就好像有人在那里坐过一样。随后我的视线落在衣柜上、床底下的那团阴影。他可能藏在任何地方。我的手从背后摸索到我的手机。

“911，你有什么紧急情况？”

“我觉得有人在我家里。”

等待警察到来的时候，我和接线员的电话一直保持接通状态。我下了楼梯，目光在房间里搜寻着任何异常的动静。我在厨房里拿起切肉刀和车钥匙，把刀横举在身前，向前门走去。我的感官异常敏锐，空气是那么凝重，我能感觉到它在灼烧着我的肺部。终于，我走到了门外，大口地呼吸着夜晚冰凉的空气。我没穿鞋，也没穿外套。我用胳膊环抱着身体，跑到我的座驾旁，爬进车里。我锁上车门，把加热器调到最大，竖起耳朵，聆听警笛声。

一名警察在房子里搜查，另一名给我录口供。房子没有被闯入的痕迹，好像也没有任何东西遗失。他们没有给我的键盘去尘以方便采集指纹，很显然，他们需要在一个光滑的表面上采集指纹。不过，他肯定会戴手套的。我想起他最喜欢的那副皮手套，是有一年我送给他的生日礼物。

警察做记录时，我可以察觉出他们礼貌的声音中透着怀疑，想必他们早已听腻了报案人的这些陈词滥调，便用例行公事的口吻应和着。他们已经经历过多少次这样的情形呢，深夜被忐忑不安的前妻打电话叫来？

警察离开后，我到房子里的各处查看，房间中的每种声音都清晰地传入耳中：冰箱的嗡鸣声，燃气炉的嘶嘶声。空气中弥漫着一种气味，好像什么东西烧煳了，我突然想起来我的炖土豆还在炉子上。我把炖土豆端出来，发现它已经变成棕色的、干瘪的一团。不过，反正我现在也没有什么食欲了。

我给苏菲发短信说我要早睡，问她可不可以留在蒂兰妮家里过夜。她迅速回复说，当然可以。我仔细检查了房子里的每一个角落，把抽屉都翻了个遍，试着从他的角度来思考。他看到我的贴身性感内衣，一定会很厌恶；想到我穿着它们取悦另一个男人，一定会勃然大怒。我穿过浴室，想象他查看我的每一份处方药、化妆品、避孕药……

浴缸旁边放着一本摊开的书、几根蜡烛，还有一瓶芳香浴盐，这些原本都放在洗手台下面的柜子里，现在却被摆在距离浴缸随手可及的地方，好像在邀请我好好泡一个澡，放松一下身心。我的名人八卦杂志被扔进了垃圾桶里。

安德鲁讨厌我洗澡的时候看这些杂志。

他一定在我家里待了好几个小时。甚至连冰箱看起来都像是被重新整理过，奶油放在牛奶后面，我非常肯定早上它还在靠近门边一侧的架子上。一想到他碰过所有东西，我就怒火中烧。他有吃过东西吗？给自己做份快餐？这时，我突然意识到洗碗机空了，他还在壁炉里堆放了木材。

我打电话给帕克警官，问她方不方便明天早上第一时间和我在警局见面，聊聊目前我能怎么办。她同意了，还建议我，如果觉得安德鲁可能会再来就去别处过夜。但是，警察还没离开之前，我已经给格雷格打过电话了，可他不在家，我想起今天晚上是他的扑克牌之夜，打他手机也没有人接。

“我这次务必会把警报器设置好。”我说。

“好吧，我会通知负责在这个片区巡逻的警察晚上多去巡查几圈。”

“谢谢。我很感激。那早上见。”我挂断电话，坐在床边，感觉安德鲁无处不在。我能感受到他的愤怒，他狂风暴雨般的怒火。我破坏了他的很多条规矩。我把颤抖不已的双手压在腿下。

从我的脑袋里滚出去。出去。出去。

心理暗示带给我力量，提醒我今非昔比，我不再是过去那个我了。我再也不属于他了。如果我任由自己被他吓倒，只会让他得逞。我强迫自己放声大笑，声音从丹田深处喷薄而出，冷酷中透着一丝得意。你就这点儿本事吗？

笑声在我喉咙中戛然而止。

我拿过床上用品，把旧充气床垫充好气，拖进洗衣房。洗衣房靠近后门，地板是混凝土铺成的，窗户玻璃是单层的。我穿着毛衣、慢跑裤和袜子，盖上毯子，手里紧紧攥着刀，枕头下面放着手机。然后，我盯着天花板等待天亮。

开车去警局的路上，我发现道路结冰了。我开得很慢，手牢牢地抓着方向盘，脚轻轻地放在刹车上。我留意着路面上的黑冰[①]，但目光却不由自主地一直向后视镜瞥去。空气阴冷而又潮湿。西海岸特有的寒气一点点渗入骨髓。唯一可以驱寒的方法就是洗个热水澡，再喝上一杯暖和的饮料，可是今天，这些屡试不爽的方法却都不能帮助到我。我能尝到口腔中恐惧的滋味，希望刮刮舌头就此摆脱恐惧的纠缠。他就在我的房子里，该死的房子里。他很可能一直在暗处观察我，他知道了格雷格的存在。

我们将会被迫搬家，但我们怎么舍得搬走呢？我们在这里过

---

① 黑冰指的是路面上一层薄薄的光滑冰层，其本身并非黑色的，而是透明的，透过它可以看到冰层下方的黑色路面，由此而得名。黑冰会使得车辆的轮胎打滑，造成交通事故。——译者注

得这么开心。一直以来，我努力经营自己的生意，而且苏菲很喜欢她的朋友和学校。一定还有别的办法。

帕克警官提醒我称呼她帕克就行。“这下事情就更容易了。”她说完递给我一杯咖啡，我感激地接受了。她的手上有雀斑，但不知为何却让我感觉很安心。当她准备文书材料的时候，我在桌子这头打量起她。她看起来很是健美，身体健康。她让我想起了曾和我一起上学的一个人，小镇上一个打棒球的女孩，周末她和朋友遇到了麻烦，结果却安然无恙。我忽然好奇她为什么想成为一名警察。她的爸爸是警察吗？还是她的兄弟是？她很可能有一个丈夫和两个留着姜黄色头发的孩子。我敢打赌，他们长大以后也肯定想像她一样。

“那给我讲讲你和你前夫的关系？”

“他有很强的占有欲——给家中到处都装了摄像头，我必须经常给他发短信，他会管我穿什么样的衣服，家中的大小财务一应由他掌管，他还是一个酒品不好的醉鬼。但是在其他人眼里，他是个很棒的人，连我的父母也那样觉得。”我感觉喉咙紧绷，有些疼痛，眼睛刺痛。我必须停下来喘口气。我希望她能不再用如此和蔼的目光看着我。

“没关系，”她说，“我知道这有多困难。慢慢来。”

当我解释安德鲁有多么爱忌妒，脾气又有多暴躁时，她认真地做笔记。“我告诉他我想走出这段婚姻的时候，他威胁说要把我埋在他工地上的一个坑里。他说他控制不住自己伤害我——他太爱我了，没办法放我走。我确定他就在我家里。”我给她讲了放在浴缸旁的书，还有垃圾桶里的杂志。

“有谁能看到他进入吗？比如说某个邻居？”

“我不这么认为。房屋四周被树木环绕。”我一直很喜欢这栋房子散发出的浑然天成的旧农舍气质：两片苹果园分布在房子的两侧，不远处是绵延不绝的森林。

“他有没有给你寄过任何威胁信？”帕克问道，“或者有没有留下语音或电子邮件？”

我摇摇头，“我们唯一一次说话是周三在银行外面。”

“你说他喝醉了有暴力倾向？”

“起初只是推搡，或者拧我的手腕。他还喜欢砸我的东西。但后来有天晚上，他……他掐住了我的脖子，我几乎快晕过去了。如果不是我的女儿及时醒来，我想我已经死了。”我手抚脖颈，在皮肤上摩挲，好像这样就能把这段记忆抹掉。

“你没有起诉他？”

“我太害怕了。”

“你女儿呢？他曾经伤害过她吗？”

“没有，他是一个很尽责的爸爸。我一直试图保护她，不让她目睹我们争执的场面，但有一天晚上她看到他把我推到了咖啡桌上。我留下了一些可怕的瘀伤。”我的身体前倾，继续说道，“他一遍又一遍地向我挑明，如果我敢离开他会发生什么事。在他眼里，他拥有我，甚至不许其他人看我。如果我对某个人微笑，就会激怒他。可现在我在跟人约会，他知道这件事后一定会掀翻屋顶。”

她低头看着她的文件，若有所思，然后与我四目相对，“我会把这份报告转发给检察官，并申请和平保障令。如果他们也认可这案子存在威胁，会发传票给安德鲁，召他出庭。”

“这要用多长时间？”

“我们必须先找到他，然后才能发出传票，这还取决于他是否愿意接受。”

安德鲁会很乐意在法庭上与我面对面交涉。我必须要做好准备，以防他的抗争。不过就算最终失败了，我也要让他知道我不会轻易退缩。

“和平保障令会保障什么？”

“他将无法直接或间接地与你进行任何联系，他必须与你的住所和工作地点保持五百米的距离，而且他必须交出所有的武器。如果你的女儿愿意与他见面，我们无法阻止，但不允许他通过你的女儿与你交流，或是去你家里。”

“她不想见到他。”苏菲放学回家，我必须告诉她这件事。我不想吓唬她，甚至不想让她想起这个人，但她需要知道实情。

“和平保障令会赋予我们更多的调查权限，但只有我们抓到他违反和平保障令，才能真正逮捕他。”

我再次点点头，试图看上去是冷静的，但心里却是一团乱麻，五味杂陈——恐惧占据了上风。我见过互助小组中一些经历过这个过程的女性。有一个女人的前夫在他们走出法庭的当天，一把火点着了她的房子。当然，他第二天就被逮捕了，她虽死里逃生，但失去了一切，她的两只猫也在火灾中遇难了。

“他会大发雷霆的。”

“任何时候如果你觉得自己处于危险之中，打911求助。”

我点点头，但却忍不住想问：911需要多长时间才能做出回应呢。五分钟？十分钟？可安德鲁要用多长时间就能杀了我呢？我看着帕克写完材料，最后签上她的名字并在旁边画了一道斜线。

这就完事了。这一切都已经按下了启动键，而我无法阻止。

第十五章

琳赛

2005 年 12 月

他的呼吸终于变得平稳，但手臂依然搭在我身上。我盯着床头柜上的时钟，看着红色的荧光数字在不断变化。一束月光透过窗帘的缝隙涌了进来，给漆黑的房间添了一抹光亮。如果此时把窗帘拉开，就会看到雪花在天空中晃晃悠悠地飘落。雪已经下了几个小时，外面应该已是一派静谧安宁的景象。树木银装素裹，沉甸甸的雪花压弯了枝头，如同弯腰驼背的老人。天空静悄悄的，仿佛在等待着，聆听一个秘密。雪橇和冬季散步最是应景，但我满脑子都是道路。

离圣诞节还有不到几天时间。安德鲁和苏菲一起装饰了圣诞树，我给他们做了热巧克力和爆米花，端过去时，我勾起嘴角，露出经过反复练习的微笑。这是最后一次，最后一次和他相处。

我们把礼物摆在圣诞树下，这些都是他的伙伴、邻居送来的，带有彩色的丝带和银色的蝴蝶结装饰。红色、绿色和蓝色等各色包装，闪着微光，五彩斑斓。苏菲饶有兴致地玩着标签，大声读出上面的名字，然后摇晃盒子，猜里面装着什么。

可我们不会再有机会，拆开任何一个礼物。

我轻轻地把身体转到床的另一边，他的胳膊顺势从我的躯干上滑落，我紧张地屏住呼吸。有那么一刻，他的手落在我的胸上，我颤抖着，但它终于滑了下去，落在床垫上。我一动不动地在床边待了几分钟，准备找个借口——我要去洗手间，倒杯水，顺便看一眼苏菲——但他没有动。我轻轻地呼吸，凝视着他脸上的阴影，凹陷的眼窝。我能闻到他呼吸里、皮肤上散发着威士忌的酒气。他习惯把威士忌倒出来直接吞下肚，甚至都懒得在里面加冰块。

他醉醺醺地倚在沙发上，连走路的力气都没有了。他让我给他再倒一杯酒，而这一刻我已经等了很久。“当然可以，”我说，“我得先去趟卫生间。”

我站在卫生间里，手里拿着一瓶药，才过去了几分钟，我却感觉时间仿佛已经过去了几个小时。我一直盯着药瓶上的标签，标签上写着克里斯的名字。他轻而易举地让他的医生给他开了一份安眠药的处方笺。

这就是我们的计划，我提醒自己。安德鲁必须一直保持睡眠状态。我小心翼翼地从瓶子里取出棉花，在手掌心倒出三片蓝色药片，盯着它们。安德鲁究竟醉到了什么地步？三片安眠药会杀了他吗？但如果我没有下够分量，他很可能会醒过来，然后他会杀了我。我必须尽快回到厨房，但我却在犹豫不决。

另一个房间传来砰的一声轻响。我忙冲了厕所，放回一粒药片，把瓶子放回家居服的口袋里。两片应该足够了。

我穿过走廊，顺便朝客厅看了一眼，走进厨房。安德鲁还躺在沙发上，嘴里咕哝着“该死的遥控器”之类的话。我倒了一杯威士忌，手在玻璃杯的上方停顿了一下，然后把药片投进酒里，等它们沉到底部才开始搅拌，直到杯中没有一丝异样。我抿了一小口，尝了一下味道，只能尝出威士忌的味道。

我回到客厅，把酒递给安德鲁，然后坐下来，耐心等待。

二十分钟后，他缓缓地向沙发边缘靠过去，眼皮耷拉着。我建议我们去睡觉，然后扶着他穿过走廊。大功告成。

我蹑手蹑脚地踩着地板，走进洗衣房。我站在凳子上，胳膊伸向天花板的嵌板，把大件手提包一个接一个拿下来，小心翼翼地不让它们掉在地上。上周，我已经断断续续地简单收拾了一下，不过都是一些不起眼的东西，他不会留意到。要是苏菲知道她大部分玩具都会被留在这里一定会闷闷不乐，但我会带上她最喜爱的洋娃娃和毛绒玩具大象——此时她正在它们的陪伴下酣然入睡。以后我会想方设法补偿她的。

我把大包小包都放在后门口，从侧面的窗户向外眺望，在车道尽头寻找克里斯的身影，搜寻闪光灯的光亮。他说，闪光灯会闪三下。可外面黑黢黢的，什么都没有。

我回过头，留神听是否有安德鲁蹒跚而沉重的脚步声，但房子里很安静。外面的道路肯定很不好走——扫雪车总是最先清理主要街道——我在心里默默祈祷，希望克里斯此时不是正困在某个路段，车轮转动着想要从泥泞中挣脱。

我们不会再有第二次逃跑机会。我真希望能开家里的车，但它登记在安德鲁的名下，他可以报警追踪车的下落。

我用手指摸索着走廊墙壁，慢慢引导自己向苏菲的房间走去。她正侧着身子睡觉，一只手压在圆滚滚的脸颊下，另一只手上缠绕着一绺头发。洋娃娃和玩具大象摆放在她头旁边的枕头上。我把它们装进她的包里。她的脸很温暖，散发着清新的苹果香气，我凑到她耳边，轻声说："苏菲，醒醒。"

她翻了个身，黑暗中我辨认出她的眼白，她长长的睫毛悠悠地扑闪了几下，然后坐起来，用手摸着我的半边脸颊，柔声说："妈咪？"

“你得非常安静，”我低声说，“我们要去旅行，只有你和我。爸爸正在沙发上睡觉，我们不能吵醒他。”

“爸爸说我不能和你一起冒险。他会生气。”是的，是的，他会的。

“我不想走。”她的声音越来越高。

我凑近她，对着她的耳朵说：“苏菲，听我说。我们要去一个特别的地方，只有小朋友才能去，你在那儿可以涂色，挑选新蜡笔和马克笔。你还可以在墙上尽情地画画，但你必须像小老鼠一样静悄悄的，不然我们就去不成了。我们要赶路去温哥华——先待在一个旅馆里，然后早上乘渡轮。你还记得渡轮吗？”

“我们能坐在前面吗？可以看到鲸鱼吗？”

“我们甚至可以去最上面的甲板，好吗？”

“好。”她低声说，把被子一下子推到后面。

“我们穿上睡衣。是不是很有趣？就像是参加睡衣派对一样。”我上床睡觉的时候已经换上了睡裤，我给她穿上了一套保暖睡衣，然后拉着她的手，她一路跟着我。

我们走到后门口。假如他现在醒过来，我就没有任何借口了。他会恍然大悟。我把手指凑到苏菲的嘴边，示意她不要说话，然后从衣架上取下大衣，轻轻地打开门。清爽的空气扑面而来，混合着雪的味道，让人喘不过气来。寒气一点点啃噬着我的皮肤。门的底部刮擦着木头地板，吱呀一声响了起来。我转过身看了一眼走廊，然后手掌紧贴在苏菲稚嫩的肩膀上，催促她走到外面，然后帮她整理好外套，确保她身上的衣服裹得严严实实的。我们的靴子藏在门廊里的木制凳子下面。脚滑进靴子里，里面的面料早已在寒气侵蚀下变得又冷又硬。

我一把抓过大包小包，往肩头甩了三个，另一只手揽过苏菲的肩膀。

我们走下门廊台阶，在雪地中穿行，每走一步都要抬高腿，积雪已经深及脚踝。

有几次，我帮苏菲稳住身形，而身上沉重的包裹把我的重心拉到了一侧，我也在竭力保持平衡。我使出浑身的力气，肾上腺素飙升，身体里像是燃起了一个火炉，由内而外散发着热量。苏菲不停地回头望向房子，一脸担心。

“爸爸不会生你的气，”我低声说，“我保证。”

我直视前方，在树丛中的空地上寻找闪光灯的光束。终于，三道光快速地闪过。我们成功了。

卡车里很温暖，加热器冲着我们呼呼地吹着热风。苏菲坐在中间，双手握成杯状，在出风口处暖手。我摩挲着她的后背，“你没事吧，宝贝？”

她点了点头，但我能听到她的牙齿在打战。

“座位下面的热水瓶里装着热巧克力。”弟弟说。卡车在狭窄的路上转弯，他的神情也变得凝重。车轮突然向一道沟渠滑去，车的后端随之翘起，我屏住呼吸，接着卡车冲过沟渠，向前奔去。

“对不起，我迟到了。”他说，“从车道出来的时候遇到点麻烦。一切都还好吗？”

“嗯，我是这么认为的。”我转过身，从后方的玻璃向外望去，房子里没有一丝光亮。苏菲的目光追寻着我的视线。“喝点热巧克力吧。”我说着把热水瓶拿出来。

“我不渴。”

我搂着她的肩膀，把她拉近我身边，“那睡一会儿吧。到酒店了我会叫醒你。”这是唯一的选择。如果安德鲁寻找我们的下落，他会先去我父母和克里斯的家中查看一番。我没有朋友，我们所在的地区也没有女性庇护所[①]。就算有庇护所，安德鲁也会想方设法找到我。苏菲把脸靠在我的肩膀上，我感到她的鼻子冰凉。我还记得她还在蹒跚学步的时候，就总是要我每天晚上在她睡觉的时候躺在她身边；还要求我把头靠在她稚嫩的胸膛上，她会一边抚摸着我的头发，一边哼唱着“一闪一闪亮晶晶”。几分钟后，我听见她的呼吸变得粗重，我肩头的重量也渐渐加重。我冲克里斯点了点头，示意他现在可以说话了。

“我事先帮你开了一个房间，”他说，“确保你有一个备用房间。”

“他不会困在雪地里吧？”克里斯一个月前帮我们安排了一辆车，他的朋友杰克逊到时会帮我们开车。我本来想一从墨西哥回来就离开安德鲁，但克里斯需要时间多挣一些钱，卖掉他的摩托车——我只设法存下三百美元，远远不够我和苏菲应急。接着，冬季的暴风雪席卷了沿海地区，我们差点儿取消计划，计划大概圣诞节后再付诸行动。但那时安德鲁又开始酗酒，从啤酒换成了威士忌。他每天晚上回到家里都在抱怨工作，我知道他新一轮的怒火很快就会再次爆发。

“没问题的。你们会乘明天第一班渡轮离开。”他递给我一个信封，“这是四千美元。下次发工资，我再多给你寄一些。”

我原本希望我们能够在那天晚上就离开岛屿，但是我只能在靠近渡轮码头的地方先找一家旅馆，方便赶第二天早上六点二十

① 女性庇护所是为在家中遭受暴力的妇女提供安全的食宿、精神的支持以及法律和福利权益帮助的机构。——译者注

分的船，而那时家中的安德鲁还在睡梦中。我接过信封，把它放入其中一个包里。

“我很快就会还给你的。我可以帮人打扫房屋或当保姆。我会想出办法来的。”

“别操心这个。”

“你不会惹上麻烦吧？如果他发现是你在暗中帮忙……”

“他不会发现任何蛛丝马迹的。他要是跑来告诉我你们离家出走的消息，我会装作和他一样震惊。”他低头看着我，“我有办法，好吗？我应付得了他。你只要安心离开这里就好，走得越远越好。重新开始，不要回头看。”我看到他眼中闪烁着微光，知道他在强忍着不让自己哭出来，“我永远都不会吐露一个字。”

我知道他是想起了以前的时光。有一次，他在作坊里手忙脚乱地扑火，被我发现了。他偷了爸爸的香烟练习吹烟圈，把一根烟掉在了一堆锯末上。我连忙抓起一个水桶，帮他把火扑灭，还帮他包扎了被火灼伤的胳膊。“别担心，”我对他低声说了一句，“我永远都不会吐露一个字。”

但是这次却不一样。这不是两个孩子扑灭一场小火灾这么简单，这次面临实实在在的危险。我的脑海里突然闪过一个念头，一个画面随之浮现：我从药瓶中取出的棉花还放在浴室的洗手台上。我记不清自己有没有把它扔进垃圾桶里。我一定扔了。标签上写有克里斯名字的药瓶我还拿着，我会挑个远远的地方把它扔进大大的垃圾桶里。

“这是唯一的办法。”我小声说。克里斯毫不犹豫地主动帮我。在他还是一个婴儿的时候，我就一直在照顾他。现在，却是他在照顾我。

“你是我姐姐，”他说，“我们在一条船上。”

我醒了已经有好几个小时了，现在正躲在窗帘后偷偷地向外看。事实证明我的猜测没有错，杰克逊被困在了雪中。他在清理家门前的车道时，我们错过了第一班渡轮，现在只好等待八点三十分的那班船。安德鲁很可能正在狮子湖镇四处找寻我的下落，开车去我父母的家，然后去克里斯家。我再次向外望去，搜寻杰克逊的身影。我不希望旅店的清洁工或是前台的任何工作人员看到我们，我们必须快速奔向卡车。苏菲现在也醒了，一边闷闷不乐地嚼燕麦棒，一边看漫画。

“杰克逊很快就会过来。”我说。

她没有回答。她一整个上午都没有说话，但我看到她盯着电话，心中浮现出一个可怕的想法：她可能会给她爸爸打电话。她注意到我在看她，说道：“我想姥姥姥爷。我都没和他们说再见。”

“我们到达温哥华后，再给他们打电话，好吗？”

“我们可以给爸爸打电话吗？”

“他整天都要工作。”

我的新手机突然响了，我和苏菲同时盯着它。“是爸爸！”她说。

“是克里斯舅舅。”我说着接起电话。看到他电话号码的时候，我心里舒了一口气的同时隐隐感到不安。

“出事了。”克里斯的声音很慌乱，我从来没有听过他用这样的声音说话。我坐在床边，苏菲目光灼灼地注视着我，神情专注。

“早上好，克里斯。”我让声音保持冷静，希望克里斯能够明白我不方便在苏菲面前随心所欲地说话，“杰克逊在路上吗？”

“安德鲁出事了。我今天早上刚刚听说了这件事。他不在工地上。”

我偷偷瞥了一眼苏菲。她此刻正在看动画片，双手托着下巴，腿上下晃动着。我走到窗户旁，压低声音问："他还好吗？"

"他在医院里——他的卡车撞烂了——但他没事。"可事情不止这么简单，听起来太让人震惊了。

"什么时候发生的事？"

"昨晚——我猜是在你和苏菲离开后几个小时。"

"我不明白，他是怎么可以开车的。"两片安眠药，药量应该已经够了，但不知为何他却醒了过来，而且还意识到我们走了。

"我也不知道。"他的声音停顿了一下，"情况很糟糕，琳赛。他闯了几个红灯，撞上一辆停着的汽车，卡车翻了过去，然后撞上了另一辆车。"

"有人受伤吗？"

"有一个女人。他的卡车正好落在她的车顶，把她压在车里。她死了。"

"哦，不，不。"我腿一软，想要坐回床上，但房间好像突然倾斜过来。我抓住边桌，台灯被撞倒在地，灯泡摔得粉碎。苏菲会踩上玻璃碴儿的，我赶忙弯下腰，火急火燎地把玻璃碴儿聚拢在一处，却不小心划破了手指。我盯着伤口，脑海中却满是变形的金属、雪地上的斑斑血迹。他杀了一个女人！

苏菲抓着我的胳膊，"妈妈，妈妈！"她在呼唤我，但我却没办法答应，我只是哭泣。在电话的另一头，我听到我的弟弟也在哭泣。

我给我的丈夫下了药，带着他的女儿逃跑了，因为我知道他一定不会放过我们。可现在，有人死了，我永远都无法获得自由。

第二部分

第十六章

琳赛

2016 年 12 月

苏菲用手指抓住一块黏稠的奶酪，吸进嘴巴里，下巴上不慎也粘上了一些，她顽皮地哈哈大笑。我不禁莞尔，为拥有这一刻感到高兴。当她还是个孩子的时候，安德鲁从来不让我们在客厅吃东西，而且他也绝对不会允许我叫外卖。

每周四晚上，我们会一起看《未婚女子》[①]。为了这一家庭传统，我特意从我们俩最喜欢的餐馆买了素食比萨。我们会谈论电影里面的男士、连衣裙，还有自己会选谁当伴侣。苏菲一整天都待在蒂兰妮家中，而我则在家里做清洁，想要抹掉安德鲁的痕迹和他挥之不去的味道。然后，我排练了二十种不同的方式展开今晚的这场对话。

苏菲看了我一眼，脸上带着戏谑的笑容，“我看到垃圾桶里的炖菜了。你是想把房子烧掉吗？”

“有个不好的消息要告诉你，我没有买任何保险。”

她哈哈大笑，咬了一口比萨饼，然后再次靠在沙发上，拿过一个抱枕垫在肩膀下面。

---

① 《未婚女子》是由莱丝利·海德兰德执导的一部喜剧电影，于2012年9月在美国上映。该片讲述了各怀心事的三个大龄女青年即将以伴娘身份出席好友的婚礼，却在婚礼前夕的单身派对上疯狂过了头，从而引发了一连串喜剧故事。——译者注

我们俩都把腿撑在咖啡桌上。这个动作在安德鲁眼中又是一件不可饶恕的罪行。我脑袋里回荡着他的声音，差点儿猛地把腿移开，“只有男人才是这副坐姿，琳赛。”我努力让自己的姿势保持不变。

“有件事我们需要谈论一下。”我拿起遥控器调低音量。我不能再等下去了，我可以感觉到那些排练了无数遍的话语挣扎着想要脱口而出。

“发生了什么事？”她睁大眼睛，嘴里塞满了比萨，“我惹了什么麻烦吗？”

“你惹了吗？”

“当然没有。我是一个天使。”

“没错。只是你的光环略微黯淡了些。”苏菲是个好孩子，但她也会犯些孩子常犯的错：偷偷摸摸地喝酒，错过宵禁时间。

她伸出手去，装模作样地摆正头上假想的光环，然后停下来，瞟了我一眼，“等等。你没有怀孕，是吧？”

“没有，没有。”我花了太长时间来解释了，趁她又心急火燎地得出其他结论之前，我必须赶紧说清楚，“你爸爸昨天来过家里。”

像受了我的一击似的，她的身体向前一弹，“你在说什么？”

“我回到家时，发现电脑里的一些电子邮件被点开了。”我犹豫着要不要告诉她我发现的所有事情。我不想让她受到过多惊吓。

“所以你不确定真的是他干的，也可能是电脑故障。”她看起来松了一口气，我意识到我做了一个错误决定，我不该对她有所隐瞒。

“我很抱歉，苏菲，一定是他。他打开了我所有的账单，还在我的浴缸旁放了一本书和几支蜡烛，虽然家中看起来没有任何被人闯入的痕迹。”

她眼波流转，渐渐明白过来，“我忘了设置警报器。”

我点点头，“没关系。我知道这是一场意外，但你必须要更加小心谨慎。今天早上，我和警察聊过，还申请了和平保障令——类似于一个约束令。安德鲁可以抗争，但如果获得批准，他就不能靠近我，否则他会被送回监狱。”

她盯着我，她的脸颊上有两点红色的污渍，“你觉得他想干什么？”

“我不确定，但他读了格雷格写给我的一封电子邮件……内容非常私密。”等比萨的时候，我用手机给珍妮打了一个电话，告诉她安德鲁闯进了我家里。她再次邀请我到温哥华去，但我现在还无法扔下这里的一切。我不能在苏菲就快要毕业的这个当口儿离开，而且我的事业终于有了起色，每个月不用再捉襟见肘。每年的这个时候，我的生意都格外红火，我需要这笔钱来帮我们渡过难关。

苏菲盯着电视，屏幕在她的脸上投下一抹蓝光。她吞咽了几次，我知道她在强忍着不掉眼泪。

“几天前我在银行外面见过他，”我说，“我很小心，但他一定还是尾随我回家了，他应该就是这样找到了我们的住处。”我又想起他说的那句话：“我知道那天晚上你给我下了药。”事故发生后的几周，我一直在等待，看警方是否会让他验血，可什么都没有发生。我以为我安全了。现在他会告诉他们吗？我会惹上麻烦吗？我提醒自己，事情已经过去十年了，他没有任何证据。

她转身看着我，“你没有告诉我你看到他了！”

“我不想吓到你。”

“你应该告诉我的。”她近乎绝望地说，她的语气听起来在维护自己。这说不通啊。一定有什么我不知道的事。

“苏菲，发生了什么事？”

她抹了抹脸，用掌根压在眼睛上，呼吸紊乱，“你会恨我的。”

她现在正在看我，眼神像在恳求我要理解她，欲语还休。然后，我知道发生了什么事。

“你已经跟他说过话了。你已经跟他说过话了，你竟然没有告诉我。”

她哭了，泪水浸湿了脸颊，她抽噎着，声音断断续续，“我没有告诉他我们住在哪里。我从来没有告诉过他！”

“天哪，苏菲。”我站起身，在房间里踱步，“你怎么能这样做？”

“他是我的爸爸。我有权利跟他说话！”

“你是知道的。你是知道他怎么对我们的。”

“他已经变了。”

“他出现在我们家里。他还是以前那个爱操纵别人、狗娘养的控制狂，现在他又利用你来接近我。你告诉他什么了？你一定和他说了什么，让他发现我们住在山茱萸海湾镇。你有没有告诉他我和格雷格的事情？”

“他一直在说他有多么想你，然后我就告诉他了，这样他就可以往前看。”她语速太快了，我几乎没听懂她在说什么，但我清楚地知道厄运降临了。厄运真的降临了。这可不仅仅是一场一级灾难，而是演变成了一场核危机，连逃跑都为时已晚。

“你爸爸他没有向前看，苏菲，我非常肯定他永远都不会让我向前看。”我知道我在咆哮，我可以看到苏菲脸上震惊的表情，但我不敢相信她竟然这样背叛了我，“我告诉过你，你爸爸是个忌妒狂。”

“但那是几年前的事了。”

我盯着她，想要提醒自己她还只是一名青少年，还太年轻，无法理解痴迷这种东西，也意识不到时间根本不会改变什么。我把他所做的每一件事都告诉了她，以为这样足以让她警醒。我从来没有想过她心里的恐惧会有时限。也许我应该告诉她安眠药的事，那样她更能明白他的愤怒，但现在已经太迟了。我跌坐在沙发上，“这一切是怎么发生的？他是怎么和你联系上的？”

“我给他写信。然后他给我回信，寄到蒂兰妮家里。”

“当然如此。你说你在做的那份作业。你对我撒了谎。”我忍不住大笑起来，歇斯底里的笑声中难掩苦涩，怎么也停不下来，“当然了。”

“他告诉我他不喝酒了——而且我感觉他是真的很抱歉。”

“喝酒只是其次，苏菲。重要的是他的内心有没有转变。他必须得接受很多年的心理咨询，我甚至不知道这样对他是否会有所帮助。”

“他在监狱里接受过心理咨询。”

“你爸爸他无法控制自己的情绪，这使他变得很危险。他出狱才不过几个月，你看看发生的这些事。你不能再见他了。”

她的视线转向别处，脸上泛起一片深深的红晕。

“噢，不。告诉我你还没有和他见过面。”

“只见过两次。我以为这样无伤大雅。然后我就可以告诉你他已经变了，这样一来你就不必担心了。他很和善，我们一起去钓鱼……”

我一想到他们坐在一起，就好像他的手再次掐住了我的喉咙，窒息的感觉再次袭来。我不想让安德鲁拥有和女儿独处的珍贵时光。他没有尽到做爸爸的责任，他不配拥有这些美好。“你再也不能见他了，如果你还想要和我一起生活。”

“你在威胁我？”

“他会杀了我，你明白吗？”我停下来，与她四目相交，好让我说的话能引起她的共鸣，“唯一能让你爸爸永远放过我的方法就是我躺在棺材里，被深埋到地下。”我伸出手，抓住她的手，“我知道他是你的爸爸。我知道那是一种什么样的感觉——你所有的朋友都有爸爸，偏偏你没有。我知道你想要让事情有所不同，知道你多想信任他。很多年来我也怀抱着相同的感受。我曾经给过他很多次机会，苏菲，很多次。但他本性难移。他就是改不了。”

“他真的改变了，妈妈。我没办法和你解释清楚。也许不是他闯进了我们家里。”我从她脸上看得出来她多希望这才是事实，我讨厌自己是那个不得不让她伤心的人。

“他这是在惺惺作态，这对他来说就是一场游戏。所有这一切，他在利用你。我知道这么说很伤人，或许会让你觉得自己无关紧要之类的，但这不是你的问题，你真的很棒。我全心全意地爱着你，但是对于你爸爸来说，我们都只是他的私人财产。”

她沉默了很久，目光紧盯着她的比萨。她不再哭泣，只是偶尔吸一下鼻子。我滔滔不绝地说着，试图给她解释那些我花了好几年阅读自助图书、参加互助小组才终于意识到的问题。可是，我直到如今也没有真正理解。爱怎么会错得这么离谱？我怎么会在这条路上越走越偏，迷失得那么深？他怎么能前一秒还是那么体贴、美好、迷人，下一秒就变得如此残忍和冷漠。

“我感觉不太好。”她终于吐出一句话。

“我也是。”

“我再也不吃比萨了。”

“我有种预感这不是真的。”我把她拉近我身旁，“我真的很抱歉，孩子。”

她倚着我的肩膀，叹了口气，呼吸喷在我的脖颈上，“我们要搬家吗？”

“还不需要。我们要小心，看看会发生什么，好吗？”

“好吧。”她的身体靠过来，我抱紧她，渴望她身体的温暖。我想起她以前就是这样扑在我怀里，娇弱得像一只小鸟。“我只是想要一个爸爸。”她说。

“我知道，亲爱的。我知道。”我想我已经跟她说明白了，但我的内心仍然感到不安，他是如此轻易地就再次潜入了我们的生活。我原以为自己已是尽心尽力、无微不至，希望苏菲得到足够的爱后就不会再想要爸爸的陪伴。然而，她还是渴望。而他不会罢手。至少现在不会。她可以足够坚强，抵制他的诱惑吗？她会比我更强大吗？老天啊，但愿她可以。

周五下午，帕克警官打来电话，她告诉我法院已经给安德鲁签发了传票，召他周一上午出庭。

“现在我们必须追查他的下落，这样我们才能把传票送达他的手里。我们不确定他现在是在维多利亚还是山茱萸海湾镇，目前还追踪不到他的具体位置。”

“这消息可真不让人安心。”安德鲁有自己的计划，我能感觉到。即使我夜里打包行李偷偷离开，我也毫不怀疑他会找到我们，“他可能正拿着把霰弹枪[①]在卧室里等着我。”

“可以去庇护所，而且——”

“没有哪栋房子是安德鲁找不到的。”

她沉默了片刻，“我明白你的恐惧，好吗？我真的明白。我想帮助你。这是我们正确迈出的第一步。我们会找到他的。”

“我希望你是对的。”

星期六我们去商场挑圣诞树的时候，我把车停在了人流密集处。向入口走去的时候，我把车钥匙紧紧地攥在手里。回到家里，我们一起装饰了圣诞树。清理掉在地上的松针时，我每隔几分钟就会按下吸尘器的暂停键，竖起耳朵听有没有异常的动静。格雷格下班后过来了，帮忙安了一个门闩，建议我们到他家去住一阵子，但我觉得苏菲不会愿意。我很感激他的帮助，但我有些心不在焉，在他想要亲热的时候抽身出来，打趣地说他闻起来和他工作时候开的那辆卡车一个味道。

“你以前可从来没嫌弃过。”他奇怪地看着我说道。我一笑置之，凑到他身边给了他一个吻，好让他不要胡思乱想。但他说得没错，我曾经和他说，他穿着那身联合包裹服务公司的员工制服，看起来就像是一个性感的成年童子军[②]，而且我喜欢他在家里修东西时的模样，但现在他却让我不由得想起安德鲁。安德鲁以前也总是爱在周末的时候在家里修修补补，让房子变得更安

---

① 霰弹枪，旧称为猎枪或滑膛枪，现在有时又被称为鸟枪，是一种无膛线并以发射霰弹为主的枪械。在加拿大，枪支分为三类：非限制类、限制类和禁止类。霰弹枪属于非限制类的枪支。——译者注

② 童子军是目前世界上影响最为广泛的非营利性、非军事性的、非政府性质的青少年组织之一，旨在通过大量户外活动开发青少年全面发展的能力，其组织遍及216个国家和地区。——译者注

全，可这又是多么讽刺。我总是不由自主地想，他什么时候会搬到镇上。他很可能已经在这里了。我可能会在商店、加油站或者任何其他地方碰到他。

格雷格吃过晚餐后离开了，我和苏菲把礼物包好，摞在圣诞树下，然后一边吃爆米花，一边看《圣诞精灵》。但我知道她是为了我而强颜欢笑。她一整天都没有画画，只是在不同的电视频道间切换，或是捧着手机玩。

“我们得做点儿有趣的事情。”我说。

“你要带我去墨西哥吗？”她说，“我五分钟内就可以打包完毕。”

我心中感到一阵刺痛，但我知道她不是故意要伤害我。她不知道在墨西哥发生了什么事，也不知道她的爸爸是如何恐吓我的。这么多年来，我告诉自己，有一天我会再次带苏菲去坎昆游玩，就我们两个人。我们会尽情地玩耍。可是当我终于攒够钱，我却太害怕面对那段过往的回忆。他离去的同时也带走了我生命中的一些东西。

“哈，不过你倒是让我想到了一个主意……”

格雷格通常会在星期天晚上观看曲棍球比赛，所以我邀请了马库斯来家里。有男性的陪伴，我感觉更安全，但我不是这么和他说的。我说：“我用你的健身房，你从来都不收我的钱。请允许我做件好事。”他来了，还带着一箱墨西哥啤酒和香浓的黑巧克力当甜点。我烤了玉米、黑豆和鸡肉用来做烤玉米粉饼吃，马库斯也做了沙拉和鳄梨酱。我们做饭很有默契，在不大的厨房里走动，肩膀擦着肩膀，从冰箱里取出食材递给对方。

吃饭的时候，马库斯给我们讲起他在欧洲、非洲旅行中的趣事，比如有一次他差点在狩猎的时候掉队。当他说起他吃过白蚁还有当地的其他珍馐时，苏菲笑得上气不接下气。他还描述了白蚁怎样在口中发出咯吱嘎吱的脆响，白蚁纤细的腿怎么卡在牙缝里，听到这里，苏菲的鼻子轻轻地皱了起来。我很高兴他过来陪我们，这正是我们现在需要的。

晚饭后，苏菲上楼去做家庭作业。马库斯和我在桌旁喝着低卡咖啡，小口咬着巧克力。我告诉他安德鲁来过家里，警察正在给他发传票，但我还没听说他们找到了他。

“你为什么不给我打电话？”他说。

“我不想把你卷入这场闹剧。”

“向我保证你下次会打电话。”他语气坚定地说。

“如果我在逃命，那可能很难。”我莞尔。

“这一点都不好笑。”

我叹了口气，“我知道。我只是想轻松面对这些状况。”

“你有枪吗？”

“没有。我已经报名参加了枪支安全管理课程，然后还得申请持枪牌照[①]。但如果他们发现了安德鲁的事很可能不会批准。”加拿大的枪支法律很严格，特别是涉及家庭暴力的情况。我曾经很欣赏这一严谨的态度。我从来都不喜欢枪，尽管在我的成长过程中爸爸就持有枪支。苏菲还小的时候，安德鲁也有枪，我对此很反感。可是现在，我却恨不得在这幢房子里的每间屋里都藏一把枪。

“也许我应该弄把枪，比如通过黑市。”我说。

---

① 加拿大境内的合法居民依法享有持有枪支的权利。申请人申请枪支牌照之前需要学习相关专业课程，掌握枪械基础知识、枪支安全使用及保管方法，以及相关法律法规后，可以申请枪支牌照。加拿大的枪支牌照分为三种：成年人持枪牌照、成年人持有和购枪牌照、18岁以下（12岁以上）未成年人枪支牌照。——译者注

“哇，这可是有风险的。”

“坐以待毙，眼睁睁地等待他的下一步行动才是真有风险吧。”

“我去打听一下，好吗？我在防身课上认识一些人。”

“真的吗？你愿意帮我？”

“我宁愿帮忙，也不愿意看你冒险从警察手里买支枪回来。”

“那也只能怪我运气不好。”我飞快地瞥了一眼窗外，搜寻可疑的影子，“我希望他们能尽快找到他。”

第十七章

苏菲

他给我打了三个电话，我都没有接，也没有听他发来的语音信息。我的胃里好像有什么正拧在一起，就像是饥肠辘辘的时候又赶上流感发作。我揉了揉胃，可不适感并没有消失。我们本来约好今天见面，但我事先给他发了短信，说我有很多作业要做。我在撒谎，因为这周是寒假前的最后一周，除了蒂兰妮，大家都已经逍遥自在了。蒂兰妮有一门功课没有通过测试，正焦头烂额地忙着补考。

放学后，我坐在校门外等她。我抬起头向大街上望去。我总是有种感觉，安德鲁会来找我。这应该就是妈妈体会过的那种感觉。我竟然愚蠢到让他再次走进我们的生活。整个周末，我都在不停地想这件事，想他是怎样闯进我们家的。今天早上醒来，我头痛欲裂。就好比周一已经够糟糕了，偏偏化学课还安排在第一节。现在，我还必须要躲着我那跟踪狂爸爸。手机嗡嗡地响起，这次是蒂兰妮发来的信息：还要一会儿，必须得完成这个愚蠢的考试！

我回复她：K，我去赶公交车了。我沿着街道向公交车站走去，心想要是骑上我的自行车就好了。天空开始飘起雪，路面被泥浆覆盖，我的脚也被打湿了。我用围巾裹住脖子和脸，耸起肩膀，缩在外套里。我感觉一辆车正在我身旁缓慢地行驶，我向它扫了一眼，只看到一束刺目的白光。我很害怕，不敢一直盯着它看，但是我很确定这就是安德鲁的那辆卡车。我加快步伐。该死，该死，该死。我应该留在学校的。我把手伸进口袋里，摸索着手机。我要打给谁？我该怎么说？

“嘿，”他冲我喊道，“我需要和你聊聊。”

我摇摇头。我不会看他。他把车停在我面前，挡住了部分人行道。我从卡车敞开的窗户看着他。卡车的后端斜刺出车道，来往的汽车纷纷绕过他的卡车，有辆车的司机还把喇叭按得吱吱响，探出窗户做了一个不雅的手势。

“你不应该把车停在路肩。”我说。他是打算抓住我，逼迫我和他一起去某个地方吗？我后退了几步。

“你为什么不上车？你都快湿透了。”

“我得回家。”

“你为什么要躲着我？”他的身体探过座椅，透过车窗看着我。更多的车辆从我们身旁驶过，但是没有一辆停下来，也没有一个人问我有没有事。我现在很有可能就会被绑架，可根本没有人在意。

“我得走了，”我又说了一遍，“我要错过公交车了。”

“告诉我出了什么事。”

“你闯进了我们家！”我的怒吼盖过了穿梭往来的汽车发出的嘈杂声响，身体里爆发出的熊熊怒火让我感到震惊，“我告诉过你要离她远点儿。”

他一脸迷惑，接着，他的五官好像在缓慢地重新组合，他渐渐明白过来，“这么说，警察就是因为这件事找我。”

“今天应该是你出庭的日子。妈妈申请了限制令。”

“可是我没有靠近你们的住所。”

他又怎么会明白什么叫靠近什么叫远离呢？他一定知道我们住在哪儿。

“你翻过妈妈的东西。你还读了她的电子邮件。”

他没有说话，但他的脸上已经不再浮现惊讶的神色。他好像一下子被拉进了内心的世界里，在认真思考着什么。路上的车辆疾驰而过，我不知道会不会有人认出我。我想转身走开，可是我也想听听他接下来会说什么。

“苏菲，我整个星期都在维多利亚市收拾东西。我不会那样吓唬你或是你妈妈。这么做有什么意义呢？我在试着重新开始生活。”

“我知道你来我们家了。”

“我们去喝杯咖啡，好好谈谈。我会告诉你我整整一周都干了什么——每一天，每个小时。你可以告诉我，为什么你确定这件事是我干的，好吗？”

他的语气很诚恳，好像他真的不明白我在说什么。我看着路面，道路中线上的雪堆渐渐成形。我必须跑着才能赶上公交车，如果我误了车，下一辆至少要等三十分钟。也许不妨听听他要说什么。如果真的是他闯进了家里，我可以吓唬他，说他会被警察抓起来，这样他就会离妈妈远点了。

“如果你把我带到其他地方，我就报警——我口袋里装着手机。”

他举起双手，“好的。”

我又朝马路的方向看了一眼，然后爬进他的卡车车厢。

车里很安静。他把加热器调到最大，我四下打量了一番，发现烟灰缸里放着一大盒口香糖。熟悉的记忆再次涌现，我不由心头一痛：他过去经常会在工地上喝啤酒，然后在开车前往嘴里投一粒口香糖。

他注意到我的视线，“要吃一粒吗？”

“这不管用，你知道的。警察还是能辨别出来。”

他看了我一眼，我以为他会生气，但他的声音听起来很冷静，他说：“我不喝酒，苏菲。我再也不会沾一滴酒。最开始我是很想喝，但后来就再也不想了。我只是用口香糖来舒缓情绪。我不想让你担心。”

“和我有什么关系。”我转过身，盯着窗外，车窗上反射出我的影像，我的头发湿漉漉的。我想到了妈妈，不知道她看到我现在的样子该有多愤怒。可我必须听听他的解释。她觉得我看不透他，但如果他对我说了谎，我会弄清楚的。

泥嘴峰里客人很多，人声鼎沸，空气中混合着衣服上氤氲的潮气和咖啡弥漫的香气。刚出炉的黄油面包的香气钻进鼻孔，我的肚子咕咕叫了起来。我在柜台前点了一道奶酪烤饼和一杯咖啡，我掏出钱包，但他坚持要付钱。这种感觉真奇怪，我们的胳膊蹭在一起，他站在我身旁，做着一个父亲会做的事，为我的午餐付钱。但是这也让我想起有很长一段时间妈妈都是一贫如洗，我们很少会做比如去外面吃午饭这类奢侈的事情。当然，除非你觉得在商场的美食广场买一只热狗也算在外面吃饭的话。

我们找了个位置坐下，我撕下一块烤饼，塞进嘴巴里。我用这种吃法，一方面是因为饥饿，另一方面我是想在不得不开口说话前为自己争取点儿时间。

“好吃吗？”他说。

我点点头。他坐在椅子上微微欠身，把玩着他杯子的手柄。

他一直盯着我的脸，等我开口说话。

“你为什么闯进我们家里？”我说。

“如果我做出这样愚蠢的事情，我可以回到监狱里去。”他身体愈发向前倾，上半身几乎要贴在桌面上，“我在那里度过了十年时间，苏菲。我知道你无法想象那是一种什么样的生活，但我告诉你，那里就像是人间地狱，知道吗？你在电视和电影中看到的监狱，那些监狱的场面与我曾经待过的地方相比，充其量只能算作乡村俱乐部。”

他的解释很在理。他为什么要拿他的自由冒险呢？但是，还有谁会闯进我们家里却不拿走任何东西呢？

“你很生气，因为妈妈跟你离婚了。”

“有很长一段时间，我一直很生气，但我明白她为什么再也不想和我在一起了。我主要是生自己的气，是我把事情搞砸了，我之前也和你说过。但我不打算前脚刚走出监狱，后脚就又开始把事情搞砸。你确定有人闯进你家了？”

“你这话什么意思？”

“听我说，我知道你妈妈很生我的气，而且她完全有理由生气，好吗？但也许她只是想让你生我的气。”

“她不会说谎。那个人拆开了她所有的账单，还在她的浴缸旁边摆了一本书，放了蜡烛。她真是吓坏了。”

他皱起眉头，靠在椅子上，头歪向一边，就像是在思考。他的眉头紧锁，整个人看上去又强硬又刻薄。“听你这么说，像是有人在跟她恶作剧。我不喜欢这种事情发生，特别是你还住在那栋房子里。她需要安一个警报装置。”

“我们有一个，我忘了设置。”也许不是他干的，不然为什么他会告诉我们要安一个警报装置？我不知道该如何思考这件事情了。会不会是她的某个变态客户干的？还是那个曾经在她手底下工作的女孩？她和废材男友重归于好后不好好上班，妈妈给了她点儿苦头吃，于是她就辞职了。

“她觉得我想伤害她？”

我们对视着，我感觉烤饼粘在了嗓子眼里，肠子痉挛起来。我想要夺门而出，离他远远的。我怎么能就这样当着他的面把心里的想法一五一十地说了出来？不过，他似乎没有生气，而且丝毫不感觉到惊讶。我没有回答。

“好。”他吸了一口气，双手插入湿漉漉的头发。他的眼睛下方挂着深色的眼袋，我想他一定很疲倦。“你妈妈有没有给你讲过我家里人的事？”

“讲过一点。”

“嗯，我有人们所说的那种害怕被抛弃的心理障碍。”他说着扬起一边的嘴角，露出他招牌式的微笑，我突然有些明白为什么妈妈会爱上他，“遇见你妈妈是发生在我身上最棒的事。她长得那么美丽——我简直不敢相信她是我的女人。”

妈妈很漂亮。她有着和《魔戒》中精灵王后一样的白金色长发，她的眼睛又大又蓝，睫毛颜色很深，甚至不需要涂睫毛膏。如果她愿意的话，她可以和很多人约会，可她却单身了很长时间才决定和格雷格约会。我喜欢他们在彼此身边时的状态——两个人经常哈哈大笑，她似乎总是很自在。我看得出来，格雷格真的很喜欢她，但我想也许妈妈害怕他这样。

“你原本应该好好待她。”我说。

“我知道，我把事情都搞砸了。我太害怕她会离开我，以至于让恐惧把自己变成了一个忌妒成性的混蛋，反而把她从我身边推开了。”

“你为什么不和别人约会？很多人都在线交友。”

“也许有一天会吧，但现在我只想重新了解你。”

“你必须出庭，并且同意和妈妈保持距离。”

“我会马上解决好这件事，好吗？我们一聊完，我就去和警察谈谈。”

“你不会反对吗？如果你签署了和平保障令，那就意味着即使是我们俩也不能再谈论她。”

“听我说，我明白想要挽回我和你妈妈之间的感情可能已经太迟了，但我不想让自己和你的关系也变成这样。你是我唯一的家人。如果你不想见我，没问题。我只是希望有一天你会改变心意，但我不会心甘情愿地放弃你。”

他的话让我感到既伤心又恐惧，但也有一丝开心。他想让我看着他——我能感觉到他正用殷切的目光注视着我——但是我却盯着咖啡，研究着咖啡表面泛起的泡沫。我竟然为他感到伤心，这感觉不对，就像是在背叛妈妈一样，但这种感觉又是如此真实。我是他唯一的亲人。

“你必须离妈妈远点儿，”我说，“如果再有这类事情发生，我们的关系也到此为止。”

他从桌子对面伸过手来，“就这么定了。”跟他握手的时候，我感觉有人在看我。我扫视四周，在咖啡室的另一头我看见了杰瑞德。他身边还站着一个黑头发的年长女人，和他有几分相像。是他的妈妈。我在镇上见过她，她开着一辆银色的雷克萨斯，总是戴着一副太阳镜。他冲我露出一个微笑，轻轻地挥了挥手。我移开了目光。

第二天在学校，杰瑞德来到我的储物柜旁。“你还在因为我问起你妈妈的事生气吗？如果我说了什么蠢话，我向你道歉。”他说着笑了，“我总是这样。”

“我当时只是心情不好。抱歉。”

他靠在一个储物柜上，双手插兜，缩着肩膀，好像很冷的样子。但紧接着，我想，也许是因为他身材高大，不想站在我面前让我有压迫感。他身穿黑色牛仔裤，脖子上围着褐红色的格子围巾，上身是一件灰色的T恤，胸前印着吉米·亨德里克斯[①]的照片。吉米的脸有一部分已经看不清楚了，也不知道这T恤是不是古着。他很可能会花一百美元买下这样一件东西，或是类似的疯狂玩意儿。

“你和你爸爸在咖啡店里的交谈很激烈呀。”他说。

天哪，他观察了多长时间？“那是我叔叔，他最近遇上点儿烦心事。”

他沉默了一会儿，我却紧张起来，担心他会问一堆问题，但他只是说：“圣诞假期你要去哪里？”

我笑了。在他的世界里，他所有的朋友大概都会去滑雪胜地散心，住在自家的牧人小屋里；或是花一大笔钱去某个暖和的地方度假吧。

“我们决定今年在当地度假，”我模仿着富家女的腔调说道，“滑雪山上到处都是穷人，你知道吗？”

他先是有些不解，等反应过来我是在取笑他后，笑着说：“我这周末会邀请一些朋友。你也应该来玩。”

“我不觉得。”

---

① 吉米·亨德里克斯（1942—1970），美国摇滚吉他手、歌手、作曲人。摇滚名人堂评价他“可能是摇滚音乐史上最伟大的乐器演奏家”。——译者注

"为什么不？"

"我的朋友和你的朋友不是一类人。"

"我喜欢你的与众不同。你是一位艺术家，对吧？"

"是啊。"

"我在年鉴中看到了你的画。你真的很棒。"

"谢谢。"我不知道还能说什么。我的脸颊微热，我想评论一番，展现自己的聪明才智，但我说不出什么妙语连珠的话。他为什么对我这么友好？

"你可以带上蒂兰妮。"他说。

蒂兰妮迷恋杰瑞德的一个朋友，一定会很想参加派对。如果我拒绝了他的邀请，她绝对会非常生气。

"也许吧。"我说。他的脸上绽放出笑容，我感觉胸口有一种奇怪的紧绷感，就像有人从身后抱着我，我因此想让全身都放松下来。

"周五见。"他凑近我，呼吸中夹杂着一股浓浓的绿薄荷味儿。他一定是一直在嚼口香糖。我想了一会儿，他是不是想让我闻到清新的口气呢？这个想法让我感到既困惑又兴奋，我的脑子里又冒出了一些乱七八糟的事，可我现在还顾不上思考。

"别担心，"他说，"我不会告诉任何人你见过你爸爸。我知道他刚出狱。"

我盯着他，大厅里的喧嚣和嘈杂一瞬间全都消失了。我只能感觉心脏在胸腔里怦怦直跳。他是怎么知道的？蒂兰妮告诉别人了吗？我感觉很受伤，无法呼吸。

他的脸色一变，微笑垮了下来，好像突然意识到自己说错了话，"对不起。我看得出来你们有相似之处，我在网上见过他的照片，所以知道他是谁。"

“所以，你现在打算告诉大家……”我很生气，心烦意乱，但也感到困惑。他怎么会见过我爸爸的照片？几年前是有很多相关的报道，但我没有看见过任何有关他出狱的报道。也许维多利亚市有相关的报道。

“几个月前我就知道了，但我从来没有告诉过任何人。”

“你为什么要调查我？”

“我喜欢你。我想多了解你的情况。”他耸耸肩，笑了。我见过他微笑时的所有模样，他冲朋友或是老师展露的笑颜，但我从没见他这样笑过：羞涩的笑，满怀希望，还有点甜，也许带着一丝尴尬。

“我不想让任何人知道他的事情。”

“别担心。你可以相信我。”钟声响起，他朝走廊的方向看了一眼，“我得去拿书了。周五见，好吗？”然后他转身离去。

第十八章

琳赛

收容所里一片喧闹，狗吠声、号叫声此起彼伏。我走在混凝土过道里，看着狗舍里的小家伙们。我不喜欢它们用乞求、急切的目光望着我。金属栅栏里飘出阵阵尿骚味。我想把它们都带回家，但我只买得起一只。我想养只狗很多年了，但总是担心负担不起给它看兽医或是买食物的花销。然而，现在我才意识到，其实我只是害怕不如意的事情发生，害怕安德鲁即便身陷囹圄也会用某种我意想不到的方式把它从我身边夺走。我停在一间狗舍前，里面一只非纯种德国牧羊犬吸引了我的目光：它有一颗硕大的脑袋、大大的爪子，冲我露出异常灿烂的笑容；它的皮毛是红棕色的，脊背中间有一竖条朝着反方向生长的毛，活像条罗得西亚脊背龙；它棕色的眼睛周围是一圈黑色，口鼻部、耳朵尖上也是黑色的，一对耳朵耷拉着。我发出亲吻的声响，它精神一振，趴在栅栏上。

收容所的工作人员一直在旁边向我详细介绍它的情况——它是只公狗，拉布拉多犬，身形灵活，叫声高亢。

“它叫什么名字？”我问她。

“安格斯。”

听到这个名字，我不禁莞尔一笑，这名字取得真是恰如其分。他以前的主人要么有些苏格兰背景，要么就是幽默感十足。

“我和我的女儿一起生活，我们在寻找合适的家庭宠物，最好是一只能吓跑陌生人的狗。它保护欲强吗？”

“安格斯是看家护院的好手，盗贼闯进来，大概能被它咬个半死吧，不过它的叫声很是响亮。”安格斯似乎接收到了挑战的讯号，后腿站立起来，前腿扒在铁丝网围栏上，低吠了三声，混凝土的过道上传来浑厚响亮的回声。它直立起来几乎和我一样高，体重大概有一百磅。

“它的主人为什么不要它了？”

“那对夫妻离婚了。丈夫移居美国，妻子不得不找了份新工作，没时间照顾它了。它是一只很不错的家养犬。它喜欢女主人。”

我拿手掌碰了碰它的爪子，它舔了舔我的手。“我可以带它去溜一圈吗？”

我们在附近的小路上散步，它活力十足地往前奔，我的胳膊都快被它拽脱臼了。身边有这样一只体型庞大的动物，能感觉到它的肩膀摩擦着我的大腿，我心里更踏实了。我想要说服自己打消这个主意，毕竟给它买吃的、搭狗窝要花不少钱。它时不时地转过头来看着我，嘴巴咧成微笑的形状，舌头懒洋洋地垂下来。这时，远处的林子里跑过一个男人，安格斯身体一顿，充满戒备，尾巴翘得老高。它回头看着我。“没事的，安格斯，”我安慰说，“好孩子。”它身体放松下来，我们继续往前走。忽然，我感觉自己也放松了下来，几天来头一次感觉到踏实。回到收容所后，我立刻填写了一份申请表，证明自己获得了房东的养狗许可，而且家里的院子有围栏。我以为要等几天才能收到收容所的通知，可当天晚上我就接到了电话通知。我和苏菲分享了这个好消息。

“真的？它是什么品种的狗？”她的眼睛闪闪发亮，我如释重负。只要能再次博她一笑，没有什么是我不能做的。

“我不太确定。它不是纯种狗，可能是拉布拉多犬或是罗特韦尔犬和牧羊犬交配生下的品种。”我向她展示了我用手机拍摄的几张照片，“我们明天早上就能去接它了。”

“天哪，妈妈。它是一只野兽。”

“我知道。现在我同时拥有了美女与野兽。”

她被我逗笑了，但紧接着她的笑容褪去，“你养它是为了寻求保护吗？你现在申请到和平保障令了，你还害怕吗？”安德鲁如此轻易地就接受了和平保障令里面规定的条款，连我也感到惊讶。我从来没有想过他会愿意签署任何让他远离我的文件。我想我应该为此感到高兴，但又忍不住开始担心其中是否有诈。

“安全方面的考虑只是一部分原因，还有你上学走了，我也需要个伴儿。”

“这么说这头硕大的、毛茸茸的怪物是要取代我的位置！”

“它可能比你爱干净。”

她作势要狠狠地打我的胳膊，“好吧，它最好不要睡在我床上。”

“这可不能保证。”我微笑着说，“我可能会把它留在我的房间里，它会让我睡得更踏实。”

她的手指在我的手机屏幕上滑动，浏览安格斯的照片，突然她停了下来，脸上露出一副若有所思的神情，“你还是觉得闯进家里的人是我爸爸吗？”

我的脑子里冷不防地鸣起了警钟，声音尖利。她为什么会质疑这一点呢？她什么时候开始称呼安德鲁“我爸爸”了？也许她一直是这样称呼他，也许这并不意味着什么，但不知为何这一次她听起来像是在宣示所有权，就好像她接纳了他的身份。

“绝对是他。”

“但是有时候你也会忘记一些事情，比如把钥匙放到什么地方了，或是像之前那次，你把你的那箱书送人了，却以为是放在我这儿。”

我的钥匙。我盯着她的侧脸，心想，她还记得以前安德鲁总是因为钥匙数落我的事？不会的，她不会故意做出那样的事来伤害我。但她冷不防暴露出的这一想法却让我不由得打了个冷战。她仍然不想接受事实。

“是他干的，”我说，“我了解他的行事做派。”

她迎上我凝视的目光，“你难道就不记得他身上的好吗？”

我的呼吸卡在喉咙里。我探过身去，从她手中拿过手机，一边滑动屏幕，浏览安格斯的照片，一边思考该如何作答。“记得，”我说，“但这却抹杀不了他做过的那些可怕的事情，也带不走他给我还有其他人造成的痛苦。”

“很快就到事故的纪念日了。”

“我知道。”

“你有没有想过那天晚上的事？”

“你这话什么意思？”

“如果我们没有逃跑，他就不会开车。这就像是蝴蝶效应。你改变了一件事，一切都随之改变了。如果可以回到过去，你会做出不同的选择吗？”

事到如今，我依然可以清晰地回忆起那个药瓶的模样，瓶身是琥珀色的塑料质地，蓝色的小药片躺在手心里的感觉我也记得，它们原本应该要比手中的那点分量更重，托起它们就像是托起了整个世界。

“这是一个不可能出现的问题。”我站起来，“我真的累了，我要去洗个澡。”我知道她在目送我离开，也许还在因为我突然结束了话题而感到困惑，但是我的眼泪就快要决堤，我差点就想把一切都告诉她。

蝴蝶效应。

第十九章

苏菲

周四，蒂兰妮送我到安德鲁家附近，他的新住所位于小镇南端。他说要做晚饭给我吃。他提议说去学校接我，但我担心老师或是与妈妈相熟的人看到我们在一起。而且，这种感觉也很奇怪。我讨厌对妈妈说谎（她还以为我在蒂兰妮家里庆祝寒假），但我必须给他一个机会。也许她无法忘记他做过的事情，但他从未伤害过我，而且我越想越觉得他没有闯进我们家里。他并没有详细地告诉我他那周做过的所有事情，可他也不必这样——我从骨子里就知道事实是什么样，这份笃定就像是早已写进了我的基因里。如果我告诉妈妈那件事不是安德鲁干的，她就会知道我又跟他聊过了。她坚信是他干的，甚至都不考虑其他人作案的可能性。以后我得格外小心，设置好警报装置。

我拽了拽肩上的背包，沿着车道往前走。气温在零摄氏度以下，昨晚的积雪在脚底咯吱作响。他的房子外表美观，比我们的房子要大得多，美中不足的是与周围邻居的房子间隔不足，好像都快要被挤扁了。前院堆着一个雪人，还摆着几只用灯装饰过的塑料驯鹿。它们看起来就好像是迷了路，并不属于这里，局促得不知该站在哪里好。

再过几天就是圣诞节了。周二，我抽午餐时间去商场逛了逛，赶在节前最后一波购物热潮为妈妈、克里斯舅舅和他的女朋友，还有蒂兰妮挑选礼物。我想象了一下给爸爸买礼物会是什么样的感觉？可我送他什么呢？我总是知道该送妈妈什么礼物。我知道她爱喝的咖啡是什么牌子，她喜欢看什么书，她穿什么颜色的衣服最好看（蓝色和薰衣草色）；我知道她最喜欢哪种泡泡浴和乳液（只要是露诗[①]这个牌子的化妆品就行），对她喜欢看的所有节目也如数家珍，比如《外乡人》[②]或《唐顿庄园》[③]。但安德鲁对于我来说却像是一个谜。

昨天晚上，安格斯在我的脚边打鼾，我在包装纸上贴图案，心想要是以后爸爸能在屋里走来走去该有多好，想到有朝一日妈妈邀请他来享用圣诞节的晚餐，我就忍不住开心地笑出声来——好像有一天这会变成真的。

安格斯醒了，呼哧呼哧地打着哈欠。我的脚指头在它柔软的肚皮上扭来扭去。家里有一只狗是件有趣的事，虽然它已经咬坏了我好几支钢笔，每过十分钟就会闹着要出门，看见什么都要大惊小怪地吠几声，还想从料理台上偷东西吃。但它看起来那么温暖，总是一副无忧无虑的样子。它喜欢拿脑袋顶我的手，将沉甸甸的身体横卧在我的双腿上。晚上，它会依次陪我和妈妈入睡，它似乎还不确定自己的主人是谁，或是究竟该待在哪里。不过这

---

① 露诗是一个源自英国的美妆品牌，产品宣扬新鲜、天然的护肤文化。——译者注

② 《外乡人》是一部由约翰·戴尔执导的穿越幻想题材电视剧，讲述了参加过第二次世界大战的英国女护士克莱尔与丈夫弗兰克在苏格兰度蜜月，不经意间触碰了古老的巨石阵，穿越到两百年前的苏格兰高地，成为时空中的异乡人的故事。——译者注

③ 《唐顿庄园》是由英国独立电视台出品的时代剧，背景设定在1910年英王乔治五世在位时约克郡一个虚构的庄园“唐顿庄园”，呈现了英国上层贵族与其仆人们在森严的等级制度下的生活百态。——译者注

才是它在这里度过的第一个晚上，我觉得它迟早会弄清楚的。

我敲了敲门，安德鲁笑着打开门，整个人神采飞扬，“进来吧。”

我跟着他走进屋里，在门口脱掉靴子，并把它们挨着他的工作靴放好。我盯着他的工作靴走了一会儿神。我记得以前他的靴子总是放在家门口，靴子上随着季节变化，沾着灰尘、粘着泥土、覆着雪浆或是挂着冰碴儿。我都快要忘记，以前我有多喜欢穿着他的工作靴在房间里走来走去，惹得他在一旁哈哈大笑。

我坐在餐桌边，从这个角度可以看到楼上大部分的居住区。他当时给我打电话分享找到房子的好消息时，语气真是格外地兴奋。他觉得自己很走运，在这么短的时间里就找到了这套房子，可以赶在月中搬进来。这一切发生得如此之快，以至于当我停下来想要思考一下时，竟然觉得有些头昏目眩。转念，我想起他和妈妈在一起不到六个月就结了婚。这不就是爸爸的行事风格吗？他从不优柔寡断。我判断不出这种风格是好是坏。

厨房里很宽敞，现代化的家用电器一应俱全，料理台是花岗岩制成的。他看起来很自在，就好像他注定就该待在这样敞亮的厨房里。

“你想喝点什么吗？”他说着，伸手去冰箱里取东西。

“就喝水吧，谢谢。”

他在我面前放了一个玻璃杯，然后回到炉灶旁。我抿了一口水，打量着杯壁一侧的几何磨砂设计，脑海中浮现出他逛百货公司的样子：只要看到吸引他眼球的商品，他就毫不犹豫地放进购物车里。他在餐桌上铺了一块桌布，但通过观察桌子腿，我发现这张桌子是用意大利进口的深色木材制成的，价格不菲。客厅里摆放着一套巧克力色的皮沙发和一张松木材质的咖啡桌。屋里还没有陈列艺术品，也没有相框或是任何让房子更有家的味道的摆设。不过角落里摆放了几株高大的植物，像是无花果树，其中一株上面还挂着一串白色的圣诞灯。

“你喜欢植物？”我突兀地问道。他从炉灶旁转过身来，我看见他正在搅拌一锅辣椒酱。空气中弥漫着辛辣和香甜的味道。

“我的女房东送给我的。我想她可能是觉得我把房子装饰得太压抑了。”他露出了招牌式的歪嘴笑。他刚洗过澡，还剃干净了胡子，头发仍然有些潮湿，后脑勺上几根头发还翘着。他的牛仔裤洗得很干净，衬衫掖进了牛仔裤里，腰上系着一条皮带。我还注意到，他还打扫过房间——沙发上乳白色的盖毯铺得平平整整，桌子上的物件摆放得整整齐齐，我的餐具垫旁边还摆放了一块叠好的餐巾。餐桌中央的几个小碗里分别盛着切达奶酪、切成片的青葱和鳄梨酱；还有一个大碗，堆满了墨西哥炸玉米片。我不由想起了我们和马库斯一起吃的那顿墨西哥晚餐，一阵愧疚感袭上心头。

我起身，转进客厅，用手指触摸植物的叶片。没有灰尘，土壤湿润。液晶电视和镀铬音响散发着幽微的蓝光，看起来既时髦又昂贵。妈妈当初可是花了好几年的时间才给我们买了一个液晶屏的电视，音响是我们从沃尔玛的降价区淘来的型号，压痕划痕清晰可见。咖啡桌上放着几本书，我随手拿起其中一本，快速翻了翻，是汤姆·克兰西[①]的惊悚片。

“我在监狱里读了很多书。”他的声音从厨房那头传来。我返回厨房，坐在餐桌旁，吃了点儿炸土豆片，发出嘎吱嘎吱的咀

① 汤姆·克兰西（1947—2013），美国军事作家，擅于创作反恐题材的惊悚小说，代表作有《猎杀红十月号》《惊天核网》《细胞分裂》等。——译者注

嘛声。

他转过头看着我，面带微笑，“那些炸土豆片的味道真是不错。这是新出的口味——大蒜黑豆味。我小的时候只有一种原味的。”

“感觉奇怪吗？”我说，“去商店看见新鲜的东西？”

他点了点头，从冰箱里拿出一桶酸奶油，放在桌子中央。“是啊，但这也像是重新体验一遍生活，有时候也挺有意思。”他用勺子把辣椒酱舀进碗里，端到我面前，“这是素食的。”

我惊奇地看了他一眼，“你怎么知道我是素食主义者？”

“我们喝咖啡的时候，你穿了一件T恤，上面印着‘我不吃我的朋友’。我想，你要么是单纯喜欢这件T恤，要么就是素食主义者。”

“是的，抱歉。”

他耸耸肩，“没什么可抱歉的。有信仰是件好事。我敢打赌，你一定很不喜欢我上次给你做的烤牛肉三明治。”他在我对面坐下，发出爽朗的笑声。

“没有那么难吃。”

“好吧，希望你更喜欢这次做的。开动。”

我吃了一口，“好吃，味道真不错。”这次我没有撒谎。辣椒酱甜中有辣，辣度适中，他还在里面放了大块的蔬菜。

“你喜欢吃，我很高兴。”他说，“我在监狱里的时候非常想念蔬菜的滋味。他们供应的食物难以下咽。我都不会喂猪吃那些东西。”

我们默默地吃了一会儿，然后他开口说：“你期待圣诞节吗？你小的时候会激动得一连几天睡不着觉。”

“能休息一周真好。”我不想聊起妈妈，也不想和他分享我们的节日传统——他不在的这些年我们是怎么过圣诞节的——“你打算怎么过圣诞节？”

“我要去维多利亚市和我的互助对象一起过。出狱后的第一个圣诞节，大概会不太好过。我会去那边参加几次嗜酒者互诫协会的聚会。”他注视着我的眼睛，“你今晚能来这里，对我来说意义重大。我本来想去买棵圣诞树回来，但是没有时间。”

“没关系。家里的植物也很有节日氛围。”

我们又吃了一口，还不约而同地吹勺子里的辣椒酱，想让它凉一点儿。

“你长得像你爸爸还是你妈妈？”我打量着他的脸庞说。

“大概更像我爸爸。”他拿了一把炸土豆片，把它们揉碎，撒在碗里，“试试这种吃法。”我看得出来他在转移话题，于是，我们聊起他最近看的电视节目，还有他学做的美食。

晚餐后，我们一起打扫厨房。我洗碗，他负责擦干。我想起小时候，但却想不起他打扫过家——他总是把家务留给妈妈。

“你能来这里，真的太好了。”他说，“晚上时间过得很慢。我习惯了嘈杂的环境，现在必须开着电视才能睡着觉。”

“也许你可以养一只狗。”

“我考虑过。有个伴儿可能会有帮助。”

“我们养了一条狗，”我把另一只盘子递给他擦干，说道，“它的名字叫安格斯。”

“是吗？什么品种？”

“不知道。”我耸耸肩，“它只是一只毛茸茸的大型犬。”

“太好了。你妈妈一直都很喜欢狗。”

我想要和他分享更多的内容，想要告诉他安格斯对妈妈保护有加。就算是在家里，她走到哪儿，它就跟到哪儿，晚上还会陪她睡觉。可这样一来，他就会明白我为什么要告诉他这些事，我不想惹他生气。

“你们最近还有古怪的事情发生吗？”他说着，伸长胳膊把盘子放好。

“你这话什么意思？”

他端起另一盘菜，“上次有人闯进了你们家，所以她才买了只狗，不是吗？她男朋友是什么样的人？”他的问题猝不及防，让我根本没有时间思考。

“最近没发生什么奇怪的事。格雷格人很好——他还帮她开了一扇狗门。”

他停下手上的擦拭动作，“狗门？见鬼，她弄个狗门做什么？”

我身子一滞，他的口吻吓了我一跳，好像在他眼里妈妈就是这个星球上最愚蠢的女人。

“她不得不这么做，她工作的时间很长，我们觉得这样做也无伤大雅，因为没有人能从狗门钻进来。就算有人这样干了，安格斯也会把他们的脑袋咬掉。它的体型真的很大。”

他的肩膀垂下来，但更像是他刻意让肩膀落下来，提醒自己放轻松。“我很抱歉，”他说，“我刚才变成了一个保护欲爆棚的疯狂老爸。”

“是啊。有一点。”

“这么说你妈妈已经解决问题了。我很高兴有人可以帮助她。”他又擦干净几个盘子，“你信任这个名叫格雷格的家伙吗？”

“他人畜无害。他会为她做任何事情。他昨天就忙前跑后地为她的圣诞节派对准备东西。”他瞥了我一眼，我这才意识到我说了太多不该说的话，妈妈会杀了我的，“她邀请了很多人来家里玩。很多人。”

“她真有一套。”

他确实听起来像是松了一口气。他之前问的那些问题应该没有别的意思。他只是在确认我们是否安好罢了。我们默默地洗完最后几个碟子。

等我们收拾完，他对我说：“我知道你不能在这里待得太久，但我有件东西想送给你。去沙发上坐一会儿，我去取，好吗？”他走进他的卧室里，再次出现的时候手里拿着一个包装好的盒子，“我不太擅长包装礼物。”

我撕掉银色的包装纸，脸颊发热。我能感觉到他正在沙发的另一头注视着我。我很担心自己不喜欢这份礼物，却没能隐藏好自己的表情。我撕掉最后几片包装纸，不禁眼前一亮，我惊喜地用一根手指滑过美丽的木匣子。木匣子是个大约十英寸的立方体，散发着清新的雪松味，外面有一层光滑的金色涂层，熠熠生辉。

“你做的？”我发觉自己的嗓音变得粗重、沙哑起来。

“我从一起工作的朋友那里借用了工具和作坊。我都快忘了自己有多喜欢做手工了。我想，你可能需要一个容器来放美术用品。”

“这真是太棒了，”我惊叹道，“你一定做了好几天吧。”他很有钱。他本来可以给我随便买点儿什么，但他却选择为我亲手制作一件特别的礼物。

“我有很多空闲时间。”

“非常感谢。我很喜欢。”我仔细观察他的表情，我看得出来，他对我的反应很满意，“我没有给你带礼物。”

“不用了，”他摇摇头，“你不需要送我礼物。明年再说，好吗？”

“我不知道。过去十年，你还是亏欠我的。我的意思是说这匣子的做工的确精致，但是你如果想让我真正喜欢你，礼物可不能停。”这些自作聪明的话语刚脱口而出，我就后悔了。他会不会觉得我很粗鲁、没礼貌？会不会觉得我喜欢占小便宜？

“哇，”他说，“我只是真心实意地给我失散多年的女儿准备了一件礼物，可现在我却发现没准送她一个平板电脑她会更开心。”他笑着说道，显然是在拿我开玩笑：“你什么时候变得喜欢破坏气氛了？”

“你什么时候变得这么有意思了？”

“这就是清醒的副作用。”他耸耸肩，“当你的生活毁于一旦，你必须开始学会笑着面对，不然你会落得个拿着床单在牢房里自尽的下场。”他拿起落在地板上的一片包装纸，一遍又一遍地抹平它的边缘。

“你想过自杀吗？”我轻声问道。

他点点头，“我不知道自己怎么能在那里待上十年的时间，很长一段时间里我都痛恨自己伤害了你和你妈妈。我对她的所作所为……”

有那么一刻，我以为他又要谈论妈妈，接着，我才意识到，他说的是那个因他而丧命的女人。他甚至都不能直呼她的名字。

“你是说伊丽莎白。”

他看着我。“是的，伊丽莎白·桑德斯。”他摇了摇头，摆弄着手中的那片包装纸，“但是我不努力尝试就走不出来。我必须向所有人证明我可以改变。”

“我觉得你已经改变了。”

他迎上我的目光，开心地笑了，“是吗？”

他这么一问我却害羞了，感觉自己承认了太多，我的脸热辣辣的。我想找点话说，打破这尴尬的气氛，提醒一下他，我还在生气，他还没有得到我的原谅，但我似乎没有办法代入到这些情绪中。我必须离开这里。我扫了一眼我的手机，“蒂兰妮再过几分钟就来接我。我们约好在车道尽头见面。”

“你们这个周末有什么有趣的安排吗？”

“明天我们要去参加一个派对。”我总是可以对他坦诚相待，这种感觉很奇怪。妈妈以为我和蒂兰妮出去玩了，因为有一部我们满心期待的电影圣诞节要上映，所以我不能参加她的派对。对此她表示理解，可如果她知道我是要去参加另一个派对而放了她鸽子，她一定会抓狂。

他的眉毛扬起，“一个派对？有酒吗？”

“我不知道，也许有吧。但是蒂兰妮不会酒驾的。”话一出口，我就意识到自己说错话了。

他露出狡黠的微笑，说：“如果你需要搭便车，或是天气不好，就给我打电话。我的卡车在雪地里也很好走。”

“好的，谢谢。”我站起来，他也跟着起身了，我们一起朝门口走去。

“谢谢你来做客。”我穿靴子的时候，他对我说。

“谢谢你的晚餐。”他站得离我很近，我不确定他是不是想给我一个拥抱。但我还没有准备好，我赶忙推开门，迈出门去。

“苏菲，”他说，“我能问你一件事吗？”

我回过头，“什么？”我打起精神，担心他会问我关于妈妈的事情。

“我想给你买一辆车。”

“你是说真的？”

“你很快就要开学了，不应该再在恶劣的天气下骑车回家或是麻烦朋友捎你一程了。”我不喜欢他这么说，但是如果能有辆属于自己的车该有多棒啊！转念间我想到了妈妈，还有她一直开的那辆老旧的马自达。

“我不知道……我喜欢骑自行车。”

“我知道这让你很有压力，但抛开之前的种种，我只想为你的未来尽点儿力。”

“我能想一想吗？”真希望蒂兰妮的车此时就停在路边，这样我就能立刻跳进她的车里。天上又飘起了雪，雪花落在我的眼睫毛上。我眨眨眼睛，试着把它们从睫毛上抖下来。

他点点头，望着天空，雪花纷纷飘落。然后，他转过头来，看着我，“晚安，小朋友。”他轻轻地摆了摆手，关上了门。

蒂兰妮得知我们要去杰瑞德家参加派对的消息很是兴奋。她试了三套衣服，我则坐在她的床上等她，我漫不经心地滑动着手机屏幕，想要平复紧张的情绪。终于，她决定穿紧身的丹宁牛仔裤和浅蓝色的毛衣去赴宴，这身衣服和她棕色的头发、白皙的皮肤相得益彰。我穿着我最爱的那条紧身裤，紧身裤上印着可爱的小鱼，上身穿的是紫色的条纹束腰毛衣，脖子上围了条绿色的围巾。我平时不喜欢化浓妆，但今天晚上为了搭配我的发色我特意涂了薰衣草色的眼影和淡粉色的唇彩。

“你看起来很漂亮，”蒂兰妮说，“要去见杰瑞德了，你激动吗？”我和她分享了我们的谈话——他是怎么和我说他喜欢我的。

“不算激动，我只是为了你才答应要去的。”

她咯咯地笑出声来，“当然了。”我感觉到我的脸烫了起来，但我不想和她争论。我还说不清楚我的感觉。一部分的我感觉很兴奋，但另一部分仍然在怀疑，不知道这是怎么回事，为什么他突然之间变得如此殷勤。

我们抵达杰瑞德的家门口，蒂兰妮把车停好，两个人就这样坐在车里一动不动地盯着眼前的房子。“哎呀，”我感叹一声，“好气派。”我还从来没有参观过这么豪华的房子，我真的很好奇。但同时我也有种冲动，想要告诉蒂兰妮掉头，我们不属于这里。平日里勇气可嘉的蒂兰妮此刻也没有挪动脚步从车里下来的意思。我们目不转睛地看着能容纳三辆车的宽敞车库、前方巨大的松木横梁和门前的环形车道。我又看见了两辆停着的汽车，认出其中一辆是杰瑞德的朋友布兰登的车。

“这就像是芭比公主梦寐以求的房子。”蒂兰妮惊叹道，话语刚落，我们不约而同地哈哈大笑。

“我们走吧。”我说。

杰瑞德笑着打开大门，招呼我们进屋里。他看见我似乎很高兴，向朋友们介绍我的时候还碰了碰我的胳膊。他的朋友们正坐在客厅里一套气派的组合皮沙发上，盯着一台巨屏的液晶电视看电影。房间里只有三个男孩和几个女孩。我知道其中一个女孩正在和布兰登约会。蒂兰妮挨着马修——她中意的男孩——在沙发上坐下，立刻与他攀谈起来。

“我以为你在开派对。”我说。杰瑞德站得离我很近，我可以闻到他身上的味道和洗发水的芬芳，像是大海的味道。他下身穿着一条黑色的紧身牛仔裤，是设计师款，上身是一件灰色V领毛衣，我非常确定料子是羊绒材质的。

“这是一个小型派对，”他笑着说，“只有特别的人才能参加。来吧，我带你参观一下。”他领着我在偌大的房子里穿行，大大小小的房间让我眼花缭乱，已辨不清方向。他举止随意，介绍什么东西的时候语气听起来很无聊，好像这房子对他而言无足轻重。房子很漂亮，珍贵的木材、敞亮的窗户、奢华的皮革家具，可这一切却并没有让这里有家的温暖和友好。没有个性。有好几次，我感觉他的目光落在我的脸上，不知道他是不是在观察我的反应，看这里有没有给我留下深刻的印象。他或许早就见惯了女孩们参观他家的时候难以自持的样子。

我们来到厨房。“我给你弄点儿喝的。”他主动说。他像酒保一样走来走去，把冰块扔进玻璃杯中，倒入朗姆酒，然后加入可乐。他大拇指上的戒指碰到杯壁一侧，发出当的一声闷响。他的头发直直地向后梳去，就像是用了发胶或是什么东西，前面的几绺头发遮住眼睛，他时不时把它们捋到后面，或是别到耳后。

“你们家的房子真的很大。”我说，“你的房间在哪里？”

“哇。太快了吧。”

我烧红了脸，“我不是这个意思。”

“我知道。”他粲然一笑，“你不喜欢我的房子，是吗？”

我在思考如何回答。我可以说谎，说这里真棒，但是我有种奇怪的感觉：他不想让我喜欢这里。“很漂亮，但似乎会让人感觉有些孤单。”

他把玻璃杯递给我，我们的眼神交汇，“是啊，有时候会吧。”

我喝了一口朗姆酒和可乐的混合体。酒劲儿太大了，我强忍着不表现出来。

“你想看电影吗？还是再转转？”他问道。

“你不想看吗？”

“我随时都可以看，我宁愿和你聊聊天。”

我向客厅瞥了一眼。蒂兰妮脸上笑容灿烂，看样子玩得很开心。有几个孩子没有用杯垫就直接把饮料放在了木制咖啡桌上，薯片撒在了地毯上。之后还不是妈妈来清理干净。我想。

“你父母知道你邀请朋友来家里吗？”

“知道，他们没意见。我爸爸今天晚上在他的办公室加班，我妈妈这周和几个朋友出远门了。”

“你的朋友把家里搞得乱七八糟的。”

“我会清理的。”他好奇地看了我一眼，“虽然家里雇了用人，但并不表示我是一个懒汉。”

“我妈妈更喜欢被称为家政服务员。”

“抱歉。我没有想到这茬儿。”他现在的表情有些尴尬，我为自己的尖刻而感到有些愧疚。

“没关系。我想，是因为这个话题比较敏感。”

“我觉得你妈妈打理自己的生意真的是件很酷的事。”

“她工作很努力。”

“她是一个很好的清洁工。我妈妈很喜欢她。”他这样随随便便地评判我妈妈，我真想让他走开，但我看得出来他这么说是出于赞美。我不想去想妈妈为他们擦地板、清理浴室时的样子。我突然好奇，他的父母是否知道他邀请我来他家里做客？一个幸福的家庭该是什么样呢？他妈妈竟然丢下孩子和朋友共度周末，我妈妈永远也不会这么做。

“有一天，你妈妈发现了我藏在床底下的大麻，然后就捡起来放在我枕头上。我不得不重新找一个更隐蔽的地方把它藏起来。”他咧开嘴笑了，露出洁白的牙齿。他有颗牙是歪的，不知道他为什么没有戴牙套矫正。我希望他永远都不要去正牙，我喜欢他不完美的样子。

他看着我的脸，“你不喜欢大麻？”

“还行吧。”其实我只是和蒂兰妮抽过几次，她哥哥弄到过一些。抽过之后，我们不管冲着什么都能咯咯咯笑个不停，但是就算不抽它，我们也一样很开心。听到他说起我妈妈，我感到很惊讶，“我妈妈没有把这件事告诉你父母，你可真幸运。”

杰瑞德耸耸肩，“她很酷，我看得出来。”

妈妈是什么样，他是怎么看出来的？他们有聊过天吗？我在脑子里胡思乱想着，他突然弯下身子，从我的衬衫上捡起一根红色的毛发，捏着它凑到灯光下。“你是交了一个男朋友吗？”

“是啊，它的名字叫安格斯，体重大约有一百二十磅，喜欢打鼾，食量很大。”

“你养了一只狗。太棒了！”

“我妈妈希望它能保护我们。”

“防你爸爸？”

我看了他一眼，“你对我爸爸有什么了解？”

“没有，真的。只是你妈妈曾经和我妈妈提起过一些事情，比如说起她参加互助小组的事。”

我很反感妈妈和别人分享我们的私生活。她不应该到处跟别人讲我们的私事。杰瑞德知道我爸爸有暴力倾向，可不知道为什么我却感觉很困扰。我感到羞愧。就好像是如果我爸爸很可怕，那么某一部分的我或许也很可怕。而杰瑞德的爸爸也许很爱他的妈妈，周五或是重要的日子会送她花。

“或许她应该在工作的时候带着狗。她每周四会去打扫威克希尔大道尽头的那栋大房子，那里有很长的车道，还前不着村后不着店的。”

“你是怎么知道的？”

“我妈妈有一次想和她商量改变打扫的日期的事。”但这并没有解释清楚他是如何知道那里的车道情况的，不过那栋房子离他家也不远，也许他认识房子的主人也说不定。

我又朝客厅的方向看了一眼，“我该去看看蒂兰妮。”

“等等。我想先给你看样东西。”他绕过料理台，牵起我空闲的那只手，拉着我穿过走廊。

十指相扣，激起触电般的感觉。因为一直握着玻璃杯，他的手是冰凉的。这从指尖抵达心头的震颤让我一时没回过神来，我跟着他往前走，在一个房间的门口停下来。

“这就是我的房间。”他推开门。

我们走进屋里，我四处打量了一下，一应陈设尽收眼底。我感觉到他在看着我的脸。“布置得很好。”我说。事实也确实如此，不过就像是从杂志插页或是电影《五十度灰》里照搬出来的。所有的寝具都是黑色的，到处都闪着铬合金的光泽，不像一间真正的卧室。

“我妈妈雇了一个室内装潢师。”他解释说。我们的胳膊蹭在一起，牵着的手还没有松开。我转过身，看着他，从他的眼中我看得出来，他也不喜欢自己的房间。

“这就是你想带我看的东西吗？”

“不是，来这里。”他带我走到角落里一张金属材质的桌子旁边，松开我的手，打开电脑。然后，他拉过一把椅子，冲我点点头，示意我坐下。我们之间的距离非常近，我能感觉他整个人就在我身旁，热量从他的胳膊、腿上源源不断地散发出来。我用眼角偷偷打量他。他晚上一定剃过胡子，嘴边皮肤很光滑；他的眼睫毛乌黑，比他头发的颜色还要黑。从侧面看去他的上嘴唇显得更加丰满，我竟有些犯花痴了。他打开电脑里的一个文件夹，点开其中一个图像，一张照片在屏幕上显示出来。照片背景是我们学校，但我之前却从没见过学校这样的一面。这张照片的拍摄角度很有趣，拍摄者从地面向上仰拍，镜头捕捉到校园里一个不起眼的角落，还有一部分窗户。

“太酷了。”我说。

一张张照片划过屏幕：有学校的场景、健身房前的树木、镇上的某些地方、咖啡厅，还有公园里的老太太，每一张照片都很迷人，像是窥见了一个别样的世界。透过这些照片，我仿佛能看到他眼中万物的模样，也能感受到他拍摄时的心情。

他跳过一个文件夹，解释说：“这些都是老照片了。”他好像并不想给我看这些照片，但相册的封面照片吸引了我的注意，照片里是一个金发女子，头发盘在头顶，衣着打扮与妈妈工作时的打扮很像。“等等，倒回去。”我说。

他滚动鼠标，倒回到前一张照片，“这张？”

“是的。这是我妈妈吗？”我凑近去看照片。那女人站在一扇大大的、挂着银色窗帘的窗户旁，地点好像是他家客厅。她转过半个身子，我看不到她的脸。

“我都忘了还拍过这么一张照片了，”他说，“她在这里工作的时候拍的。”

“你为什么要拍她？”我困惑地看着他。

“我没有。是她闯进了镜头里。”他指着屏幕一角，“我当时正在抓拍草坪上那只嬉戏的鹿。”我这才看见照片背景里有一只鹿。

“看看这几张。”随着鼠标滚动，屏幕上出现了形形色色的人，沙滩上的人，在市中心行走的人。他兴致勃勃地告诉我他是如何给每个人编出一个故事。“比如在这张照片里，我把这个人想象成谷歌的高管，他正在休假开发新的网站，打算以十亿美元的价格出售，同时他也在为政府秘密工作。这个女人是一名图书管理员，但她一心想成为女演员，会在业余时间写写色情诗歌。”

我被他逗笑了，“太疯狂了。”

“想象比事实更有趣，大多数人都很无聊。”

“你这么认为？”

他迎上我的目光，“也不是所有的人。”他移开目光，屏幕上又滑过几张照片，我却没有仔细看。我想，他刚才是在暗暗夸奖我有趣，尽管我不确定他的用意何在。我听见他在一旁深吸了一口气，然后点开一张照片。屏幕上赫然出现了我的模样。我盯着眼前的照片，有些不知所措，绞尽脑汁地回忆他什么时候拍了这张照片。照片里我不知在笑什么——仰着头，笑得合不拢嘴，我的头发被风吹过遮住了部分眼睛。这是一张黑白照，但是他把我的头发染成了紫罗兰色。

“你笑得很灿烂。”他在我旁边语气平静地说。我的脸颊发烫，我知道自己的脸又红了。我拿起饮料，喝了两大口就把剩余的饮料一股脑儿灌进了肚子里。

我转身看着他，“这张照片你什么时候拍的？”

“不久以前。你和蒂兰妮站在外面。吓到你了吗？”

“我该被吓到吗？”

“你可能会觉得很奇怪。”他垂下目光，我能感觉到他盯着我的嘴。也许是我的口红沾在了牙齿上，我想擦一下嘴唇。

“你盯着我干什么。”我说。

“我在想怎样吻你。”

“你为什么不直接问我？”

“我可以吻你吗？”

我点点头，但忽然我又有些犹豫，脑海里涌出乱七八糟的事：希望我的口气还算清新；可要是我的接吻技术很差劲怎么办，可要是他的接吻技术很差劲怎么办，但是下一秒他的吻就落在了我的唇上。他的嘴唇柔软、温暖，带着朗姆酒的味道。我们越吻越深情，四片唇瓣纠缠在一起，我的脸颊和身上感觉暖洋洋的，同时又像灌了铅一样沉重，仿佛要飘飘然睡去。

不知是谁在客厅里把音乐声调大了，我全身的脉搏也随着音乐的节拍突突地跳动，我忽然意识到自己可能喝醉了，不知道他在我的饮料里加了多少朗姆酒。但我不在乎。我的胳膊搂着他的肩膀，他把我拉近他的身体，我几乎快要从椅子上滑到他的腿上。他的一只手放在我的臀部，另一只手伸到我的衬衫下面，在我的皮肤上慢慢地画着圈。这时，他的手滑到了我的肋骨上，大拇指在我的乳房下面来回摩擦。我想要抽回身体，可忽然他的手伸进了我的胸罩里，攀上我的乳峰。这种感觉很是美妙，但我同样也感到一阵悸动。这太过了，也太快了。

“等等。”我连忙制止他。他吻着我的脖颈，急促的呼吸声在耳边响起，手掌绕着我的乳头一圈圈揉搓，我的胃里一阵颤抖，“嘿，停下。”这次他终于抬起头，看着我的脸。

他的眼眸很黑，瞳孔放大，“怎么了？”

“我不想继续了。”

他把手滑到我的腰上，“抱歉。我没听见，音乐太吵了。”

“我觉得我喝多了，感觉不太舒服。”

“噢，该死，真的吗？我去给你弄点儿水。”他牵起我的手，把我从椅子上拉起来。我跟着他穿过走廊，我们没有松开手。蒂兰妮正在厨房里和杰瑞德的朋友一起聊天说笑。她冲我眨眨眼，我勉强挤出一个笑容。

杰瑞德递给我一杯水，我大口大口地灌进肚子里，脑袋好像受到什么东西重重地捶打。我感觉所有人好像都在盯着我。

“我要去一下卫生间。”我对杰瑞德说。

他担心地看了我一眼，把我领到主卧的卫生间外，“用这个吧，更私密一些。要我帮你把蒂兰妮叫来吗？”

“不用了，谢谢。一会儿在厨房见。”我关上厕所门。

冰凉的水珠溅在我的脸上、颈背上，我抬头看着镜子里的自己：嘴唇红肿，因为亲吻时两张脸的摩擦，脸颊粉红。我把手按在腹部，试着感受他的感受：温热的皮肤、后半部分肋骨的轮廓和起伏。我甚至能感觉到心脏在扑通扑通跳动。我抬起手，放在乳房上，脑子里想的却是他的手。我弯下腰，身体前倾，把额头贴在冰凉的玻璃镜面上。我感觉很兴奋，思绪飘浮不定，又像是在做梦。这感觉就像是我全神贯注地画画时全部色彩都完美地融合在了一起。

这就是爱情的滋味吗？难道我爱上了杰瑞德？我凝视着镜子里的那双眼睛，期盼它能告诉我答案。

第二十章

琳赛

“你能把这些端过去吗？”我把最后两盘开胃小菜递给格雷格，“迷你蛋糕在咖啡桌上，菠菜派[①]在餐具柜上。”

“知道了。”他用两只厚实宽大的手小心翼翼地端着玻璃托盘走出厨房。

我又仔细检查了一遍——有没有落下哪道菜，炉灶有没有关好，这才取下身上的围裙，挂好，又对着挂在门口的镜子照了照，把头发梳理整齐。

再过两天就是圣诞节了，或许在这个时候开员工派对并不是最合适的时机，但是我的员工既没有专程坐飞机去热带度假，也没有离开城镇到别处散心。我想，对于她们中的一些人来说，这是她们这个季节里最欢乐的一段时光。而且，她们都值得被好好犒赏一番。老天可以证明，我也需要犒赏一下自己。

客厅那头传来马库斯浑厚的嗓音，接着是一阵女人们的笑声。格雷格兴致勃勃地说着餐巾的什么事情，还不时招呼大家“开动”。他以男主人自居的语气一度让我感到莫名的厌烦。我调整好情绪，深吸了一口气，安慰自己道：他也只是在帮忙而已。

---

① 菠菜派是一种希腊风味的酥皮馅饼，包有菠菜和羊奶奶酪。——译者注

我瞥了一眼电话，希望它可以保持沉默。下午它第一次响起时，我以为是哪个客人打来的。我邀请了互助小组的几名女性还有几位员工来家里做客，其中一些人的电话我没有列入电话簿里。可当我接起电话，那头却一阵沉默。后来，电话就一直响个不停，直到格雷格过来后才消停下来。他在房子四周巡视了一圈，安慰我说附近的灌木丛里没有藏着什么人，但我还是没办法摆脱这种不安的感觉。

还好，苏菲不必为这些电话而烦心。她一整天都会待在蒂兰妮家中，晚上她们要一起去看电影、吃比萨，要玩到很晚才会回家。

我走进客厅时，马库斯和格雷格正站在餐桌旁。这是他们俩第一次见面。他们似乎聊得还不错，我很开心。格雷格原本希望可以和我弟弟见一面，但我告诉他克里斯决定留在自己家过圣诞节，因为今年我邀请了一些朋友和同事来家里共进晚餐。但事实上，我几乎是命令克里斯留在家中。他几乎每天都要打电话来询问我的近况，而我不想让他在我的房子里走来走去，时不时地望向窗外，让家里的每个人，包括他女朋友，都紧张兮兮。他非常不情愿地答应了。

我向几位客人打了声招呼，然后挽着格雷格的胳膊。今晚他看上去很是英俊，牛仔裤搭配色调柔和的棕色毛衣，一双眸子在衣服的衬托下融化成了温暖的巧克力色。他蓄起了山羊胡，山羊胡在他下巴上投下一抹阴影，别有一番魅力。马库斯看起来也很精神，不过他的穿着打扮更加正式，一身剪裁得体的西装，里面搭配了一件衬衫。

“你们俩在聊什么？”

“马库斯在给我讲他写的书，”格雷格说，“你不觉得与死亡、悲伤有关的研究都有些压抑吗？”

马库斯表情有些错愕，好像是不知该如何作答。我真想踢格雷格一脚。他问的这是什么问题？我记得我给他讲过马库斯是怎么失去他女儿的。

“不压抑啊，”我说，“这类主题探讨的是人类精神的伟大胜利，我们在面对残酷的悲剧时展现出的意想不到的韧劲。”

我冲马库斯笑笑：“很出色的研究。”

“你读过他写的书？”这下轮到格雷格吃惊了。

“只读过几章，但也足以判断出它是部动人的作品。相信它出版后，所有的脱口秀节目都会想邀请你上节目，马库斯。一连几年你可能都在忙着签售。”

“我可说不好。”他笑着说，“要是幸运的话，没准会有几个电台找我。”

“那就有意思了。我会打电话问你各种各样的问题。”

“我现在就能想象到你会问什么，”马库斯说，“科普兰博士，你创作的时候会吸食毒品吗？科普兰博士，你能为我的猫签名吗？它是你最忠实的粉丝。”

“停。”我笑着打断他，“这本书一定会成为畅销书。”

“好吧，我完稿以后，你可以成为我的第一个读者，给我一些反馈。”他扫了格雷格一眼，“琳赛是一位出色的编辑。”

“我的女人嘛。”

我的女人？严格来说，我想，我只是他的女朋友，但他这么说显然是想让马库斯明白我们才是情侣。我的脸颊一热，松开挽着格雷格胳膊的手，拿起一块饼干咬了一小口，我的眼神飘向餐桌，仿佛在思考接下来吃什么。

“听说你是联合包裹服务公司的司机，对吗？”马库斯对格雷格说，“每年的这个时候一定很忙吧。”

“没错，有很多包裹要送。”然后，二人便陷入沉默。

马库斯用餐巾擦了擦嘴，说了声：“不好意思，失陪一下。”然后走到互助会的几名女士身边，挨着其中一位坐在壁炉旁。

格雷格看着我：“乳蛋饼[①]很好吃。”

好吧，马库斯和格雷格不会成为好朋友。这也好，不过我还是希望格雷格可以再努力尝试一下。但现在他似乎在刻意躲避马库斯，每当马库斯起身来餐桌旁取食物或是靠近我的时候，他就会用胳膊搂着我的腰，在我耳边窃窃私语。这让我想起过去不愉快的回忆：以前我和安德鲁每次去参加派对，最终都会变成一场作秀，他总是想方设法地向在座的来宾显示我是属于他一个人的。有几次，我看到马库斯在看我们，表情奇怪，有几分逗趣，又有几分好奇。派对结束前的半个小时，我一直在跟我的员工瑞秋说话，不去理会这两个男人。

格雷格这时正坐在一把椅子上，拿着手机观看曲棍球比赛。马库斯拿着一个空玻璃杯走进厨房，我猜他是想再倒一杯饮料，但几分钟后他还没有回来。我礼貌地暂停了聊天，去看他在做什么。我走进厨房，发现他正坐在地板上逗安格斯玩。安格斯吼叫着，欢腾地扑向它的玩具，玩具被它叼在嘴里，用力地晃来晃去。

“看来你已经交到了一位新朋友。”我说。

“它很有趣。”

---

① 乳蛋饼是一道经典的法式家庭料理，用鸡蛋、牛奶（或淡奶油）、奶酪，搭配各式各样的食材制成。——译者注

“它是个麻烦精，但它很让我着迷。”我简直不能相信安格斯才和我们住了几天时间，就和我们很是亲近，就好像它从小就被养在我们身边。晚上的时候它睡在我的床脚，一有什么奇怪的响动，它就竖起耳朵；如果它觉得我有必要去查看一下，就会扬起脑袋冲着我汪汪地叫。我简直爱死它了。我喜欢它每天一看到我就是一副兴高采烈的模样，它水汪汪的棕色大眼睛总是让我忍不住想把嘴边的东西分它一点儿。还有它的大脚板，会在地板上留下一串可爱的雪脚印、泥脚印，也总是让我忍俊不禁。

“你没事吧？”我问他。

“没事，只是想凯蒂了。这是一年中她最喜欢的节日。她会为亲朋好友每人制作一件手工艺品，但是她却并不擅长做手工。”他笑出声来，“我有一个堆满装饰品的盒子，里面有一节一节断掉的丝带，丝带上亮晶晶的金属涂层已纷纷剥落。有一年，她尝试做圣诞蜡烛，结果地板上到处都是她滴上的红红绿绿的蜡油。我们花了好几个小时才把蜡油全部刮起来。”

“听起来她是个很有趣的人。”

他点点头，脸上的微笑却渐渐褪去，整个人看上去很是憔悴。“我打算回去了。”他说，“你能替我向大家道别吗？”

“当然。”我送他到门口，冲他挥手告别。一想到他回到家里，面对着空空荡荡的房子，我的心里就不好受。我又想到了安德鲁，想起苏菲曾说过他很孤单。我环视着四周黑黢黢的森林。他现在是否正在某处窥视我们？我坚定地把门关上，然后沿着走廊，向浴室走去。我推开浴室门，不料门却撞在了格雷格身上，他正站在水槽边。

“对不起，”我说，“我不知道你在这里。”我这才注意到，他的手按在药柜上，看上去好像刚关上药柜门。

他冲我露出一个羞怯的微笑。“我吃得太多了。”他揉了揉胸口，“烧心。”

“Tums[①]在厨房里。”他回到客厅，边和瑞秋聊天边等我给他取药。我给他倒了一杯水，拿了几片Tums，然后回到沙发上坐下，正对着炉火。终于，我不用再去留意马库斯和格雷格二人之间的暗流涌动，或是为电话铃声而担惊受怕。我享受着此时此刻难得的美好时光。格雷格也放松下来，我也不再像之前那样为他而感到烦恼。我想，他会有些忌妒是再正常不过的事。客人三三两两开始散去，一个小时后，屋里只剩我和格雷格。格雷格帮我清理厨房。等我们打扫完，我靠着料理台，他吻了我。他的双手滑到我的腰上：“想让我留下过夜吗？”

“我很想，但是蒂兰妮要来家里住一晚，可能不太方便。”

“你知道的，你和苏菲可以和我一起去温哥华。我的家人会很高兴见到你们。”格雷格要和家人一起过圣诞节，过完平安夜才会回来。我们说好不互换礼物了，而是等他回来之后，我们抽出一天时间去滑雪。

“明年再说吧。”

“还有明年吗？”

我把脸埋在他的毛衣里，却不知该如何回答他的问题。之前红酒下肚后那份温暖和惬意似乎已经褪去，只留下紧张、受困的感觉。

“现在情况很复杂，”我说，“我很难想得那么长远。”

“你是说因为安德鲁……”

“我不知道会发生什么事。我们可能需要搬家。”自从他接

① Tums是北美家庭常备的一种强力抗酸胃药。——译者注

受了和平保障令以来，我一直没有见过他。但是不断打来的骚扰电话却让人不安。不知为何我感觉他知道我今天晚上会开派对，所以故意扰乱我的思绪。

“我想知道，你准备好要离开了吗？”他深吸了一口气，他的胸膛在我的脸颊下鼓了起来，“答应我，不要不辞而别，好吗？”

我犹豫了。这是我可以做出的承诺吗？如果我不得不匆匆离开怎么办？我现在不想深究这些，不想引发争执。最好还是答应他，让他安心一些。

“好的。”我仰起头，望着他，“等你回来再见？”

“我会在我家里做好晚饭。”

“听起来很棒。”

他凑近我，在我耳边低语：“我想一觉醒来有你陪在身边，不要编造一些拙劣的借口偷偷溜走。”他打趣说，但我知道他没有说笑。最近几个月我总是刻意和他保持一定的距离，他心里一定不好受，我感到有些自责。我想到了马库斯，个人孤零零地回到家里。我不想陷入那种境地，我想拥有一段亲密关系——一段真正的亲密关系。

“我会带上我的牙刷。”

明天就是圣诞节了，大家都在抓紧最后的时间抢购，商场里一定是一片嘈杂混乱，但我还有几件东西想买给苏菲。昨晚她发短信说，因为道路不好走她打算在蒂兰妮家过夜。我很高兴，她现在能做出明智的选择了。早上我起得很早，在等待汽车车厢变暖的间隙我顺便清理挡风玻璃上的积雪和结冰。雨刮器碰到了挡风玻璃上的某个东西，我用手拂去上面最后一些积雪，只见雨刮器上绑着一件礼物。一定是格雷格给我准备的惊喜。我笑盈盈地摘下手套，小心翼翼地解开上面系着的红丝带，打开盒子。里面是一张光盘，我把它翻过来，看贴在背后的商标。当我看见上面印着的歌曲，不禁倒抽了一口凉气。它们都是我婚礼上播放的曲子，其中一首还是我们跳第一支舞时选的曲子，由多莉·帕顿和肯尼·罗杰斯合唱的《岛在湾流中》[①]。

我飞快地环视四周，目光扫过树丛、车道："你躲在哪儿，你这个混蛋？"我的声音听起来很刺耳。安格斯在屋里吠个不停。"该死，你躲在哪儿？"

我站直身体，让他有种出来见我，但四周没有一点动静。森林里一派静谧。昨晚要是有车停在这里，安格斯一定会叫。安德鲁一定是停在了主干道上，然后悄悄地靠近，动作很轻，所以我们才没有听到他的脚步声。我在地面上寻找足迹，但是夜里下了一场大雪，足迹都被覆盖了。我上了车，用牙齿咬着取掉手套，然后拨通了帕克警官的电话。

"我是琳赛。安德鲁来过我家，他给我留了一张光盘，就挂在我的挡风玻璃上！"我呼哧呼哧地喘着粗气，浑身不住地颤抖。我把车厢里的温度调高，四下观望，心里暗暗期盼安德鲁能冲到车旁，拿拳头砸穿我的车窗。

"他威胁过你吗？"

"我从来没有见过他，但这张光盘里全都是他曾经给我弹奏过的情歌。"

"你认出上面的笔迹了吗？"

---

① 《岛在湾流中》是由比吉斯乐队创作，随后由多莉·帕顿和肯尼·罗杰斯合唱的一首歌曲。歌曲以海明威的同名小说命名。——译者注

“歌名都是打印的，他一定是用电脑打印出来的。”

“好吧，连礼物带盒子放进塑料袋里，一并带到警局来。”

我闭上眼睛，颤抖地吸了一口气，“我讨厌他这么捉弄我。我真的讨厌这样。”

“我知道。”她温和的声音中带着恰到好处的镇定。我想，她一定很善于处理危机事件。“我有空会去你家附近巡视，确保一切正常。”

“谢谢。”车窗上的冰融化了一部分，露出一个圆圈的形状，从此处向车窗外望去，可以看到森林和我家，“我告诉过你，和平保障令不管用的。他永远都不会放过我。”

“如果他在盒子上留下指纹，我们就可以逮捕他。”

“他不傻。他知道自己能得寸进尺到什么地步。”

“我还留着他的手机号码。我会给他打电话，和他说清楚，他不能再来骚扰你了。”她的声音自信满满，甚至带着一丝愠怒，这让我感觉好受了许多，“他需要有人来提醒他如果违反和平保障令中的任何一条规定会有什么后果。”

“他不害怕，这就是问题所在。他觉得自己是无敌的。”

“好吧，他迟早会发现他这是在玩火。”

“你不觉得恶心吗？整个体制都是由男人在掌控。像安德鲁这样的人还在为所欲为，那我们为什么还必须要遵守法律？”

“相信我，我曾经也有很多次希望事情能由自己掌控。我知道你正在经历什么。”她停顿了一下，我正疑惑她是不是要向我袒露一些她的秘密，她接着说道，“我只是必须相信我在做有意义的事。”

我叹了一口气。这不是她的错，她一直在尽力帮助我。

“我已经厌倦了只能说说而已。”我说。

“你这话是什么意思？”我听出她声音里的担忧，这才意识到自己这么说听上去有些不妥。

“我的意思是，我必须去工作了。谢谢你的倾听。”我挂断了电话。

弟弟和他的女朋友玛蒂来家里吃晚饭，我们狼吞虎咽地吃着填了好几种馅料的火鸡，还以秋风扫落叶之势分完了一整个南瓜派。然后，我们玩了几局棋盘游戏，又打了几轮牌，直到苏菲和玛蒂困得熬不动了，摇摇晃晃地去床上睡觉，嘴里抱怨着火鸡吃得太撑了。我和克里斯围炉夜话，就像小时候那样。我给他讲了光盘的事。

“事情已经失控了。”他抓着啤酒，仿佛随时会冲着某个东西砸过去，“你第一次告诉我他伤害你的时候，我就应该朝他的脑袋开上一枪。”

“天哪。不要这样说。”

克里斯低头看着手里的瓶子，“对不起。”但他说话的口气并没有丝毫抱歉的意味。我了解我弟弟，知道有时候他会因为忠诚而丧失理智。

“嘿，你不会做任何蠢事，对吧？你都要有自己的宝宝了。”我摇了摇他的胳膊，“你得陪在她身边。”

他这才看着我的眼睛，说：“我知道，我不会去任何地方。”

“你保证？”我伸出手，勾了勾小拇指。

“我保证。”他的小拇指勾了上来。

早上，我和苏菲给大家做了早餐，华夫饼上放上新鲜的草莓，上面淋着可口的鲜奶油。然后大家围坐在一起，开始拆礼物。苏菲大手笔地送了我一套洗浴用品、一张奶油色的精美盖毯，还有一套淡蓝色的针织帽和围巾。她还特意给我画了一张有趣的画，画中安格斯拽着我走在大街上。她拆开我为她精心准备的礼物：美术用品，苹果音乐播放器的礼品卡，还有刻着她名字、用来装她的绘画作品的皮制公文夹，她惊喜地欢呼一声，冲过来紧紧抱着我，“你最好了！”

克里斯和玛蒂很喜欢苏菲和我为他们即将出生的宝宝缝制的小被子，还有各种各样我们忍不住买下的可爱玩具。他们慷慨地送了我们一台崭新的拿铁咖啡机，我们立刻用了起来。

时间过得很快，他们要动身去赶渡轮了。我不会向克里斯承认，或是当着苏菲的面承认，有这个弟弟在家里，我更有安全感。在他的车门口，我使劲儿拥抱了他。他说：“只要你需要我，我立刻赶下一班渡轮过来。”

他们离开以后，我戴上苏菲送给我的帽子，系上配套的围巾，和她一起带安格斯出去散步。然后我们一起看了电影，把我们放在圣诞袜里的礼物吃了个精光。苏菲似乎有些心不在焉，时不时地陷入沉默，不停地查看手机。我问她在给谁发短信，她说是蒂兰妮，但她没有看我的眼睛，把手机塞进了口袋里。我没有告诉她，她爸爸在我的车上留下了一份礼物。我之后会告诉她，我不想破坏圣诞节的气氛。我一直在想安德鲁是什么时候留下光盘的。在我睡觉的时候？在我穿着浴袍在屋子里晃来晃去的时候？还是我亲安格斯的时候？他在外面到底待了多长时间呢？

节礼日[①]早上，苏菲一大早就和蒂兰妮去购物了，我那时还

① 节礼日是每年的12月26日，圣诞节的后一天。其起源众说纷纭，19世纪30年代，《牛津英语词典》给出了这一词条最早的解释：圣诞节后的第一个工作日，也是假日，在这天雇主会送给邮差、役童、用人一个圣诞盒子作为答谢。所以英文的“节礼日”译为“Boxing Day”。——译者注

没起床。她昨天晚上告诉我这个安排时，我有些受伤——每个节礼日，我们总会一起去溜冰，但是我没有把内心的想法说出口。大门砰的一声关上了，紧接着是蒂兰妮的汽车引擎发动的声响，我从睡梦中醒来。我在床上又待了一会儿，盯着天花板发呆，直到安格斯呜呜地闹着要到外面放风。我边喝咖啡，边翻看报纸上登的一些小广告，心中却在思索，要不要去验证一下苏菲是否真的去了商场。她不喜欢在最热闹的时候逛街，今天商场里一定是人头攒动。她会不会又是去见安德鲁呢？

我穿好衣服，径直来到商场，我在心中安慰自己：过来看看也没有害处，要是碰见了苏菲，那就太好了；要是没有，那我只要相信她说的话就好了。

我在商场逛了两个小时，把苏菲最中意的几家店铺都逛了一遍，但却没有见到她的身影。终于，在美食广场的另一头，我看到一颗熟悉的脑袋，留着紫罗兰色的头发。

当我意识到她旁边站着一个男孩的时候，我离他们已经只有几步之遥了。他们的头靠得很近，他的手轻轻地放在她的腰上。这猝不及防的一幕让我怔在原地。这时，那男孩抬起头，朝我的方向看过来。是杰瑞德·麦克道尔！他们什么时候在一起了？

杰瑞德迎上我的目光，他轻轻地推了苏菲一下，冲她说了些什么。她转过头来，看见了我。她的脸腾地一下红了，从杰瑞德身边移开几步。

我走近他们，“逛得还愉快吗？”

“你为什么在这儿？”

她唐突的语气刺痛了我。她从来不会这样粗鲁地说话，但我不想当着杰瑞德的面说什么。

“我在购物。”我说，“Gap家有部分商品在打折。”

“嗨，琳赛。”杰瑞德和我打了声招呼。他对我直呼其名，我其实并不意外——我在他家打扫卫生的时候他也这样称呼我——但当着我女儿的面，我确实感觉有些奇怪。苏菲看了他一眼，似乎被他太过随意的口吻吓了一跳。

“你圣诞节过得开心吗？”我问他。

“太棒了。你呢？”

“挺愉快的，谢谢。”然后，我们就沉默地站着，气氛有些尴尬。“蒂兰妮去哪儿了？”我努力打破沉默。

“她正在挑选鞋子。”苏菲说，“我们得去找她了。”我意识到我的女儿这是在敷衍我，胸口又是一阵刺痛。

“好吧，玩得开心。家里见。”我转身准备离开，手臂上忽然传来她手掌心的温度。我回头看着她。

“晚上我做晚饭，行吗？”她说。

“好呀。”我知道她这是在变相地向我道歉，她脸上表情不定，显然内心在挣扎。我明白过来，其实连她自己也不知道为什么会感到尴尬，更不知道如何应对这种尴尬的局面。

我努力露出一个愉快的表情，“很高兴再次见到你，杰瑞德。”

“也很高兴见到你，琳赛。”他接口说道。

我转身走开，心中突然涌起一种莫名的感觉：他刚才是故意在叫我的名字，像是想让我不舒服。但我不知道他为什么要这么做。

晚上，苏菲回到家里，我正在卧室的电脑前记账，安格斯懒洋洋地卧在床上。我听见她的脚步声，知道她走进了房间，接着，床垫的弹簧一动，安格斯的尾巴砰地落在羽绒被上。

“好了。我准备好了。”她突如其来地说道。

我转过身，“准备好什么了？”她在床上一横，身旁的安格斯配合地翻过身来，让她挠它的肚子。

“准备好迎接你的审问。”

“可是，我为什么要审问你？”

“因为我和杰瑞德出去了，我没有和你说我是和他出去玩儿了。”

“出去玩儿还是约会？”

她耸耸肩，把脸埋在安格斯的脖颈里。它呜呜地叫着，用爪子扒拉她，让她继续挠它的肚子，“我不知道我们是在做什么。他说他喜欢我。”

“你喜欢他吗？”

“喜欢吧，我想。他和我想象中不一样。”

“你为什么不告诉我？”

“这事最近才发生，我不确定你会作何感想。你知道的，你在为他们工作。”她一脸茫然，但我知道她想要得到我的认可。我还记得我和安德鲁在一起的时候，爸妈喜欢他，对我来说有多重要。

我字斟句酌地说：“他看起来是个不错的孩子，但是我不太了解他。”我在他们家做清洁的时候，他总是表现得很有礼貌、很友善，但不知为何他总让我感觉有些……急切。我不知道是不是只是因为他很寂寞——我知道他的父母经常外出旅行——大多数青少年不愿意花时间和他们家的清洁工闲聊，可他却经常在我打扫的时候走过来问我事情或是闲聊几句天气之类的。

“打扫他们家你一定要花很长时间吧。”苏菲说。

“怎么，你去过那里？”我的胃里一阵翻江倒海。苏菲之前也和几个男孩约会过，我们之间也涉及过与性有关的话题，但是我之前从未担心过，她似乎也从未对哪个男生真正感兴趣过。我知道我迟早都要面对这一天，但我希望是在她上大学期间。

“蒂兰妮和我一起去的，还有其他一些朋友。你知道他是摄影师吗？”

我回想起过去几周发生的事情，心想她是哪天去他家的，我的苏菲也开始有越来越多的秘密了。

“哦，是吗？他拍什么？”

“就是一些风景啦，海洋、山峦。”她的脸红了，我知道她定是有所隐瞒，但是我不能表现得咄咄逼人，这样一来，反倒问不出什么了。在我印象中，杰瑞德并不是那种喜欢拍拍安静的大海的孩子。他的卧室里挂着黑色的窗帘，摆着铬合金的书桌和床头柜，屋里的陈设总是让我联想到城市里单身男子的公寓。我不知道与他年龄相仿的哪个男孩会喜欢收集抽象的黑白画。

苏菲表情认真地看着我，“你为什么还去了一趟商场？”

“我有一种感觉，你在隐瞒一些事情，我很担心你。”

她转过身去，给安格斯挠痒痒，我看不清她的表情。“好吧，现在你终于知道了。”她的声音不含怒气，也没有在刻意维护什么，当然，也没有我预料之中的反应，这让我更加觉得她对我有所隐瞒。

“我不想在圣诞节告诉你这件事。”我说，“但是，在我开完派对的第二天早上，我在汽车的挡风玻璃上发现了一个包好的礼盒。你爸爸给我留下了一张光盘。”

她翻过身来，坐直身子，“你怎么知道是他留下的？”

“光盘里面刻录的都是他为我们的婚礼宴会挑选的歌曲。我把它送到了警局。”帕克警官在房子周围巡视的时候没有发现什么异常，没有破门而入的迹象，雪地上也没有脚印，她只是说：“窗户里有一头毛茸茸的野兽跃跃欲试地想要把我撕成碎片。”

我解释说那是安格斯，她说养狗是个好主意。

苏菲目瞪口呆地看着我。她的手在胸口按了一会儿，好像她的心脏跳得很快。然后，在与我目光相交的瞬间，她又迅速把手挪开，但已经太迟了，我已经看出了端倪。

“你又和他见面了。”我说。

“没有。”她转过头看着安格斯，用手抚摸它的背。它扭动着身体，凑近她，爪子搭在她的腿上。

“拜托不要骗我。”

“你说过如果我再和他见面，你会把我赶出家门。”

“我那么说是因为他闯进了我们家，我心里害怕。我需要保护你。我不会把你赶出去的，但我需要知道你有没有和他说过话。”

“他没有闯进我们家，他那时正在维多利亚市收拾行李。”

“他是不会承认的。”

“可他接受了和平保障令。他为什么要冒着进监狱的风险去做这件事呢？”

“像他这样的人根本不计后果，而会被一时的情绪冲昏头脑。我们结婚的那些年，我从来没有报过警，所以他很可能以为我会改变主意。”

我可以看到真相在她的脑海中慢慢浮现，紧随其后的是失望。她的肩膀颓然垂落：“我还以为他真的变了，妈妈。他说他会离你远点。”

“他控制不了自己。他还会尝试用各种各样的方式接近我。”

她看起来非常伤心，绿色的眸子像一汪碧绿的池水，“他给我做了一个美丽的木匣子。”我忽然想起有一年圣诞节，他给我做了个木制首饰盒，不由得打了个冷战。现在，他在和我的女儿玩同样的把戏。但我不能告诉她这件事，我不能再去伤害她。

“它还是一个美丽的匣子。”

“我不会再见他了。”她的语调变了，我为她必须做出这个选择感到难过。

“等你长大一些，我们再聊这件事。”我柔声说道，“等他不再出现在我们生活中的时候。”

“他对我撒谎，”她站起来，激动地说道，“我不会再给他机会了。”

“如果他再接近你，你和他说话的时候要小心一些。他不会——”

“妈妈，我能应付。”

她口袋里的手机响了起来。“是杰瑞德。”她抬头看了我一眼，“我要回我自己的房间去了，行吗？”

她走出房间，垂着肩膀，胳膊抱着身体。安格斯咚的一声从床上跳下来，向我投来责备的眼神，然后一溜小跑跟在她身后。她没等我说完就打断了我的话。恐惧在我的喉咙里来回滚动，又稠又黏。比起事情不再受他控制，安德鲁更讨厌的是别人对抗他。当苏菲还是一个孩子的时候，她非常崇拜他，他和我说：“她让我觉得我无所不能，就像一个超级英雄。”我不知道，当他意识到自己将会永远失去这个女儿的时候会做何反应。

第二十一章

苏菲

我坐在床上，手里拿着手机，背靠着床头板，身上裹着毯子。我应该起来洗个澡，做点早餐，但是一想到食物，我的胃就一阵抽搐、震颤。安格斯卧在床尾，我把脚埋在它肚皮下面，用冰凉的脚指头摩擦它的肚皮。它不满地咕哝了一声，换了个姿势，但并没有把身体移开。我又看了看安德鲁发来的短信："圣诞节过得如何？这周想来玩吗？"

他在圣诞节当天给我发短信，祝我圣诞快乐，我也回复了他，但那是在我知道他给妈妈留了那件礼物之前。我原本希望自己能有更多一些时间思考该如何回复他的短信，但是他偏偏昨天发来了这条短信。我还没有回复。我不知道该怎么告诉他我不想再见他了。

我浏览着手机里之前的短信，把杰瑞德发来的短信又读了一遍。自从参加了他的派对，我们就一直在用短信保持联系。节礼日当天，我去商场与他见面，他拉着我的手，吻了我，就好像我们是男女朋友一样。起初我还有些尴尬，但后来我开始喜欢上他的直截了当。大多数男孩会让你胡思乱想，和你玩愚蠢的心理游戏，但他不会。

"你在干什么？"我给他发短信。

“修照片。你呢？”

“我必须给我爸爸回短信。可我觉得他会生气。”

“给他打电话吧。”

“如果他失去理智怎么办？”上午的大部分时间里我都希望自己可以不去理睬安德鲁，假装过去几个月没有和他有过任何交集。这样一来，我的生活就可以恢复原状——没有了爸爸的陪伴，虽然不是什么好事，但也还将就。我还有妈妈。而过去的我也不必担心自己因为无意间说错了哪句话，让他有机会伤害到妈妈。

“跟他聊聊，”杰瑞德回复道，“也许他有他的理由。”

这个想法最让我感到恐惧。如果他再次骗取我的信任怎么办？不，他这次肯定百口莫辩了——他留给她一份礼物，挂在她的挡风玻璃上，就像是高中男生求爱的方式！如果我给他发短信或是躲着他，那他无论如何都会给我打电话，然后事情就会变得更加糟糕。

“好的，我试着打一个。”

“祝你好运！”

电话接通，响了好几声，我正打算要挂电话的时候，他接了起来：“喂？”电话那头他几乎是在喊叫，我能听到他那头嘈杂的背景音，尖锐的电锯声、机器的轰鸣声和叮叮咚咚的锤打声交织成一片。他一定是在工地上。我忘记今天已经是周二了。

“我是苏菲。”

“嘿，孩子，等我到卡车里再说。”电话那头传来嘎吱嘎吱的闷响，他似乎正踩在沙子地上，接着是关上金属门的声音。“这下安静多了，”他说，“怎么了？你还好吗？”他的声音中透着担忧，我差点就要缴械投降，心中打起了退堂鼓。可转念一想，如果我在他心里真的那么重要，他就不会把每件事都搞砸了。

“你为什么要把那份礼物留给妈妈？”

电话那头一阵沉默，接着是一声沉重的叹息，“我原本希望这件事可以就此埋在雪地里。”

我没有料到他竟会承认，一时间语塞，“我告诉过你离她远点儿，但你不听。我再也不想见到你了。”

“嘿，别急，给我一分钟的时间解释。”他的语气坚定，我被牢牢地钉在原地，“自打你来家里做客，我忍不住想，要是我和你妈妈没有分开现在会是什么样。然后，我发现了那张光盘，它让我想起我们曾经一起拥有过的美好时光。我以为，也许我把它送给她……”

光盘是他找到的？他说的是真的吗？也许他确实几年前就拥有了这张光盘。和重新制作一张新光盘相比，他的说法听起来倒没那么吓人了。

“你以为她会想要和你复合？”

“这么想很愚蠢，对吗？第二天我就后悔了，但已经太迟了。”

“如果我告诉警察你承认了这件事是你干的，他们会逮捕你的。”

“你必须做你认为正确的事情。我只是不想对你撒谎。”

我讨厌事情演变成这样，讨厌这个根本不能选择的选项。我不想让他进监狱，也不想成为那个把他送进监狱的人。我需要思考。

“你怎么知道我们住在哪里？”我说。

“你放学回家，我跟踪过你。”我沉默了，隐隐约约的恐惧在我身后迅速蔓延。一直以来妈妈说得都没错，是我没有听她的话，是我把他引向了她。

“我知道这么说听起来很奇怪，”安德鲁说，“但我只是想亲眼看看你过得好不好，想看看你住在什么样的地方，可我知道你不会给我看。”

我不想听他这么说，不想听到对于一个父亲来说再正常不过的话从他口中说出来却变了味，“我们说好了的。”

“该死，”他说，“我的老板找我。周末的时候过来，好吗？我们可以聊聊。”

“不。妈妈说得没错。你根本控制不了你自己。”

“这是她和你说的吗？”他的语气里不再有歉意。他的声音变得刻薄尖酸，就像是一个陌生人，不过，也许我曾经听过这个声音。

“这是你和我之间的事，”我说，“这是我的决定。”

“这周剩下的几天我都得忙工作，”他说，“但周六一整天我都会在家，那天正好是新年的前一天。我会在附近转转，你随时都可以过来。我会和你解释清楚。”他的语气又变了。现在，他就像是一个坐在桌子旁，边喝咖啡边和你侃侃而谈的朋友。

“这件事你没法解释！”

“我爱了她很长时间，苏菲。你还年轻，也许你不理解，但真正的爱——就像我对你妈妈的爱——就是一切。它占据了你的头脑和身体，你不去想就无法呼吸。我还不知道该如何向前看，但我知道我必须这么做，好吗？我知道我必须放手了。”他的鼻音很重，声音刺啦刺啦的，不知道是不是在哭。

“爸爸——”

“来看看我，”他说，“我会和你好好解释。”他挂断了电话。我把手机放在床上，把自己裹进毯子里，用手捂着眼睛，不让眼泪流出来。

第二十二章

琳赛

我走上门廊前的台阶，从马库斯家的前窗向屋里望去。他挂在门外的圣诞灯已经取了下来，从窗口还能看见屋里的圣诞树。不知道他是不是就是那种总会在跨年夜之前就取下家中所有节日装饰的人，或者说，他之所以这么做是怕勾起痛苦的回忆。他去岛上和父母共度了平安夜，然后主动在圣诞节当天为一家危机服务中心提供志愿服务。“我必须保持忙碌。”他向我解释说。

我按响门铃，来来回回地打量不远处的街道。道路很安静，远处没有卡车逗留，但我仍然害怕安德鲁一直在跟踪我。

“嗨！”马库斯打开门，打了声招呼，“假期的时候暴饮暴食，我打算今天狠狠地减减肥。你也是为此而来吧？”他笑嘻嘻地说。

“嗯。听起来不太有趣。算了吧。”我装作要转身离去，他笑着抓住我的胳膊。

“快进来吧。”

我们穿过客厅，径直走下楼梯来到健身房里。虽然圣诞节刚过去没几天，可他的家里没有丝毫节日的氛围，目及之处没有一张薄绵纸、一根丝带或是一片包装纸的影子。

我们锻炼都很卖力，房间里只能听到马库斯举铁时器械当啷当啷的声响和我用的那台跑步机的嗡嗡声。我增加了跑步机的坡度，直跑到小腿肌肉颤抖、上气不接下气。我举铁的时候，他一直专心地看着我。

锻炼完，我们坐下来喝咖啡。他买了一款新品来尝试——浓浓的焦糖风味黑咖啡。我不由得想象他在商店里挑咖啡时的样子。

“放松一下挺好，”他说，“我一整天都在写作。”

“写得怎么样了？”

“等明天我把所有内容都删除以后再问我。”

我被他逗乐了。“你圣诞节过得好吗？”我问他，可话音刚落我就觉得这个问题很愚蠢。我无法想象，有谁在失去一个孩子之后还能再欢度圣诞。

“挺有收获的。”他一边说，一边又忙碌着倒了一杯咖啡，我看得出来他不想谈论这个话题，“你过得怎么样？”

“很有趣。我发现苏菲交了男朋友，他是我某位客人的儿子。”

“这件事让你觉得心烦吗？”

“我不确定我对他的感觉，他让我有点儿不安。”

“母亲的直觉？”

“或许是偏执吧。”我笑着说，“我相信他人很好。我只是还没有习惯苏菲和别人约会，而且他们经常会发短信，我感觉进展太快了。”

“年轻人谈恋爱，”他说，“通常很投入。”他看着我的脸，“别担心，这是正常的青少年行为，给她一些空间。我以前想方设法想要提醒凯蒂，最终却把她从我身边推开了。”

“她问我，她能不能去他家里参加跨年派对。我询问了他的父母，确认他们会在家中监护，这才同意了。但是我觉得她有些被爱情冲昏了头脑。”通常，苏菲会和我一起参加互助小组的跨年派对。我能理解她想和她的男朋友在一起，但感觉她好像很快就要从我身边搬走了一样。

“怎么会这样？”

“杰瑞德从小在富裕的家庭里长大，他们的生活方式与我们有很多不同。”

“你担心她融入不了他的世界？”

“她可能会喜欢上那个世界，会因此而改变，可我担心的却不仅仅是这些。和她相比，他的人生经历更加丰富。他已经很成熟了。”我知道拿他和安德鲁相提并论对他并不公平，但我总是情不自禁地回想起自己当年是怎么被爱情冲昏了头脑，后来又变得多么盲目。

“苏菲肩膀上的那颗小脑袋似乎还挺灵光的。”

“我知道，但她会跟着心走。”我摆弄着我的马克杯，“她又和她爸爸见面了——他在我的挡风玻璃上留下一份礼物，是一张刻满情歌的光盘。她说她再也不会见他了，可我不知道如果她不再理睬他，又会发生什么事。”

他看上去很惊慌，“你报警了吗？”

“嗯，立刻就报了，但我无法证明礼物是安德鲁留下的，所以他们不能逮捕他。这太愚蠢了。除他以外，还能有谁？”当帕克告诉我没有从光盘盒子上采集到指纹的时候，她的声音很沮丧，可同情却无法改变事实。

“我的提议仍然有效——欢迎你和苏菲到我湖边的小屋避避风头，要是你不想离开镇上，我家中还有几个备用房间。”

“我很感激你的提议，但格雷格星期天会回来。”

“好吧。你很期待见到他吗？”

“当然了。”这个问题让我有些困惑。事实是，在过去的几天里，我根本没怎么想过格雷格，但是我不想承认这一点。

“你的语气听着可不怎么热情。”

我耸耸肩，搅动着杯子里的咖啡，“我只是分心了。”

“好吧。”可听他的口气，他好像并没有相信我说的话。

“什么？”

“没什么。我只是觉得他对你很上心，而你只有一只脚迈了出去。”

“根本不是这样。我非常喜欢格雷格。”我有些慌乱地反驳道，脸颊发烫。我之前从来没有意识到马库斯在研究我的感情生活，也没想到我和格雷格的感情在旁人眼中竟然是这样。也许确实如此，格雷格对我的感情比我对他的要更加汹涌，也更加强烈，但这也不是什么坏事。我会赶上他的。我们俩在一起很轻松。“和他在一起，我不用担心他，”我说，“很简单。”

“好吧。”他伸手去拿咖啡。

“又是这个词。”

“很抱歉，”他笑着说，“我什么也不应该说。”

“天有点儿晚了，你不妨有话直说。”我打趣道，装出一副很感兴趣的样子，就像是好朋友在说知心话，“你不喜欢格雷格？”

“我不是不喜欢他。”

“但是你也没有说你喜欢。”

“我只是认为他不是你喜欢的类型。”

“那我喜欢的是什么类型？”

我们的眼神交汇，停住。我胸口的肌肉忽然间收紧，胸口有一种挤压感。

他低下头看了一眼他的杯子。“嘿，我知道什么？我已经很多年没有和人约会过了。”他接着说，“我应该管好我的嘴。如果你很开心，我就很高兴。”

“嗯，那很好，因为我很开心。”不过忽然间一种沉甸甸的失落感在我的四肢蔓延开来，这种感觉很奇怪。我期待他说什么呢？

“如果我越界了，我向你道歉。”

“没有，你只是实话实说。非常感谢你的爱情忠告，博士。”我浅浅一笑，抬头看了一眼时钟。他目光炯炯地望着我，似乎努力想要看到我的眼眸深处，但我却无法与他对视。“我得走了，”我说，“安格斯还在家里等我。”

“你确定你没事吗？”

我挤出一个微笑。“我没事，真的。只是最近发生了很多事。”我拿起包和外套，向门口走去，“谢谢你的咖啡。”

我深一脚浅一脚地在雪地里走着，来到我的座驾旁，我能感觉到他一直在身后目送我，可我没有回头。

第二十三章

苏菲

我慢慢醒来，双腿不能动弹，不由得惊慌失措，一顿乱踢。压在腿上的重量移开了，我听到安格斯扑通一声跳到地板上，舒展了一下四肢，趴在了地毯上。我翻了个身，凝视着天花板，眨了眨眼睛，又打了一声呵欠。杰瑞德的派对将在今天晚上举行，今天也是我爸爸认为我会去他家中做客的日子。为什么我就不能直截了当地告诉他我不会去他家里呢？

因为他没给我机会。

最后，我决定不告诉妈妈他亲口承认光盘是他放的。警察会查清楚这件事。我可不打算告发自己的亲生父亲。这么做太奇怪了，而且让人备感压力。也许晚上的派对能缓解我的压力。我需要消耗一些精力。不过也许这个派对也是个问题。杰瑞德和我只“在一起”了几天。这次派对是要将我们的关系公之于众吗？他会希望我们和他的朋友们一起出去玩吗？我和那些女孩没有任何共同之处。他们是一群美丽的女孩子，和父母住在漂亮的房子里，过着无忧无虑的生活。

我想，要不还是不去参加派对了，就说我生病了，但我又想起上次在他的卧室里我们燃起的爱火，浑身上下忽然被一股暖流包围。我想起了赭黄色，又或者是深镉黄，一种璀璨夺目的东西。

我想再次亲吻他，但我很害怕他可能想与我发生关系，我觉得我还没有做好准备。我并不是想一直保有处女之身，但是听蒂兰妮说，第一次的时候真的很疼。这听上去一点儿都没意思。

床头柜上的手机振动起来，是杰瑞德发来的短信："想早点儿过来帮忙布置吗？"

在派对开始前就过去，这个主意让我舒了一口气。这样一来，我就不必单独赴宴了——蒂兰妮和家人去滑雪了。

"好的。几点？"

"中午十二点左右接你？"

这意味着我们几乎要共度整整一天的时间。我很兴奋，但同时也很害怕。如果我们最终还是发现没有那么喜欢对方怎么办？我陷入沉思，大拇指悬在键盘上方。然后，我发现他的状态显示为正在输入中。

"嘿，不要晾着男人！"

我笑出声来，回复道："好的，一会儿见。"

两个小时后，杰瑞德坐在我家的沙发上，在五颜六色的客厅里好奇地张望。客厅里拼凑着风格迥异的家具，挂着画风各异的画。在这里看到他感觉很奇怪——就像一个演员走错了片场却还没有意识到自己不属于这里。如果说我们是一盒克雷奥拉蜡笔，那杰瑞德就是柳木炭笔，能打造出天鹅绒般的阴影和有趣的层次感。

"布置得不错。"他说。

"谢谢。你一定觉得这间客厅有些逼仄吧。"

"没有。这里很有家的感觉。"

"也许吧。"安格斯正在用头拱着杰瑞德的腿，把它那湿答答的玩具球丢到了他的膝盖上。"抱歉。"我边说边把它从杰瑞德身边拖走，那感觉就像是使出九牛二虎之力拖一个装满水泥砖块的行李袋。

“我不介意，我喜欢狗。”他可能不介意，但二人结伴，三人添乱。我从厨房取来一块骨头，安格斯立刻就对杰瑞德丧失了兴趣。

这时，我的手机铃声响起。我扫了一眼来电显示，是安德鲁打来的。我把手机放在咖啡桌上，感觉他好像可以透过电话看到我在故意躲着他。

“谁的电话？”杰瑞德问。

“我爸。他希望我去见他，但我不打算去。”

“我以为你已经告诉他你不想再见到他了。”

“我告诉他了，但我认为我爸爸不会把拒绝当成回答。”

杰瑞德伸出手，握住我的手，“如果那天我把你吓坏了，我向你道歉。”

“没关系。”我说。我感觉脸颊发烫，希望他不要再提起这件事。

“我有做错什么吗？”

“没有。这才是问题所在。我喜欢你这么做。”

“噢。”他看起来很高兴，在沙发上换了个姿势凑近我。安格斯嗖的一声从床上跳下来，把头挤进我们之间，发出呜呜呜的叫声，想要博取关注。

“我去把它放在外面。”可安格斯却赖着不走，我不得不拿狗饼干贿赂它。当我回到客厅后，我的手机又响了起来。

杰瑞德把手机递给我，“是你爸爸发来的短信。”

我感觉有点儿奇怪，他竟然没经过我的同意就看了我的来电显示。他有没有看我的短信？也许，他只是出于好奇和关心瞟了几眼吧，我很可能也会做同样的事情。

我没有看短信，就把手机直接塞进口袋里，坐回沙发上。我不想去想此时此刻我爸爸正坐在家里等我回电话。但不止如此，我还很生气。为什么他就不能给我一些空间？“我希望他能让我一个人待会儿。”

“你确定你不想见他？他似乎很难过。我可以开车送你。”

我摇摇头，“他答应过我，会离妈妈远点儿，可后来他却跑来在她的挡风玻璃上挂了一份礼物。”

“倒是有几分浪漫。”

“太怪异了。”我嗔怪地看了他一眼。

“抱歉。我想，我理解那种很爱一个人的感觉。”

“可如果这个人不想你回到她身边呢？”

“那他应该毫不犹豫地放弃，但我不会轻易地放弃你。”我知道他这么说只是想恭维我，为什么他不明白爸爸的做法是错误的呢？

他又握住我的手，用拇指在我的手掌心画小圆圈，“我真的很高兴你今天晚上能过来，应该会很好玩。派对上会有酒和大麻，但是不管什么，只要你不想做就可以不做，好吗？”

“你妈妈还和我妈妈说派对上不提供酒水。”

他笑着说：“她对所有人的父母都是这套说辞，但他们会让我们在楼下自己玩，我们想做什么就做什么。”

“哇。”

他无所谓地耸了耸肩，“只要我不让他们在朋友面前丢面子，我做什么他们都不在乎。大概十三岁的时候，我爸就给我啤酒喝。”

“真的？”

“是啊。他有很多处方药，他知道我有时候会拿去吃，但是他从来不会教训我。他只是不想让我告诉我妈妈他出轨的事情。”

我的天哪，所以他的家人也并不像我想象中那么完美。我想，原来不止我一个人拥有一个一塌糊涂的爸爸啊。也许，我应该替杰瑞德感到难过，但是不知为何，我却感到宽慰。

“这件事很让你困扰吗？”我问他。听到杰瑞德说他服用处方药，我确实有点吓坏了。但是这应该不是什么严重的问题，他看上去可不像个瘾君子。

“没有吧。他之前和我的保姆乱搞的时候，我是很不爽。他们做爱的时候刚巧被我撞上了，在那之后他就给我买了第一台相机。”

我目瞪口呆地盯着他，“这真是太恶劣了。”

“我没有和任何一个朋友说过这件事。”他目光炯炯地看着我，“但我相信你。”

“我永远不会告诉任何人的。”我说。他靠过来，在我的唇上落下一个轻柔的吻。我的身体放松下来，我们拥吻了一会儿。这次他吻得更慢，更加温柔，也没有把手伸到我的衬衫底下。过了一会儿，他抬起头，冲我露出一个微笑。

“你准备好去我家了吗？”他看了一眼手表，“妈妈应该在等我们了。”

“当然啦。我和我妈妈说一声就行。”我迅速编好一条短信发给妈妈，几乎立刻就得到了回复：“别忘了洗衣服！”对啦，我差点儿忘记这回事。“我还得在烘干机里放几件衣服。”

“我可以用你家的厕所吗？”

我晾完衣服后，杰瑞德还没有回到客厅。我坐在沙发上等他，过了一会儿，他才穿过走廊走进客厅。

我说：“我去拿派对上要穿的衣服。”

“好的。我去把车加热。”

我沿着走廊，回到我的房间时，发现妈妈的房门开着。她从来都不会忘记把自己的房门关好，免得安格斯趁她不注意爬到床上。我随手把她的房门关上。

我收拾好东西，从洗手间里拿出化妆品。我不知道别的女孩会穿什么样的衣服，所以多带了几件备选。我带了最喜欢的那件黑色束腰外套，我总是拿紫色紧身裤和它搭配，我还带了几条裙子。在离开房子之前，我特意设置好警报装置，然后锁上了门。

杰瑞德的汽车发动了，但他不在车里。我在副驾驶座那侧的门口等他，心里嘀咕不知道他去了哪里。过了一会儿，他终于从房子后面绕过来。

“抱歉，”他说着，羞涩地笑了，“我去撒尿了。”

“又去？”

“紧张。”这下他的表情看起来很是尴尬。

“你有什么可紧张的？”

“因为你啊，”他说，“我希望你晚上能玩得开心。”

之前，我从来没遇到过哪个同龄人如此在意我的想法。这让我感到既兴奋、高兴又充满自信。我微笑着说：“那你最好好好招待我。”

“我就是这么计划的。”

他殷勤地为我拉开车门，我坐进车里。口袋里的手机铃声又一次响起，我没有管它。我可不会让我爸爸毁了这美好的晚上。

第二十四章

琳赛

我慢慢地推着手推车绕到杂货店的农产品区。今天清扫了两栋房子，我的肩膀和手臂还在隐隐作痛。

两栋房子的主人今晚都要举行派对，愿意支付比平时还要丰厚的报酬。我原本打算打扫完直接回家，但早上我发现家里的牛奶和咖啡都没了。昨晚睡得很不安稳，为了保持清醒，我几乎喝了整整一壶牛奶咖啡。马库斯为什么要问我和格雷格的事？他似乎在试探我们是不是打算要分手，但是这件事对他来说应该毫无意义——除非他对我有感觉。一想到这里，我的脚步不由自主地停在了过道中间，眼神空洞地望着货架上的一排沙拉酱。我想让他对我有感觉吗？

我想打电话给珍妮，但我又有些害怕听到她要对我说的话。她可能会说我一定是会错意了，还是，她会鼓励我？我不确定我已经做好了心理准备。我知道她喜欢格雷格——她觉得他是个有趣的男人，不会把自己或是生活太当回事——可她也挺喜欢马库斯。有一次，互助会分享完，她和我说，也不知道是哪个女人那么幸运，最终能和他在一起。我接话说，我会替他开心，她看了我一眼没有说话。

和马库斯的谈话让我心中疑窦丛生，我真的没有心情去参加今天晚上在教堂举办的跨年派对。我真希望当初没有答应带开胃菜过去。我打算做些洋蓟蘸酱，可当我推着购物车经过一处展示区，看着货架上陈列的琳琅满目的涂抹酱和蘸酱时，我动摇了。我挑了几个酱料，扔进购物车里，又挑选了一包薯片和一盘蔬菜。管它呢。回到家里，我把它们放在精致的盘子里，没有人能看得出来是不是我做的。

我抱着大大小小的购物袋，走进屋里，把它们一股脑儿堆在料理台上。平时安格斯会在门口迎接我，大概它现在正在苏菲的床上打盹吧。

“安格斯？”我喊道，“我回来了！”房间里一片寂静。我穿过走廊，还是没有见到它欢脱的身影奔向我。难道是苏菲把它忘在门外了吗？恐惧的触角攀着我的脚踝向身体四处延伸，拽着我快步走进房间。终于，我在客厅的沙发上看到了它。它趴在沙发上，四肢耷拉在沙发边缘，头枕在枕头上。“原来你在这儿！”

它没有睁眼，也没抬头。我忙凑过去看它，脚下踩到了一些湿乎乎的东西，只见地上是一摊黏稠的呕吐物。再往前看我这才注意到地毯上也有几摊呕吐物。我把手放在安格斯的胸脯上，感觉到它的胸膛鼓了起来，我这才舒了一口气。我把指尖按在它的腋窝下，我记得不知道好像从哪里看到过，要从狗身上的这个部位来检查它的脉搏。它的脉搏似乎跳动得很快，可我不确定狗的正常心率是多少。

“安格斯？”我轻轻地推了推它，它没有醒过来。我从口袋里掏出手机，在通讯录里找到兽医诊所的紧急联系电话，向接线员描述了一下它的症状。

“它吐得到处都是。”我仔细观察其中一摊呕吐物，“呕吐物里有大块没消化的肉。”我蹲下来，在呕吐物里又发现了奇怪的白色片状物，“我想，它应该是吃了几片药。”

“最好马上带它过来——把药片带来给兽医看看。”

“它体型很大。我不知道该怎么把它弄上车。”

“你能用毯子做条担架吗？或者向邻居求助？”

“我拿条毯子试试。”我跑进厨房，抓过一个塑料袋，舀了几勺呕吐物，然后快速地检查了一下房间。它到底吃了什么东西？橱柜没有被打开过。一定是有人给它下了药。不是别人，一定是安德鲁干的。

我使出九牛二虎之力才把安格斯挪到我自制的担架上，拖出房门，又拖下楼梯。在把它往车里抬的时候，我扭伤了后背，只好飞奔着穿过树林，向邻居家跑去。我跑得浑身发热，汗流浃背，神志有些混乱。时间一分一秒地过去，我想象着毒素正一点点地在它的体内蔓延开来，流入它的肝脏、肾脏和大脑……我不能让它就这样死去。

我的邻居名叫汤姆，是一位退休教师，对于钓鱼激情满满。谢天谢地，他此时正在屋外安装深水拖钓装置。看见他抬起头来，我连忙大声喊道：“我需要帮助！”我的声音盖过了工具发出的噪音。他跟着我来到我家，和我一起把安格斯抬进了车里。

道路上的雪还没有化开，我把车开得飞快，向目的地疾驰而去。十分钟后，我们顺利抵达了诊所。朗格利尔医生为安格斯做了检查，他轻轻地打开它的嘴巴，检查它的牙龈，然后又抬起它的眼皮。

收养安格斯后，我曾带它做过检查。给它做检查的是一位女医生，我当时觉得她太年轻了，对她不是很信任。还好，这次这位医生白发苍苍，举止镇定，嗓音低沉，我焦急的心情也慢慢平静下来。我的脉搏渐趋平稳，深深地吸了几口气，安慰自己：没事的，给安格斯看病的医生很专业。我看着它可爱的脸庞，在心里暗暗发誓：小家伙，你一定要挺过来，后半辈子不管你是想去散步、游泳还是兜风，我都依你。

“你知道它吃了什么东西吗？”兽医问道。

“我在它的呕吐物里看到了一些残留的药片。”我把我带的塑料袋递给他，他检查了里面的呕吐物，“我和我的女儿不吃处方药——我们也没有像这样的药片。它的呕吐物中还有大块的熏肠或是香肠。我想是有人扔进我家后院的。”

“你觉得这是多久之前发生的事？”

“我不知道。一直到下午一点左右我女儿都在家里。”

“她注意到它的行为有什么异常吗？”

“我还没有机会和她说话，但如果有什么异常的话，她会告诉我的。”

“过去的几小时里，它很可能摄入了一种物质，这种物质快速地侵入了它的血液循环。我们先让这个小家伙躺下，给它输点儿液，然后再做几项检测。我们会用活性炭来吸附它肠子里的东西，活性炭与粪便最后会一同排出体外。”他拿起塑料袋，“然后我们再来看看，能不能弄清楚它被喂过什么东西。”

“它会没事吗？”

“多亏你及时发现，但我们必须先检测它的肾脏和肝脏功能后才能确认它们是否受到损害。我们会先给它输液，冲洗它体内的毒素，然后根据随后出现的症状来具体治疗。我还要给它做一次血常规检查——看看是否影响到了红细胞与白细胞的数量，并且监测一下凝血时间。”

我低头看着安格斯，抚摸着它脖子上柔软的皮毛，“我不想把它丢在这里。”

“我们会好好照顾它的，诊所一整夜都有人值班。”

我强忍住眼泪，“它是一只很贴心的狗，不该遭受这厄运。”

他露出一个同情的微笑，“回家好好休息一下吧。一旦我们弄清楚它吃了什么，就会打电话通知你，然后你就可以把情况报告给警察。”

“谢谢。”我弯下腰，在安格斯的耳边呢喃，“我很快就会来接你。”

回到家以后，我给帕克打了个电话，把事情经过讲给她听：“我知道是安德鲁干的。因为苏菲不再见他了，他就怒火中烧了。”

“我们会追踪他的电话，查看他的行踪，看他今天有没有在你家附近出没。你有没有从呕吐物中取样？吐出来的肉块还有吗？”帕克听起来和我一样愤怒，她的声音紧绷，但思维却更加周密。我紧攥着手机的手放松下来。她相信我所说的。

“它在屋里吐得到处都是，但我还没有检查院子里。”

“我一会儿过来看看。”

等帕克过来的工夫，我去房子四周转了一圈，确定安格斯没有在其他地方呕吐，然后又走回卧室，快速地检查了一遍内部陈设。床头柜上的书有被人动过吗？床单有些褶皱，不过有可能是我早上匆忙留下的。

我走到办公桌前，似乎也没有哪处不妥，但胃里却突然一阵翻搅，很不舒服。我试着理清头绪：当我回到家时，警报装置仍处于开启状态，大门也上了锁。格雷格给安格斯安装狗门的时候，我们把警报装置设定成了宠物模式，个子稍高一些的人就会触发警报装置。不可能有人闯进来，我只是在自己吓唬自己罢了。

帕克过来以后也没有在院子里找到任何残留的食物，对此我毫不惊讶。安德鲁不管从围栏那头扔过什么东西，安格斯都会一口吞下的。

“我会调查他的通话记录，”她说，“这样我们就知道他有没有来过这片地方。”

“你不能逮捕他吧？”

“我们仍然必须先要证明他就是始作俑者，如果没有指纹或其他证据，那事情就更加棘手了。我们先看看通话记录有没有收获吧。有进展我会通知你。”

她离开以后，我用清洁用品把屋里的一片狼藉收拾干净。一想到安格斯独自在家里受了这么多苦，我心里就很不好受——对安德鲁的恨意也从未如此强烈过。清理完后，我洗了个澡，想要冲去诊所消毒剂的味道和呕吐物挥之不去的难闻气味。我在温热的水流下冲洗了很长时间。

苏菲说她这周给他打过电话，和他说了她再也不会和他见面，可她对他听到这个消息后的反应却语焉不详。我很好奇他们在谈话中有没有说过别的什么话。我猜，她为了保护我，会刻意省略一些内容，换了我也会这样做。

我正在卧室里擦身上的水，这时，电话铃声响了起来。我这才想起，慌乱中我忘记给马库斯发短信说我不去参加派对了。铃声又一次响起，我慢吞吞地接起了电话。

“对不起！我原本要打电话给你。”我解释说。

“一切还好吗？你今晚没有露面。”

“我回到家后，发现安格斯很不舒服，就带它去了趟诊所。”

“它还好吗？发生了什么事？”

“我想，是安德鲁把药片混在肉里，扔进了院子里。”

“天啊。这个混蛋。安格斯没什么大碍吧？”

“医生坚持让它留下观察一夜，检查它的肝脏和肾脏有没有损坏。它病得很厉害，马库斯，它在家里吐得到处都是，动都不能动。看到它那个样子，我真是吓坏了。”

“我这就过去。”

“已经很晚了。你不用过来了。”可是，他的提议却让我松了一口气。我不想一个人待着。

“我已经出门了。反正你不在，这个派对实在是无聊死了。”

十五分钟后，他来了，拿着一瓶红酒和一个装满小吃的塑料泡沫盘子。他把它们放在料理台上，然后把我拉进他的怀里，给了我一个拥抱。这是我们第一次拥抱，有那么几秒钟，气氛有些尴尬，慌乱中我的鼻子撞到了他的下巴，但紧接着两个人的身体默契地贴合在一起，那感觉很是美妙。过了一会儿，我们才分开，分开的瞬间我心里忽然空落落的，感觉很冷。他的身体是那么结实而又可靠。

“你还好吗？”他问我。

“不太好。”我走回客厅，蜷缩在沙发上。他从厨房里拿了几个玻璃杯，往里面倒了些红酒，然后在我面前放了一个玻璃杯和 盘小吃。

“吃吧，我为你偷偷拿的。”他扑通一下坐在我身旁的沙发上。

“谢谢。”我拣起一个迷你芝士蛋饼，小口地吃起来，“我很担心安格斯。我不应该把它带入我混乱的生活中。它在收容所里会生活得更好。”

“你也不知道会发生这样的事。你告诉苏菲了吗？”

“还没有。等她回到家里，我会和她谈谈。杰瑞德的父母安排了接送。我们说好她在一点之前回家。我看了看手机上的时钟，发现现在已经晚上九点钟了。”

“你报警了吗？”

“他们要追踪安德鲁的手机，看他有没有在我家附近出现过。兽医会弄清楚他给安格斯喂了什么药。”

“安格斯要在诊所待多久？”

“我明天早上才能知道。我不知道该怎么承担这种种花销。因为是节假日，急诊费更加昂贵，还有……”

“现在不要担心钱的事了。我会处理好的。”

“我不会向朋友借钱。”

“好吧，可你会向这个朋友借钱。”他举起手，阻止我说话，“我有很多投资进账，又没有人可以花钱。让我帮忙吧，拜托了。”

“我会尽快把钱凑齐还给你的。”

“我可不担心这个，我很担心你。安德鲁现在是变本加厉了。”

“我知道。我觉得他是在惩罚我，因为苏菲说要和他断绝联系。我要是告诉她安格斯发生了什么事，她一定会非常难过。”

“是啊，但她很坚强，而且有很多人在支持她。”

我把头靠在沙发靠背上，思考着他说的话。我希望他是对的。我挤出一个浅笑，“谢谢你晚上过来，你帮了我很大的忙。”

“当然。”他弯下身子，握着我的手，“我只是想做你的好朋友。那天我对你说的话，我还是感觉抱歉，我没有权力干涉你的感情。”

我细细地打量他的脸，探寻这番话背后的隐藏含义。他有没有意识到他现在还握着我的手呢？他的皮肤很烫。我们的举止非常亲密。我忽然产生了一个疯狂的念头，我可以靠过去给他一个吻。不，我怎么能有这种想法，我甚至都不该和他一起坐在沙发上。

“没关系，”我说，“朋友间应该诚实以待。”我迎上他的目光。

“是的，但我太过分了。我选的时机太糟了。”他松开我的手，喝了一口酒。我不知道他是不是在鼓足勇气想要对我说什么。他说的时机是什么意思？他又犹豫了一秒钟，然后似乎终于下定了决心，摇摇头，拿起遥控器，“我们是不是应该看纽约的落球仪式[①]？”

“听起来不错。”电视机里的欢声笑语吸引了我的注意力，热情洋溢的主持人身后是嘈杂喧闹的人群。如果之前，他是露出了一扇狭窄的窗户，我透过窗还能一窥他的想法，那现在，他干脆把这扇窗也紧紧关上了。

一点零几分的时候，苏菲走进家门，她笑眯眯的，脸颊冻得通红。她压低嗓门哼着歌曲。可苏菲从不唱歌。她这是喝酒了吗？杰瑞德的父母说这次的派对不设酒饮，但如果一些孩子偷偷喝酒，我也不会感到意外。我看着她脱下外套和靴子。她走起路来没有磕磕绊绊或是晃晃悠悠。她发现马库斯和我坐在客厅里，

① 从1907年开始，前往纽约的时代广场去参加新年前夕的落球仪式是美国人庆祝即将到来的新年的一种方式。——译者注

便走过来坐在另一张椅子上。

“新年快乐，”我说，“派对怎么样？”

“挺好的。”她打了个哈欠，伸出一只手来卷着一大绺头发，紫罗兰的发色在客厅柔和的光线下流光溢彩。“你呢？”我还没开口回答，只见她环顾四周，一脸困惑，“安格斯呢？”

“我带它去了趟诊所。”我没办法轻描淡写，必须一吐为快，“晚上下班回到家，我发现它病得很严重。我想，是安德鲁在肉里掺了一些药片，扔过栅栏，不过它会好起来的。”

她目瞪口呆地望着我，手里仍然抓着一大绺头发，“你确定是他干的？”

“只有他在生我的气。我以前伤害了他，所以现在他要报复我。”

她的眼睛亮晶晶的，可我知道她的眼泪就快决堤了。“我觉得这是我的错，妈妈。他希望我今天去找他，他打了很多个电话，我却没有接。也许这是他这么做的原因。”

“这不是你的错，”马库斯柔声说，“这不是你造成的。”

“他知道我们住在哪里，有一天我放学后他就跟着我回到了家里。我真是不应该给他写信……”

尽管我一直怀疑是安德鲁在跟踪我们母女俩，可当这件事被苏菲大声地说出来，还是吓了我一跳。一想到他在跟踪我的女儿，我就惴惴不安。

“你只是想和你爸爸建立联系，”马库斯说，“如果要说犯错，整件事唯一的错误就是，他原本可以认识一个了不起的孩子，可他却搞砸了这么难得的机会。”

马库斯和苏菲两个人四目相对，他冲她露出一个微笑，“我的意思是，至少从你妈妈告诉我的事情来判断，这不是你的错。

不过据我所知，你有时也是一个彻头彻尾的捣蛋鬼。”

她微微一笑，不过笑容踟蹰了一下，她看着我：“他承认光盘是他放的，但我很害怕如果我告诉你，他就会被逮捕，然后他会恨我。你会生我的气吗？”

“哦，亲爱的，我没有生气。我很难过，他把你置于这样一个左右为难的境地，这真的对你很不公平。”

她深吸了一口气，弯腰从地上捡起安格斯的玩具，把它压扁，让空气慢慢释放，玩具发出吱吱的响声。她一连压了几次，才幽幽地说：“可怜的安格斯。”

“明天我去看它，你可以跟我一起去。”

“好的。”她的手机振动起来，她低头看着手机屏幕，“是杰瑞德，他问我有没有安全到家。我可以回房间给他打电话吗？”

“当然可以，宝贝。我们可以明天早上再聊。”

“晚安。”她从椅子上站起来，看着马库斯，“我很感激你刚才和我说的话。”他点了点头。

等苏菲离开后，我对马库斯说：“你愿意在客房过夜吗？这个点走夜路可能会遇上不少白痴。”

他看了一眼他的酒杯，“这么做比较明智，如果你不介意的话。”

“一点都不。我该回房间睡觉了。”我有些害羞，手足无措起来。我已经数不清有多少次，我们曾坐在同一张桌子旁，陪在彼此身边。但是这么晚两个人单独坐在沙发上，这感觉似乎更加亲密。

我站起来，“我要去检查一下大门关好了没有。”

“需要帮忙吗？”他用遥控器关了电视。

“不用了，我搞得定。你还记得客房在哪里吗？”

“我应该找得到。”他说着也站了起来。

“好的。”我们之间的距离不足一米。我想着给他一个拥抱，但是我不知道这个动作会引发什么样的后果。我想起了格雷格。“好吧，晚安。”我转过身去。等我检查完全部门窗，马库斯已经走进了客房。

第二天早上，电话铃声吵醒了我。是格雷格打电话来祝我新年快乐。“对不起，我昨晚没打电话，”他说，“山中小屋里没有信号和固定电话。”

“没关系，我昨晚过得很糟。”我给他讲了安格斯的事情，“我希望今天早上它能有所好转。”我扫了一眼时钟，心想，不知道诊所开门没有。

“你和苏菲必须待在我身边，这样我才能保护你们，”格雷格说，他的语气坚定，“我打算乘早班的渡轮回家。这样中午的时候，我就能在我家里见到你。”

“你确定你要这么做吗？”

“你知道的，我已经准备好了。”他嘴里的话没有说完。其实，我们俩都心知肚明，在这段关系中，我才是那个还心存疑虑的人。这时，我想起马库斯就睡在客房里。和格雷格聊天我很开心，我不由得想起在他身边的时候我是多么的舒心和轻松，我可以畅所欲言地与他分享内心的想法，也不用担心措辞、口吻是否恰当。也许，搬到他的住所也是一个不错的选择，正好可以检验一下我们是否真的合适。

“好吧，”我说，“我们收拾一下东西。”等苏菲醒来，我就告诉她。如果她知道我们要和格雷格住在一起，可能不会很高兴。但至少我们仍然待在山茱萸海湾镇。

我快速地冲了个澡，换上一条紧身裤和一件毛衣。当我走进厨房时，马库斯已经坐在桌边，喝起了咖啡。他的衣服皱巴巴的，头发也乱糟糟的，下巴上还有一片黑色的阴影，却让他看上去更加迷人了。我忽然有些不确定该不该答应和格雷格住在一起，可现在后悔也来不及了。

“早上好，”马库斯说，“我希望你不要介意我自己泡了咖啡。”

“当然不会。”我给自己倒了一杯，“想留下来吃早餐吗？”

“我也许不该再打扰你了，除非你想让我陪你去诊所。”

“我们没问题的。我不想占用你的全部时间。”我们对彼此很客气，这种状态很奇怪。一般人没准会觉得，他在我的家中过夜会让原本就是朋友的我们更加亲近。可是情况却恰恰相反，一夜之间，我们变得像陌生人一样小心翼翼。

“真的没什么问题。”他说。

“如果安格斯可以出院了，我们可能会直接带它到格雷格家里。”

他抬起头来，“格雷格回来了？”

“在路上。我们要去他家待几天。”

“噢。”他盯着我说，接着又摇摇头，让自己回过神来，继续说道，“这样很好，知道你安全我就放心了。”

“是吗？”我还没来得及思考，话已脱口而出。

我们的视线相遇，他的表情不定，似乎不确定我真正想问什么。我没有躲闪，凝视着他的眼睛。他张开嘴，正要说点什么，这时，我们身后突然响起沉重的脚步声。他的目光掠过我的肩膀，苏菲晃晃悠悠地走进了厨房。我忙退后一步，就好像她无意间撞破了我们在接吻。

她用奇怪的眼神看了我一眼，然后打了一个哈欠。“我们现在可以去接安格斯了吗？”她问道。

“我马上就给诊所打电话。”

马库斯站起来，“我还是先走了。”

“我送你出去。”走到门口，我对他说，“谢谢你昨晚过来。”

“不用客气。”他走出门去，又转过身说，“你告诉格雷格，如果他让你出了什么事，他必须给我一个交代。”他面带笑意，可眼睛周围的肌肉却是绷紧的。

他这是在为我担心吗？还是为别的事情担心？我尴尬地站在门廊下，身形有些不稳，仿佛脚下的地面突然倾斜了起来。

“我会的。”我目送他开车离去，然后关上门。

第二十五章

苏菲

2017 年 1 月

“你的房间视野很好。”格雷格说，“一会儿你就知道了。”

我点点头，想做出一副高兴的样子，但我不喜欢他刚才的措辞，“你的”房间，就好像我要在这里待很久似的。

他带我参观他的房子，妈妈也跟着我们，但我知道她已经来过他家里很多次了。我努力不去这么想。

我的意思是，我很高兴她有男朋友，我替她高兴，但是一想到妈妈会和别的男人做爱，我就感觉不可思议。这是我们第一次在同一所房子里过夜。我真希望客房离他的房间远一些。为了以防万一，我打算整晚都戴着耳塞。

他的房子位于一片较为老旧的街区，两层楼，里面有一间漆成知更鸟蛋蓝的浴室，厨房的料理台是橙色的台面，冰箱和炉灶是杏仁色的，一切都好像是从20世纪70年代的电影里搬出来的。空气中散发着柠檬抛光剂和温迪斯清洁剂的味道，地毯上有吸尘器留下的条纹。我们来之前，他一定把这里打扫过一遍了。壁炉上方挂着一幅画，画面上冲浪者站在滑板上，眺望着波涛汹涌的大海。壁炉架上有几个相框，装着格雷格家人的照片。我走过去，看着照片中的一张张脸，心想，他们可真开心。

我的房间位于二楼的走廊尽头。房间宽敞，里面有一张双人床，从窗户可以望见他家的后院。真希望安格斯也能和我们住在一起——它会喜欢在外面的雪地里挖洞——但此时它却身不由己地躺在诊所里，还要度过漫长的一夜。床上用品看起来很新，深紫色的被套和枕套散发着新鲜的洗衣剂的味道。不知道这些是不是他今天刚买回来浆洗干净的。梳妆台上还摆着一台小电视。

“我在你来之前就已经布置好了，”他说，“我觉得你可能想要一些私人空间。”

我转过头来看着他。他站在门口，妈妈站在他身旁，我知道她希望我说些客套话，但我之前从没发现，他们俩站在一起不太般配。妈妈带些校园风，朝气蓬勃，就像四十多岁重返校园，之后成为医生什么的职业女性；格雷格却像个大男孩。不过，我立刻就为这个想法而感到自责，“谢谢你让我们住在这里。”

“没事。我希望你像在自己家一样。如果你们要待久一点，可以把房间刷成你们喜欢的颜色。”

“我们会在这里常住？”妈妈可没有说过这样的话。我们去看安格斯的时候，她只是说在警察调查清楚爸爸昨天下午有没有在我们的住处附近逗留之前，我们都要住在格雷格家里。兽医检测出安格斯服用了安必恩[①]。听到这个消息的时候，妈妈吓坏了。

格雷格的脸红了，他看着妈妈，她的脸也红了。“我们还不知道会发生什么，”她说，“目前先待一天算一天吧。”

我看了她一眼，脸上是一副“你怎么能这样对我”的表情。她笑得很明媚，说道：“晚餐我们点比萨吃好吗？格雷格说附近有一家味道很好的餐厅。”

---

① 安必恩是一种处方安眠药。——译者注

“我不饿。”我们探望完安格斯后，我和妈妈去了趟蒂姆霍顿[1]，然后回家收拾东西。我之前吃下的三明治在胃里还没消化。

“我们可以多订几种口味的比萨，”格雷格说，“你晚点再决定。”

我在床上坐下。“好的，我能在这里待一会儿，看看电视吗？”我扑闪着大眼睛，难过地说，“安格斯出了事，我真的很难过。”

妈妈眯起眼睛看着我，露出一副心知肚明的表情，她知道我在和她玩把戏，但我知道她不会在格雷格面前说什么。我担心安格斯，也为我爸爸伤害了它而感到烦心，但我想一个人待会儿，主要是为了给杰瑞德打电话。

“当然可以，”她说，“你什么时候准备好了，就出来找我们。”

他们离开后，我关上门，坐在床上，打开电视机。我不打算看任何电视节目，我只想制造些噪音。我换到音乐频道，里面正在播放昨天晚上我在杰瑞德家的派对上听到的一首歌曲。

想起昨晚的事，我的嘴角就忍不住上扬。派对很有趣，而且杰瑞德说得没错，他的朋友们都很友善，甚至包括女孩子们——其中一个女孩还说她很喜欢我的头发。杰瑞德也预言准了，他父母果然让我们自己玩。我只是在门口见过他们一面，其余时间我们就在楼下玩。有几个孩子带来了瓶装酒，杰瑞德卷了几根大麻烟。我不打算抽，但他往我嘴里吹了几口，既有些性感又很有趣，最后连我也变得兴奋起来。

我们偷偷地溜到楼上，钻进他的房间里亲热了一会儿。我们

① 蒂姆霍顿是加拿大的一家主营咖啡与甜甜圈的连锁店。——译者注

甚至还脱了衬衫，赤裸的皮肤贴在一起，那种滋味太美妙了。我几乎情不自禁地跟随着他的节奏，决心与他偷尝禁果，但当他的手伸进我的内裤里时，我突然惊慌失措起来，说我不想继续了。

他翻过身去，望着天花板，胸膛起伏不定，过了好一会儿，才说道："我以为你很享受。"

"我是很享受，但这并不意味着我想做完。"

他转过身来看着我，"你是处女吗？"

我感觉到我脸颊热辣辣的，"去你的。"说着，就要从床上坐起来。

他抓住我的手。"别走，对不起。留下来吧。我不知道。我们慢慢来，好吗？"我躺回他身边，他的身体凑过来，"我希望你能永远留在这里。"

"你会厌倦我的。"

"不，"他坚定地说，"我永远不会对你感到厌倦。"

我回家后，我们整晚都在发短信，今天也发了几条。他知道我们要住到格雷格家。这时，我的手机振动起来。

"怎么样了？"

"还好。"

"有你爸爸的消息吗？"

"没有，他是个混蛋。我不敢相信他竟然想要杀死安格斯！"

"想要吃点东西吗？"

"格雷格和妈妈去买比萨了。"

"所以呢？"

"我问问吧。"

二十分钟后，杰瑞德开车来接我。我原本以为妈妈会坚持让我和他们待在一起，但也许近来发生的事让她有些不顺心，她只是说让我十点前回家。当杰瑞德来到格雷格家门口时，她把我们送到外面，叮嘱道："路上小心点。"

"当然啦，琳赛。"

妈妈笑了，但她的笑容很假，然后她关上了门。有时候，我感觉她可能不太喜欢杰瑞德，但我不知道为什么。也许是因为他对她直呼其名，这么做太过鲁莽了。

我们坐进车里。"你为什么要称呼我妈妈琳赛？"

他惊讶地看着我，"我不知道她姓什么。我的意思是，你姓纳什，但她离婚了。我在家里也一直都叫她琳赛，我还以为这样没什么不妥。"

"我觉得她不喜欢你这么称呼她。"

"随便吧，"他耸耸肩，"那我以后不这么称呼她了。"他盯着窗外，我判断不出来他是不是有些尴尬，但我决定不去纠结。我还有更重要的事情要担心。

我们开着车在城里转了转，然后停在我家门前。我想回去拿几件东西，之前收拾行李的时候我忘带了。之后我们决定去泥嘴峰坐坐，因为那里有免费的无线网，食物也不错，我们学校里的很多孩子都光顾那里。我们找了一张桌子坐下，一边玩手机，一边喝咖啡。突然，我有种感觉，好像有人站在我的身后。我转过身去，这时，我看见了安德鲁。

我几乎没有出声，我把手机放在桌子上。我还没来得及说点什么，姿势也没有换，他就拉过椅子，坐在我们之间。

"出什么事了，苏菲？"他的眼睛里燃起怒火，声音几乎在颤抖，似乎在努力克制自己的情绪。我想逃跑，但他的身体挡住了我的去路，我也被他的气场震住了，感觉就好像小时候做坏事被人抓了现形。

“我不想和你说话。”我看了一眼杰瑞德。他睁大眼睛看着我。

“你说过会去我家里，我一直在等你。”

“我从来没有说过我会过去，只是你以为我会去。”

他身体一凛，摇摇头说：“好吧，也许你说得对。但你为什么不接我的电话？”

“我告诉过你，我再也不想见你了。你违反了我们的协议。”

“所以，现在我们连话也不能说了？”

“我知道你干了什么好事，”我说，“我知道是你给安格斯下了药。”

他目瞪口呆地看着我，整个人当场怔住了，表情还有些困惑。他眨了好几下眼，似乎在努力消化我说的话，“谁是安格斯？”

“我想你应该离开这里，”杰瑞德说，“她不想和你说话。”

爸爸举起一只手，阻止他继续说下去，“他妈的谁是安格斯？”

“是我们的狗！我告诉过你。”

他愤怒地笑了，“你认为是我给你那只该死的狗下了药？”

“是你干的。它误食了药片。兽医说是安必恩。你把药片掺在肉里扔进了篱笆里。它现在还在诊所住院——它差点就死了。”

“我为什么要这么做，苏菲？”他的声音很沮丧，语气恳切，但也夹杂着愤怒。我想结束我们之间的对话，想要离开这里，但此时已经覆水难收了。

“因为你很生气，因为妈妈不喜欢你送的那件愚蠢的礼物。”

“是啊，就好像我杀死那只狗就能让她再次投入我的怀抱似的。”

“你真变态，心理扭曲，”说着，眼泪顺着我的脸颊流了下来，“你一点都没有变。”

他的身体向后一晃，闭上眼睛，好像在消化我带来的沉重打击，然后他摇摇头，身体前倾，“我没有给你的狗下药。但是如果有人这样做了，那么你就惹上大麻烦了，小姑娘。”

“在我眼里，你才是大麻烦。”我说，“你怎么知道我在这里？”他没有回答，我又说道：“你又跟踪我了。”他一定是在我们家门前守株待兔，我真不该回家一趟。

“我是你爸爸，我很担心你。”

我站起来，“别来烦我！”一旁的杰瑞德也跟着站了起来。

安德鲁拽住我的手臂，“听我说，苏菲。有人在跟你，还有你妈妈捣乱。也许你应该过来和我待几天。我可以保护你。”

我笑出声来，“你从来没有保护过我。”

“你生命的头七年我陪在你的身边，我没有让任何人伤害过你。吃饭、游泳、骑自行车，我才是教会你这一切的人。”

“你伤害了我，”我声音哽咽着说。我能感觉到人们在围观，但我不在乎了，“你不明白吗？你才是那个伤害我的人——现在你还跟踪我！”

“走吧，苏菲，”杰瑞德说，这时他已经站到了我的身后，“走吧。”

我死死盯着他拽着我胳膊的那只手，接着，他的手缓缓地松开，放在膝上。他看上去很伤心，可我不再感到内疚。妈妈说得没错，他在演戏。

“离我远点。”说完，我就和杰瑞德离开了。我们上了车，我看见安德鲁还在咖啡店里向外张望。我转过头对杰瑞德说：“我想回格雷格家。开快点儿，我不希望他看到我们开去哪里。”

第二十六章

琳赛

我把洗洁精挤进水槽里，等里面泡沫泛起，然后把我们用过的盘子、沙拉碗和刀具放入水中，仔细擦洗融化开的奶酪渍和番茄酱。透过窗户，我可以看到格雷格家黑魆魆的庭院一角。我伸手把百叶窗拉了下来。

格雷格在我身后走动，收拾吃剩的比萨。我来过他家很多次，但不知道为什么，今晚却感到有些不自在。大概是因为他一直和我说“像在自己家一样”，又或者是，因为格雷格暗示我们可能会在这里无限期待下去的时候苏菲脸上的表情。他把比萨盒扔进回收袋里，我瞥了他一眼。

“你还好吗？”他看见我在看他，关心地问。

“嗯，只是在想苏菲。”我冲他嫣然一笑，“谢谢你所做的一切。”

“我的荣幸。”他站直身子，“那，现在你想干点什么？看电视？”我突然意识到，其实他也感觉不自在。以前，我们不管什么时候在一起，都在“约会”，或是直接上床。两个人都不知道该怎么单纯地陪在彼此身边。我们从来没有一起窝在家里懒懒散散地过个周末，或是同处一个屋檐下各忙各的、相安无事地过一晚上。

“好啊，看电视挺好的。”我告诉自己，我们早晚要面对这一天。可是我心里还是痒痒的，想要逃离这里。我没有准备好，没有准备好和他一起生活。

格雷格找到一部动作片，我说名字听起来不错，但实际上我并不在乎我们看哪部电影。他提议看什么，我都会欣然附和。我心不在焉地想着苏菲和杰瑞德。也许，我该让她待在家里，可是我更想看到她的笑容。

车头灯的光亮涌进车道，在墙上投下一道道光束。我站起来向窗外望去，认出是杰瑞德的车。

“苏菲到家了。”我刚要舒一口气，就看到他们俩头部的影子重合在一起，两个人亲吻起来，我的心又悬了起来。我离开窗户旁。

楼下传来吱呀一声轻响，苏菲关上了门，我听到她窸窸窣窣地脱掉外套和靴子，然后轻手轻脚地爬上楼梯。

她靠在客厅门口，指头上缠着一绺头发，“你们在看什么？”

“钢铁侠，”我说，“想一起看吗？”

“谢谢，但我有点儿累了。”她向我们摆摆手，背影渐渐消失在走廊里。

我努力把注意力放在电影上，但却怎么也跟不上情节，“我也累了。我想，要不我去睡了。”

“是吗？你想让我——”

“不，不，你继续，好好观赏电影吧。”我洗干净脸，涂抹了面霜，刷了牙，准备上床睡觉。完成这一系列睡前准备后，我犹豫了一下，要不要把我的牙刷放进他的牙杯里和他的牙刷挨着呢。最后，我还是把牙刷塞进了自己的旅行包里。

我穿过走廊，走到苏菲的房门口，轻轻地敲了下门，但她没有反应。我想进去和她聊聊，不过，转念一想，还是决定给她一些空间。

一个小时后，格雷格也来到了床上。我还没有睡着，盯着天花板发呆。我听见他来回走动时衣服布料摩擦发出窸窸窣窣的声响、浴室里的水流声，还有电动牙刷的声音。我原本以为这些噪音会让我有家的感觉，甚至由此感到开心和安慰，但我却格外想念家里自己常睡的那张床，想念安格斯压在我脚上沉甸甸的分量。格雷格在我身边躺下，手搭在我的肚子上。我慢慢地侧过身，和他拉开距离，他的手滑到我的臀部。他把我拉近他身旁，我们的身体贴在一起，然后他开始亲吻我的颈背。

“苏菲在家的时候不行。”我低声说道。

“她在她的房间听不到的。”

“这不是重点。”

他翻过身，叹了一口气，仰躺在床上，“这和苏菲没什么关系。”

我也翻过身来，“你这话什么意思？”

他用肘部支撑身体的重量，然后面向我，说道：“我们到不了那一步了，对吗？”

“我只是觉得苏菲在屋里，这样做很奇怪。我相信等过几天——”

“我不是在说这个。”

我安静下来，在黑暗中望着他的脸。“我不知道。”我想了一会儿，最后说道。

“是啊，你不知道，”他说，“我看得出来一个女人什么时候爱我爱得痴狂，什么时候没有。”

“我非常喜欢你，但是——”

“没关系，琳赛。我有过几次这方面的经验，你不必安慰我。”他听起来没有生气，欣然接受了事实。

“你真的想要和我重组家庭吗？”我说，“你准备好给一个十几岁的女孩当继父了吗？她永远会是我们生活的一部分。她会在周末、假期的时候回到家里。”

“我喜欢苏菲。”

“我知道。”

“但我也希望有一天我们能有自己的家庭。”

“我快四十岁了。”

“很多女人四十几岁都能生孩子。”

“我有一个女儿，再过几个星期就十八岁了。我不觉得自己还能从头开始。”为什么我没有在我们刚开始约会的时候就告诉他这些呢？大概是因为，我知道如果我向他坦白，我们就不会开始交往吧。“我们应该之前就聊清楚，对不起。”

“我不想问你是因为，那样一来我就不得不听你大声地说出这个事实。我想，我还在期待有一天……”这么说，我不是唯一一个在逃避现实的人。

我们陷入了沉默。我觉得应该说点什么，但是任何安慰的话语和尝试解释的举动只会给人一种自以为高人一等的感觉。

“我早上会给珍妮打电话，”我说，“我们可以去她那儿住一阵子。”

“那你弟弟呢？”

“他那里会是安德鲁最先确认的地方，安德鲁不知道珍妮住在哪里。”

“你想让我去沙发上睡吗？”

“当然不，这是你的床。”我停顿了一下，“我应该睡沙发。”

“待在这里，”他说，“这样我们都能舒服一点儿。”

“我真的很抱歉。”

“我也是。”他靠近我，“我们仍然可以拥抱，对吧？屋里有点儿冷……”

我笑着说：“当然。”

等我醒来时，格雷格已经洗过澡，坐在厨房里。他客气地给我倒上咖啡，帮我递了两次奶油和方糖，贴心地问我还想不想吃点别的。我用手机查看了一下电子邮件。当我抬起头，我发现他在看我。

“我在等珍妮回复。”我说。

“如果你没有得到她的回复，我相信，这几天我们一定还能想到别的办法。”

“谢谢你。我真的很感激。”

“嘿，只是琳赛和格雷格不能永远在一起了，不代表我们不能成为朋友。”他微笑着安慰我，但他的眼睛却没有笑。他不停地小口喝着咖啡，好像嘴巴很干一样，或者，他只是不想让手空闲下来。我一定会从他家搬走，即使苏菲和我必须得去住旅馆。他的手机突然响了。当他看到屏幕上显示的号码时，表情突然紧张起来，“我得接一个电话。”

“出什么事了？”

他摇摇头，“只是工作上的事情。”他马上接起电话，上了楼，似乎是不想让我听到他的对话。

苏菲还在她的房间里，我决定趁格雷格忙着打电话的工夫去叫醒她，正好告诉她我们要改变计划。我敲了敲她的房门，“苏菲，亲爱的，我可以和你谈谈吗？”

“好啊。”

她还没有下床，她把画板放在腿上，正在画画。

“一切还好吗？你怎么还不收拾东西准备上学？”

“我想先画完这幅画。”

我低头看她正在画的那幅画：深色的线条勾勒出树叶和蝴蝶翅膀，轻盈的羽翼正以螺旋线的方式飞向我视线之外的什么东西。我想起她几个星期前说过的话，关于什么蝴蝶效应，咖啡在我的胃里燃烧。

“呃，计划有变，”我说，“我们要去和珍妮住几天。你上完最后一节课，我们接上安格斯，就乘渡轮前往温哥华。”

她停下手中的画笔，看着我，“为什么我们要离开格雷格家？”

“我们昨晚聊过之后，意识到我们俩走不下去了。”

“你们分手了？可是为什么呢？”

“我和他是截然不同的两种人。我们应该早点发现的，但是我猜我们俩都希望……亲爱的，我很抱歉让你牵扯进来。”

她看起来很恼火，“是啊。你又要让我离开。”

我不确定她具体是指哪一次，是她小时候我带她离开，还是我们昨天从家里搬出来，但是不管指哪一次，她说得都没错。这些年来，除了格雷格之外，我从来没往家里带过约会对象。以前为了躲避安德鲁，我带着她四处为家。经历过那些事情以后，我一直都不想再让她经受波折。可现在，我却似乎没有办法不去影响她的生活，每一天对于我们来说都是一场地震。

“我知道。”我说，“对不起。我们稍后再谈这件事，好吗？我帮你收拾东西。”

“我这周得去学校，我不能去珍妮家。”

“等警察找你爸爸问过话，最好是逮捕他以后，你才能去上学。我相信你的老师会理解的，我们也许可以通过电子邮件学习你每天要上的课程。”

“如果他们不能证明这是他干的呢？我们必须留在温哥华吗？”她越说，心情越沮丧，她的脸颊红扑扑的，还沾上了污渍，手指不停地缠绕着一缕头发。

“我不知道。如果你爸爸去珍妮家找到了我们，我们就不得不搬到别的地方去。”

她把画板放在一旁，把钢笔扔在画板上，像是终于下定决心，“他昨晚去过咖啡店，当时我正和杰瑞德喝咖啡。他和我们坐在一起。”

我不由自主地瞪大了眼睛，昨晚她一回到家里就径直回房间去了，她没有早点把这件事告诉我，我很难过，但我不想骂她。至少不是现在。

“他和你说了什么？”

“他很生气，因为我一直躲着他。他是跟踪我到咖啡店里的，妈妈。”她看上去非常害怕，“我不知道该怎么做才能让他离我远一点儿。”

“所以我们才必须要离开山茱萸海湾镇。”

“那杰瑞德怎么办？”

“你可以打电话，用网络电话和他聊天。也许他可以在周末来看我们，但我不知道这么做是否安全，亲爱的。你爸爸可以利用他来找到我们。”

“他一直说他没有伤害安格斯，而且他言之凿凿，就像是连他都相信了自己所说的那一套。”她的身体倾向我，“我再也不想见到他了。”

“你不会再见到他了，我会确保这件事不会发生。”我起身，“不如你先去洗个澡，我一会儿开车送你上学。我会和你们校长聊聊，我们会解决好这件事的。”

“我至少能告诉蒂兰妮和杰瑞德我们要去哪里吗？”

“你就告诉他们我们必须要离开一阵子，但不要提我们要去温哥华。”

“你说我过生日那天我们会回来吗？”

“我希望可以，宝贝。”

“发生的这一切都太不真实了。”

“我知道，但情况会好起来的，我保证。”

我给自己倒了一杯咖啡，听着浴室唰唰的水流声。我试着站在苏菲的角度去想她此时的想法。我无法想象她是如何承受这一切的——对爸爸的恐惧，对前途的迷茫。我向她保证情况会好起来的，但我不知道该如何实现这个承诺，当务之急我只能带她离开这里。

格雷格出去了很长时间。我去卧室找他，发现他不在。我下了楼，感觉一阵冷风袭来。

大门不知何时打开的。“格雷格？”我脚下一个踉跄，差点绊倒，定睛一看，只见格雷格坐在门前的台阶上。他的一只手捂着一侧的脑袋，手指上沾满了鲜血。

“格雷格！发生了什么事？你还好吗？”

他抬起头看着我，疼得抽搐了一下。“我刚才正在车道上铲路面结的冰，你知道的，我弯着腰。我听见有辆车疾驰而来，就想让开，但它却朝我径直撞了过来，正好撞到了我的肩膀——撞上我的应该是后视镜。”他挪开捂着头的那只手，手上血迹斑斑，“我摔倒以后，头撞在了一块岩石上。”

“进来让我看看。”我扶着他站起来，我们慢慢地走上台阶，我把他扶到桌子旁的椅子上坐下。我又从冰箱里取出一些冰块，把冰块裹在毛巾里。我轻轻地把毛巾压在他的伤口上，他疼得身子一缩。“我觉得你需要缝针，”我说，“你看清楚那辆车了吗？”

“听声音像是一辆卡车。等我抬起头时，它就快要撞上我了。”

苏菲走进厨房，她穿着校服，头发湿漉漉的。看见我们，她停住脚步，“这是怎么回事？”

“格雷格铲车道的时候，被一辆卡车给撞了，但是车主驾车逃逸了。”

“你认为这是安德鲁干的？”她问道，我点了点头。

“这可能只是一场意外，”格雷格说，“车道尽头有树木遮挡，车主很难看清楚目标。我本应该一直穿着我的反光背心。”

我看了他一眼，“你必须和警察谈谈——我们带你去医院。”

“我吃点儿泰勒诺就行了。”他站起来，向卫生间走去，但他的脚步有些虚浮，脸色苍白。我跟在他身后，苏菲紧随其后。

“你绝对需要缝针，”我说，“我开车送你去医院。”

他照着镜子，手指小心翼翼地碰了碰伤口，“我可以自己开卡车去。”

“那么做太疯狂了，你现在不能开车。”

“你应该让她开车，”苏菲也劝阻道，“至少那样一来，血不会滴落在你的卡车上了。”

“她说得有道理。”格雷格赞同道。他微笑着，但自始至终都没有与我有目光接触，我不知道是不是因为昨晚发生的事。可对此，我又无能为力，我要在安德鲁采取下一步行动之前，带着苏菲搬离这幢房子，远离山茱萸海湾镇这个地方。

第二十七章

琳赛

在去急诊室的路上，我给帕克警官打了个电话，她马上赶到了医院。她和格雷格谈话的时候，我和苏菲去自助餐厅喝了杯咖啡，随后她从楼上下来和我们碰面。我耐心地等她搅拌咖啡，让方糖融化在咖啡里，她用舌头舔了舔勺子，露出一个浅浅的笑容，似乎还算满意。她这才把咖啡放到一旁，她捕捉到了我惊讶的表情。

“这是以前的习惯了，”她说，“我母亲从来不让我吃糖，所以我总是趁她不注意的时候舔她的勺子。”出于礼貌，我笑了笑，可我太着急了，没有心情听她讲她的童年故事。

“还得一天，我才能拿到安德鲁的通话记录。在此期间，我会请他来警局接受询问。他可能不会透露很多信息，但没准他的哪句话会露出马脚。我们还会试试看，能不能让他同意在没有搜查令的情况下搜查他的卡车，因为搜查令需要更长时间才能取得。如果他把车停在大街上或是公共场所，我们可以未经他许可进行搜查。”

“我们会去家在温哥华的朋友那里待一阵子。”我说。等医生电话的时候，珍妮回复了，她坚持要我们和她住在一起，她说：“我现在都开始给你们整理床铺了。”

“我觉得这是一个好主意，”帕克说，“调查有什么新进展，我会及时通知你。”

“他可能会去我家，他一定会四处寻找我们的下落。”

“我会开车去你家附近巡视几圈。”

“抱歉。”苏菲站起来，去吧台取另一杯咖啡。

我探过身去，凑近帕克，“拜托你告诉我，你一定会把安德鲁抓起来。”

“如果我们有足够的证据证明他是罪魁祸首，我就会逮捕他。”

“不是他还会是谁呢？”

“我们只是需要确凿的证据。”她的眼中闪过异样的神色。她一定对我有所隐瞒，不知道格雷格刚才和她说了什么。我看了一眼苏菲，她还在等咖啡，可她的视线却飘向窗外，她的一只手揪着一缕头发，绕来绕去。

回家的路上，格雷格很安静，我们送他回到家里，他也没多说什么。医生说格雷格没什么大碍，不过他的头上缝了几针，肩部有淤青，可能需要请一两天假休息。他家里有现成的止痛药，可当我告诉他我们想赶下午的渡轮去温哥华时，我仍然感觉自己是世界上最糟糕的女朋友——哦，不，是前女友。“你介意吗？”我问他，“你需要我帮你给谁打个电话吗？”

“我想看看电视，”他说，“我会好起来的，你们应该去温哥华。”他拉起我的手，“好好照顾自己，好吗？如果有任何需要，就给我打电话。”

“谢谢。”我笑着说，努力忍住眼泪。该死，他为什么要对我这么好？

分别之后，我们去了趟苏菲的学校，跟她的校长说明了情况，还拿了一份她的课程计划。不过，要是不带它，苏菲没准会更高兴。然后我们去诊所接上安格斯。尽管马库斯提出帮我支付安格斯看兽医的费用，我还是用信用卡支付了全部金额。看着卡上的负债，我还是不由得皱了眉头。安格斯看见我们很是激动，它几乎是把苏菲拖出了诊所，迫不及待地跳进了汽车后座。

临行前，帕克来家里看我们。我们正在进行搬家前的扫尾工作，又手忙脚乱地搬出好几件行李，她提出要护送我们去温哥华。当我关掉最后一盏灯，锁上大门，站在门廊下回头向窗口望去时，我看见圣诞树还立在那里，独自站在阴影中，就像我们这些年的生活，一直停滞不前，与十一年前没有什么不同。

我能感觉到帕克和苏菲就站在我的身后。苏菲调整了一下身体重心，她走到我身旁，轻轻地碰了碰我的胳膊，“走吧，妈妈。”

码头上灯火通明，那艘渡轮几乎和游艇一般大，在水中若隐若现。汽车卸货时，车头灯的光柱跳上跳下，每当有车辆驶过，金属坡道就会发出轰隆轰隆的声响。工人们穿着反光背心，正在指挥交通，动作整齐划一。很快，我们就要登船了。

我小时候不经常去温哥华旅行——对于我们那样一个四口之家来说渡轮票是一笔不小的花销——但安德鲁和我带苏菲去过温哥华几次：一次是去听音乐会，一次是学校组织去那里参观科学博物馆，还有一次是去参观水族馆。苏菲简直爱上了那些船只的名字：高贵林女王号、考伊琴女王号、橡树湾女王号。在她眼里，温哥华之行就是一场奇妙的冒险，她一会儿想要乘电梯，一会儿闹着要到甲板上看大海和座头鲸[1]，饿了就在自助餐厅里大快朵颐，津津有味地吃着汉堡、鱼柳、薯条、鸡柳，喝可口的浓汤。

我很少在渡轮上吃东西。船在波涛汹涌的水面上行驶，我的胃也随之翻江倒海，难以平静，但最主要的原因还是如今自己的生活动荡不安。我对安德鲁的恐惧深如舷窗外的大海。

我看了一眼后视镜，又从后窗向外望去，观察有没有一辆白色的卡车尾随我们。我们在车里已经等了一个小时，想要赶五点钟的那班渡轮，只带安格斯到外面散了几次步。

苏菲担心安德鲁会再次联系她——“我把他一个人丢在咖啡馆里，他当时很生气”——但到目前为止，她还没有收到任何短信或语音信息。我盯着她玩了一会儿手机，心想，这孩子怎么随时随地都把手机带在身边。

“你爸爸他动过你的手机吗？”

她侧过头来看着我，“没有。怎么了？”

“我想知道他有没有可能设置过你的手机，通过这种方式来跟踪我们。”

她低头看着她的手机，就像是在看一团纠缠蠕动的蛇，“你的意思是，类似那种给手机定位的应用程序？”

“是的，但他必须先设置好，对吧？”

她想了想，表情渐渐松弛下来。“我在他身边的时候，手机总是放在口袋里。”她看着我，“他能在汽车上做手脚吗？”

“天哪。我不知道。也许我们应该检查一下。”我们从车上下来，在车的底盘搜寻。“找小小的、方方正正的东西，”我

---

① 座头鲸，又叫大翅鲸、驼背鲸、巨臂鲸等。“座头”之名源于日文“座头”，意为“琵琶”，指鲸背部的形状。成熟的座头鲸身长大约13米～15米，以其跃出水面姿势、超长的前翅与复杂的叫声而闻名。——译者注

说，“就像是那种人们用来藏钥匙的小匣子。”

我们拿手机充当手电筒，手伸到车的底部摸索。车底盘上附着疙疙瘩瘩的颗粒物，应该是风干的除冰盐；积雪表面结了一层冰，触手一片冰凉。我们身后的汽车主人没准还在纳闷我们这是在干什么，但我不在乎，我只知道我们没有找到任何东西。我不由得舒了口气。我回到车里，安格斯呜咽着，用舌头疯狂地舔我的脖颈，好像我走了不是五分钟，而是整整五天。它把头挤在我和苏菲之间，终于安心下来，闭上眼睛开始打盹。苏菲的手机响起，提醒有新短信。一条接着一条，她的手指灵巧地编好一条短信。

“你有没有告诉杰瑞德我们要去温哥华的事？”

她摇摇头，“我只是说我们这个星期要离开，但我不能告诉任何人我们要去哪里。他也很担心我们。”

光是想到这个男孩在担心我女儿的安全，我就觉得很奇怪，更别提他还会担心我的安全，“你们两人之间的关系似乎越来越亲密了。”

她停下手上的动作，转过头来看着我，眉头蹙起，“真的吗，妈妈？我们要在这个时候谈心吗？”

“反正我们也没有别的事情可做。”

“我们这会儿可是在逃难，躲避我那个神经病爸爸。”

“你可以尽情地开玩笑，我知道你只是心情不好。”

她放下手机，“为什么他就不能像个正常人？他不是非得完美无缺，你知道吗？我只是想要一个爸爸。”

“我真的很抱歉，事情的发展没有如你所愿。我希望的和你一样，我之所以和他在一起那么长时间，这也是原因之一。”

她重重地叹了口气，靠在座位上，“你一定觉得我很蠢吧，听信了他的谎言。”

“一点都没有。”我摸着她的手，她转过头来看着我，“我知道他可以表现得多有魅力。我和他结过婚，还记得吗？”

“是啊，你当时怎么想的？”她看了我一眼。

“我想，也许这桩婚姻可以赐给我一个优秀的女儿。”我笑着说。

她看着窗外，手里摆弄着她的手机，“明天我们要做什么？我不想整天无所事事，胆战心惊的。”

“不如我们去参观一些艺术画廊？”

“好，也许我们可以去市中心转转。”

“当然可以，你想干什么都行。”

队伍最前面那辆车的停车指示灯开始闪烁，我们终于要上船了。我们在车辆甲板上等渡轮驶离码头，然后才穿过大大小小的车辆，绕到船的侧面。我们把头从宽敞的窗户伸出去，咸咸的海风吹乱了我们的头发。港口的霓虹灯逐渐化作微小的光点，最终隐没在黑夜里。

白天的压力再加上一路舟车劳顿，到达珍妮家的时候我和苏菲已是筋疲力尽。我们下渡轮的时候，接到了克里斯打来的电话——我早些时候给他留过言，但他一直在工作，很晚才看到。他女朋友说他最近在拼命加班，想在宝宝诞生之前多存点儿钱。当我告诉他格雷格受伤的事时，我不得不把电话从耳边挪开，他咒骂个不停。过了一会儿，他终于平静下来，说道：“跟我们住在一起吧。”

“那样一来玛蒂负担太重了。你要专心照顾好你的家人。”

“你就是我的家人，笨蛋。”

“我会在温哥华好好的。我保证。”

“最好如此。”

他的话听上去不太吉利，但我知道他不是在威胁我。我很高兴，如今克里斯的生活中多了玛蒂和即将出生的宝宝，不然我会担心他去找安德鲁理论。在排队上船前，我给大多数客户都打了个电话，解释说因为有紧急情况，我重新安排了工作时间表，瑞秋将会接替我的工作。

自从那天早上尴尬地道别后，我一直不知道该如何看待我和马库斯之间的关系。于是，我给他发了一条短信：“必须离开城镇，稍后再打电话和你解释。”

他回复道：“一切都好？”

“算不上，但我们没事。我会尽快联系你。”

苏菲去睡觉了，即便睡觉手机也不离手。珍妮和我熬到很晚，我们边喝葡萄酒边聊天，安格斯和我们做伴。我们换上一身便服——我穿着紧身裤和宽松的毛衣，她穿着瑜伽裤和一件印着合十礼[①]的T恤衫。她一直在教人练瑜伽，她的手臂强健，动作像芭蕾舞者般轻盈。如果不是因为避难而来，我应该会觉得与朋友在一起的时光很是惬意。几杯酒下肚，我觉得脸上热热的。珍妮脸上也泛出一抹红晕，眼睛变得更加明亮，嗓门也更大了。我们的话题也从严肃的谈话变成粗俗的笑话，还不忘调侃一下我们的爱情。她一边尝试着把火绒点着，一边给我示范正确的手势。我帮她挑选了几张能放在简历上的新照片。到了后半夜，她催促我上床休息。

“明天这里肯定还是一片狼藉，你需要养精蓄锐。”她说，

① 合十礼，又称“合掌礼”，原是印度古国的文化礼仪之一，后为各国佛教徒沿用为日常普通礼节。行礼时，双掌合于胸前，十指并拢，以示虔诚和尊敬。——译者注

“我会提前做好早餐，你都开始往皮包骨那个趋势发展了。”

“啧啧。非常感谢。”

她冲我眨了眨眼，“我还是会呵斥你的。”

我笑了，“世道可真艰难，哈？”

她的表情严肃起来：“我很抱歉，他又让你经历了一次之前的痛苦。”

我靠过去，给了她一个拥抱，“谢谢你。”

早上六点，我就醒了，在床上辗转反侧了一个小时，最后还是决定起床去煮咖啡。我倒了一杯咖啡，过了一会儿又加了两大汤匙的糖。我需要补充能量。我的眼睛浮肿，我知道我现在看起来一定很是憔悴。苏菲还在睡觉，但珍妮大概很快就会风风火火地冲出房间，自告奋勇要给我做一份菠菜能量沙冰，或是亚麻籽煎饼，又或是其他可以给我补充能量的食物。我浏览着脸书上的新闻推送，漫不经心地看名人八卦。

这时，马库斯突然发来一条信息：“方便的时候给我打个电话，我担心你！”

“你醒了？”

“对！”

我又倒了一杯咖啡，然后拨通了他的号码。他立刻接了起来，“你没事吧？”

“没事，抱歉昨晚没有给你打电话，”我说，“我太累了。”

“发生了什么事？”

“格雷格铲车道的时候被一辆卡车撞了。他没有看清楚肇事者，但我认为是安德鲁干的。”

"哦，该死。他受伤了吗？"

"他有些轻微脑震荡，然后缝了几针，但是没什么大碍。"我希望事实如我所言。我昨晚发短信给他，告诉他我们安全抵达了温哥华，还询问他的情况，可他没有回复。

"你在哪儿？"

"在温哥华。我们要和珍妮住一段时间，直到警察因为给安格斯下药的事正式逮捕安德鲁。他们还在调查他的通话记录，看他有没有在格雷格家附近出现过。"

"他们还没有逮捕他？"他听起来和我一样震惊。

"他们必须先找他问话，检查他的卡车。"我瞥了一眼时钟，"我马上要给达娜打个电话，她是负责这个案子的警察。"

"苏菲能接受这一切吗？"

"她情绪有些激动，似乎心里很愧疚，可我才是那个让她失望的人，是我把她带到了格雷格家里，这本来已经让她很难接受了，然后我又和格雷格分手了，现在又带她逃到了温哥华——远离她最好的朋友和男朋友。可怜的孩子，经历了这么多坎坷，我到底该怎么办？"

"哇。发生了这么多事。你和格雷格怎么回事？"

"我们意识到我们之间没有未来，所以再勉强相处下去也没有意义。"我以为他会说，他早知道会有这么一天，但他什么都没有说。

两个人沉默了几秒钟，我努力克制住想要打破冷场的冲动。

"这是一个很大的改变，"他最后说，"你没事吧？"

"是的。"我扫视了一圈珍妮整洁的厨房，却忽然很想念自己的家，怀念以前的生活，心口猛地抽痛了一下。平时起床后，我会开车去马库斯家和他一起训练，然后逗留片刻，和他一起喝点咖啡。我有些失落，今天见不到他了。不知何时，我已经渐渐依赖上了这种生活：和他一起锻炼，感受体内飙高的内啡肽带来的愉悦，然后坐下来和他深入地聊聊生活，哪怕只是哈哈大笑。

“我今天不能和你一起锻炼了，”我说，“你会想我吗？”我假装在开玩笑，想要缓解一下现实的压力和残酷，但也许我心里也有几分好奇——他会想我吗？

“肯定不是你理解的那种想念。我折磨你的时候，时间过得更快一些。”他的语气友好，带着几分调侃，和平时无异。

“也许我一会儿会做几个俯卧撑，让珍妮在一旁吼我。”

他放声大笑。我把耳朵凑近电话听筒，被他的笑声迷住。他的声音似乎和以往有所不同，更加轻快。我不确定是什么带来了这种变化。

接着，我又想到了安德鲁。他很可能知道我会去马库斯家里。我们聊天、喝咖啡的时候，他甚至有可能就在窗户外头偷偷观察我们。我的内心又燃起一团怒火，恨他就这样闯入了我的生活中。“你今天小心一些，”我说，“他可能在找我。”

“我倒是希望他在这里露面，我还想和他聊聊。”

“拜托你不要做什么疯狂的事情。如果你看到他，就报警，好吗？”

他沉默片刻，然后说道：“好吧。你如果了解了事情的经过，就立刻给我打电话。如果你需要从你家里取什么东西，我可以坐渡轮给你送过去。”

“我真的很感激。”

“注意安全，好吗？”

“我一直都很注意。”我们又陷入了沉默。我想象他正站在厨房里，或者坐在床边，眺望着窗外的大海。不知道他早上穿的是什么，是我见过的那件挂在他家浴室门上的黑色长袍吗，还是拳击手穿的短裤？

“我要挂电话了，”我说，“很高兴听到你的声音。”我的声音比我想象中还要温柔和富有感染力。他还没有回答，我就挂断了电话。

我又拨通了帕克警官的电话，她告诉我昨天晚上她找安德鲁谈了话。

“他一直非常配合，坚持说这件事不是他干的。”她说，“我还是建议提出指控，今天晚些时候我们就会逮捕他，但是我必须提醒你的是，如果皇家法庭觉得我们没有充分的证据立案，他将在二十四小时内被释放。”

“电话记录呢？”

“没有显示他早上在格雷格家附近出现过。但他承认昨天晚上他从咖啡店一直跟踪苏菲到了格雷格家，这没有违反协议，因为格雷格的地址不受和平保障令的保护，他只是不能接近你的住所。”

“他为什么要跟踪苏菲？他要找的人是我。”

“他说他不知道你住在格雷格家里。他觉得有人在跟踪你和苏菲，想确保没有人在跟踪她。”

“这是我听过最可笑的事情。你不相信他说的话，对吗？”

“这得看我们能提供什么证据，现在我们没有证据证明他用卡车撞了格雷格。车上没有留下任何印记、压痕，甚至连划痕都没有。这件事有可能是其他对格雷格怀恨在心的人干的。他和我提过最近遇上些麻烦，但我不方便和你细说。”

“麻烦？他从来没有……”我这才想起，他被袭击当天接到过一个电话。他还开玩笑说需要借点儿钱。也许，他的生活中确实遇上了什么我不清楚的麻烦。我有些难过，他竟然没有和我说过这件事，不过话说回来，我最近也确实没有主动倾听他的心事。“不要紧，”我说，“我知道这是安德鲁干的。”

“我的直觉也告诉我，这事是安德鲁干的，但皇家法庭的法官不会听信直觉。”

“难道我后半辈子就要一直东躲西藏地生活。”

我听见她深吸了一口气，然后又吐了一口气，“我会密切留意他的一举一动。我向你保证，琳赛。”

“谢谢你，我很感激。”我朝走廊方向看了一眼，听见珍妮的卧室里有走动的声响，苏菲很快会醒来，“我得挂了。”

她安静了几秒钟，说道：“小心点。”

“我会的。”

挂掉电话，我低头盯着桌上的咖啡，只见咖啡表面浮着一只果蝇，大概已经被淹死了。它小小的身体打着漩儿，我用指尖轻轻地戳了戳，它就又漂远了。

第二十八章

苏菲

笔记本屏幕上杰瑞德的脸变成了一团模糊的阴影，时有时无；有片刻的时间，他的笑容凝固住了，声音就像是外国电影里延迟的配音。我最先看清楚的是他卧室的墙壁，然后是他身体的其他部分。他凑近屏幕，黑色的眼珠距离屏幕只有几厘米左右，仿佛伸出手就能触摸到他宽厚的下嘴唇。我有种冲动，想要把嘴唇压在他的嘴唇上面，就像小时候亲吻海报上的那个少年电影明星那样。我瞥了一眼屏幕最下方角落里的视频缩略图，把头偏成恰到好处的角度，让发型呈现出最佳状态，微微露出锁骨和乳沟。

"你在哪里？"他说。

"我在一间客房里，卧室布置得挺好的。"房间的配色清新，墙壁是柔和的土耳其玉色，白色的床单上点缀着鲜嫩的深色枝丫，上方是一抹碧蓝色的天空。早上醒来的时候，我感觉自己仿佛置身于夏日清凉的蓝色海水里，这时，我听到妈妈在厨房里说话，恍然间才想起我们此时还在逃难，前一刻的悠然自得顿时烟消云散。

"你为什么要把声音压得这么低？"他不解地问道。

"我不希望我妈妈听到。"好吧，我承认，我和她说杰瑞德不知道我们要去哪里，我其实撒了谎，有几分善意的谎言。他只是不知道我们确切的地址，我也想不出有什么理由要对他有所隐瞒，他又不会去向我爸爸告密。

他凑近屏幕，“今天没在学校见到你，真是糟糕。”

“我也希望我在学校。我和妈妈开车去参观了几家美术馆。”在温哥华的道路上驾驶的时候，妈妈的表情很紧张，笑容勉强，尽管她刻意保持着笑容——就好像我不知道她不开心似的。她坚持去星巴克消费，可通常情况下，她会抱怨那里的商品价格有多么昂贵，所以我有预感我们又要坐下来“好好聊聊”了。我点了一杯薄荷茶，我胃里已经容纳不下其他的食物了。

“你爸爸怎么样了？”

“他今天被捕了。听妈妈的口气，她似乎是在暗示他以后不会再骚扰我们，但是我看得出来，连她都不相信自己说的那一套。”她说话的时候，喝咖啡的频率真是前所未见，她还把装糖的包装撕成了无数片花花绿绿的纸屑，脸上仍然挂着安抚人心的笑，但因为我之前好几次都见她露出过这样的笑容，所以我没感到有丝毫安慰。

“那你什么时候回家？”

“我不知道。我觉得她一直在担心我爸爸会洗脱罪名，她可能是想让我们在这里住下。珍妮家有几间多余的卧室，反正我们家的房子也不在妈妈的名下。”

“你妈妈的生意怎么办？”他深色的眼眸里闪过一抹忧虑，身体离屏幕更近了。我从他的语气中听出了担忧，我很高兴，他没有刻意隐藏自己的情绪。如果他表现得满不在乎，那反而会让整件事变得更加难以忍受，如果情况还能更糟的话。

“在我们开始用视频电话之前，我听到她在厨房里和珍妮的对话。珍妮和妈妈说她可以帮她在这座城市里找到许多新客户，而且收入可观。”

“我不想让你搬走。”

他的话语给我的心里带来了一丝希望，呼气间一种美妙的感觉将我紧紧包围，我感觉幸福而又温暖。“我也不想搬走，可是九月份我们就要去上大学了。”我们两个都已经被温哥华的英属哥伦比亚大学录取了，虽然申请的项目不同，但在同一个校园。

“那也是九个月之后的事了。”

他的语气让我忽然感觉九个月没有自己想象中那么短，而是一段不可思议的漫长时光。

“我不知道该怎么办，”我说，“我不想住在这里。”

“你能和蒂兰妮住在一起吗？”

“我向我妈妈提过，但她实在是太害怕了。”我本来打算装作不经意地随口提一句，“你知道啊，蒂兰妮家有多余的房间……”可是当我看见她脸上的表情，我马上闭上了嘴。

“她认为你爸爸会伤害你吗？”杰瑞德把胳膊肘撑在床上，手臂上的肌肉凸起。我还记得我们亲热时他结实的身体贴在我身上，他比我想象中要强壮得多。

“我没有那么害怕他，但我觉得他会伤害我妈妈。你知道吗，他那天晚上跟踪我们回家了。”

“你没开玩笑吧？我开车在镇上四处绕路。”他当时选择了和以往不同的路线，在附近来来回回兜了好几圈，他开车的时候我也一直从后视镜观察后方，也没有发现安德鲁卡车的车头灯射出的光源。

“我知道。”

“也许我应该去他家里看看他在做什么。”

“哦，我的天哪。不要！不要这样做。”

"好吧，但只要你开口，我就叫他滚蛋。"

我喜欢他保护欲满满的样子，但是那天爸爸在我们身边坐下来的时候，他看起来很害怕。我扫了一眼门口，耳边传来锅碗瓢盆丁零咣啷的响声，还能闻到空气中弥漫的食物香气，一股大蒜和洋葱混合的味道。"我得挂了，晚餐快准备好了。"

"一会儿再视频？我们可以一起看电视。"

我翻了个身，侧躺下，想象此时正躺在他的身旁，"我很想你。"

他也换了个姿势，侧躺下。"我喜欢这样看着你，"他说，"真希望能够到你。"他抬起手，触摸了一下屏幕。

"我也想。"我附和道。距离让我变得更加大胆，更何况我说的都是真心话。

"真庆幸你之前及时喊停。那的确不是恰当的时机。我想让你感觉舒服并且踏实，这样你就能明白我是认真的。"

我的心跳又漏了一拍，"你是认真的吗？"

"对我来说是这样的。我希望你可以尽快回到山茱萸海湾镇，这周末我要办一场派对，我不敢相信你竟然不会到场。"

我翻了个身，趴在床上，"派对？什么派对？"

"我爸妈说我可以邀请几个朋友来家里玩，和以前的派对差不多。"

"听着很有意思。"

"你要是能来参加，你会觉得更有意思的。"这时，他的手机响了起来，他拿起电话笑着看了看新接收的短信，然后立刻开始回复。他的举动让我有些惊讶，我们聊天的时候他通常都不会看手机，除非对方是我，否则他从来不会如此迅速地回复。

"是谁发的？"

等短信彻底发出去后，他才回过头来，看着我说：“就泰勒呗。”

泰勒。不就是他去年一年经常约会的那个金发美女？他和她提了分手，因为他觉得她的举止太过轻浮了。泰勒在学校很受欢迎，身材健美，总是穿着时髦的衣服，人看起来似乎也不错。我还记得他们约会的时候，两个人走在一起就是天生一对。

“你还和她说话呀？”

“偶尔吧。”他耸耸肩，“她和她父母吵架了，问我能不能陪她出去喝杯咖啡。”

“你是怎么回复的？”

“我和她说我很忙。”

这么说，他并没有提起我的名字。她知道他有女朋友吗？我所有的快乐开始一点点蒸发。“她会参加你的派对吗？”

“我不知道，也许吧。”他冲我做了一个鬼脸，“怎么了？”

“没什么。只是，我没时间玩感情游戏。”我的眼睛发酸，脸颊滚烫，我知道这时我的样子看起来一定很沮丧，“也许你应该和泰勒去喝咖啡，她显然对你还余情未了。我的生活中发生了太多事情，我甚至都不能参加你的聚会。”聊天突然偏离了掌控，我抑制不住想要逃跑的冲动。

“等等，别说了。我不会邀请她的，好吗？”

“我不是这个意思。”但是我确实是这个意思，这下他没准会觉得我是个爱忌妒的、神经错乱的女孩，但是这些全都不那么要紧了，我的真实生活早已乱成了一锅粥，况且现在他已经生气了，脸上露出一种我从来没有见过的表情，整个人看上去成熟了许多。

“是因为你爸爸的事，对吗？”他说，“你被困在温哥华，你觉得我是因为不想应付这件事，所以要甩了你？”

我没有说话。他说中了我的心事，而且听上去十分刺耳，我一点儿也不喜欢。

“我不在乎你住在哪儿，”他接着说道，“你是我唯一喜欢的女孩，我会陪你渡过所有难关，好吗？但是我希望，你爸爸可以离我们远点儿。”

心中纷乱的情绪尘埃落定，我渐渐平静下来，就像冬日的风暴，突然间就停了。他还是懂我的。

“他就像是掌控了你生命中的一切，你知道那种感觉吗？他简直是疯了。”

“我知道。有人应该给他点儿颜色瞧瞧，让他知道什么才是真正的疯狂。”

我不由得蹙起眉头，“你这话是什么意思？”

“这得看你怎么理解疯狂了？”他笑着说，但那笑容却和我之前见过的有些不一样。我不喜欢他这样笑。这时，走廊里传来一阵脚步声。

“我妈妈快过来了，我得挂了。我晚点再登录。”我挂断了视频电话，眼睛注视着电脑屏幕，心脏却咚咚咚地跳个不停。要是他去找我爸爸交涉怎么办？要是他们发生争执怎么办？

我的手指头悬在键盘上方。妈妈的脚步声更近了，终于脚步声停在了门外，“晚饭好了，苏菲。”

“好的，我正写作业呢。”走廊上的脚步声渐渐远去。杰瑞德的头像还亮着，显示他还在线。我想我应该给他拨回去，告诉他不要接近我爸爸。这时，我的手机响了起来。我拿起手机，看了一眼显示屏，上面是一串陌生号码。难道是安德鲁打来的？

我把手机贴在肚皮上，让手机铃声的分贝减弱，好让我的大脑可以思考。我不知道该怎么办。把手机关掉？叫妈妈来？还是和他说话？

我还没来得及想明白，就接起了电话，“你是？”

“我是安德鲁，我们需要聊聊。”

“我和你说过，让我一个人静静。”血液在身体里奔腾，脑袋嗡嗡作响，我仿佛置身于隧道之中，周围的一切都黑黢黢的，围得我透不过气来，轰鸣声不绝于耳。

“苏菲，这件事很要紧。我现在在监狱里。”

“是吗，因为伤害格雷格被抓起来了。”

“我和这件事毫无关系。”

“你总是说这些事都不是你干的，我还是不相信——”

“闭上嘴，消停一会儿。我是在帮你。”

他的话让我不知所措，嘴里的话也噎在了嗓子里。

“你妈妈在和谁约会？她有惹怒过什么人吗？”他问道，“有人盯上了她，顺便想要把我也毁了。你什么时候才能把我的话听进去？”

我盯着那可以让人平静的蓝色墙壁，耳朵里仍在嗡嗡作响。他和我说话的语气，现在听起来再熟悉不过了，以前我也听过他用这种语气和妈妈说话。

“你什么时候才能不再撒谎？”我说，“妈妈说得对。你唯一关心的人就是你自己，现在我的生活都被你搞砸了，就是因为你。我真希望你可以消失。”

“我不会让任何人伤害你的，苏菲。”听见他这么说，我却感觉到前所未有的恐惧，感觉自己就像是站在一条马路中间，一辆大卡车迎面而来。他很生气，但他话里有话，我还听不明白。

他莫名其妙地许下一个诺言，而我却不能理解其中的含义，所以更加恐惧。

我张开嘴，喉头发紧，我竭力发出声音，“我要挂了。”我手指头重重地按了键挂断电话，然后把手机用力扔到了床上。手机在床上一弹，咔嗒一声掉在地板上。

“你还好吗？”走廊里传来妈妈的声音。

“嗯，手机刚才掉地上了。”

“你的晚餐都要凉了。”

“我马上过去。”我打开画板，撕掉了和安德鲁有关的所有画。我手里攥着画纸，悄悄溜进珍妮家的后院，把它们塞进火炉上方的金属格中。我用火柴点燃了素描画的一角，火焰腾的一下跳跃起来，所到之处，尽情吞噬，画纸变得焦黑。就这样，我盯着火焰，看着它把每一张画都燃烧成了灰烬。

随这些画一同远去的，还有我和他之间那些难忘的回忆：我们在河边钓鱼的日子，他租下的那栋能望见海景的新房子，还有他工作靴上的融雪，他的手挨着我的手。一切的一切，都消失了。

第二十九章

琳赛

“你想去喝杯咖啡吗？”我们正在沙滩旁边的公园里散步，珍妮突然问我。每天吃过晚餐，我们都会带安格斯来这里散步。

“还是不喝了，咖啡因会让我更紧张。”今天是我和苏菲离开山茱萸海湾镇的第四天，帕克几个小时前刚给我打过电话，告诉我安德鲁被保释出狱了，除非警方发现更多证据，证明他伤害了格雷格，不然他们会放弃起诉。我需要尽快做决定是否带着苏菲搬家，但是当我拿起电话，拨通房东的号码时，我却动摇了。这一年是苏菲生命中最重要的一年，她应该和她的朋友们一起毕业，纠结毕业舞会的时候要穿什么礼服，而不是把自己的生活搞得支离破碎。

珍妮瞥了我一眼，“你在想什么？”

“我不知道这个噩梦什么时候才能结束。就算等苏菲从家里搬出去了，安德鲁还是能通过她找到我。我该怎么办，我们现在就过着像逃犯一般的生活。”

“我真希望我能告诉你答案。”她用同情的眼光看了我一眼。海风猎猎作响，她停下来，眯起眼睛把吹乱的头发挽到脑后。我们俩个子差不多，等我们再次迈开脚步沿着道路向前走的时候，肩膀撞在了一起。

“我感觉自己就像一只被困在迷宫里的老鼠，四处逃窜，急切地寻找一个出口。虽然我们现在人在温哥华，和你住在一起，可我们的处境依然不安全。他可以轻而易举就雇到一名私家侦探。”

“那你是怎么打算的？”

“我不知道。我是真的不知道。我们是不是应该回家，不要再逃跑了？”

“他不会放过你的。”

这时，我看见安格斯追着一只海鸥，跑进了水中，我赶忙吹了一声口哨，叫它回来。它回到我身边，咧着嘴，露出一脸憨笑，身上湿漉漉的。紧接着它又沿着小路，欢快地跑到我们前面。今天有暴风雪，海面波涛汹涌，海浪猛烈地拍打海岸。岩石表面很滑，附着海藻，老鹰不时在头顶上方盘旋，乘风直上，一会儿在高处翱翔，一会儿又在低处盘旋。

“我一直都在想，要是出事的那天晚上安德鲁死了就好了。”我说，“我厌恶自己竟然有这种想法，他毕竟是我孩子的爸爸。”

“你也是凡夫俗子。我本来想要原谅我的前夫，可当他给孩子灌输一些不好的想法时，我也希望他要是死了就好了。”珍妮的孩子都在上大学，以他们的年纪已经足以看穿他们的爸爸在玩的把戏，但是那个男人还是有办法把他们“吸入”谎言的罗网，让他们在脑海里臆想出母亲的过错，心生怨愤。等他得逞以后，再把他们“吐”出来。

“我曾经想过买支枪，”珍妮说，“有一次，差点儿就买了。”

“真的吗？”我很惊讶，我无法想象她竟然会去买枪，身材娇小的她走进一家贩卖枪支的商店，手啪的一声拍在柜台上，问店员要枪。不过，也许，仔细想一想，我可以想象她在射击场里的模样，坚定的目光瞄准靶心，打出一连串子弹。

“我知道。我本该是那么与世无争的一个人，可你要相信我，有很多个夜晚，那个男人都让我在心里生出过杀念。有时候，我感觉他死了似乎才是我唯一的出路。”

“苏菲给我解释过一种现象，叫作蝴蝶效应——一个不起眼的决定是如何引发了一连串反应，最终影响了全局。她问我有没有后悔过。”

“后悔过吗？”她歪过头，看了我一眼。

我在心里犹豫，要不要向珍妮坦白我和苏菲逃跑的那天晚上我给安德鲁下了药。我知道她会理解我的，说不定还会和我击掌。但一直以来我都保守着这个秘密，以及心里的那份愧疚。

“不重要了，”我说，“我们回不到过去。”

“确实如此。我们只能往前走，也许你应该逃到美国。安德鲁有案底，他是不会被允许进入美国的。”

“苏菲怎么办？我不能把她一个人丢在这里。”

“你认为安德鲁会伤害她吗？”

我想了一会儿，“她小的时候，我担心他会带着她离开，或是带着她酒驾，但是我从来没想过他会故意伤害她。可现在我不确定了。如果他发现自己控制不了她，我不知道他会做出什么事来，你明白吗？”

“我知道，这很可怕，就好像我们的孩子旁边摆着一个定时炸弹，可我们却束手无策。”她表情沮丧，脸因为风吹和愤怒变得通红。她捡起一块石头，用尽全力扔进水里，接着又扔了一块。

我看着她扔了一会儿。我理解她的举动，知道她是在用一些简单的方法来缓解心中的压力，那种陷入困境的感觉。我也捡起一块石头，扔进水中。安格斯追着石头，也跃进了水里。现在，我和珍妮都直起了身体，把手插进口袋里。

“我明天会回山茱萸海湾镇给我雇的那些女孩付工资，我可以要求安德鲁和我见面，让帕克守在外面。我会激怒他，如果他攻击我，他们就必须得逮捕他。”要不是瑞秋几个小时前打来电话询问她的工资，我差点忘记了今天是给她们发工资的日子。

珍妮转过身来，“你疯了吗？他会杀了你的。”

“如果帕克先抓住他的话就不会了。”

“你赌注压得太大了，琳赛——她永远也不会答应你这样做。”

“你说得对，这是一个愚蠢的想法。我只是太绝望了。”

我们继续漫无目的地走着，两个人都陷入了沉思，我们的脚在崎岖不平的沙滩小径上滑来滑去。安格斯一马当先冲到我们前面，项圈发出丁零丁零的响声，它跑了一段路又折回来看我们有没有跟上。

珍妮又停住了脚步，这次，她停下得十分突然，我还以为她差点摔倒，便伸出手去抓住她的胳膊，但她稳稳当当地站在原地，目光直视着我，“不要回去。我有一种不好的预感。”

“姑娘们需要支票，信息都保存在家里的电脑上。我把马库斯叫到家里来，有个照应，行吗？”

“好吧，但我还是不喜欢这个主意。”

我靠近她，给了她一个拥抱。她紧紧地抱着我，冰凉的脸颊贴在我脸上，我能闻到她身上薰衣草乳液的气味。她还在里面添加了鼠尾草和鳄梨，制成了自己专属的化妆品。我告诉她不该把食物抹在脸上。她听了总是哈哈大笑。

“拜托，不要拿自己的生命冒险。”我们分开的时候，她对我说，“我不想再抚养一个女儿，我的孩子已经够麻烦的了。”她的嘴角上扬，露出一个笑容，但眼神里却有恐惧。

“我不会的。”我试着让自己的声音充满自信，脑袋里却充斥着那段可怕的记忆：安德鲁的手紧紧地掐着我的喉咙，表情扭曲，看起来就像在冷笑。

苏菲正在她的卧室里和蒂兰妮视频，蒂兰妮在帮她完成作业。她没有提起过杰瑞德，但是她的手机总是响个不停，不断提示有新的信息进来。昨天晚饭后，她就急急忙忙地回到房间去视频。

“进来吧。”我轻轻地敲了敲她的卧室门，她喊了一声。她正坐在窗边的椅子上，望着窗外。我坐在她脚边，顺着她的目光向外望去，远处月色在海面浮动。今天晚上的天空格外澄澈，缀满了星星。安德鲁以前经常会给苏菲描绘各种星座的形状，想到这里，我的呼吸在喉咙里顿了一下。

“你在干什么？”我问她。她的膝盖上放着一个画板，但纸上一片空白。她的笔记本和活页夹扔在床上。笔记本电脑是开机状态，但屏幕是黑的。

“在思考。”她伸直双腿，和我的双腿并排放着。她小时候，我们经常像这样坐在沙发上，头枕在枕头的两端，双腿纠缠在一起。我们一起看书、看电影，很开心能互相陪伴。“我想我们的家了。”她说。

“有件事我想跟你说。”

她眯起眼睛，“你每次一用这个口气说话，我就知道没什么好事。”

“没什么不好的事情发生。我只是得回家待一天，给姑娘们付工资。”

她兴奋起来，“你要去山茱萸海湾镇？我也想去。”

“你应该待在这里。”

“想都别想。我想见杰瑞德和蒂兰妮，还要从家里拿几件衣服。”她扯着她的紫色毛衣，“我都厌烦每天穿同样的衣服了。”

“你可以给我列一张清单，我只是觉得你回去不安全。”

她探过身来，“妈妈，如果你不带我去，那我就自己坐公交车回去。”她的态度看起来很坚决，这让我突然想起她小时候的一件事。有一天，我发现她在收拾行李，她告诉我她想去见见她崇拜的加拿大艺术家艾米丽·卡尔①。我只好小心翼翼地告诉她，这位艺术家很多年前已经去世了，但她坚持要去温哥华岛上她的陵墓前祭拜，给她送花。她给出的理由是：“就算是死人也喜欢漂亮的东西吧。”

她伸出手，握住我的手，“妈妈，我很担心你，我想和你在一起。”

我仔细想想，想象她一个人在珍妮家里为我担心、坐立难安的模样。“好吧。但是我们就只是今天回去，好吧？”

她早已拿起了笔记本电脑，“我这就告诉杰瑞德。”她拨通了视频通话，铃声响起。他很快就会上线。

我站起来，“我们得搭早班渡轮回去。”

“没问题。”她笑着说，对要回去的消息很是兴奋。我在门口站了一会儿，看见杰瑞德接起她的视频电话的时候她喜笑颜开

① 艾米丽·卡尔（1871—1945），是一位加拿大画家、作家，是加拿大最早使用现代主义和后印象派画风的画家之一。她早期的绘画主题多为描绘太平洋西北海岸的原住民，后来转向自然风景，尤以森林景象为主。——译者注

的神态。

“嗨，宝贝，”他说，“你收到我的短信了吗？你没有回复。”

“抱歉，我刚才在和我妈妈说话。”她抬头看着我，显然是想让我离开。我带上门，试着忽略胃部的不适感。我不喜欢他刚才询问她为什么没回短信时的口气，这让我想起我和安德鲁在一起时的生活片段。我提醒自己，她和我的情况不一样。苏菲不是我，杰瑞德也不是安德鲁。

我们乘坐第一班渡轮回去，两人都昏昏沉沉地拿着手里的咖啡。苏菲的手机每隔五分钟就会振动一下，提示有新消息进来。我假装在看一本书，心中却在感叹她小的时候我们的相处是多么简单，她会和我分享她所有的秘密，那时候我就是她最知心的朋友。而现在，她对于我来说就像是一个谜，她与杰瑞德的关系对我来说更是一片未知的领域。

我们把车驶进车道，轮胎碾过雪地，发出嘎吱嘎吱的声响，这时我看见马库斯就在门廊前的台阶上等我们。积雪大多已经被铲起，堆在车道两边，他甚至还清理了门前台阶上的积雪。他冲我们挥挥手，向我们停车的方向走来，绅士地替我打开车门。

我下了车，“谢谢你帮我们清理车道。”

“我早来了一会儿。”

“你到得一定很早。”

他耸耸肩，“我喜欢锻炼身体。”

苏菲走到最前面，双手深深地插进兜里，“嗨，马库斯。”

“苏菲。”他迅速给了她一个拥抱，我看得出来，她放松下来，把手从口袋里拿了出来。他今天能来这里，我很感激。

安格斯跳出车外，跑过来向马库斯打招呼，然后满院子地乱窜，一会儿把鼻子埋在雪地里，一会儿又腾空跃起，逗得苏菲笑个不停。

在她饶有兴致地看着安格斯玩耍时，我在院子周围检查有没有靴子留下的脚印，可是下了一整夜的雪，所有痕迹都被新的积雪隐藏起来。

我们走上门前的台阶，马库斯说："我检查过你家外接的水龙头，确认它关上了。这一周天气都会很冷。"

我走的时候只是调低了房间里的温度，但刚打开门，还是感觉一股冷风夹杂着寒气迎面扑来，还有一种我辨别不了的气味，好像是什么腐烂后的味道。马库斯看着我。

"你闻到了吗？"他先问道。

"我一定是把垃圾忘在水槽下面了。"我打开警报装置的控制面板。安格斯一头冲进门厅里，当发现它心爱的玩具球滚到了一角，它就在我们脚边焦急地绕来绕去，狂吠个不停。苏菲与我擦身而过，先向屋里走去。

警报装置上的红灯没有闪。我停下脚步，手指僵在按键上方。

"有什么不对劲儿，警报装置关了。"安格斯追着苏菲跑进屋里，用爪子在地板上乱扒。几秒钟后，它吠了一声，我顿时觉得天旋地转。我从来没有听它发出这样的叫声——那低沉而又狂乱的声音在我的胸腔产生共振。这时，我听到了苏菲的尖叫。

我扔下包和钥匙，循着她的声音向她狂奔而去，马库斯紧随其后。我们看见苏菲的时候，她正靠在墙上，嘴里仍在尖叫，断断续续地说着什么，我听不明白她在说什么。在昏暗的走廊里，她面色惊慌，脸色煞白。安格斯汪汪地叫个不停，不知在绕着什么东西转圈。那股腐败的气味更加浓烈了，让人不由得心慌意乱。

我按下旁边的开关，刹那间走廊里灯火通明，这时，我看见了安德鲁。

第三十章

琳赛

我认得警局的这个房间。仿木制的桌子，浅绿色的水泥墙——和医院的墙壁颜色一样。在这种颜色的房间里，就从来没有好事发生。我还记得，填写和平保障令材料的时候，我和帕克警官就坐在这间屋子里，我感觉就好像回到了几个月前。

苏菲和马库斯在其他房间做笔录。我不愿意苏菲一个人经历这个过程，又是恳求警察，又是和他们争辩，想要陪在她身边，但他们坚持要单独和她沟通。我脑海里不断回荡着她发现安德鲁时的尖叫声，眼前不时闪现那双目光凄楚的眼睛。她没有跪下，也没有触碰他的身体，她就那样身体僵硬地站在走廊里，一动不动地盯着那具身体，手捂着嘴巴。我把她紧紧地搂在怀里，真希望自己可以阻止眼前这一幕出现在她面前。

他头部的血液凝固了，有一部分渗进了橡木地板里，留下黑色的斑斑血迹。他伸着一只胳膊，似乎是要取什么东西，手上的皮肤惨白惨白的，就像是万圣节的道具。他的右腿弯曲成一个怪异的角度——不知道是不是断了。我想要走过去，把他的腿拽直，但我最终什么也没有做，只是闭上眼睛，把苏菲搂得更紧了。

马库斯拨通了911报警电话，警察很快就赶到了。他们在现场侦查时，我们就站在门外，冻得瑟瑟发抖，可是没有人开口说话。

马库斯时不时地伸过手来握住我的手，或是用胳膊搂着苏菲的肩膀。安格斯坐在苏菲旁边，呜呜地低声叫着。

在去警局的路上，苏菲一直盯着窗外，面无表情。她的身体在颤抖，她还没有从震惊中回过神来，我希望，她只是在恐惧中蜷缩得稍微久了一点。我还记得我父母去世的时候，我感觉周围的一切似乎都变得虚幻起来，直到有一天，事情才开始变得格外真实。我必须要带她回家，在她崩溃的时候陪在她身边。

“你没事吧？”帕克问我。她今天穿了一件淡蓝色的衬衫，搭配一条修身的黑色铅笔裙和高跟鞋，但这身装扮丝毫没有减弱她的气场。

“嗯，我想是的。这里很冷。”我搓了搓胳膊。等我把苏菲带回家，安顿下来，我一定要洗个热水澡，或者喝一杯朗姆酒，又或是二者兼而有之，但紧接着我就意识到我们如今已是无家可归了。我们谁也不能再在那里过夜了，而且很可能几天之内，也许是几周之内，我们都不能回家去取要用的东西了，因为这期间警察要在房子里取证调查。想到这里，我的胃就一阵抽搐。我们该去哪里过夜呢？

“你很震惊。”她刚才就问我喝咖啡还是喝茶，我拒绝了，我不知道我的胃能不能承受得住。

“我不知道他在那里干什么。”我摇摇头，仍然在努力消化发生的所有这一切。我想她说得没错，我也很震惊。他怎么会死呢？我的脑海里突然闪现出熟悉的画面：二十七岁的安德鲁站在我的收银机旁，笑容灿烂，金色的头发点亮了我的整个世界。“我不敢相信他竟然从楼梯上摔下来了，不知道他在那里躺了有多长时间……”一个可怕的念头在我的脑海里迅速闪过，他摔下来以后会不会没有立刻死去？

“你不是说要开车到房子附近转转？”我说，“你有看到什么吗？”

“我还没来得及去——一整个星期我都在两班倒。”她的目光躲闪，飞快地看了一眼房间里的一个角落。我心想，那里是不是安装了摄像头之类的东西。她之前提起过，我们的对话可能会被录音。也许，她之前不该主动提出去我家附近转转。

“你说你进入房间后发现警报器关闭了。除了你，还有谁知道密码吗？”

我努力把注意力集中到这个问题上，可她的声音听上去很微弱，像是从遥远的地方传过来的。我惊讶地发现，自己的胸口因为难过而抽痛着，心中升起一股冲动，想要把头埋在桌子上放声大哭。我为什么会在意？我不应该在意，他伤害了我。可我也曾爱过他。天哪，我以前是那么爱他。

“琳赛？你没事吧？”

“抱歉。你说什么？”

“密码？”

“对。只有我、苏菲和我弟弟知道。”

“那……”她低头看着笔记本，“格雷格知道吗？”

“我从来没有告诉过他家里的密码。”

“他有没有见过你设置警报器？”

我犹豫了，我还记得我们每次约会完回到家里，他总是站在我身旁，等我在门厅里关掉警报器……突然，我明白过来，她为什么要这么问。

“你认为是格雷格对安德鲁做了什么？这太荒谬了。”虽然格雷格看起来是一副硬汉的模样，但他是我认识的人中最没有暴力倾向的了。他是那种看到打架会调停，而不是主动与人挑起冲突的性格。

“法医仍在案发现场取证分析，然后他们会对尸体进行尸检，但目前我们把他的死亡认定为可疑案件。你最后一次和格雷格说话是什么时候？”

取证。尸检。可疑。我想把这些词语写下来，盯着它们好好看看，这绝不可能是真的。她揣摩着我的表情，她到底在寻找什么线索？

我想起苏菲，她正在另一个房间里，被一些素未谋面的警察用这些残忍的问题折磨着。她在哭吗？她在找我吗？我必须赶紧做完笔录，在我还没有被怒气冲昏头脑前带她离开这个鬼地方。

“格雷格和我分手了。”

“你弟弟以前对安德鲁的态度如何？”以前？问题用了过去式，我再次怔住，想起安德鲁已经过世的事实。他在我的生命中存在了将近二十年。无论好坏，他总是在那里，存在于我的头脑中、记忆里，还有我女儿的心里。

“他们不说话。”

“他一定很难过吧，看到安德鲁这样对待你和苏菲。”

我们的视线相对，我感到一丝不安。“我想，所有的弟弟都是一样的心情吧。他有女朋友，她怀孕了，他们生活得很幸福。”我漫无边际地说着，把她没有问的也通通抖搂出来，可我就是停不下来。希望克里斯几年前没有私下里和他的朋友们说过早该把安德鲁除掉的话，给人留下话柄可就糟了。我记得我告诉他格雷格被卡车撞了时，他就很生气。我心里的不安，也从涓涓细流变成了一条河。

“那你觉得安德鲁是怎么死的？”

“他闯进我家，想要弄清楚我去了哪里——他可能又去查看我的邮件了。然后，他可能被什么东西绊倒了。楼梯顶层总是零零落落地堆着安格斯的假骨头和玩具，安格斯喜欢把它们像礼物一样堆在我的卧室外面。”我现在感觉更加自信了，确信我的判断是正确的。她听了我的解释，就会发现事实就是这样，就不会再问我荒谬的问题了。

“我家警报装置的密码就是我的离婚日期，他可能已经猜到了。”我停下来思考了一会儿，“他在工地工作，也许他知道如何拆卸警报装置。”

“苏菲在房子里和他见过面吗，或是给过他密码吗？”

“天哪，不可能。”这时，我想起了杰瑞德，苏菲有没有告诉过他密码呢，或者他有没有见过苏菲输入密码呢。话就在嘴边，但我还是咽下去了。这种猜想太不可靠了。

“你的朋友可以证实你一周都在温哥华吗？”

“你认为这件事与我有关？”我感觉难以置信，虽然我想起之前和珍妮的对话时，心中还是会充满罪恶感，脸颊也烫了起来。

她心平气和地看着我，“你很生他的气。”

“我当然很生气，但我没有杀死他。”

“苏菲一直和你在一起吗？”

“我不能相信你竟然会问这些问题。”恐慌像尖尖的牙齿深深地扎进了我的脖颈。苏菲现在正独自接受警察的询问，我应该给她找一名律师吗？

“我知道我这么问让你很心烦，但是如果我不问清楚，就没办法开展工作。”她的身体向前倾，“我们只是需要排除你俩的嫌疑，知道吗？这会帮助我们弄清楚应该把工作重心放在哪里。”

她说的可能是事实，但我仍然怨恨她，虽然她看起来确实很同情我们。也许，这不过是她的一种巧妙的策略，让我以为她站在我这边，因此卸下心理防备。给苏菲录笔录的那位警察会不会曲解苏菲说的话呢？如果她告诉他们，她爸爸让她感觉非常愤怒怎么办？

“苏菲有时候独自在珍妮的家里待几个小时，但是仅此而已，她没有任何办法可以回到岛上。今天早上我们回来，只是因为我必须给员工发工资——她们还在等我。”我坐回座位上，整个人疲惫不堪，眼泪就快要决堤，“我一小时前就应该去见我雇的一个女孩了。”

“等警察们勘查完犯罪现场，把他的尸体也移出去了，你就可以回去拿东西了。会有人陪你们一起去，因为那里目前还是刚发现的案发现场。”

“我想见苏菲。如果你们再不放人，我就起诉你们。”其实，我丝毫没有头绪该起诉他们什么，但是威胁人的感觉很不错。我迎上她的目光，第一次发现她看上去真的很疲倦：她的皮肤苍白，眼睛下方挂着浮肿的黑眼圈。她刚才说，她整个星期都在两班倒，但是今天她还是来了。他们让她过来，是不是就是为了让她盘问我，因为一直以来都是她在负责我的案子？也许他们觉得我会更信任她吧。但他们打错如意算盘了。

“我去看看他们结束没有。”她站起来，手撑在椅子上，“我很抱歉，事情变成这样。我真心希望他能不再打搅你的生活。”

她的话犹如当头棒喝，我抬起头看着她，下一秒，怒气就冲昏了我的头脑。

“你希望他能不再打搅我的生活？你知道这永远都不可能发生。你说过你会留意他的举动，你本应该去我家附近看看的，这样没准他现在还活着。”

我们四目相对，她的脸红了，我这才意识到我刚刚说了些什么。我把责任归咎于她，我不知道自己为什么这么做，我只知道我不想让安德鲁死去，这可能是我的所有想法中最可怕的一个。我还记得事故发生的那天晚上，我手里拿着药片，然后接到弟弟打来的电话。昏昏沉沉间，我不由得舒了口气，冒出的第一个想法竟然是安德鲁还活着。我从来没有和任何人承认过这个想法，甚至连我自己都不知道。

她的脸色一变，表情严肃起来，露出了警察的那一面。“不管安德鲁发生了什么事，”她说，“他都是咎由自取。请记住这一点。”

门在她身后关上，我在空荡荡的审讯室里思考她刚才说的话。我知道她说得没错，但我从来没有听她这样说过，仿佛这是个私密的话题。我仍然不明白，为什么她不开车去我家附近巡视一下呢——她之前时不时就会这样做。但是事情发展到这个地步，她去不去又有什么关系？她就算去了，可能也不会发现他就藏在屋里。

他是咎由自取。

“为什么他们还没有结案？”我向马库斯询问，“已经过去一周了。我觉得他们知道什么，没有告诉我。”我们坐在泥嘴峰角落里的一张桌子旁，花了一整天的时间浏览租房信息，给我和苏菲寻找一个新家。

咖啡厅里拥挤不堪，人们有的围坐在餐桌旁，有的挤在皮质沙发椅上上网或是玩平板电脑，说话的时候会把头凑得很近。平时，我很喜欢闻烤咖啡豆和现烤食物的香气，但是今天我觉得空气里飘着一股甜腻的味道，很倒胃口。

“我昨天开车路过你家，看到房子前面还围着用来保护犯罪现场的封条。”他说，“还要过些时候，警察必须等尸检结果出来，再事无巨细地分析，验尸官必须做出最终的裁决，但这也只不过是走程序而已。”

“我想开始过新的生活。”其实，最主要的原因是，我不想再在半夜惊醒，想起安德鲁。我想继续生他的气，对他保持愤怒，可我现在却日复一日地被我们刚在一起时的回忆缠住，满脑子都是那个曾经含情脉脉的男人。我会不自觉地想起，苏菲还是个婴儿的时候，他对她有多温柔。但我还是可以再次抓住差点溜走的愤怒的尾巴，尤其是当我看到苏菲在房间里游荡，悲伤像香水一样从她身上散发出来。他怎么能这么做？他又一次把她的心伤得支离破碎，我都不知道怎么做才能让她振作起来。

马库斯的手伸过来，握住我的手，“我知道这很令人沮丧，但很快就会结束的，我保证。然后，你和苏菲就可以慢慢复原。”他的手掌很温暖，指尖搭在我的脉搏上。不知道他有没有感觉到我的脉搏突突突地跳个不停，可在他碰触的那一瞬间，它突然平静下来。

“谢谢你让我们住在你家里。”

“这有什么，不要急着签署任何租赁协议，你们需要在我这儿住多久都可以。租房的时机很关键。”

“事实不就是这样吗？”两个人的目光相遇。我们坐在这里，手牵着手，但我不知道这是什么意思，不知道这代表什么，我也不知道我希望它代表什么，我只是感到一种莫名的慰藉。

他又握了握我的手，伸手去拿他的咖啡杯，然后抿了一小口，“你觉得苏菲在做什么？她看起来很安静。”

“我知道。”不知为何，我觉得她的情况比他注意到的更加糟糕，“她唯一愿意倾诉的人是杰瑞德。他们一刻不停地发着短信。今天早上，我送苏菲去上学的时候，看见他在学校门口等她。”我停顿了一下，回想起那一刻的画面：他接过她身上的背包，甩到了自己肩膀上，然后用胳膊搂住她的腰，把她拉进怀里。“我应该感到欣慰，她的生活中还有一个人可以支持她，而且他似乎对她很好，但是早上他搂着她的样子，让人觉得很有保护欲。”

“这是件坏事吗？”

“也许不能说是保护欲，更像是占有欲，你懂我的意思吗？”

“嗯。我明白你为什么会感觉不安了。”

我一边握住杯子的手柄，一边梳理思绪，“可能我太偏执了，担心她会像我之前一样陷入一段危险的关系里，就像我和安德鲁的关系。又或是，我因为担心她不知如何面对安德鲁的死，反而把注意力过度放在这件事上。”

“分析得很到位，”他说，“不过有时候人的直觉也很准，可能它是想要告诉你一些事情。”

我抬起头，看着他的眼睛，“杰瑞德总是会目送我开车离开。他没有看学校，没有看其他孩子，甚至没有看苏菲，但他却盯着我看。”

马库斯皱起了眉头，“这听起来可不妙。”

“他对我直呼其名，他身上还散发着一种……我描述不出来，似乎有些太过自信，近似于傲慢。”

“你说过他的父母很富有，对吧？他们工作很忙吗？”

“他爸爸一定很忙。他们总是丢下他一个人。”

“可能他大部分时间都被当成一个成年人来对待吧。”

“也许吧，我只是不喜欢他掌控了苏菲的生活。她也不怎么和蒂兰妮出去玩儿了，她的世界里全部都是杰瑞德。”

“我认为这对一个十几岁的女孩儿来说很正常。凯蒂高中时期交过几个男朋友，她对他们很迷恋。”

“可是，她遇见……那个人的时候，有所不同吗？”马库斯从未和我提起过杀害她女儿的凶手的名字。他不会把它大声说出口的。

他凝视着他的咖啡，做出一副沉思状，“我真希望，我可以说我留意到了有什么异常，但是自打她搬出去上大学以后，我们就没怎么说过话。我忙着练习拳击，她则忙于学业。我其实不太清楚他们之间发生了什么事情。”

“我只是不想让苏菲迷失自我，现在她的爸爸出了这样的事情，她会很想依赖杰瑞德。”

“你为什么不跟她好好聊聊？”

我认真思考了几秒钟，“如果我让她觉得我不认可杰瑞德，我害怕她会离开我。她需要我的支持，尤其是现在这个关键时刻。”

“但她也需要知道你关心她。”

他的话让我陷入沉思之中，我的指尖在杯子边缘敲击，“我知道他们之间的关系变得越来越认真了。也许我可以去和她谈谈，看看能不能搞清楚他们的感情进展到了什么地步。”或许，我也可以通过这个办法，进一步了解她心里是怎么想的，毕竟最近发生了这么多事。我建议帮她找一位疏导悲伤情绪的咨询师——如果她愿意的话，我们甚至可以一起去——但是她拒绝了这个建议。她翻了一个白眼，讽刺道：“你请不起。”

“这个是好主意。你肯定也不想有一天因为自己曾经把恐惧藏在心里而后悔。”

我们的目光相遇，“你后悔过吗？”

“多得数不清。”他的目光在房间里环视了一圈，跟众人打了个招呼，冲着一个孩子露出温暖的笑容。“可这就是生活，”他说，“从现在这一刻起，有时候，你能做的就只有呼吸。”他迎上我的目光，把我的杯子往我面前推了推，“喝吧，要凉了。”

苏菲一手用叉子叉沙拉，一手在刷脸书。她留意到我脸上的不悦，把手机推到了旁边，“对不起。”

马库斯在他的书房里创作新书。他经常在晚餐后就抽身离开，但我怀疑，他这么做是想给苏菲和我一些空间。我已经思考了两天，该如何与苏菲聊杰瑞德的事，但一直没有找到合适的机会。她每次放学回来，就会径直回到房间里，一待就是几个小时，吃晚饭的时候出现一下，然后又再次从我面前消失了。半夜的时候，我还能听到她在打电话。她知道警察还在调查她爸爸的死因。但我没有告诉她，他们觉得他的死亡有疑点，而且我是他们的主要怀疑对象。我最不愿意看到的就是让她为这些事情担心。

她已经好几个星期都没有早起出去散步了，自打她从温哥华回来，我也再没有见过她画画，仿佛我美丽动人、光彩夺目的女儿身上的光熄灭了一样。

她皱起了眉头，“你为什么盯着我？”

“我们最近都没怎么说话。我想知道你感觉怎么样。拜托你告诉我，我该怎么帮助你。我很抱歉，你要应付这种种状况。”

“我没事，妈妈。”

“我听到你晚上还在打电话。”

“你偷听我说话？这太没礼貌了。”

她责怪的语气、脸上愤怒的表情，让我大吃一惊，“你这么说太粗鲁了。我听不到你在说什么，只是知道你很晚还没睡。我猜，你是在和杰瑞德说话对吗？”

“是的。”她的表情明显带着防备和怀疑。她知道我问这些问题是另有目的，早已做好了洗耳恭听的准备。我不妨还是直奔主题吧。

“你们俩到什么地步了？我的意思是，我们应该聊聊吃避孕药的事吗？”可接着，我就意识到，她或许已经在吃药了。

她的叉子落在盘子上，发出当啷一声，“你不是认真的吧？”

“我只是想让你知道，你可以跟我分享任何事情。”

“我们没有发生过性行为，不过谢谢你了。”

“哦，我明白了。”

“你不必做出一副长舒一口气的表情。”

“我只是担心，你们俩的感情太过热烈。在一段新鲜的恋情中，两个人很容易陷入兴奋的状态之中。你放弃了自己的爱好，放弃了自己的朋友。一切可能在你不经意的时候慢慢发生变化，等你发现的时候已经太迟了，你的整个世界都已经被感情占据。”

“我不傻，妈妈。我知道你担心杰瑞德会像安德鲁一样，但他们俩不一样，好吗？他们完全不同。他从来都没有伤害过我。”她的声音有些沙哑，我不确定是不是因为提起安德鲁名字的缘故，还是因为他爸爸曾经伤害过我的事实。

“一开始，我也不觉得你爸爸会伤害我。”我的身体不由自主地往前倾，“我们在互助小组里讨论过这个问题。那些很快就能投入一段感情，并且能认真对待的男人通常具有强烈的占有欲……”

“那是因为你犯了错，但并不代表我也会犯错。”

“苏菲。”我看了她一眼，“别说了。我说这些只是因为我在乎你。不管你想做什么，我的任务就是照顾好你。”

她看着我，嘴巴抿成一条线。这一刻，她看起来非常像安德鲁，我犹豫了一下，但还是继续说道：“我只是建议你放缓一些节奏。这是你高中最后一年了，多花些时间和朋友在一起，玩得开心些。”

她站起来，“我可以走了吗？我不饿了。”

“当然。”我把她的盘子放在我面前，用叉子吃她那份沙拉，但其实我也完全没有食欲了，我把这场谈话彻底搞砸了。这时，我听到吱吱的声音，发现她把手机落在桌子上了。我盯着手机，内心挣扎了一会儿，最终还是心一横，把手机滑近一些，看上面的短信。

“我无法停止对你的思念。你的身体，你的嘴唇……”

我的脸一下烫了起来。我忙把手机推回原位，这时，苏菲折返回来，一把拿起手机。她的目光在我的脸上掠过，我低头看向面前的盘子。

第三十一章

苏菲

我应该高兴。今天是我的生日，妈妈带我出去吃比萨，还送给我一条美丽的银项链，上面的吊坠是雪花形的。我想和朋友共度生日余下的时光，她也没说什么让我心生愧疚的话，但我还是停止不住对爸爸的想念。

验尸官认定他的死是一场意外，死因是颈部折断。妈妈说这种死法人去得很快。但我还是忍不住想象他从楼梯上摔下来的情景：他是如何努力地想要保持平衡不摔倒在地。从警察的第一轮询问中，我可以推断出，他们觉得我爸爸的死有蹊跷，认为他可能是被人推下楼梯的，但是我想他们最终还是没有发现任何异常的蛛丝马迹。

最近我不知道自己怎么了。每当我想要画点什么，总是无法集中注意力。这周我的化学测试也考差了，我的大脑简直是一片空白。妈妈接到律师打来的一通电话，他负责打理我爸爸的事务。他说等我二十五岁的时候，我会得到一笔钱，用来支付我的学费。爸爸也给妈妈留下了一些钱。我不知道自己是否想要这笔钱。我没有告诉杰瑞德或是蒂兰妮，现在我可以去任何一所我想去的学校了，但这是拿我爸爸的死亡换来的。

我曾对他说不要再出现在我面前，这才是让我感觉最难受的地方。

杰瑞德又递给我一杯饮料，我不确定自己已经喝了多少杯。我们抽了一根大麻，还朝对方的嘴里吹气。眼前的房间弯曲变形，整个旋转起来，音乐的旋律在跳动，我忽然觉得没什么大不了的。我应该接受这笔钱。我可以买辆汽车，买栋房子，然后隔三岔五就邀请朋友来家中聚会。为什么我就不能玩得开心些？

我咯咯地傻笑，但我不记得是谁讲了个笑话。蒂兰妮和马修在另一张沙发上亲热。杰瑞德牵着我的手。“来，我们走吧。”他说。我跟着他穿过走廊，走进他的卧室。我一路走得跌跌撞撞，每次撞到他的背或是撞到墙上，我就会笑起来。

我倒在他的床上，他挨着我躺下，床垫随之凹陷。我的胃翻搅起来。我坐起来，做了几次深呼吸。他拂去我脸上的头发，手掌抚摸着我的脸颊。我转过去，面向他，他的嘴唇贴上了我的嘴唇，尝起来有朗姆酒的味道，还带着一丝苦涩。我手里还握着酒瓶。我对着瓶口灌了一大口酒，他笑出声来。我感觉自己很强大，无所畏惧，我也笑出声来。我可以成为这样的女孩，我可以成为这样一个疯狂、任性的女孩。

我们的衣衫褪尽，但我真的不记得是什么时候发生的事。我赤身裸体，我以为自己会害羞，但却没有。我很勇敢！我在翱翔。我感觉麻木，他的身体在我身上起伏不定，手不知道在抽屉里摸索什么。对，是避孕套。我咯咯地笑出声来，心想这整件事情是多么有趣。我就快要失去处女之身了，还就在我的生日当天！

我爸爸的葬礼刚过去两天。我不想在这个时候欢笑。我的脑袋和身体发烫，躁动不安。我还是忍不住想起我的爸爸。他为什么会出现在我们家里？

杰瑞德伏在我的身上，嘴巴轻轻咬着我的脖子，手在我的屁股上游移。他觉得我们会发生关系。我没有说过我想这样做，但我也没有说过我不想这样做。

我不知道我想要什么。我觉得我应该说点什么，但他的嘴巴堵着我的嘴，让我呼吸有些困难。我的手臂不听使唤，双腿有些颤抖，我只想闭上眼睛睡觉，在轻柔的音乐声中入眠，什么都不想的感觉很美妙。他突然停下来，在我的耳边低声说道："你想要吗？"

我不想听他说话，我想听音乐。我把他拽回到我身上，接着，我感觉他把我的两条腿分开，一阵灼热的刺痛感袭上心头，我呜咽着，想要从痛苦中挣扎出来，但我却动不了。耳边传来他的喘息声，我听见他说他爱我，我的眼泪顺着脸颊流进了耳朵里。

结束后，我们躺在黑暗中一动不动。他的皮肤黏黏的。他靠在我的身边，亲吻我的肩膀和脖颈，用手抚摸我的头发。

"你没事吧？"他低声问我。

我点点头，我觉得我说不出话来。这就结束了吗，我们发生了性关系。我想，我一定期盼过，但我不记得了。我闭上眼睛，深呼吸了几下。我只想睡觉，身体如此沉重。我任由自己沉入黑暗之中，消失不见。

我睁开眼睛，翻身侧躺着，感觉一阵天旋地转。我觉得自己可能是生病了，我用手捂住嘴，强忍住胃里泛起的胆汁。他躺在我身边睡着了，床单围在他的腰上，他胸膛的皮肤是白色的，肋骨嶙峋。他睡着的时候，嘴边的肌肉松松垮垮，人看上去也没那么帅气了。我在房间里环视了一圈：梳妆台上放着半瓶朗姆酒，我的衣服散落在床边，床头柜上放着避孕套的包装。我转过身去。

我想起了蒂兰妮，她有车。她一定还在客厅，我们必须离开这里。我的手伸到床边，把衣服拉近我，手机还在我的口袋里。

手机显示有五个未接来电，都是妈妈打来的。我看了看时间，现在是凌晨三点半。

我开始穿衣服，感觉房间旋转起来就停不下来，然后我踉踉跄跄地找到浴室，黑暗中不小心撞到了门上。我抓着洗手台，支撑自己慢慢站起来。我拧开水龙头，让水慢慢地流出。我的嘴唇有些肿，两腿之间的部位很敏感。我把冰凉的毛巾敷在皮肤上，身体打了一个冷战。

我蹑手蹑脚地走出房间，沿着走廊向客厅走去。感觉两边的墙壁都向我挤压过来，一串串汗珠从我的嘴唇上方冒出来。我靠在墙上，闭上眼睛，等自己平复下来。客厅里空无一人，桌子上零零散散放着几个玻璃杯。

昨晚的片段断断续续地在脑海中闪现，但是很多事情我都记不清了。我有些害怕，不知道自己有没有胡言乱语，有没有做出什么出格的事情。

我仿佛看见杰瑞德的脸悬在我脸的上方，他的嘴唇湿润，我感觉到我的心在战栗。接着我记起，他好像说了些什么，我绞尽脑汁地回忆，努力回想那一刻发生了什么。

“我会为你做任何事情。”他说。可这是什么意思？我不知道。

外面很冷。我衣服的厚度在温暖的车里足够了，但却无法抵御室外的严寒。不过，清新的空气让我的精神为之一振。我想在雪地里打滚，就像我小时候堆雪人时那样。但我忽然想起，和我一起堆雪人的那个人是我的爸爸，我的眼睛被泪花浸得有些刺痛。车道上很滑，我的靴子踩在冰上发出嘎吱嘎吱的声响，前方的路还是一眼望不到头。蒂兰妮的车不见了，她把我一个人丢在了这里。我想也许我们之间发生了争执，也许她原本想让我早点儿离开，我甚至还可能冲她大吼大叫了，但我的脑袋昏昏沉沉的，事情的经过变得模糊起来，脑子里像是被一摊浓稠的淤泥糊住了。

我裹紧身上的外套，手里紧紧攥着手机。等我走到主路上，我就叫一辆出租车，我是这么计划的。但当我走到车道的尽头，我在包里一阵摸索后，却发现自己没带现金。我这才记起，在去杰瑞德家的路上我和蒂兰妮去了一趟加油站加油，我帮她付了钱。

我的视线顺着车道向杰瑞德的房子所在的方向望去，他卧室里的气味——浓郁的酒气、汗水的味道，还有我们性爱残留物的味道，在我的鼻端挥之不去，从我的衣服上源源不断地散发出来。我转过身，在雪地里干呕起来。

手指滑过手机屏幕，弹出许多未接来电。妈妈一定会非常难过，非常失望。我滑动手机屏幕，浏览保存在手机里的号码，然后拨通了马库斯的号码。

车已经行驶了几分钟，但他一言不发。我打电话的时候，他甚至也没有问任何问题，只是告诉我他会尽快赶到，让我在屋子里等他，里面暖和，但我还是选择坐在门前的台阶上。他的车里很热，通风口排出的暖风直喷到我的脸上，而热烘烘的气体让我感觉更加恶心。我的身体仍然在颤抖，我用胳膊环抱住身体。他中途停了两次车，让我呕吐，还在加油站停下给我买了瓶佳得乐，又从他的手套箱里翻出几片泰勒诺。

“她是不是很生气？”我试探地询问妈妈现在的反应。

“她很担心。”

“她会抓狂的。”

“她的语气没准听起来很生气，但如果你平安无事，她多半会舒口气。”

“她不能一直把我当成宝宝来照顾，我很快就会搬出去。”

“可她毕竟还是你妈妈。而且，我们都会担心我们爱的人。”

“你以前是心理医生。”

“是的。”他瞟了我一眼。

“我应该怎么面对我爸爸死去的事实？”

“你可能会产生各种各样的情绪。有时候，会同时被好几种情绪拉扯。”

“我做了一件愚蠢的事。”

“你想聊聊吗？”

我不能告诉他，我和别人发生了性关系，绝对不可以。“我醉得厉害。”

“我们都经历过，你有受伤吗？”

他说话的口气让我觉得，他知道发生了什么事。他听起来就像是医院里的医生。我的思维模糊，我想和他多聊几句，问问他女儿的事情。可我盯着窗外，眼皮却抬不起来，我只好任由它们悠悠地阖上。

汽车停了下来。我听到他那侧的车门被打开，然后关闭。这时，我旁边的车门开了，冷空气啃噬着我的皮肤。我勉强睁开眼睛。马库斯向我伸出手，扶我下了车。妈妈在门前等我，我勉强支撑着身体的重量站起来，但她只是上前一步，紧紧地拥抱着我。她在流眼泪。我把头埋在她的脖颈里。终于，我到家了。

咖啡的香气钻进了我的鼻孔里。我把头转向一边，用胳膊遮住鼻子和嘴巴。安格斯在我的脸上嗅来嗅去，用口鼻在我耳边蹭着，一会儿呜呜叫，一会儿咕哝着，钻到我的胳膊底下。

“停下！”我推了它一把，但它再次扑向我，把全部重量压在我的肚子上。我气得眯起了眼睛。妈妈坐在我的床脚忍俊不禁。太阳透过窗户射进屋里——她把我屋里的百叶窗拉开了。

我不满地咕哝了一声，把枕头盖在头上说：“现在还早。”我从来没有像今天这样头痛欲裂过，头颅像是被破开了，有人拿着刀具和锤子，也可能是一整个工具箱，在里面敲敲打打。这个画面让我联想到了我的爸爸，悲伤和恶心想吐的感觉又一次包围了我。我决定要睡一整天，明天再起床。

“就快到中午了。杰瑞德整个上午都在打电话。”

昨天晚上的片段断断续续地在脑海里浮现，我忽然感到一阵愧疚，脸上热辣辣的，我鄙视我自己。我守身如玉了那么多年难道就是为了昨天那一晚吗？它既不浪漫，也不美好，甚至没有丝毫乐趣可言。只不过又是一个愚蠢的女孩，喝醉后把童贞献给了自己的高中男友。

他说：“这是真实的。”

我的眼眶里噙满了泪水，我眨了眨眼睛，吸着鼻子，努力不发出声响，这样一来妈妈就不会发现我在哭泣。她掀起我脸上的枕头，抚摸着我的脸颊，然后在我身边躺下。

“为什么你会三更半夜自己走回家，你想告诉我吗？你是不是想把自己变成冰雪皇后？”

我摇摇头，“一言难尽。”

“不管发生了什么事，你都可以和我说。”

没错。就好像我会把这件事告诉她一样。我情不自禁地又想起昨晚发生的事。他知道我喝醉了，而他也喝醉了。那么，是我的错吗？我和他上床了。我主动脱掉了自己的衣服，是不是呢？

“蒂兰妮也来过电话，她很担心你。”

我希望昨晚我和她一起回了家，希望昨晚可以重来一次。也许这一整年都可以重新再过一次。“我只是喝醉了，行为举止像一个白痴。我猜我随了我爸爸。”

她把我翻过来，看着我的脸，“不，苏菲。你不一样。你永远都不会和他一样。”

“他不在了，”我说，“他以前在这里，但现在他不在了。”

“我知道。”她的表情很伤心，但我知道她并不是因为他的离去而难过，她在为我感到难过，可这偏偏让一切变得更加糟糕，让我心里感到窝火。

“有时候，我感到松了一口气，因为我们不用再担惊受怕了，妈妈。但是这话说起来真让人难堪。有时候，我只是感觉自己很生他的气。我永远也不会再有自己的爸爸了。我想到了我的毕业典礼、我的婚礼，还有所有重要的日子，他都不会陪我度过了。”

“我知道这件事很难消化。可能你会难过一段时间，然后就没这么艰难了。在你生命中特别的时刻，你会更加想念他，但是也会有许多美好的人在这些特殊的日子里陪伴在你身边。”

“我想我不应该接受他的钱，钱从来没有带给他快乐。”

“你现在不需要做任何决定。”

我叹了口气，把头靠在她的肩上，“我很抱歉，我没有给你打电话。我真是个混蛋。”

“我昨晚真是吓坏了，但我知道你现在有各种各样的情绪要克服。”我感觉到她在犹豫，她说话时带着三分小心，“我不喜欢你昨晚喝得醉醺醺的，特别是当你不高兴的时候。酒精会减弱你的自控力，它会让你做出清醒时不会做出的举动，一些鲁莽的举动，但它并不会让问题消失。”

“我知道，我表现得就像一个白痴一样。”

“每个人都会犯错，但长大成人意味着我们学会了从错误中吸取教训，我们如果伤害了别人，就要为我们的行为道歉。今天就是崭新的一天。”

我又想起了杰瑞德，但现在我感觉没有刚才那么羞愧了，只是觉得很糟。如果换作是他，一声不吭地离去，我会作何感想呢?

“我应该给杰瑞德打个电话。”

她看起来很惊讶，好像没有预料到我会这么说。也许她想听到我说，和杰瑞德在一起是错误的，也许她希望我会和他分手。我感觉愤怒在胃里翻滚，我准备好了听她新一轮的说教，但是她只是坐直了身子。

“我给你端来了咖啡，你也多喝点水，会有所帮助的。”她把我的电话递给我，“等你准备好，就下楼来。”

等她离开后，我拿着手机，发了几分钟呆。我不知道该说些什么。周一去学校以后，我该怎么面对杰瑞德呢?他会不会从现在起，就会经常想要和我做爱?我读了他早上发来的短信：“你生气了吗？出什么事了？打给我！”我输入他的号码，屏住呼吸，等待电话接通。他接电话的声音听上去很轻松。

“你没事吧？”他说，“害我一直担惊受怕。”

“嗯。”我靠在枕头上，喝了一口咖啡，感觉胃抽搐了一下。真不该喝这一口。

“你确定吗？”

“我猜是吧。我不知道。”

他安静了一会儿，“你后悔了吗？”

我不知道如何回答。我心想，是不是爸爸喝醉以后每次醒来也是一模一样的感觉。他有没有感觉羞愧过？如果他没有死的话，也许我会做出不同的选择，也许昨天晚上的事情就不会发生。愤怒再次把我包围。

“我只是困惑，感觉现在一切都很奇怪。”

“也许我们应该等等看的。”他的语气很担心。

我思索了一下。会有什么不同吗？也许不管什么时候我们做这件事都会很糟糕。“我不觉得有谁的初夜会很棒。”蒂兰妮第一次做爱的经历很糟糕。她甚至都不喜欢那个男孩，也没有跟他说话。

“我们可以出去玩儿吗？”他说，“我会带上相机过去。”

我迟疑了一下，想了一会儿。

“拜托啦！苏菲？”很奇怪，他这么说却让我莫名开心起来，我的心中一软，被他说动了。

他似乎急切地想要弥补我们之间的关系。如果他来家里吃午饭，也许妈妈会对他有所改观。她会看到他体贴、美好的一面。

“好吧，”我说，“我妈妈很喜欢那些像油炸云吞一样的东西。”

“太好了，我去买一些。”

我快速冲了个澡，吞了几片肠胃药。我走进厨房里，觉得像是捡回了半条命一样。妈妈正坐在圆形岛台旁读报纸，马库斯在另一头摆弄电脑。

“杰瑞德要过来，他会带午餐来。”

妈妈抬起头来。“哦，”她停顿了一下，“他可真周到。”但是我注意到，她抿紧了嘴巴，指尖在马克杯的杯沿不耐烦地敲击。

也许是因为宿醉未消，酒精的作用还没退去，我无法说服自己她怎么想都没有关系。

“你为什么不喜欢他？”我说，“他喜欢你。”

“我从来没有说过我不喜欢他。”她的脸颊泛起粉红色，我感觉我的脸也烫了起来。马库斯一动不动地看着我们俩。

“你就不能给他一个机会吗？”

她放下报纸，看了一眼马库斯，“你介意给我们一分钟单独聊聊吗？”

“一点也不。我去我的办公室。”他拿起他的笔记本电脑，穿过门厅。

妈妈回过头来，看着我。我可以看见她的脸上闪过不同的表情，好像是在确定说什么好，“只是，你确定你现在想和人约会吗？你一下子经历了这么多事情。想想昨天晚上发生的事情，他现在就要来家里做客了？”

“你听我说，我的意思是，如果你喜欢他，你就要接受这个事实。”

“可那不是事实。”

“不是吗？”

我们对视了一会儿，接着她长长地叹了一口气，“也许一提起杰瑞德，我的保护欲就有些过头。”她站起身来，绕过料理台，给了我一个拥抱，“我会再多努力去了解他，好吗？”

我将头埋在她的颈弯处，“好的，不然我就要吐在你身上了。”

她笑了，她的呼吸弄得我的头皮痒痒的，“宝贝，对不起。你没必要为这些事情操心。”她的声音听起来很郑重，我知道她不是在说杰瑞德的事。我眨了眨眼，闭上眼睛，不让眼泪流出来。

“事情会好起来的，对吧？”

“给自己几个月的时间，”她说，“等到放春假的时候，一切都会好起来的。”

第三部分

第三十二章

琳赛

2017年3月

我站在宽敞的窗户前，凝望远处的那片湖。天已经黑了，依稀能看见灯光笼罩下的码头。风势见长，预示着今夜会有暴风雨。水面波涛汹涌，浪花拍打着岸边和码头两侧，登船用的斜梯在风中摇晃不定。

虽然马库斯提过，湖边还住着几户人家，但我没有看到四周有什么邻居。远处，湖对岸有几处星星点点的光亮，似乎是唯一有生命存在的迹象。外面的景象经过玻璃窗的反射，投影在身后，我看着这如梦如幻的一幕，嘴角不自觉地上扬。马库斯此刻正在生火，火焰燃起，柴火噼啪作响。

“屋里很快就会暖和起来。”他说道。我转过头去，看到这温馨的一幕，心中一暖。马库斯坐在壁炉旁，捅着里面燃烧着的圆木，琥珀色的光线映出他脸部的轮廓。我们把湿外套挂在炉火旁，把靴子整整齐齐地排成一排，摆在正前方。

我们不得不把车停在公路上，然后冒着瓢泼大雨，爬上狭窄的阶梯，步行来到他的湖边小屋。屋子建在倾斜的山坡上。安格斯把鼻子凑到地面，呼哧呼哧地辨别着各种陌生的味道，差点把苏菲拽得失去平衡。现在，它正裹着毛毯，卧在炉火旁，鼻子埋在尾巴下面，苏菲则有一搭没一搭地用手抚摸着它的脖颈。

我看不懂她的表情，自从马库斯去山茱萸海湾镇的家里接上我们，一路上她就没怎么说过话。一月末，我们就从马库斯家里搬了出来，租了一个房子。我现在还记得在新家里度过的第一个周末自己有多失落，在那里失魂落魄地转来转去。家里又冷又静，我很思念马库斯。又过了一周，苏菲和朋友出门以后，我决定邀请马库斯来家里吃晚饭。我们坐在沙发上，分享一瓶红酒，酒一杯接一杯下肚，我们之间的距离也越来越近。每次他伸手拿杯子的时候，我们的胳膊会蹭到一起，我能清晰地感觉到他的腿贴着我的腿，他的胸膛近在咫尺，让我几乎透不过气来。我忍不住观察他的嘴，他抿嘴笑或开口笑的时候会翘起一边的嘴角。有几次我发现他也在看我，眼神温柔。他给我讲故事的时候，手会在我的腿上流连片刻，他一定也感觉到了我们之间的默契。

终于，我鼓起勇气，“你打算吻我吗？”

他面带惊讶，“你想让我……？”

“你想吗？”好吧，这本来不是我最好的回答，但是我喝得有些上头，再加上疏于练习——我之前从未主动过。不管怎样，酒精还是产生了效果。他笑了，探过身来吻了我，他的嘴唇温暖，有红酒的甘洌和巧克力蛋糕的香醇。

我们在沙发上缠绵了一会儿，然后我牵起他的手，拉着他向我的卧室走去。在内啡肽的作用下，我的身体飘飘然，走起路来摇摇晃晃，心脏跳得飞快。在苏菲回来前，他要先行离开，他的嘴唇贴在我的唇上，呢喃道：“我会打电话给你。”

睡醒以后，我却不想起床，脑海里胡乱地回忆着他躺在我身边时皮肤散发的味道；他的手滑过我的皮肤时，我身体的战栗；他嘴唇的美妙滋味；他哈哈大笑时，低沉的声音会在胸腔内共鸣。还有，我用手掌抚过他的肩膀，他的肌肉线条是那样分明。我还能从床单上闻到他身上古龙水的味道，我把床单紧紧地裹在身上。接着，恐慌攫住了我的思绪，如果他是一时冲动怎么办，要是他后悔了怎么办？我翻了个身，拿起手机，却看到了他发来的短信：“早上好，睡美人。昨天晚上很美妙，但我们还是按照正确的路子来吧。我想带你出去吃晚饭。今天晚上时间仓促吗？”

迄今为止，我们已经约会了两个月的时间。白天的时候，我们会发短信或是视频通话，晚上我们不会一起过夜，但睡前他总是会打电话过来。我不知道我们的感情会发展到什么地步——我们还没有讨论过未来，现在还为时过早，但我们一致同意享受当下的生活。每个周末都是一场冒险——尝试一条全新的徒步路线，攀岩，在山里骑自行车，在当地的商场购物，一起做饭，或是窝在家里一部接一部地看一整天电影。

一天晚上，我们坐在我家的沙发上，双腿缠在一起，讨论春假的安排。当我说起，“我们三个人应该离开这里，一起去一个地方。”要是换作别的约会对象，我可能会观察一阵子，但是无论我在马库斯家中过夜，还是他来我们家，苏菲似乎都不介意，也许是因为我们之前和他住过几个星期。

“是吗？你有什么想法？”

我思索的时候，不忘打量他的脸庞。他的头发长长了一些，遮住了一部分额头。我用手把他额上的头发拂去，用大拇指抚过他皮肤上的皱纹。这个举动让我自己有些惊讶，还让我感到惊讶的是，与眼前这个优质好男人相识已经一年有余，我从没想过我们之间的友谊竟然会变成如此特别的感情。

“去滑雪？山中雪场还在开放。”

他停顿了片刻，又说道：“要不去我的湖边小屋？我只需要给看门的人打个电话，确认是否可以入住，房子已经有几个月没有出租了。”

“你确定？你不会觉得难过吗？”

“每年的这个时候，湖边风景秀丽，我很想带你去转转。你觉得怎么样？想过去看看吗？”他凑过来，轻声说道，“我想你去。”

我抱紧他，“这听起来是个好主意。”

我还是有些担心，如果到了那里，马库斯回想起以前他们一家三口的美好时光时会作何感受。但我们可以带来新的回忆啊。我想象早晨和他一起散步，屋内壁炉生起温暖的炉火，我们一起做饭，一起玩棋盘游戏。当我把这个消息告诉苏菲时，她问我能不能带上杰瑞德。和她讨论了基本原则——分卧室睡，不能偷偷摸摸地行动——之后，我答应了，但是到了星期五，她宣布说杰瑞德要和朋友一起外出。她说这没什么大不了的。“一切都很好，妈妈。”但我看得出，实际上她要比表现出的更加难过。

我走到她坐的沙发边，把乳白色的阿富汗编织毛毯裹在肩膀上。“你不如去挑几部电影？”

马库斯从炉火前抬起头，“自己去挑吧。”

苏菲垂着肩膀、无精打采地打开电视屏幕下方的电视柜，从里面拿出几张光盘，放在一旁，却把一张音乐光盘推进光盘槽中，然后躺在地板上，头枕着胳膊，闭上了眼睛。

柔和、浪漫的音乐缓缓流出。我想到了马库斯的前妻凯瑟琳，忽然有些好奇他们在这间小屋里有过一段怎样的过往，又和他们的女儿一起在这里留下了多少回忆。他们听过这张光盘吗？壁炉上方挂着一幅画，画中船上坐着一对恋人，我只能看到恋人的背影，不知道是不是就是马库斯和凯瑟琳，但接着，我就打消了这个念头。如果是的话，他会取下来的——虽然房子里的陈设似乎没有太多翻新过的痕迹。房子布置得很温馨，风格偏女性化：一张宽大的长沙发，垫着软和垫子的木椅子，印着花卉图案的搁脚凳；摆放着成套的红木古董家具的餐厅，把客厅和厨房分隔开来。这些看起来都不像是马库斯的品位，风格更加摩登。

房子主楼层的设计大致是：浴室在走廊上，走廊通往带独立卫生间的主卧、洗衣房，后面有一间客房。楼上还有两间卧室。马库斯指着其中一间说，这是凯蒂原来住过的房间，如今已经大门紧锁。苏菲选了楼上的另一间卧室，因为她喜欢看森林风光。

之前我就注意到，主卧的梳妆台上摆着一个相框，里面放着一张凯蒂的照片。她坐在沙滩上，我猜就是这片湖区的某处沙滩。她的眼睛眺望着湖面，下巴搁在膝上。我想问问马库斯这张照片是什么时候拍摄的，但还是决定以后再说。我敢肯定，他心里一定已经够难受的了。

客厅里摆着各色小玩意儿，比如从快乐小宝藏百货店里淘来的宝贝、精巧的猫头鹰还有各种森林动物的小摆件，墙上还挂着一柄乡村风格的桨。我用手摸了摸边桌上纯银质地的贝壳状珠宝盒，手指滑过盒子的边缘，珠宝盒的做工精致，形状像一大只蚌壳，显然是一件古董。我拿起来，轻轻打开，盒中央的那一小颗银质的珍珠，早已和珠宝盒的底部融为一体。指尖触及的是冰冷的金属材质，我突然有些好奇，蚌壳珠宝盒上会不会刻了字呢，我把它翻过来，发现底部除了一道轻微的划痕，没有任何标记。

他把这些东西留下来，一定是想出租房子时让这里看起来更有家的味道吧。他也可能找人装修过。不过，我是不会问他的。我根本没怎么顾虑过凯瑟琳，因为现在正在约会的是我们俩——他也很少谈论她，虽然我知道他有时，尤其是在假期的时候，会去拜访她，看看她过得怎么样。我以前从来没有忌妒过，但是不知道是不是被这栋房子里的什么东西勾起了情绪，我感觉自己就像是侵入了别人的领地。

灯光忽闪起来。我抬起头来，看向天花板，屏住呼吸，等待灯光停止闪烁，但它还是闪个不停。不过，它很快熄灭了。

“你有蜡烛吗？”

马库斯从炉火前抬头看了我一眼，“好主意。去电话旁边那个抽屉里找找。”

我拉开抽屉，在里面翻找。抽屉里装满了杂物：几只笔，一包纸牌，一些麻绳，一瓶胶水，几节电池。终于，我翻出一对白色的烛台。我把烛台放在餐桌上那副陶瓷质地的枝型烛台架上，用咖啡桌上的蜡烛点亮。蜡烛的火焰摆动了一下，轻盈地舞动起来。

热蜡飘散出一股浓郁的香草味，让我不由得想起第一次在格雷格家里吃晚餐的情景——他烧煳了晚饭，就在饭里撒了很多香草，想要掩盖住那股焦煳味。想到这里，我不禁莞尔。不知他近来过得怎么样。我听说他的姐夫因为收不回债务，陷入了麻烦，是格雷格帮助他周转过来的。也许，这就是我们谈恋爱的最后几天他魂不守舍的缘故。他从未回复我的短信。我想他一定知道我现在正在和马库斯约会。我希望可以亲自向他解释所有事情，但我能说什么呢？

不过才过去几个月，可我感觉像是上辈子的事，我的生活发生了天翻地覆的变化，我几乎每天都要和警察通话。我在泥嘴峰咖啡店见过帕克警官一次，当时我正在给我和马库斯挑选咖啡，这时她从门口走了进来。我惊讶地发现她穿着一件白色的风衣和一条黑色的运动裤，头发编了起来。

等咖啡的时候，我们闲聊了几句。我告诉她马库斯和湖边小屋的事。我感觉自己有些多嘴多舌，但我内心深处却有一个念头，想让她知道我现在过得不错。我问她春假有没有什么计划，她回答说“还得工作”，然后点了两杯拿铁。我看着她走出商店，坐进一辆车里，驾驶座上坐着一个金发女子。我不知道那名女子是不是也是警察。然后，那女人拨开帕克脸上的一缕头发，动作温柔而又深情。帕克向咖啡店投来一瞥，我忙转过身去，为刚才盯着她们看感到尴尬。我猜，帕克对自己的私生活保密肯定是有原因的。

晚饭后，苏菲和我正在洗碗，屋里突然没电了。她尖叫着抓住我的胳膊，然后又哈哈大笑，笑自己反应过度，但她的笑声听起来很是勉强。

“你没事吧，亲爱的？”

“当然。”她转身对马库斯说，“你是不是有一副扑克牌？”

我们借着烛光，玩了会儿扑克，然后苏菲说她累了，她离开房间的时候在我的脸颊上落下一个吻。我把她拥进怀里，抱了一会儿，才放开她。

马库斯和我在壁炉旁又喝了一杯红酒。最后，我们脚步蹒跚地回到房间里，外面狂风呼啸，他把我搂在怀里。他的呼吸渐渐变得沉重起来，我的侧脸贴着他温暖的胸膛，感受着他胸膛的起伏。我调整呼吸的节奏，与他保持一致，竭力让自己陷入梦乡，任自己沉溺于昏昏欲睡的美妙感觉中。颤动的睫毛交合，我把手轻轻地滑到马库斯身子一侧，慢慢地够到他的手，和他十指紧握在一起。他拿鼻子蹭了蹭我的脖颈，把我紧紧地搂住。

让暴风雨尽情地肆虐吧，我放弃抵抗，任由自己陷入梦乡。

第三十三章

苏菲

我能听到他们在楼下低声说话，但我听不清他们在说什么，只能听到马库斯低沉的嗓音和妈妈轻柔的笑声。我知道他们有时也会聊起我。一想到马库斯会分析我的一言一行，我就感觉很奇怪。所以，我不再和妈妈分享我的感受，尤其是我做的那些噩梦。我总是会梦到安德鲁的尸体，有时候他会忽然睁开眼睛，冲我微笑；或是一觉醒来，我发现自己没做噩梦，于是舒了一口气，却又记起他是真的死了。我不需要心理医生来告诉我这是怎么回事。

让妈妈以为我没事，会让事情更简单一些。

房间里光线昏暗，屋顶天窗在墙上投下古怪的阴影。昨晚，我告诉妈妈我要去睡觉，因为我想用手机放着音乐，画会儿画。可是，当我翻开我的素描本，看到那幅海滩素描，想起和杰瑞德一起野餐的情景——他用手拂过桌子表面，冷杉的松针从上面飘落。我们坐了一会儿，我的手塞进他温暖的口袋里。然后，他抓拍到海鸥在风中盘旋，波浪泛起白色的泡沫，几只狗追逐骨头的画面。他时不时地按下相机的快门，我在一旁画画，但是我没有画完一幅画。比起画画，看着他更有意思。

我拿起手机，看他有没有发短信过来，虽然我知道这里没有信号，虽然他说过他不会给我发消息，虽然我告诉自己我不在乎。

我到现在还是不明白我们是因为什么产生了争执。好吧，我想是我挑起的，但是我也不知道为什么。就在两天前，我躺在他的床上，杰瑞德在网上搜索，想要找到一首合适的歌曲为我演奏。我们已经在他家待了一个小时，他没有注意到我没怎么说话。也许我们之间总是这样，总是他滔滔不绝地告诉我他朋友怎么了、他的摄影如何，我则安静地听着。我也不知道怎么了。一连几个月，日子日复一日浑浑噩噩地过去。自从安德鲁死后，我就睡不着觉，所以杰瑞德把他爸爸做完膝盖手术吃剩下的安眠药给了我。他告诉我不要每天晚上都吃，于是我把它们切成两半，想要多服用一段时间。这些药很管用，但总是让我产生一种宿醉的感觉。这周，我把药停了，现在我又睡不着觉了。

我过完生日后，杰瑞德和我几乎每个周末都一起过，最开始感觉很棒。当我和他在一起的时候，我不会胡思乱想，不会想起我爸爸，也不会去想他是怎么死的。做爱会让人有些飘飘然，但是最近这几周，做爱也不再像之前那样让我感觉兴奋了。

雨下了一整天，我感到不安又无聊。我们以前会在杰瑞德的卧室里打发时间，看看电影或是云雨一番。我们会早点逃学回家，趁他父母回家前，溜到他家里。如今，我们之间的性爱变得愈发和谐，更加老练了。

“蒂兰妮不给我打电话了。”我不假思索地说。

“这是因为你有男朋友，而她仍然是单身。”

也许他说得对。她最近在和学校里的其他几个女孩出去玩儿，我很高兴她结交了新朋友，但我很怀念和她一起看电影、喝咖啡、染头发和闲逛的日子。然后，我想，这是不是我的错。也许我才是那个不再给她打电话的人。

有一天，我在学校的停车场看到她，想要和她聊聊，但她急着去见她的朋友，她们要去游泳。我们曾经也喜欢去游泳，我们会尽可能久地待在桑拿室里，直到感觉皮肤快要融化。

不仅与蒂兰妮渐渐疏离，我再也没时间画画了。上周末，我准备待在家里，但是杰瑞德需要我帮忙编辑我们在港口拍的那些照片。起初我还觉得帮他修片很有趣，但后来我就有些厌倦了，也不愿意在恶劣的天气里耗费几个小时，就为了他能拍到完美的照片。

他从电脑前转过身来，“怎么了？”

“没什么。我只是累了。”

他爬上床，“我一直在网上找我们去英属哥伦比亚大学上学时住的公寓，等我找到合适的房子，我们就可以赶在别人租下前把合约签好。”

我看着他，一脸困惑，“你是说给你吗？”

“给我们。我们会找一个条件不错的地方——也许能看见繁华的市中心。”

“我告诉过你，蒂兰妮和我打算住在一起。”我们最近还没有讨论这件事，但这一直是我们的计划。我希望这个计划没有变化，因为我一直觉得等我们去上大学了，这样安排对我和杰瑞德比较好。这个夏天，他会和家人一起旅行，等我们开学后，我们一起出去玩的时间就更少了。然后，我想，为什么我希望和他在一起的时间可以少一些呢，可我也不愿多想，把它抛到脑后。

“是的，但那是之前，”他说，“我以为你现在会想要和我一起生活。”

“我们才十八岁。”

“所以呢？”

“你不想和你的朋友住吗？”

“他们那群笨蛋，我想和你一起生活。”

“为什么？因为你觉得我会跟在你屁股后面给你收拾吗？你会做饭吗？还是你想让我把打扫、做饭和购物的活全都包了？”

“哇！你从哪儿得出的这个结论？我可以学着做所有这些事情。”

是啊，他得学着做我做了很多年的事情，他把一切都想得太简单。

“我还没准备好做明年的打算，我只是想顺利毕业。”

“我们可以等夏天的时候再聊这件事，我先付了押金。”他的表情镇定自若，似乎信心满满，认为我最终会接受他的提议。

我坐起来，盘起腿，看着他说：“我不知道我会不会想要和你一起生活。我妈妈和我爸爸在一起时，她才十九岁，她错过了所有其他的人生选择。”

“我和你爸爸不一样。”他看起来很恼火，可我却并没有因此想要退缩，反而想要更进一步。

“你的行为举止有点儿像他。”

“你这么说太过分了。”他的脸唰的一下红了。

“每次我想待在家里，你就表现出一副垂头丧气的样子，然后我就感觉到自责。”

“你在开玩笑吗？你总是表现得很沮丧，我才一直想方设法让你忙碌起来。”

我的内心世界忽然倾斜，乱作一团，我只想每天起床、躲在我的卧室里，在耳朵里塞上耳塞，大声放着音乐。我会一连几天窝在家里，也许是几周，再也不想从房间里走出来。

“有时候我想自己待会儿，我需要空间。”

我们对视着。我能感觉到真相在心中摇摇欲坠，内心升腾起一种可怕却又疼痛的渴望：我想一个人待着，不必和谁去讨论自己的感受，猜想他在想什么，或是逗他开心，又或是成为杰瑞德希望的样子。我只是想再次成为苏菲。

他坐起来，“你需要空间？”他的脸色苍白，他的眉毛似一道黑色的斜线。他的嘴唇似乎也没有了血色，就好像我捅了他一刀一样。

“不是永远，只是暂时分开一下。”我简直不敢相信，我就这样说出了口。但话已脱口而出，我只能眼睁睁地看着它们像炸弹一样落到他的脸上。他双眼圆睁，接着嘴角下垂。

“真的吗？”他喘着粗气问道。

“我最近一直在想，也许我还没有真正接受我爸爸过世的事实。也许我只是因为想要逃避，才一头扎进你的世界里。”

“我尝试过引导你谈论这件事。”

“可这就是问题所在，我不想谈论这件事，我只想在自己的头脑中解决它。我在想，也许春假期间我们不要见面了。”

“我不明白。昨天你还告诉我，我们在一起很快乐。”

“我只想一个人静静，就一个星期。这有什么问题吗？”

“是你在让它变成一个问题。”

我下了床，抓起我的背包和外套，“我要回家了。”

他拽住我的胳膊。“别走，”他说，“我们需要谈谈。”

“没什么好谈的。我已经告诉过你，我想暂时和你分开一下，但现在我认为，也许应该是永远。”此时此刻，我就像是一辆脱轨的火车在山间奔驰。

他紧紧抓着我的胳膊，表情急切，“我不会让你这样做。”

“你不会让我？”我想要从他的手中挣脱出来，他的手抓得更紧了，指尖陷进了我的皮肤里。

“只是不要现在做决定。”他的声音嘶哑，他黑色的眼眸亮晶晶的，就像一汪墨池，用钢笔在里面蘸一下，就可以在素描本上画出他破碎的心，然后我可以把它撕碎，或者把它重新拼凑在一起。

“可以吗？”他说，“我会给你空间……只是不要结束这一切。”

我犹豫了。这件事真的发生了吗？我们真的分手了吗？“我不知道，我得走了。”我穿过屋子，疯狂地向门外走去，想要呼吸一口新鲜的空气。

他跟着我走到门前的台阶上，外面雨下得很大，可他脚上只穿了一双袜子。“等等，我开车送你回家。不要犯傻，你会淋成落汤鸡的。”

我看着他站在那里，身上穿着一件T恤衫，他的肩膀都快耸到耳边了，雨水在我们身边纷纷而下。我想起那天爸爸开着卡车，停在我身边。“进来。”他说。

“我会给蒂兰妮打电话。”透过瓢泼而下的雨幕，我高声说，然后撒腿就跑。我的脚踩进一个个小水坑里，冰冷的积水溅在了我的小腿上。我接着跑啊，跑啊，跑啊。

那天晚上他给我发了很多条短信，黑暗中，我的手机屏幕不断亮起。“我们为什么不能聊聊？你为什么要这么做？我做错了什么？”

我不知该如何回答，也无法解释心中的恐慌，最终，我不得不关了手机。第二天早上，我向公交车站走去的时候，在不远处看见了他的车，我没有和他招手，后来他就把车开走了。我在课间也碰见过他几次，他总是和朋友在一起，眼睛直勾勾地盯着我看。放学后，他在我的储物柜旁等我。

“你不能就这样不理我了。”他说。

我把书塞进我的背包里，“我告诉过你我需要一个人待着。”

“我们之间有什么好像不一样了，我想知道为什么。你遇到别人了，是吗？”

“没有，”我反感地说，“你现在真的想谈这些吗？”路过的学生纷纷向我们投来好奇的眼光。

“我们可以去我家好好聊聊吗？我想要弥补我们的关系。”

“没有什么可弥补的。”我思考着该怎么向他解释我的感受，“你没有做错什么。只是我不知我的心门为什么关闭了，好吗？我不知道为什么，就好像我再也找不回那些快乐的感觉了。你越逼我，那些快乐就飘得越远。”

“就到我家里待一小会儿。”

“我得收拾东西。”

“你不能就这样离开。”

“听好，我不会去你家。所以呢，你打算怎么办？绑架我？”我砰的一声摔上储物柜门，转身离开。等我再回头时，他已经不见了。

蒂兰妮开车送我回家。我告诉她我和杰瑞德吵了一架，我们分手了。

“你为什么要这么做？”她说，“我以为你们彼此相爱。”

“我不知道。”我哭了，感觉很伤心，但同样也感到困惑。“我说不清楚，”我说，“就是感觉内心太沉重了，喘不过气来。我只是喘不过气来。”

她同情地看了我一眼，“我真的很抱歉。你想去喝咖啡吗？”

“好吧。”我盯着窗外闪过的树影，感觉身体在不住地颤抖，身上和双手冰凉。我把两只手压在腿下，让它不再颤抖。喝点咖啡就会好了。我们会一起聊天，蒂兰妮会帮我分析为什么我会搞砸我的生活。

一个小时后，蒂兰妮把我送回家。我看着她飞快地驶离车道，拐到了大路上。轮胎在湿漉漉的路面上发出泼溅声，接着，一切归于寂静。我心里有些希望自己仍然和她待在一起，这样我们可以多聊几句。可那样做也没什么帮助，她会问我各式各样的问题（她的父母离婚时，她的心理医生问她的那些问题），来分析我的感受，但我只能说：“我不知道发生了什么。”而不知为何，这句话却让一切变得更加糟糕。

我刚打开大门，安格斯就扑到了我身上，我脱鞋的时候，差点被它给撞倒。它开始舔我的耳朵，我把它推到一旁，喊道：“走开！”它想出去散步，但我满脑子想的都是爬到床上该有多舒服。等我精力恢复后，再带它出去，现在我只想静一静。

我在房间门口停下脚步，看见我的床中央放着一个盒子。我慢慢走过去，发现是我落在杰瑞德家里的东西：一条围巾，几本书，一对耳环，还有他之前给我拍的照片。我朝窗边看了一眼，发现窗台上有脚印。杰瑞德之前有几次就是偷偷从这里溜进来和我一起过夜，我猜后来我就一直没有锁上。

我坐在床上给杰瑞德发短信，安格斯卧在我身旁。我的手指重重地敲击着屏幕，动静之大，连安格斯都抬起头来。“你闯进了我家里？”

“我是去还你东西。”

“这么做太不成熟了。”

“是啊，你很成熟。”

“我只是想要思考。你让我感觉窒息。”

“是你一直想和我在一起！”

“是的，但那让我感觉，我都不像我了。”

他沉默了片刻。我盯着屏幕，静静地等消息框弹出。终于，我看到他发来的一长串文字：“你只是害怕。我们在一起很高兴，你因此吓坏了。你觉得我会像你爸爸那样离开你，所以你就想把我推开。但现在不重要了。我受够了。”

他再也没有发来别的信息。我甚至在半夜醒来一回，检查了一下手机。今天早上我们从镇上离开前，我第一件事就是查看手机，可还是没有他的消息。我在渡轮上收到了蒂兰妮发来的短信。她说，她听说春假的时候杰瑞德要和他的朋友一起去岛上露营。他大概一小时前就出发了。

我从口袋里掏出手机，把我们之前发的短信又读了一遍。最后一句话在我的脑袋里来回滚动，就像是炸弹的雷管，一旦接触就会爆炸。

受够了。受够了。受够了。

这就是我想要的，对吧？可为什么我感觉心被什么从四面八方撕扯着？可为什么我情不自禁地觉得一切是那么空虚？

窗边传来吱呀一声。我抬起头，屏息静听。杰瑞德以前晚上溜进我卧室的时候，会轻敲玻璃，引起我注意。我屏住呼吸，终于，我意识到，刚才的声响可能只是风吹动树枝发出的。当然不可能是杰瑞德。就算他确实记得地址，跑到湖边来找我，他也不知道我住在哪个房间。

我把身子蜷成一团，躲在厚厚的被子里，腿紧紧贴着胸脯。身下的床单一片冰凉。我想起，爸爸曾在我们之前的家里出没，他在妈妈的床上坐过吗？不知道他有没有进过我的房间。大家都觉得他是从楼梯上意外摔下来的，但有时候我觉得他是故意这么做的。他希望我们那样发现他。

我从床上下来，在化妆包里翻找，杰瑞德给我的安眠药就藏在那里。我吞下一片药，掬了一捧水龙头上的水，冲掉嘴里苦涩的味道。我抬起头，看着镜子里的自己。妈妈说等到春假的时候，一切都会好起来的。可她错了。

第三十四章

琳赛

马库斯和我已经在森林里徒步了一个小时。雨停了，但树还是湿漉漉的，不时有冰凉的雨水滴落在头上，或是顺着脖颈流下来。我们在一条小路上穿行，沿途潮湿的灌木枝不时拍打在脸上。我们还没有见过其他人，甚至连一只鹿或兔子的踪影都没见到，森林里静悄悄的。我小心翼翼地把脚踩在地上，但脚下依然打了几次滑，我只好伸手向马库斯求助，或是抓着树枝来保持平衡。再爬几公里，我们就能登顶。马库斯说想带我看看山顶的风景。

“相信我，这么做是值得的。你可以望见大海。”

最好如他所言，山顶的风景妙不可言，我们不虚此行。我的腿部肌肉酸痛，身体因为运动而感觉很热，我不得不脱掉外衣系在腰上。安格斯跑在最前面，舌头耷拉出来，皮毛上挂着些树枝和树叶，肩膀以下泥巴溅得到处都是。

今天早上电来了，在我洗澡的时候，马库斯兴高采烈地做了鸡蛋、培根和薄烤饼。等我走进厨房，他已经备好了一壶橙汁，桌上摆好了盘子、餐具和一包餐巾纸。

“苏菲呢？”我说。

“还在睡觉。”

“我去叫醒她。”

“让她睡吧，来这里就是为了放松的。”

我在桌子旁坐下，把盘子拉近一些，闻了闻培根的香味。我咬了一口，培根外焦里嫩。“好吃。”他做的正合我口味，“你不觉得她睡得太久了吗？”

他坐在我对面，在他的鸡蛋上撒上胡椒粉，“青春期的孩子爱睡觉。”

“我担心她心情压抑。”

“你想让我和她谈谈吗？”

“也许吧。我不知道。你这么做可能会招她怨恨。”他们似乎相处还算融洽，至少她在他面前总是彬彬有礼，客气友好，还说替我高兴。但她如今在和杰瑞德约会，很少和我分享她的生活，我也不确定她心里是不是真这么想。

“不如我们多给她一些时间？安德鲁去世还没几个月，悲伤会断断续续持续很多年的。相信我，我体会过。有时候，睡觉是唯一能让你感到平静的方式，也是你唯一感觉不到难过的时候。多睡会儿没什么大碍。”

我伸出手来握住他的手，“感谢你总是给我正确的建议。”

“哦，有很多次我都没说对，但这次我很有自信。苏菲会好起来的。你快吃早餐吧，一会儿我带你去远足。”

我们终于爬上了山顶。我一屁股坐在一块岩石上，丝毫不去理会牛仔裤上沾了水。

我擦了擦额头上的汗，呼出一口气，“哇，山路太陡了。”

马库斯站在我前面，几乎站在悬崖边上，极目远眺。他张开双臂。“是不是令人难以置信？”他惊叹道，“大自然的鬼斧神工。”

氤氲的薄雾笼罩着绵延不绝的山峦，美得惊心动魄。我从山顶的中央望见了湖水和远处蜿蜒曲折的深蓝色海岸。

他转过头来看着我，向我招手，“过来看看。”

“我坐在这里就能看到。”

他笑了，“起来，懒骨头。你得感受一下微风拂过脸颊的感觉。”

我站在他身旁，把头靠在他的肩上，呼吸着他身上雨水和森林的味道。“你说得对。吹吹风很舒服。”这时，我看到悬崖边上生长着一株漂亮的蕨类植物，我探过身去想要仔细观察一下，却不料脚下一滑。马库斯赶忙抓住我的手，把我拉回来。

“小心。下面很深。”他用胳膊搂着我的肩膀，把我紧紧抱在怀里，“我可不想失去你。”

“你只是不想爬下去找我。”我打趣道，一颗心却还在为刚才惊险的瞬间而狂跳不止。我向悬崖下匆匆瞥了一眼，只见树木幽深，怪石嶙峋。

“这倒是没错。”他的鼻子在我太阳穴附近的头发上蹭了蹭。

我心中一暖，却想起很久以前，安德鲁自称要把我扔进他工地上的坑里。

我们在山顶伫立了几分钟，安静地欣赏周围的景色。他牵着我的手，传递给我一阵阵温暖。我愉快地想，接下来我们要做什么。我们会在壁炉前读书，偶尔停下来和对方分享我们看到的趣事，然后一起做晚餐，喝点红酒，看看电影。想到这里，我感觉心里暖洋洋的，惬意且满足。

“我希望我们能永远留在这里。”我说。

“也许我们可以。”

我看着他，“这话什么意思？”

“等苏菲上学后，我们可以搬到湖区。你可以在这里找份工作，回学校读书。你想做什么都行。”

听到他的建议，我既开心又惊讶。我没有想到他已经在为我们的将来做打算了。“我工作的时候，你打算做什么？”我调侃道，“每天钓鱼吗？”

“写我的书，然后卖个一百万美元，没问题。”

“我喜欢你这么说。”我歪了歪脑袋，“这位医生，你对我是认真的？我还以为你对我是一时兴起的露水情缘。”

他笑出声来，“如果我对你不是认真的话，就不会带你来这里。但你刚搬了家，还需要时间适应，我不想吓到你，所以没有表现得那么认真，张口闭口地说有多想让你和苏菲搬进我家里。”

我冲他微笑，心中爱意涌动。我那个时候需要什么，现在想要听到什么，他当然都心知肚明。他可是马库斯呀。

他托起我的脸，用拇指摩挲我的脸颊，“所以呢？你需要更加有说服力的理由吗？”有那么一刻，我好奇他是不是打算告诉我他爱我。我们还没有互诉过爱意，但有很多次我差点就要说出口。这时，安格斯用鼻子顶了顶马库斯的臀部，他笑着低下头去看它，拍了拍它的脑袋。我对安格斯怒目而视，“真是非常感谢了，哥们儿。”

我打量了马库斯一会儿，他举止从容，笑起来很是英俊。我可以搬到湖边，放弃我的家、生意，以及所有一切吗？我真的想要重新开始吗？我望着远处的群山，呼吸着甜美的空气。马库斯说得没错，这个地方很特别。

“好吧，”我说，“就这么定了。”

“真的吗？”

“我已经爱上你了。我不妨就大胆地投入你的世界吧。”

他一言不发地凝视着我，带着几分不知所措，我的脸颊发烫，我希望自己能够收回之前说的话。我刚才在想什么？我无声地看着他。时间一分一秒地过去，感觉我们已经在那里站了一辈子。他还是没有说话，就那样看着我。

“好吧，我们或许该回去了。”我说，然后转身就要离开。

“琳赛，回来。”他抓住我的手，我被他拽得转过身去，“我也爱你，但我必须承认，一开始我都要吓死了。我花了很长时间想要改变这个想法。”

我靠在他的胸前，“你曾经想要改变心意？真的吗？多给我讲讲。”

“除非事无巨细地告诉你，否则你不会罢休，哈？”

我把冰凉的鼻尖在他的锁骨上蹭了蹭，“我会折磨你说出真相。”

他爽朗地笑了。“好吧，我认罪。当我第一次在互助小组的聚会上看见你的时候，你正坐在灯下，白金色的头发熠熠生辉，你看上去就像是瑞典的女神。我在心中惊叹道：‘哇，她真是个美丽的女人，我最好离她远一些，她会伤了我的心。’我想，不管你有多善良、风趣、有爱心，我也不会再次要冒着伤心的风险去爱上你，但我还是拜倒在了你的石榴裙下。”他笑了，“这下可以了吗？觉得你能制住我吗？”

我厚着脸皮笑道：“我会试试看。”

他的唇覆在我的唇上。雨下得急了，顺着脸颊滴落，流到了嘴唇上，但我们依旧吻着，以后的日子里，我都会亲吻面前这个男人。

第三十五章

苏菲

妈妈的头发湿漉漉地贴在头皮上，睫毛膏结成了苍蝇腿，但还边脱靴子边开怀大笑地说：“如果马库斯说要带你去短途旅行，不要相信他的话。我感觉我们爬了一座珠穆朗玛峰。”马库斯笑嘻嘻地帮她脱下湿外套。她假装像落水狗一样甩掉头发上的水珠，他作势要躲开。

“嘿！别这样，不然我就把你关在外面和安格斯做伴！”

我很高兴他们玩得很开心。我整整一个早上都在浏览保存在手机里的短信，想念杰瑞德。

“你能去拿几条毛巾过来吗，苏菲？”妈妈说。

“水槽下面放了几条给安格斯准备的旧毛巾。”马库斯说。

我在洗手间里找到了毛巾，拿出来。他们此刻正围坐在壁炉旁，肩膀靠在一起。我帮安格斯擦干净身上的水后，它就一溜烟跑到屋里了。

妈妈和马库斯手牵着手。我们在车里时，杰瑞德也总是牵着我的手。有时候我的手指冰凉，他还会呵气帮我暖手。我把手伸进口袋里，摸了摸兜里的手机，我想取出手机，再读一遍里面的短信，但是妈妈一定会奇怪我在做什么。我的目光不由得飘向她，看见她正含情脉脉地望着马库斯，笑容有些痴痴的。

“怎么了？”我惊奇地问道，“你的举止有些奇怪。”

“没什么。我只为我们三个聚在这里而感到开心。我喜欢这个地方。”

“是呀，这地方很不错。如果以后每个夏天都能来一趟会很有趣。”

妈妈又看了一眼马库斯，他握着她的手。她回头看着我，“我们在商量，明年可能会搬到这里住。”

“噢。”我看着他们，他们看着我，我敢发誓，就连安格斯也一定在眼巴巴地看着我，等我说出什么深刻的见解。我看见妈妈眼睛周围生出了细纹，不知道它们是什么时候长出来的，好像就是近几个月的事。似乎那每一条细纹都指向了她充满希望和激动的眼神，好像在说：“看啊，我现在多么开心！拜托为我高兴吧。”

不知道为什么，突然间，我的脑海里浮现出爸爸的脸。他说起妈妈时的神情和平时是那样不同：那不是兴奋，更像是一种更为深沉的感情，好像她就是他的空气。我的视线模糊起来，我忙勾起嘴角，露出微笑。

“这很酷啊，”我说，“不管怎样，我只能在家待几个月了，以后就只能周末的时候回来了。”我笑嘻嘻地对马库斯说：“别让她打扫我的房间。”

我马上就要去岛上，可能不会时常见到妈妈了，但是我不能那么自私，对她说出我的真实想法。我必须替她高兴。也许他们没准会结婚。

我的目光飘到她的手上，想象马库斯会给她买什么样的戒指。可能会是一颗大钻戒。我喜欢她嫁给爸爸时手上戴的那一款，样式简单。我们依偎在一起时，我会转动她手上的那枚戒指，摆弄着它，有时她会把戒指套到我的手指上，我会假装我们结婚了。她把那个戒指收了起来，说有一天我可以拥有它。那一天什么时候才能到来？等我结婚的时候吗？我会想要它吗？我试想爸爸为她挑选戒指时的情景，那时她才十九岁。当时她怎么知道自己就想要嫁给这个男人呢？她怎么会不清楚以后会发生什么事呢？我又想到杰瑞德和他说的那句“受够了”。受够了，受够了，受够了。

“我们暂时不会做任何改变，”马库斯说，“我们希望你能感觉舒心。我们知道这一年你过得很艰辛。”

艰辛的一年。这就是他对这一年的描述吗？他的用词委婉，看上去很关心我，想要确保我的生活不受影响。如果他们结婚了，他就会成为我的继父。我们每一个圣诞晚宴、每一个假日都会有他的存在。他还会来参加我的毕业典礼。

做这一切的不是我爸爸，永远都不会是我爸爸。

这时，我是多么想和杰瑞德聊聊我的渴望和尝到的痛苦的滋味。我想要把这些吐出来，但是太迟了，我早已经把它们吞进了肚子里。

他们在等我说点什么。“这是个大新闻。我们应该庆祝一下吗？”我站起来，向厨房走去，“我们喝点酒吧。”我把手放在了酒瓶上。

妈妈跟在我身后。“哇。”她惊呼一声。

“我快十九岁了。来吧，让我和你们一起庆祝。”

“几个月前，你刚满十八岁。”她有些犹豫，但我看得出来她想这么做，想做件事情向自己证明我确实接受了他们的喜讯。

“下不为例。”她伸出手，从橱柜里拿出三个玻璃杯。

他们已经去睡觉了。我坐在房间里，望着窗外。安格斯陪着我。它不怎么和他们睡在一起了。我猜，它也知道和他们在一起会太拥挤。

隔着墙壁，我能听到他们压低声音在谈论什么，那嗡嗡的声响也许是从通风口传过来的。也许他们正在规划未来，互诉衷情。我好奇妈妈是否还会想起爸爸。

马库斯人很好，他对妈妈也很好。他不会喝醉，也不会伤害她，更不会让她流眼泪。那为什么我还是会生他的气？我仔细剖析着自己的想法，想要把这种感觉隔离开来，但是它一直蹿来蹿去，躲进角落里，和我玩儿捉迷藏。

然后，我抓住了它。原来，我的心里也藏着一个不为人知的想法，希望有一天我的父母可以重归于好。好几次，我告诉爸爸，他需要放开手，向前看，接受妈妈已经开始新生活的事实。但其实，我才是那个需要向前看的人。

我抿了一小口酒。妈妈和马库斯上床睡觉后，我从房间里偷偷溜了出来，拿走了最后一瓶酒。她不会记得少了一瓶酒，刚才我可是那个一直给他们斟酒的人。

现在，我感觉浑身发热，醉得昏昏沉沉，但我却高兴不起来。我拿起手机，翻阅里面的短信，一遍又一遍读着杰瑞德发来的信息。

又过了几个小时，我醒过来，发现安格斯睡在我身旁，脑袋枕着我的枕头。它打了个哈欠，弄出不小的动静，呼哧呼哧朝我脸上喷着温热的气息。我翻了个身，等待那阵突然袭来的眩晕感退去。时钟显示现在是凌晨三点。床头柜上放着空荡荡的酒瓶。

我拿起手机，眯着眼看着屏幕。我有一个模糊的记忆，好像昨晚给谁发了条短信，但这是不可能的，我的手机没有信号。接着，我看到了写给杰瑞德的那条短信："好吧，也许是我害怕，因为我太爱你了。我害怕你会像我爸爸一样离开我，然后我的心就会再次死去。我以为这么做会好过些，但事实并非如此。我想你。"

噢，该死。感谢老天，信息没有成功发送。我盯着屏幕上的蓝色泡泡。我只要开车去到一个有信号的地方，它就会发送到他的手机上，但是我不想这么做。这不过是我的酒后之言，没有任何意义。我也制订好了计划，我打算保持单身，集中精力完成学业，然后搬到城市里，结识新朋友。

我的手指悬在屏幕上方，然后我点开了相册，里面是我和杰瑞德两个人在沙滩上、他的床上拍的自拍照，照片里的我们做着鬼脸、深情地亲吻。我细细地看着他的脸、他的眼睛，我想起每次我不开心，他似乎总是能感觉到，他会带我去我没去过的地方散心；我对任何事都提不起兴致的时候，他会拉我出门散步。

他说得没错，他只是想要帮助我。我不再画画了，这不是他的错。他以前甚至会提醒我出门的时候带上画板。我不再和蒂兰妮出去玩了，因为我们不再有那么多可以聊的话题，和杰瑞德做爱更加有趣。那不是他的错，这些选择都是我自己做的。我看着安格斯，"我真的搞砸了，对吗？"

它扭着身体，凑过来，在我的脸上又是舔又是蹭，直到我不得不推开他。至少安格斯仍然爱我。我偷偷溜进客厅里，拉开冰箱门，寻找妈妈带来的瓶装水。我抽出一瓶，却不小心掉在了地上，瓶装水在地板上滚了起来，安格斯欢腾地扑了上去，我制止了它。但是太迟了，身后传来一串脚步声，接着响起马库斯的声音。

"我听到你下楼梯的声音，你还好吗？"

“嗯，就是睡不着觉。”我拧开瓶盖，咕咚咕咚喝掉了半瓶水，气都没有喘一下。刚睡醒的时候，我感觉嘴里像是含着一口沙子，干渴难耐。

“宿醉未消，嗯？”他靠在料理台上，身上穿着一件白色的长袍，一副在水疗中心的打扮。他的头发乱糟糟的，我才不要去想它是怎么乱成这副模样的。

“我只是不习惯喝红酒。”好像其他事情我就习惯一样。

“你懂的，如果感觉到困扰，你可以告诉我，我们可以把它当成我们之间的秘密。”

他脸上又露出心理医生常常挂在脸上的那副通情达理的神情，好像下一秒他就要拿着纸板坐下来，和我聊聊我心底最深的恐惧。我很惊讶他愿意对妈妈有所隐瞒，也许他只是说说而已，想博取我的信任罢了。

“我没事。”

“你确定吗？看到你妈妈在一段新感情中越走越远一定很不好受吧，尤其是你爸爸刚刚去世。你感到有些愤怒也是情理之中。”

天哪，我的心理医生如此敏感。我感觉房间再一次旋转起来。我吸了一口气，应该只是酒精的作用。我玩着手里的瓶盖，“不是因为这个，是关于杰瑞德的事。”

他歪过头来，“不知道他为什么会在最后一刻变卦了。”

“我和他分手了，但我觉得我犯了一个错误。”

“为时已晚，不能弥补了吗？”

“我不知道。他也在岛上，但我不确定他是否想见我。”

“好吧，也许分开一段时间是一件好事。我们只在这里待一周。等回到镇上，你们可以好好聊聊。常言道‘分别会让两颗心靠得更近’。”

“是的，也许吧。就一个星期而已，对吧？”

“没错。”看上去他那颗悬着的心好像放下了，他似乎觉得自己在这场与孩子的心理博弈中取得了巨大的胜利，现在事情如他所愿，这下他就能和妈妈夸耀自己在厨房里是如何修补我那颗破碎的心了。

我们互道了一声晚安。我拿着那瓶水，和安格斯一道回屋里睡觉。幸好马库斯已经不再从事心理医生这一行了，因为他对待青少年的手段实在没有多高明。

要我什么都不干，坐等一个星期，没门儿。

第三十六章

琳赛

我突然惊醒，好像有人伸出手来把我摇醒了一样。房间里光线昏暗，我眨眨眼睛，陌生的陈设渐渐清晰起来。没错，我们是在湖边小屋里。马库斯在我身旁轻声呼吸着。天花板上现出了时钟的投影，时钟显示是早上八点。我刚才梦到了什么？我努力回想。积雪覆盖的道路，熟悉的紧迫感。难道是从安德鲁身边逃走的那个晚上？这个梦一定是反映了我的某种潜意识，我一定是对即将和马库斯开始新的生活有些焦虑。太愚蠢了，这次我一定不能搞砸。

我悠悠地闭上眼睛，想象和马库斯在湖边的生活。我们生活在一起后，一定更加柔情蜜意。我们会把房子重新装修一遍，结识周围的邻居和社区的新朋友。也许我会报镇上的夜校课程。他在窗前的书桌上写作的时候，我可以做作业，累了就休息一会儿，和他聊聊天。我仿佛看见了马库斯在冲我微笑，向我伸出了手。

但忽然传来一阵敲门声，帕克警官站在门口，“我们知道药丸的事了，琳赛。”

马库斯的脸色从迷惑转为惊恐，最后变成愤怒。“你干了什么？你为什么骗我？”然后，我知道一切都结束了，全都结束了。

我睁开眼睛。我为什么会有这种想法？马库斯是不会因为我那天晚上做过的事评判我的，但现在我却情不自禁地回想起那一幕：我眼睁睁地看着那些药片落进安德鲁的威士忌酒杯里，然后拿着勺子一遍一遍地搅动，直到它们全部溶解。

我瞥了一眼熟睡的马库斯，他肩膀的轮廓掩在阴影下。我应该告诉他吗？我该怎么向他解释我给我的前夫下了药？这么做会改变他对我的感情吗？珍妮也许会建议我保密，他没有必要知道这件事。

我没有惊动马库斯，一个人来到客厅。壁炉里的火熄灭了，空气凉飕飕的。我拿过一条盖毯，把它像披肩一样裹在身上，在壁橱里搜寻咖啡豆的踪影，然后煮了一壶咖啡。等咖啡煮好的工夫，我凝望着窗外的湖面。我忍不住去想马库斯的前妻以前是不是也像这样站在这里。

当我准备去冰箱里取牛奶的时候，冰箱上用磁铁固定的一张便条吸引了我的注意，我惊讶地发现，这便条竟然是苏菲留下的：

> 我去城里了。借了马库斯的车。对不起，不想吵醒你。很快回来。亲亲抱抱。

她的小脑瓜里到底在想什么？外面的道路很难走，她又不习惯开大型的越野车，万一车陷进泥坑里，或者轮胎在松散的碎石上打滑了怎么办。我伸手去拿手机，想要叫她回来，然后我才想起电话在这儿没有信号。我又检查了固定电话，不出所料，固定电话也已经不能用了。也许，她就是因为这个才要回镇上去，她想给杰瑞德或是蒂兰妮打电话。

我听到身后的脚步声，转过身去。马库斯穿着一条牛仔裤和一件T恤衫，头发凌乱，因为两天没刮胡子的缘故，他的脸上像蒙了层阴影。他睡眼蒙眬地露出一个微笑。

“对不起，”我说，“我不是故意要吵醒你的。”

他用胳膊环住我的腰。“你值得我从床上爬起来。”他注意到我手中的便条，“这是什么？”

“苏菲开着你的车去镇上了。”

他退后一步，眉头蹙起，“我昨天晚上在厨房见到她找水喝，我们说起了杰瑞德——他们分手了。我建议她过一阵再跟他聊聊，但她一定是决定自己处理这件事。我忘记这个年纪的孩子行事会冲动。”

听到苏菲和杰瑞德分手的消息我很惊讶。为什么她什么都没有对我说。难怪她最近总是一副无精打采的样子。我很开心她能够信任马库斯，但也为她瞒着我这件事感到伤心。“我不敢相信她就这样离开了，等她回来我要和她好好聊聊。”

“她可能用不了多久就回来了。”他看了一眼窗外，“被风吹倒的树要是堵了路，我可一点儿也不意外。”

“我希望她不会被困在半路。”

“就算被困在了半路，她也能走回来。路程不算太远。”

我点点头，告诉自己他说得没错。“我想我需要习惯这种感觉。一旦她出门求学，她就会开始自己的生活。”

“你也会开始自己的生活。”他把两片嘴唇压在我嘴上，给了我一个吻，但是我却没办法放松下来回应他的吻。他抬起头，看了我一眼，“怎么啦？我刷牙了。”他笑了。

“我只是想喝点儿咖啡，我还是有些犯困。”我轻轻地拉开他的胳膊，忙碌起来，倒了两杯咖啡，“我们去客厅里吧。”

他坐在沙发上，我坐在他身边。窗外的湖水波澜不惊，湖面像一块光滑的玻璃，周围的树木也静悄悄的。如果想要把事故发生的那天晚上的事情告诉他，这是一个很好的时机，但是我心中却犹豫不决。我转过头，看着他，他的眼神温和，嘴角挂着让人安心的笑容。他是一个很好的人，我提醒自己，我可以信任他。

“我醒来的时候，想起了过去做过的一件事情。”我慢慢地开口，“我离婚前犯下的错。那是很久以前的事了，但有时候还是会让我感到困扰。”

“你不确定该不该告诉我？”

“我想，我只是担心，它会改变我们的生活。”

“琳赛，不管是什么事，都不会有那么糟的后果。”他伸出手，握住我空闲的那只手，“什么都不会改变，我保证。”

我盯着我的咖啡。我说得太多了，现在已经不能退缩，一笑置之了。我吸了一口气，开始说道：“我逃跑的那天晚上，我给安德鲁吃了些东西，好让他睡着。我只是很害怕他会醒来，你知道吗？”我给马库斯讲过，我第一次逃跑的时候，安德鲁是如何掐着我的脖子，让我差点窒息。我很高兴，现在不用再去回忆那一幕，光是回忆那一晚对我来说已经够艰难的了。

“你的意思是像安眠药之类的东西？”

我点点头，“我弟弟帮我弄来的，我太害怕了，自己开不了处方药。那时安德鲁已经发现我在秘密服用避孕药，并开始调查我的财务状况。我之前也没有告诉你这件事……”我抬头打量他的脸，等着看他对我坦白的秘密做何反应，但他仍是一副体谅的表情。

“我并不感到惊讶，”他说，“你当然不想怀孕了，你正处在一段虐待性质的婚姻中。”他握住我的手。

我的身体放松下来。我之前从未意识到这些秘密是如何在一点点蚕食我的生命，而与马库斯分享这些秘密对我来说又是多么重要。

“我本来打算给他多放几片安眠药，但是他那天晚上喝了很多酒，我担心如果他摄入过量的安眠药会导致死亡。所以，我只在他的杯里放了两片。”

“你这个举动是明智的，你当时必须得离开那栋房子。”

“是的，但是他后来醒了——也许是酒和药混在一起让他感觉不舒服。我不知道究竟发生了什么。后来，我才想起我可能把瓶子里的棉花留在了洗手台上。对于这点，这些年来，我都不确定，但是那天安德鲁在银行外面向我走来时，他说的一些话让我意识到他知道是我给他下了药。所以他才会为那天晚上发生的事情感到愤怒。”

“你把那场事故怪在自己头上？”

“我知道，按照逻辑，他才是那个选择坐在方向盘后方的人，但是安德鲁即使喝了酒，还是可以平稳地开车，而且比平常更加谨慎。有时我都看不出他有没有喝酒。我觉得是药物影响了他身体的协调。事故发生后，我在网上看到，有些人喝酒以后吃了安眠药会梦游。”

马库斯目光灼灼地看着我。

“你能说点儿什么吗？”

“抱歉，我正在等你说完。听你这么说，我理解你一直在因为这件事折磨自己。相信我，我理解，但是你需要宽恕自己。”

“即使那女人是因我而死？”

“伊丽莎白。”他补充道。

我怔住了，从他口中听到她的名字，让我有些惊讶。

他注意到我的表情，解释说：“你提过一次。”

我点点头，“对。伊丽莎白。我只是忍不住去想，如果我没有给他下药，他驾驶那辆卡车就不会失控。或是，如果我给他多下一些药……"

"你现在很可能已经锒铛入狱，苏菲就没有妈妈了。你可以想象出一千种不同的脚本，琳赛，但那是他的选择，你没有任何责任。梦游的概率非常小，他知道他在做什么。"

我靠在沙发上，"我这样告诉过自己很多次，但之前我从未相信过这种解释。现在我信了。我之前很害怕你会觉得我是个可怕的怪物。"

"还差得远，我们都会做出我们意想不到的事情。"他握了握我的手，伸手去拿他的咖啡杯，然后喝了一口咖啡。

我冲他微笑，"你做过什么糟糕的事？"

他也笑了，"好吧，显然我在和一个怪物约会。"

我轻轻地捶他的肩膀，"不许这么说！"

他做出一副疼得龇牙咧嘴的样子，揉着被我捶过的地方，"看到没？她是一个危险的女人。"

我笑得前仰后合，在他的手臂上落下一个吻。"你说得对，我非常危险。"我从他的手中拿过杯子，放在桌子上，手指滑过他的前臂，抚上他手肘的敏感区域，然后用大拇指在上面缓缓地画圈。

"不如利用一下这难得的独处时间？"我提议说。

他犹豫了一下，"我本来还想到湖边透透气。"

"用不了多少时间。"我站起来，跨坐在他的身上，吻他的嘴，直到他张开嘴巴。我们跌跌撞撞地回到卧室，把衣服扔在地板上，倒在床上尽情地做爱。我们的十指紧扣放在他头的上方，呼吸渐渐交融在一起。我看不见他的眼睛，他的脸埋在我的脖颈处，但我能感觉到他急切地想要释放，我们的身体一起摇摆。每次我放慢节奏，他的双手就会掐着我的皮肤，催我加快速度。

第三十七章

苏菲

我蹑手蹑脚走下楼梯时，房子里很安静。每走一步，我都小心翼翼，中间停下片刻。这次，我可不想再吵醒马库斯。安格斯跟着我，爪子在楼梯上留下啪嗒啪嗒的声响，我只好停下来取下它的项圈，以免项圈叮当作响。我把手指竖在唇边，“嘘！”它看着我，一副心领神会的模样。我把安格斯放出去，趁它撒尿的工夫匆匆写了张便条，纠结应该放在哪里，但最终决定贴在冰箱上。我打算去镇上喝杯咖啡。等安格斯回来后，我拿一块涂满花生酱的骨头把它哄到它的毯子上，在它明白过来我们不是要出去散步之前溜出了房门。

我对擅自开马库斯的切诺基感到有些愧疚，还有些害怕。车是全新的，没有一点划痕。我把车开得很慢，手紧紧握着方向盘。我会加倍小心。我不会把它停在别的车附近，等我们的旅行结束后，我会把它清洗干净。希望他和妈妈快要结婚的消息能让他开心一阵子，不会介意我自作主张地开走了他的车。每个孩子都有一道免死金牌，不是吗？虽然那也许针对的是亲生父母，真正的父亲。我想起了我爸爸，他一定会允许我开他的车，他甚至还打算给我买一辆车呢。

不，我不要再想这件事了。安德鲁已经走了，我没法弥补他了，但杰瑞德还活着，这次我不能放他走。

道路崎岖不平，轮胎艰难地驶过几个深水坑。我摸索着不同的按钮，直到我发现切诺基已经被设置成了四轮驱动。车速有什么规定吗？不能在高速公路上使用四轮驱动？我不知道，我不知道。我在想什么呢？我不想弄坏他的变速装置。路面上散落着一些大树枝，我能感觉到汽车从它们身上碾过时，枝丫刮擦着底盘。我只能在心里暗暗祈祷车上的消音器没有被刮坏。

这时，我开到一个路口，放慢了车速，思考该转到哪条路上。路上没有指示标，我不记得之前有没有走过这条路。车过来的时候，我一直坐在后座上玩手机。我只记得马库斯说过这片区域都是伐木后开辟的道路。

我选择了右转，但二十分钟后，我还没有开上公路，路面变得愈发颠簸狭窄，我这才意识到我可能走错了路。我在森林里找到一小块空地掉头，原路返回。再次到达路口后，我选择了另一条路。

五分钟后，我看到一个标志，发现自己很快就要开到一条通往公路的岔路上。路况很快就会好转——谢天谢地。已经有一会儿没有途经任何林间小屋了，树木也变得更加稀疏了。光线穿过树林，斜射过来。

我瞥了一眼副驾驶座上的手机，心想，不知道现在手机有没有信号。我侧过身，胸膛几乎贴在了皮质的操作台上，拿起手机。我一只手输入密码，飞快地查看路况，另一只手握着方向盘。

成功了。手机有信号了！不知道我有没有收到更多消息。我低头，用大拇指点开应用程序，紧接着听到嗖的一声，是消息发出的标志性声响。糟糕！我本来还想再看一遍编好的信息，好让它看上去不是那么愚蠢。

这时，我抬起头，只见前方的路中间横卧着一棵树，心头一惊。我连忙猛踩刹车，安全带紧紧地勒着我的胃和胸膛。切诺基的后端开始打滑，我想要转动方向盘，但车头对准了路的边缘，猛地冲进沟里，以迅雷不及掩耳之势撞上了前方的一棵树。

一时间噪音大作，周围的世界好像正在分崩离析。伴随着金属的撞击声，玻璃哗啦啦碎落。树枝穿过破碎的挡风玻璃，狠狠地扫过我的脸颊，刮擦着我的皮肤。驾驶座一侧的安全气囊砰的一声胀开，接着，副驾驶座的气囊也跟着胀开，像白色的气球一样把我包围起来。

一切都静止了，世界安静下来，只听见引擎发出的嘶嘶声。我动都不敢动。我小心翼翼地挪了挪我的腿和脚，似乎没什么大碍，但我还是浑身不停地颤抖。引擎的嘶嘶声中夹杂着奇怪的嗡鸣声。

我伸出手，转动车钥匙，发动机剧烈抖动后熄火了。我一阵摸索，终于摸到了安全带，然后按下了一旁的按钮，安全带没有松开，我只好用力，又是拉又是拽才松开。

我想要找到我的手机，但前排座椅被气囊堵得严严实实，我什么都看不见。手机不在操作台上。我把驾驶室一侧的气囊使劲儿推开，用脚四处试探，终于，我瞥见了手机壳那抹鲜亮的粉红色。

我伸出手，用一根指头把它扒拉出来，滑到身边。长方形塑料壳坚固而又熟悉的触感让我感觉安心许多。拜托，拜托，一定要有信号。

三条信号格，应该足够了。但我该给谁打电话呢？我看着屏保上我和蒂兰妮的合照，犹豫了，这张照片还是杰瑞德帮忙拍的。我不知道湖边小屋里的固定电话是否有信号，但无关紧要——反正我也不知道电话号码。

我应该拨打911报警电话吗？我想到刚从手机上发出的那条消息，警察会不会查看这些东西呢？如果他们发现我开车的时候用过电话，我会被起诉，我不想因此失去驾照。这时，手机突然振动起来，我吓了一跳，差点把手机摔掉。消息是杰瑞德发来的。

“我们可以聊聊吗？我想你。”

“我出了意外，需要帮助！”

“该死，给我打电话！”

他立刻接起了电话，“你没事吧？你受伤了吗？”

“我的头有点疼……还有脖子。妈妈会很生气。”

“发生了什么事？”

“我借用了马库斯的切诺基。我太蠢了——开车的时候，看了看手机。车滑到了路边，撞上了一棵树。我该报警吗？我害怕会惹上麻烦。”

“待在那里别动，我去找你。”

等他来的工夫，我就蜷缩在车里，胳膊搂着腿，身体颤抖个不停。我的眼睛盯着手机，心中忐忑不安，一会儿担心他会不会迷路，一会儿又害怕有人路过看见切诺基陷在沟里会报警。就这样煎熬了四十五分钟，我听到砰的一声关车门的声音，紧接着，我听见了他的声音。

“苏菲？”

我推开门，从车里爬出来，双腿有些抽筋，很是僵硬。“我在这里！”我穿过灌木丛，向他走去，却不慎滑了一跤，摔进了沟渠里，我挣扎着想要站起来。

我听见一阵脚踩在砾石上的声响——他好像是在跑步。接着，他出现在我的面前，脸色苍白。他向我伸出手，我紧紧抓住他的手。

“对不起，”我说，“我为所有的事情感到抱歉。我真是个贱人。我只是——”

“现在不要担心这个了。”他把我从沟渠里拉起来，我们面对面站着。他拂去我头发上的玻璃碴儿，捧着我的脸颊，“再也不要像这样吓我了。”

“我不是故意要造成事故。”

“我说的不是这个。”他凑近我，冰凉的嘴唇贴在我的唇上。他的嘴唇温暖而又柔软，我们不顾一切地拥吻起来。过了好一会儿，我们依依不舍地分开了，手还紧紧地牵在一起。

“路还被树堵着，”他说，“这里离湖边小屋还有多远？”

“我不确定。我迷路了。”

“你能走吗？”

我点点头。他把我的手放进他的口袋里，我们一起向山上走去。我不在乎是不是要用两个小时才能返回湖边小屋，我也不在乎回去后妈妈和马库斯是否会责备我。我只知道，有杰瑞德陪着我。

第三十八章

琳赛

已经快十点了，苏菲还没有回来。马库斯正在湖边钓鱼——他想抓几条鳟鱼当晚餐。我本来打算一边品尝咖啡的香醇滋味一边看看书，但却一直忍不住从窗口观察马库斯。他身穿亮红色的救生衣，手腕一抖，鱼线便在空中画出一道完美的弧线。我对他坦白后，他神色如常，只是急匆匆地说要趁鱼还能上钩前去湖边钓鱼，可我还是感觉内心脆弱，好像秘密被曝光了一样。

我走到沙发旁，书还摊开摆在我之前坐过的地方。我拿起书，又放下，期盼能听见切诺基的停车声，听见苏菲下台阶时靴子踩在台阶上轻快的脚步声，想象她从大门口冲进来，红着脸不住道歉的模样，但是周围一片寂静。如果她没能尽快返回，我们或许不得不去邻居家借辆车来。

我起身到厨房的水槽下面寻找清洁用品，把地板、橱柜门的表面，还有冰箱里面都擦洗了一个遍。她为什么去了这么久？如果她出了什么事，会有人知道去哪里找我们吗？我走进主卧室。当我伸手要抹去梳妆台顶部的灰尘时，不小心撞倒了凯蒂的照片，相框摔在地上，玻璃碎了一地。我急忙蹲下来，检查相框有没有损坏。

木头相框裂开了，玻璃碴儿像碎冰块一样。我感觉很糟糕，希望这相框不是马库斯的什么情感寄托之物。谢天谢地，照片没有损坏。我把照片从相框背面取下来，发现照片是印在相纸上的——相纸的品牌名依稀可见。马库斯一定是从电脑里打印出来的。

我把照片翻过来，仔细瞧凯蒂的模样。她长得太漂亮了。照片拍得很完美，风把她的头发吹得恰到好处，她的妆容精致，沙子上铺的编织毯平平整整，这样一来，我才发现照片里沙粒比透过相框玻璃看起来更加细腻，颜色也更浅，里面的植物也和我们在西海岸见到的植物不一样。他们一定是去哪里旅行了，这就解释了为什么她手里拿着一杯红酒。但马库斯和我说过他的女儿从不喝酒，可能只是水吧。我把脸凑近照片，仔细打量，发现凯蒂看起来有些不太自然，似乎是摆拍的。大概，他们是请了一位摄影师给他们专门拍照。仔细想想，马库斯房间里凯蒂的大部分照片似乎都是摄影师拍的，没有一张她的随拍照片，也没有两人的合照。他一定是收起来了。

我打扫干净玻璃碴儿，把它们倒进垃圾桶里，以免安格斯的爪子被割伤。我准备上楼打扫苏菲的房间，脚步却莫名其妙地停在凯蒂的房间外面。这个房间上一次打扫是什么时候呢？马库斯没有说过她的房间是禁区，况且我对她产生了好奇。我心爱之人的女儿，我想要通过某种方式了解她，我相信他不会介意。我试着扭动门把手，但门上锁了。他很可能只是不想让客人使用她的房间。我下了楼，发现架子上挂着几把钥匙，就把钥匙拿上去试了试，其中一把正是房门钥匙。

我走进房间，嗅着屋里腐败的气味。房间的陈设并不像是一个年轻女孩的卧室，不知道她最后一次住在这里是什么时候，屋子有没有重新装修过。这里更像是一个主卧室，床是锻铁的，床的上方挂着一幅画，画面是白雪皑皑的湖面上旭日初升。一床银色人造皮毛羽绒被看上去很是奢华。这间屋子比楼下的卧室要大得多。

我走到窗前，想给屋里换换空气。窗户锈死了，显然很多年都没有打开过，我不得不使出浑身力气才把它推上去。当我转过身来，注意到房间一侧摆放着一个木头衣柜。我打开衣柜，发现里面有几件女人穿的衣服。我翻了翻，有几件衬衫、一件羊绒衫和一条黑色西裤。一个二十出头的女孩怎么会穿这样的衣服。这些一定都是凯瑟琳的。这时，我注意到里面挂着的一件丝绸质地的和服，想到凯瑟琳曾为马库斯换上这件衣服，我就局促起来。我赶忙把衣柜门关上。

我退后一步，再次打量这个房间，不放过每一个细节。屋里有两个床头柜，上面没有照片，一个床头柜上摆着一盏台灯。这里会不会其实就是马库斯和他妻子的房间呢？但这说不通，他明明说，因为怕我不舒服，他特意给楼下的主卧室换了新床垫和床上用品。

右手边有另一扇门。我推开门，发现是一个浴室。我慢慢地走进去。现在，我绝对是在窥探别人的隐私了，但是我无法转身离去。我拉开一个抽屉，里面装着女人的化妆品，各种零零碎碎的小样，应该是他妻子留下来的。我忍不住拉开更多的抽屉，清点里面的东西：棉签、棉球，一瓶风十的香水、旅行装的洗发水，还有一块香皂，用圣诞节礼品包装纸包着，我把它翻过来，阅读上面的标签：爱你的马库斯。

为什么他没有清理这个房间里的东西？我不明白。难道他还爱着凯瑟琳？我抓住洗手台，感觉一阵头昏眼花。我必须和他谈谈，我必须弄清楚这一切究竟意味着什么。我看着镜子中自己的影像，我的面色有些苍白，我必须离开这里。

当我穿过床的左侧过道，我注意到床头柜底层放着一本明黄色与大红色相间的封面的书，我侧过头，看了一眼书名——《加拿大护理领导力与管理》。

我跪下来，拿起书，快速翻了几页。马库斯说过，他的前妻是一名会计师，也许凯瑟琳正在考虑换工作。翻到了扉页，我看见一个标签上面用纯蓝色墨水笔整整齐齐地写着：本书属于伊丽莎白·凯瑟琳·桑德斯。

第三十九章

琳赛

不可能是真的。她不可能就是安德鲁杀死的那个女人。这怎么可能呢？我转过身，走到窗台下的小书架旁，把书一本接一本抽出来，一开始动作缓慢，后来越来越快。有悬疑小说，也有言情小说。言情小说的数量很多，扉页都贴着一张标签。我一遍又一遍地念着她的名字：伊丽莎白·凯瑟琳·桑德斯，伊丽莎白·凯瑟琳·桑德斯，伊丽莎白·凯瑟琳·桑德斯。

我把书塞回书架上，把它们重新排列好，然后锁上门，跑下楼梯。在我做其他事情之前，我从前窗向外眺望，马库斯的船还停靠在岸边，他仍然在背对着房子钓鱼。

我回到我们的房间里，把他的手提箱翻了一遍，又把他的外套口袋摸了一遍。床底下、床头柜抽屉里，我也快速地搜寻着。我不知道自己究竟在寻找什么，但是内心深处有一个声音在不停催促着我：找，继续找。我的手飞快地移动、提起、感触，脚踩在冰凉的地板上，屋里的热气已经散去。但我还是感觉很热，汗流浃背。安格斯跟在我身后，用鼻子顶着我，尾巴摇来摇去。它还以为这是一场游戏。

我猛地拉开药柜门，急急忙忙地在里面翻找，瓶装漱口水、一次性剃须刀、瓶装胃药、泰勒诺、艾德维尔、感冒药，没有处方药瓶。

他的剃须套组放在洗手台一侧。我的目光在他的洗漱用品、电动剃须刀上一一扫过。我拿起他的塑料肥皂盒，里面发出轻微的咔嗒声。我想要扳开盖子，两只手却好像冻僵了，变得不听使唤。终于，我打开了盖子。

我目不转睛地盯着那一把白色药片。这药片，我以前见过，是安必恩。之前安格斯被下的就是这种药。我低头看了一眼卧在我旁边的安格斯，它的尾巴啪的一声拍在地上。

我这才想起，有一次，我的汽车轮胎半路突然没气了，是马库斯开车送我回家的，我关闭警报装置的时候他就站在我身旁。撞伤格雷格，偷偷溜进我家里，我还以为，所有这一切都是安德鲁干的。可真的是马库斯干的吗？他说他的前妻名叫凯瑟琳。其实自始至终他都没有女儿，也没有凯蒂这个人。

伊丽莎白就是他的妻子。

我的心里有一个声音响起，清晰而又响亮。我这才发现自己其实早就有了答案，看见那些书的时候，我就知道了，所以我才会找药片。我跪在地上，手里还拿着肥皂盒。不，不是这样的。这个结论我下得太仓促了，但安德鲁确实是死在我家里的。

警方认定那是一场意外，但帕克警官觉得事有蹊跷，对我、格雷格和克里斯都有诸多疑问。她说安德鲁得罪了很多人，但是她偏偏漏了一位，也是最重要的一个人。我在记忆中搜寻伊丽莎白·桑德斯的信息，报纸上提到过她有一位丈夫，除此之外就没有了。死者家人要求保护隐私。

脑海里每浮现一个新的想法，我就感觉自己被一计闷拳狠狠地击中。马库斯志愿为互助小组提供服务，他由此和我成了朋友。可如果他只是在等待安德鲁出狱呢？他大概猜到了安德鲁有一天会来找我。而现在他得知了那天晚上是我给安德鲁下了药。我就在这里，把一切都告诉了他，然后我们还做爱了。

他这是在玩什么把戏？他计划怎么对付我？

等苏菲开着切诺基回来，我们必须马上离开。但我该怎么对马库斯说呢？要和他针锋相对吗？不，我们得逃到一个安全的地方。我必须找一个借口，就说因为什么急事我们必须回到镇上去。之后，我就报警。

我的腿抖个不停，把药片小心地放回他的剃须套组里。这时，剃须刀映入我的眼帘。我需要一件武器，以防他想要攻击我。也许，一把刀更合适。

我轻手轻脚地走出卧室，朝客厅偷偷看了一眼。里面没有人，壁炉里的火快要熄灭了。我又绕到窗户旁，身体隐在暗处，手攥紧了窗帘，向窗外望去。只见马库斯的船还拴在码头上。我把身体凑近窗户，朝沙滩、小路上张望。

可湖边已没有他的踪影。

第四十章

琳赛

马库斯站在大门旁，解靴子上的鞋带。我不禁想起了安德鲁，他解鞋带的时候也会先松开最上面的鞋带，从右脚开始解，然后他会站直身体，手撑在墙上，用左脚抵着右脚脚后跟，把鞋脱掉。我之前从来没有意识到他们俩的动作是如此相似。马库斯抬头看着我，面带笑容。

“我一个人在那里钓鱼感觉很孤单。”

我挤出一个笑容，但我感觉我的嘴唇很僵，笑起来一定很假。如果我还是不能假装什么都没有发生，他迟早会感觉出事情不妙。我之前就这么干过，和安德鲁虚与委蛇了那么多年。

“抓住什么了吗？”

“今天没什么运气。”

“想喝点咖啡吗？”

“那太好了。”我从橱柜里取马克杯的时候，他走到我身后，用胳膊搂住我的腰。衬衫被伸胳膊的动作带着向上，我的腰露出了一截，他的胳膊贴在我裸露的皮肤上，我感觉一阵寒意。

他的嘴唇在我的后脖颈上来回摩擦，我几乎要喘不过气来。我集中注意力，取下盛水的细颈瓶。

“天哪，你身上好冷，”我说，“不如去洗个热水澡？”

“也许吧。”他转过身去，端起咖啡，“苏菲人呢？”

“她还没回来。我可能会带安格斯去散散步，看看周围有没有哪位邻居在家，也许有人可以借我用一下汽车。”

“湖边一时半会儿可逛不完。我们再多等等看，行吗？暴风雨好像又快降临了。树上刮下来的树枝可能会伤到你，我可不想让你受伤。”

“好吧。”我把脸掩在咖啡杯后面。你到底是谁？你都干了些什么？他英俊的脸庞很熟悉。

几个小时前我还主动与他接吻，但现在他却让我感觉到陌生。我希望苏菲可以尽快回来，这样我们就能离开这里，但我又有些希望她可以待在安全的地方。如果马库斯意识到了有什么不对劲儿，我不知道他会做出什么举动。

他环顾四周：“我闻到的是清洁剂的味道吗？”

“我清扫了一下房间，但不小心打破了你卧室里的相框，就是里面装着凯蒂照片的那个相框。”

我手指握紧了马克杯盯着他的脸，想看他会做何反应。在逃跑之前，我会先把热咖啡泼在他的脸上。

“没关系，”他语气平静地说，“我可以换个相框。里面的照片损坏了吗？”也许，他是在试探我有没有注意到什么异常。我努力让声音保持冷静，但我从来没有像现在这样害怕得要死，甚至和安德鲁在一起时也没有过。

“我没有把照片取下来，我怕在上面留下划痕。”

“好吧，别担心，”他说，“意外在所难免。”

但我们的相遇却绝非意外，就像现在我们和他一起出现在这间湖边小屋里一样。他说的话，我一直深信不疑，他就这样施展着他的咒语。他对我说，我需要你。

“不如和我一起去洗澡？”他说。之前我在他家里过夜的时候，我们曾一起洗过。那天，他点了蜡烛，把香槟淋在我的身上，用他的嘴巴挑逗着我身上的敏感区域，我扭动着身躯，呻吟着乞求他的触摸。我爱上了一个恨我入骨的男人。

我瞥了一眼前门，“我不知道……苏菲……”

“她是个大女孩了。我觉得她的心不会因此而受伤。她已经懂得基本的性知识了。”他笑着接道，“你可以帮我暖暖身体。”

“我只是没有心情洗澡。”

“好吧。”他露出一个揶揄的表情。我的语气太生硬，声音紧绷。

“我会去陪你坐坐，让我先给自己冲杯新鲜的咖啡。”

汩汩的水流声在走廊里回荡，我想起楼上的那个浴缸。伊丽莎白和他有没有在里面共浴过呢？他偶尔还会在那里洗澡并想念着她吗？我不知道他是不是真的把房子出租了，还是，这不过是他编织的又一个谎言。我在杯里倒满咖啡。

等我走进浴室，他已经在浴缸里放好了半池水，泡沫浮在池水表面，遮盖住他腹部以下的部位。他的脚放在水柱下面的位置，他抬起一只脚，拧紧水龙头。

“你确定不和我一起洗吗？”

我摇摇头，坐在浴缸边缘。他抬起一只湿漉漉的手，用一根指头滑过我的胳膊，水珠滴答滚落。我却想用手挠一挠他碰过的部位。也许，我应该趁他洗澡时赶紧离开这里。也许在他追上我之前，我还能跑出几英里的路程，但是他赶起路来定是健步如飞——我见过他在跑步机上跑步。如果他追上我，我就没办法提醒苏菲了。

“我想今天的晚餐换点儿花样，”我说，“等苏菲回来，你介意我去杂货店买点东西吗？”

“需要我和你一起去吗？”

“不用了，我可以的。”我不敢直视他的眼睛，只是垂下目光，盯着手中的咖啡，用大拇指揉搓着手柄上假想的污渍。

耳边传来一阵骚动，大门突然开了，接着是安格斯兴奋的叫声。我没有看马库斯，匆匆离开浴室——在厨房里，我看到了杰瑞德和苏菲，我刹住脚步。杰瑞德正半跪在地上摩挲着安格斯的毛。他抬起头，冲我友好地一笑。我目不转睛地盯着他，感觉像是撞上了一堵墙，思绪纷飞。杰瑞德不能出现在这里，这下糟了，他也处于危险的境地了。我必须让他们赶紧离开这里。浴室那头传来一片嘈杂声。马库斯在给浴缸放水，我的时间不多了。对啦，他的车钥匙，他的车钥匙一定还在苏菲手里。

我迎上苏菲的目光，脑中飞速运转，怎么做才能既不惊动她避免让她心生恐慌，又能提醒她我们必须离开这里。“苏菲，我们得回到镇上。我们——”

“妈妈，我把切诺基撞坏了。”

“你说什么？”我这才发现，她的脸色苍白，她的头发凌乱，胳膊搂着身体，好像是冻僵了一样。我深陷恐惧之中，竟然没有注意到她的异常。我走近她，“你受伤了吗？”我仔细打量她的脸，在她的太阳穴附近发现了一个红色印记，我用手指摩挲着这块印记。

“我没事，”她说，“但是切诺基撞坏了。”她的声音在颤抖，我看得出来她在努力克制自己不当着杰瑞德的面崩溃。“路上有棵树，我想刹车，但是轮胎打滑，不受控制，我就撞向了路边。”这时，马库斯裹着浴袍，走到我身旁。苏菲一脸恳求地看着他，“我真的很抱歉。”

他看着她，一脸平静，让人不由得感觉安心。如果是在昨天，我没准还会感激他，因为他事事都表现得那么体贴周到，三思而后行——他的注意力总是那么集中，那么有自制力，从来不会像安德鲁那样发脾气。可现在，我却看到平静水面之下的暗流汹涌，捕捉到了他的愤怒。之前，我从来没有注意到，他的眼神竟会变得那么呆滞、冰冷。我从来没有见过它真实的样子——怨恨和愤怒深深藏在他的眼眸深处。

“我很高兴你没出什么事，苏菲。”他说，“我去给你取一些冰。”他向冰箱走去，然后转过头漫不经心地问了一句，“你有没有报警？”

一丝希望的小火苗在我的心中蹿起。警察，如果他们来做事故记录，我就可能趁机向他们暗示我们需要帮助。我目光灼灼地盯着苏菲，说有，拜托说你已经报警了。

“没有，”她红了脸，“是我的错。我开车的时候看了一眼手机……”

她小心翼翼地看着我。她以为我会生气，数落她开车的时候不要分心，但此时就好像头上的屋顶早已坍塌，我正忙着把自己从废墟中挖出来。马库斯还能听见我们说话，我必须说点什么。

“苏菲！”终于，我调整好情绪，“你究竟在想什么？你很可能受伤，你知不知道。”

“对不起，妈妈。”她看上去十分惭愧，我想给她一个拥抱，好好安慰她。但是我的大脑已经无法思考，不知该如何稳定住情绪。

“这个我们之后再谈。”

“等电话线路通畅以后，我们可以叫一辆拖车来。”马库斯说，“然后我就联系保险公司出具一份报告，但不让警察插手这件事。”他话语流畅，自信满满。他太自信了。可他为什么不呢？这场游戏他已经玩了好几个月了。

“你需要去医院检查一下，苏菲，”我说，“可能会有组织损伤或韧带撕裂的风险。”等马库斯处理切诺基的后续事宜，无暇顾及我们的时候，我就带苏菲和杰瑞德离开这里，等手机信号一恢复，我就给帕克警官打电话。

“妈妈，路被堵住了。杰瑞德只好把车停在了另一头——我们是一路步行到这里的。”

我用手撑着料理台的边缘，觉得世界好似倾斜了片刻。记忆汹涌而至，逃离安德鲁的那天晚上，暴风雪肆虐，我带着苏菲在雪地里跋涉。

马库斯从冰箱旁转过身来，向我投来好奇的一瞥。

“好的，那我们就走过去吧。”我用故作轻快的语气说道，感觉另一个我正站在自己的背后，手里扯着线，像操纵一个提线木偶一样，让自己的嘴巴动了动。

苏菲看我的表情好像我疯了一样，“外面天寒地冻的，风还特别大，我不想回去。”我向窗外望去，只见树枝在风中疯狂地摆动，听得到烟囱里的风在呼啸。黑暗和恐惧不断向我逼近。

“那棵树在哪儿？”马库斯把冰袋用毛巾裹着递给苏菲。

“岔道口附近，”杰瑞德说，“我们走了大概有四十分钟。”

“等风暴停了再去吧，你干脆休息一下，”马库斯对苏菲说，“如果明天早上你感觉身上疼痛，我们中的一个人可以去开车。”

明天早上。我们还得熬过这一夜。

“你父母怎么办？”我问杰瑞德。也许他们会担心，会报警，有人发现他的车停在路边，警察就会来调查。

“他们知道我和苏菲在一起，我给他们发短信说我要在外面过夜。”

就这样，我们最后的希望也破灭了。我真想抓住他的肩膀，摇醒他：你知道你做了什么吗？但我想要伤害的那个人不是他，而是马库斯。可现在，我们却被困在了他身边。

杰瑞德和苏菲坐在沙发上，苏菲拿着冰敷在头的一侧。马库斯去换衣服了。我看见杰瑞德牵起苏菲空闲的那只手，握在手里。我曾把他视为危险人物，担心我女儿和他在一起不安全，可现在我却想冲他大喊：快带着她一起逃跑吧！我必须提醒他们，可耳边不时传来抽屉被拉开、关上的声响。

马库斯就在附近。如果他出来，刚巧看见他们震惊的模样，他就会立刻反应过来事情有什么不对劲。到目前为止，我觉得他还没有发现异常。他进入卧室之前，还是神色轻松，当他说“看起来我们可以玩一下午桌游”时，兴奋之情溢于言表。

我看了一眼时钟，现在还不到上午十二点。我们如何才能平安度过剩余的时间？我一直在绞尽脑汁地想法子，好让我们趁马库斯熟睡后溜出去，但是三个人带着一条狗，很难不弄出什么动静——尤其是安格斯。我们必须确保马库斯一直在睡觉。我可以给他下药，像我之前做过的那样。是啊，为什么我不再试一次呢？

苏菲和杰瑞德在聊天。杰瑞德说他接到苏菲的电话时心里不知有多害怕，苏菲把头靠在他的肩膀上。他们之间发生了什么，我来不及细想，我整个人看上去有些魂不守舍。其实，我的大脑正飞快地运转着，思考如何才能拿到安眠药。

马库斯换了一身厚毛衣和牛仔裤出来，他走进厨房，从橱柜里拿出一瓶百利甜酒[①]。“你在咖啡里放了爱尔兰奶油，琳赛？”

“这样喝起来更香醇。”我站起来，“我要去换件毛衣。”

“冷？”

“有点。”

“我去生火。”

“太好了。”我们看起来相敬如宾，但两个人其实都在演戏。我匆匆穿过走廊，我的时间不多。我没有去挑选毛衣，而是径直走进浴室里，把门反锁。马库斯的剃须套组还放在洗手台上，我的手摸索着想要拉开拉链，但拉链里面好像被什么东西卡住了，拉不开。我手上加了几分力道，却不小心把剃须膏撞翻在地。

“琳赛？我帮你倒好咖啡了。”我听见他向卧室走来，脚步声离我越来越近，最后，停在了门外。距离这么近，我如果翻东西，一定会被他听见，我不能现在拉开拉链。

我凝视着镜子里眼神狂野的自己，用手捂住嘴巴，想要抑制住嗓子里按捺不住的尖叫。

“马上就出去。”我深呼吸了几口，把冷水泼在脸上，这才打开了门。

他坐在床边。“还好吗？”他担心地问，“你脸色很苍白。”

“我只是饿了。我去给咱们熬点鸡汤。”

---

① 百利甜酒是帝亚吉欧集团的子公司爱尔兰杰比斯公司于1971年开始研制的一款酒，1974年作为首个爱尔兰奶油力娇酒推向市场。该酒以纯正的爱尔兰威士忌为基酒，辅以新鲜优质的爱尔兰奶油、马达加斯加的香草和天然可可豆制作而成。——译者注

“需要帮忙吗？”

“你可以去让孩子们忙起来。”我笑出声来，“也许，你们可以看看电影或打打牌。”我喋喋不休地说，提出各种建议。我必须让他远离厨房，这样我没准能给苏菲写一张便条或是在身上藏一把刀。我可以晚点再去一趟卫生间。

他把马克杯递给我，“给你。”

我接过温暖的咖啡杯，紧紧握在手里，“谢谢。”

“喝点咖啡会让你感觉好些。我知道，苏菲的事故让你感觉不安，但是她处理得很好。”他的嘴角上扬，露出善解人意的微笑。我曾经很喜欢他这样笑，他的笑容让我由衷地想要和他在一起，把一切都和他分享。

我冲他感激地笑笑，然后抿了一小口咖啡，啧啧称赞道：“好喝。”咖啡没有怪味，我觉得他应该没有给我下药——至少不会在孩子们还在客厅的时候——但是以防万一我还是会趁他不注意的时候把剩下的咖啡倒掉。

“汤最好还是现在就开始熬。”我向门口走去。

“琳赛？你忘了一件东西。”

我转过身，恐惧攫住我的喉咙。难道他要下手了？

他手上拿着一件我的白色羊毛开衫。我走近他，他站起来，把开衫披在我的肩膀上，又用唇在我的唇上蹭了蹭。我往后退了一步，他的手箍住我的臀部，在我耳边低语：“今天早上很开心。一会儿再试一次？”

一想起上午我跨坐在他身上，自以为十分强大，愤怒和耻辱就像腾起的火焰，烧红了我的脸颊。他自始至终都在嘲笑我吧，可现在我心中也有一个低沉而又沙哑的声音在暗自发笑。

“也许吧。如果你可以的话。”

我向门外走去，边走边回头冲他眨了眨眼睛，然后转过身去，不让他看见我脸上的仇恨。我要杀了他，我要他为自己犯下的罪偿命。

我在厨房里搅着汤，眼睛却时刻注视着客厅。他们在玩纸牌，似乎还玩得很开心。马库斯在和孩子们开玩笑，他每赢一局，就会咧着嘴开心地笑，露出洁白的牙齿。苏菲也兴致勃勃的，显然，有杰瑞德陪在她的身边，她很开心。她主动提出要给我帮忙，但我拒绝了。她太敏感了，我担心她会被我的恐惧传染。

我打算趁机给她递一张纸条，但现在太冒险了，很有可能出现意外，或是中途被马库斯截获。最好还是等到他去洗手间的时候再行动吧，然后，我会告诉他们我的计划。晚些时候，我会建议我们看部动作片，说话声会淹没在电影的音效中。

我看了看安格斯，它正在我的脚边摇尾乞怜，想要点残羹碎屑吃。我摸摸它的头。我得把安格斯带在身边，等苏菲和杰瑞德偷偷溜出去的时候，它没准会惊动马库斯。我必须想个法子让马库斯服下安眠药，之前在安德鲁身上犯下的错，我可不会再犯，我会给马库斯多放几片药。

我打开放餐具的抽屉，看见一把带鞘的削皮刀。它可能不会有太大的威力，但是再大一点儿的刀藏在身上会引人注意。我假装把勺子掉在地上，然后弯下腰，把刀塞进了袜子里，用牛仔裤遮住。

我站起来，“吃午餐了！”

我们已经玩了几个小时的纸牌游戏。我一直在犯错，不是数错了卡牌数量，就是弄乱了筹码。我的笑声有些神经质，脸颊因为炉火源源不断释放的热量和紧绷的神经微微发烫。

苏菲用奇怪的眼神看着我，好像快不耐烦了，但愿她觉得我只是带了三分醉意。马库斯用胳膊搂着我的腰，表现得含情脉脉。他没有留意到我已经把他之前递给我的那杯咖啡换成了一杯纯咖啡。从午餐开始，我就一直确保饮料都是自己亲手调制，耐心等待他下一次去厕所的时机。终于，马库斯说要去做爆米花。

“正好，”我说，“我要去趟洗手间。”

这次，我成功地打开了他的剃须套组，取出几片药，迅速装进口袋里。我小心翼翼地把套组放回原位。然后走出门去，闻到一股黄油和爆米花的味道。马库斯已经摆好了碗，孩子们在大口嚼着爆米花。

我走进厨房，“再来一杯饮料，马库斯？”

“我知道你打的是什么主意，琳赛。你想让我喝醉。”他正色道。

我看着他，怔在原地，只听他接着说道：“趁苏菲顺走我更多钱之前，我要改喝水。”我这才意识到他是在开玩笑。苏菲想要偷他的扑克筹码，他笑着阻止了她。

“糟糕。被你发现了。”我干笑了几声。心沉了下去，猛涨的焦虑几乎要掀翻屋顶。现在我只能等吃晚餐的时候，那时他通常会喝点葡萄酒。

可晚餐期间，他都在忙着烤三文鱼和蔬菜，而我吃在嘴里却味同嚼蜡——他一直在自斟自酌，我根本找不到机会下手，口袋里的药片像石头一样沉甸甸的。已经过去了几个小时，他还是没有去洗手间，我以前常常打趣说他的膀胱是铁做的。

饭后，他留在厨房帮我收拾。每每他与我有身体接触——他伸手取盘子时，肩膀擦过我的肩膀，或是我洗盘子时，我们的手指在水里触碰在一起——我就感觉我伪装的防护壳裂开了一道道缝隙，我就快要无法隐藏我的恐惧了。他俯身吻我，我却差点抽泣起来。我爱过他，我真的爱上了这个男人，可伤害与背叛卡在嗓子眼里，让我无法呼吸。我别过脸，把脸埋在他的胸前，他紧紧拥抱着我。

上午他去湖边钓鱼，回来之后高高兴兴的，他有可能原谅我吗？也许，他那些安慰我的话语都是发自真心的；或者，他一直待在那里谋划着如何复仇。他会趁我们熟睡之时开枪打死我们吗？还是他只是想杀了我？

拜托，不要伤及无辜。如果我阻止不了他，就让他带我一个人走吧。

我们回到客厅，孩子们坐在沙发上，于是，我们各自选了一把扶手椅坐下。谢天谢地，我能和马库斯保持一定的距离。他应该很快就要去卫生间了。杰瑞德盯着炉火，突然问道："你觉得我们还需要柴火吗，马库斯？"

马库斯转过身，检查剩余的柴火，"我们最好还是趁天黑之前把柴火添满。"

我屏住呼吸，紧紧攥着拳头，指甲陷入掌心的皮肉里。柴火都堆在房子的后面，如果马库斯一个人出去，我就有时间和孩子们说话了。

"我去吧。"杰瑞德脸上露出期待而又急切的神情，他想在我们面前好好表现一番。苏菲骄傲地注视着他，可我却想冲他大吼一声"坐下"。

马库斯站起身来，"你可以帮忙劈一些柴。"

"多拿些回来吧，晚上会很冷。"我说。马库斯冲我眨了眨眼睛，我知道他想对我说："我会让你暖和的。"我的指甲在手掌心里又陷入几分。

当他们穿外套和靴子时，我浏览着电影，装作在给大家挑选晚上要看的影片，而电影名字在我眼前模糊成一团。苏菲坐在一旁翻看一本杂志。终于，我听到大门关上了，我在心中默数了几秒，估计他们已经绕过房子侧面，然后迅速凑到苏菲身边，抓住她的胳膊。她吃了一惊，身体向后一震，我忙帮她稳住身子。

“亲爱的，听我说。马库斯不是他自称的那样，他其实就是伊丽莎白·桑德斯的丈夫。我进了楼上的那个房间，她的东西还在那里。书籍，衣服，还有……”

“妈妈，你在胡说什么！”她想要从我的手中挣脱出来，看我的眼神好像我喝醉了或是疯了一样。

“是真的，”我稍微提高了些音量语气坚定地轻声说道，“我在书里看到了她的名字，我还发现了药片——和差点儿害死安格斯的药是同一种。我觉得他想伤害我们。你和杰瑞德今天晚上必须偷偷溜出去，找人来帮忙。”

她目瞪口呆地看着我，用绿色的眸子凝视着我的眼睛。接着，她脸上的表情从震惊转为恐惧，“昨天晚上他听见我下楼了，他会发现的。”

“我有一个主意。我们可以这么做，你听我说。看完电影后，你就说你累了，想上床睡觉。你把床单绑在一起，从窗口爬出去。然后你要让杰瑞德从楼下的窗口翻出来。”我停下来，飞快地瞥了一眼门口，“等你的手机信号一恢复，你就报警。”

我话还没说完，她已经在摇头了，“我不想丢下你一个人。”

“你必须得这么做，我需要留下来分散他的注意力。”我又瞥了一眼门口。我可以听到外面砍柴的声音，但砍柴的人是杰瑞德也说不定。我决定不告诉她，我觉得是马库斯杀死了安德鲁。

假如她悲伤过度，就会无法思考。她现在已经很是震惊了。她的皮肤苍白，鼻孔翕张，手攥成了拳头。

“你必须装成若无其事的样子，好吗？”我叮嘱道，“不能让他有所怀疑。”

她点点头，但表情仍然很僵硬，“如果他发现了怎么办？”

我还没来得及回答，门砰的一声开了，我的心在胸口怦怦直跳。我赶紧调整坐姿，跪坐在原位。马库斯和杰瑞德抱着一堆柴火走进屋里。苏菲匆匆拿起她的杂志。我挤出一个笑容，想要安慰她不要紧张，但是她没有看我。我可以感觉到她的大脑在疯狂地运转着，她的眼皮飞快地眨个不停。

我站起来，坐在她旁边，把手伸进她的手里，轻轻握了握她的手安慰她：没事的，我们能做到。她反握了握我的手。马库斯和杰瑞德把木头堆在炉火旁边，抱怨外面风大雨急，还开玩笑地说他们能回到温暖的炉火旁很走运。我哈哈大笑着，催促他们动作快点。苏菲的脸上也露出一个微笑，但是我知道她在强颜欢笑。我感觉到她的身体还有些僵硬。我必须在杰瑞德或是马库斯觉察出有什么不对劲儿前让她镇静下来。等他们出去抱另一堆柴火，苏菲和我又交头接耳起来，我们梳理了一遍计划，直到她的声音听上去更加自信有力。

他们抱着最后一堆柴火走进屋里，堆在炉火旁，然后脱下外套和靴子。马库斯走进浴室，出来的时候给自己和杰瑞德拿了几条毛巾。他们揉了揉头发，擦干脸庞，然后把毛巾挂在壁炉旁。

“如果我们走运的话，剩下的电还能再支持一会儿。”马库斯说道。

苏菲飞快地斜瞟了我一眼，我知道她正在思考我们的计划。

马库斯瘫在扶手椅里，杰瑞德待在壁炉旁。杰瑞德摆弄着罩在壁炉前的金属滤网，想要把它关上。马库斯看了他一眼，说“那个坏了”，然后又看着我问道：“你选好电影了吗？我希望是动作戏多一点的。”

“当然，”我指着放在地板上的那部碟片，“《惊爆点》[①]。”

“很棒的电影。”他把碟片推进播放器的卡槽里，我盯着他的后脑勺，握紧了女儿的手。

---

① 《惊爆点》是于1991年上映的一部由凯瑟琳·毕格罗执导的冒险惊悚电影。影片讲述了一个年轻探员与一帮作案时头戴总统面具、手段高超、行踪诡秘的银行劫匪相互较量的故事。——译者注

第四十一章

苏菲

电视屏幕上滚动着演职员表，妈妈的体温从身旁源源不断地传过来，我不想离开她，但我能感觉到她很紧张，从她的表情中也能看出来。她看我的时候脸上挂着浅浅的微笑，可她的眼睛却没有笑，她这么做可能是想让我安心罢了。我的胃里在翻江倒海，可每当我想要开口说话，喉咙却像是被卡住了一样。杰瑞德和安格斯趴在地上。我必须让他和我一起离开。我看了妈妈一眼，她目不转睛地盯着电视，似乎对屏幕上出现的演员和特技替身的名字非常感兴趣。她把腿贴在我的腿上提醒我：行动，现在就行动。

我懒洋洋地打了个呵欠，伸展双臂，“我困了。”

杰瑞德翻过身，抬起头看着我，“你要去睡觉了？”

“是啊，跟我过来一下？我想给你看看我新画的一幅画。”但愿我的声音听起来还算自然，但我知道其实很假，就像世界上最蹩脚的女演员一样。

“不要关门，”妈妈说，“不然我就上去了。”我知道她之所以这么说是想让马库斯觉得一切如常，但我还是必须要表现得很气愤。

“天哪，妈妈。我们只是说说话。”我翻了个白眼。

“乖，听话。”

“好吧。”我站起来向楼梯走去，走到厨房料理台旁时，我故意慢下脚步。我回头看向杰瑞德，他还迟迟没有起身。我尽量不去打量马库斯，看他有没有在观察我。和他在同一个屋檐下共处了两个小时，我感觉很难熬。我总是忍不住想要盯着他看，好像自从知道真相后，他的面孔就不知怎么变得不一样了。我的头脑充斥着之前与马库斯对话的情景，他总是那么和蔼可亲。我和他单独接触过很多次，从未发现有什么不对劲。我的脑海里不断浮现出我曾在报纸上看到的照片：伊丽莎白·桑德斯的样貌、她开的那辆汽车的残骸，还有遮盖事故现场的油布——以免摄影师拍到血腥的场面。

杰瑞德终于起身了。我听到安格斯也爬了起来，跟在他身后，项圈发出清脆的叮当声。它号叫了一声，我知道它是想出去放风了。我转过身，只见杰瑞德刚打开大门，安格斯就像离弦的箭嗖的一声射了出去。

杰瑞德看向妈妈，“抱歉，它跑到湖边去了。”

“没关系。我会把它弄回来。”

她语气平静，但我知道她一定很难过。我们不希望安格斯跑到外面——如果听到我在翻窗户，它没准会叫，但是现在我们对此无能为力。这时，我已经走到了楼梯底下，杰瑞德就跟在我身后。我回头去看妈妈和马库斯，马库斯正从扶手椅上站起来，看样子是打算挪到沙发上，和妈妈坐在一起。我的胃抽搐了一下。

“去休息吧，孩子们，”马库斯笑着说，“我们明天去湖边玩。”

“棒极了。”他说的每句话都是谎言，每句话。这不过是他的又一个谎言而已。或许不是。也许，他打算把船弄翻，或是在那里做出什么可怕的事。

“晚安，亲爱的，”妈妈说，“明天早上见。”我们的目光交汇，停留了片刻，我硬着头皮转过身去。

屋顶真滑。雨水从沟槽中溢出，沿着木瓦片倾泻而下，瓦片上又黏又滑，粘着枯叶和苔藓。狂风把雨水拍打在脸上，拉扯着我的身体。我光着脚，小心翼翼地横着走到屋顶边缘。我向上望去，窗户里面什么都看不见，屋里的灯都熄灭了。我用手攀着床单，床单垂向地面。

我打算一落地，就藏在灌木丛中等杰瑞德，希望他能尽快从窗口翻出来。先前在楼上，我悄声向他解释了事情的原委，我不确定他有没有相信我的话，但他很快就明白了我的意思。我们把床单从床上扯下来，和被套一起打好结，然后绑在铁床的床腿上。他一直等我上了屋顶，才下楼回到客厅里，分散马库斯的注意力，以防我弄出什么动静。

我悬在屋顶边缘，坚硬的屋檐刮擦着我的胃部和胸部，下一秒，身体就悬在了空中。我的身体被风吹得转了一圈，撞向房子一侧。我一边踢腿，一边双手交替向下，终于，我的脚接触到了地面。

我跑到几英尺外，蹲在灌木丛里。我的头发湿透了，雨水顺着脖颈滑落。我不能去楼下取外套，只好穿了好几件衬衫，又在外面套了一件连帽衫，但是衣服早就被雨水打湿了。用妈妈的话说，现在的我是彻骨的寒冷。我换上拖鞋，在这之前我把它们装在了连帽衫的口袋里。我觉得光脚踩在屋顶上身体更稳，但脚趾却冻僵了。我的跑鞋在大门口放着，杰瑞德也没有随身带什么换洗的衣服，我只好给他准备了一双我自己的袜子和一件运动衫。

我不知道房子里面现在是什么情形。耳边只能听见狂风呼啸，森林里的树木在风中被吹得东倒西歪，沙沙作响。我想从厨房窗户偷看一眼，看看妈妈有没有事，但如果被马库斯看见，我们就前功尽弃了。

这时，忽然有什么东西在推我的后背，我压低嗓子惊呼一声，转过身，正打算伸手一挡，却发现是安格斯。它浑身湿漉漉的，激动地扑上来，呜呜叫着。“嘘！”我抓住他的项圈，抱住它，不让它乱动，“冷静，小家伙！”

房子后面传来吱呀一声，门被轻轻地关上，接着脚步声响起。安格斯警觉地绷直身体，喉咙里发出隆隆的咆哮声。我用手捂住它的口鼻，仔细观察那团黑魆魆的影子。

“苏菲？”是杰瑞德的声音。

“这里！”

我们沿着碎石子路跑起来，泥浆溅在了我们腿上。我的拖鞋被雨水浸湿了。风肆虐地吹向我们，树枝、树叶和木头碎片纷纷跌落在地。我们不时躲开风中的坠落物，跳过路上的障碍物。我们呼哧呼哧地喘着粗气，路面上回荡着重重的脚步声。我身子一歪，打了一个趔趄，双腿打着战，杰瑞德把手贴在我的背上，推着我向前。

“你可以的！”

我继续跑着。他脚上只穿了一双袜子，他的脚一定受伤了，但他什么也没说。安格斯跟在我们身边跑，项圈叮当作响，它的呼吸也渐渐变得粗重。我本来想让它留在家里保护妈妈，但它还是跟着我们走了。但愿马库斯不会到外面来找它，从而发现从窗口垂下来的床单。

我们拐过一个弯，我终于看见马路对面有一团庞大的树影矗立在黑暗中，像是一个倒下的巨人，树枝如巨人的手伸向天空，在向上苍乞求帮助。杰瑞德的车就停在另一边，就快到了。我们放缓脚步，慢跑起来，气喘吁吁地检查手机有没有恢复信号。手指头又湿又冷，我输入手机锁屏密码，屏幕亮了起来。

“我有信号了！”我迅速拨通了911，仍然喘得上气不接下气。我磕磕绊绊地向对方解释：我妈妈被困在一个房子里，和她在一起的男人想要杀死她，“你们得快点来！”

接线员问了一些问题，可我却不知如何回答。他们想要了解更多的细节和事实，但我只想让他们赶快过来。如果马库斯发现我们已经逃走了怎么办？“我不知道地址！”我冲听筒喊道，“房前有绿色的邮箱，但有棵树堵住了路，它在暴风雨中倒下了。”他们大概要花很长时间才能过来。我想到，妈妈此时正独自一人和马库斯待在一起。接线员还在说着什么警察就在路上，我挂断了电话。

我看着杰瑞德，“我们不能丢下她，我们必须回去。”

“走吧。”我们转身，又冲向了马路。

坚持住，妈妈！拜托，一定要坚持住！我们来了。

第四十二章

琳赛

“这下就剩我们俩了。”马库斯说。

他往炉火里又添了些木材，火光大盛，熊熊燃烧的橙色火焰照亮了他的侧脸。他离炉火那么近，脸上应该很烫吧，但他却一动不动，真是个魔鬼。

我必须让他回到卧室，这样孩子们才有机会逃走。如果苏菲不能从屋顶爬下去，她必须要穿过客厅。我得转移他的注意力。

“不如我们到卧室里看电视？”

“当然好了，”他说，“我去把门锁好。”

“我去吧，正好我也得去把安格斯叫回来。”趁马库斯走向卧室的工夫，我打开前门，吹口哨呼唤安格斯，但哪里有安格斯的影子。如果一会儿它要是冲着孩子们叫，我就在马库斯起疑前把它带回屋里。现在我只好先把门关上。

马库斯喜欢在床头柜上放一杯水。这是我给他下药的最后一次机会，但我必须掩盖住药片的味道。也许可以放点柠檬。我走进厨房，切了一片柠檬，把柠檬汁挤进水里，然后抬起头竖起耳朵听周围的动静，他还在卧室里。我把药片全都倒进水中，迅速搅拌，然后抿了一小口。柠檬的酸味在口腔里萦绕，我想起给安德鲁下药的那个晚上嘴里威士忌的刺激性口感。

我手里拿着玻璃杯，走进卧室。浴室那头有汩汩的水流声和他刷牙的声响。我把玻璃杯放在他那侧的床头柜上，然后绕到我睡觉的那一侧，从袜子里迅速拔出之前藏好的刀，把它塞到枕头下面。

我犹豫了一下，心想该换身什么样的衣服合适，最后我决定穿昨晚穿的T恤和睡裤。我打开电视后，马库斯穿着他的拳击短裤从浴室里走出来。他的胸肌轮廓分明，结实的手臂上肌肉粗壮。我想起，他一直以来那么迷恋健身，我还以为这是他应对悲痛的一种方式。我想他确实是悲痛的，只不过这份痛苦是因为他的妻子，而不是女儿。不知道她过世后的那几年他在哪里，他应该不是一直在找寻我的下落。

“你介意我看新闻吗？”我说，“我想看看天气预报。”

“当然不介意。”他的目光在房间里扫视了一圈，“安格斯在哪儿？”

“它一定是在追什么东西，不知道跑到哪里去了，我过一会儿再去叫它。”

他从床的另一侧上来，身体挪过来，头靠在我的肩膀上。他冰凉的嘴唇贴在我裸露的皮肤上，我感觉像是一群蜘蛛爬过皮肤。我们一起看新闻，但我眼前只是闪过一幅幅画面，我接收不进去任何信息。我竖起耳朵听着，等他拿起水杯喝水，但他却没有要喝水的意思。

“我给你倒好水了，我想你喝了那么多酒……”

“谢谢，亲爱的。”他仍然津津有味地看着电视，好像他对这个世界上发生的事情很上心似的，他表现得若无其事，似乎今晚与这周的其他几个夜晚没有什么不同。终于，他转过身去，喝了一口水，露出一个奇怪的表情。

“我放了点儿柠檬进去。”我说。

“和牙膏的味道有点冲。”他放下玻璃杯。

我盯着电视机，绝望和恐慌在我心中互相追逐着，陷入一个死循环。他喝了有多少？一口？

这点分量甚至不会让他昏昏欲睡。我试着在心中默默计算距离苏菲和杰瑞德去睡觉过去了多长时间。十五？二十分钟？时间不够啊。

又过了十分钟。我尽量不去频繁地看时间，假装在设置闹钟。马库斯躺下来，头枕在枕头上。我的眼神不时飘向他的脸，看他的眼睛有没有闭上，但他似乎对今天的新闻很是着迷——脸上没有丝毫倦意。我不能再等了。我必须去看看孩子们有没有离开。也许，我可以趁他全神贯注地看电视时偷偷溜走。

“我去叫安格斯回来。”

“好。”他没有看我。我挪到床边，走出卧室，顺便把门带上。我没有急着离开，在门口逗留了一会儿，听里面的动静，仍是电视机的声音。

我沿着走廊，偷偷绕到房子后面，推开杰瑞德的房门，向里面窥视。房间里黑黢黢的，窗户似乎是关着的。我向床上看去，眼睛逐渐适应了黑暗，只见床上有鼓起的形状。究竟哪个环节出了错？我必须让他离开这里。

我敏捷地钻进房间，手放在杰瑞德的肩膀上，触手很是柔软。我又推了一把，与此同时松了一口气。原来，这凸起的东西是个枕头。我关上门，穿过走廊，经过卧室门前的时候特意屏住呼吸，然后上楼去查看苏菲的房间。房间里弥漫着雨后清新的气息，我在寒冷的空气中微微颤抖。床离窗口很近，上面还绑着一条床单。他们逃走了！

下楼梯的时候，我的肩膀蹭到墙上的一个画框，画框冷不丁发出咣当一声。我停下来，等着声音消失。他听到了吗？外面狂风大作，一阵阵风把房子吹得瑟瑟发抖，不住呻吟。我继续往前走，每走一步都格外小心。

“一切还好吗？”

我身体一抖，震惊地倒抽了一口气。马库斯正站在楼梯脚的阴影中。不知道他站在这里有多长时间了。

“我听到了什么动静，发现只是风而已，”我低声说道，“孩子们没事。”我下了最后几级台阶，停在他面前。

“可能是哪块玻璃经不住暴风雨的冲击，碎了，”他说，“我感觉到房子里有一阵冷风。”我不喜欢他皱着眉头向楼梯上方不住打量的模样，仿佛在思考要不要上楼去检查一下。

“一切都好。苏菲盖了好几条毯子。”

“你找到安格斯了？”这次，他面向我说。但愿这表示他决定不去理会窗户的问题了。但我还是没有摆脱困境，如果我表现得不想去找安格斯，他会起疑。这时，我忽然想到，这正是我逃走的大好机会。

“还没有，我要去外面看看。它一定在躲避暴风雨。”我朝卧室走去，心中祈祷马库斯跟上来。我必须让他离楼梯远一点。

“外面风刮得厉害，我和你一起去。”

我咬紧牙关，庆幸他此时看不见我的脸。他只是在客气罢了，我仍然可以脱身。

“我没事的。我们最好还是有一个人别淋湿了。”

“我不能让你一个人出去。”

我们回到卧室里。我不能再反对了，不然会让他产生警觉。我从抽屉里拿出一件毛衣，套在T恤衫上，又穿了一条牛仔裤。

我又找了一会儿袜子，拖延了片刻的工夫。要是安格斯就在门口怎么办？我们必须再次回到这里。也许我可以逃跑，跑进森林里，躲到某个地方，给他来个措手不及。

马库斯从床头柜里拿出银色的手电筒，“准备好了吗？”

门刚打开一个小缝，大风就几乎把门掀开了，撕扯着我的外套。我把兜帽紧紧地贴在头上，向四周眺望，没有安格斯的身影。它之前从来没有像这样消失过。它一定是和苏菲、杰瑞德在一起。马库斯跟在我身后，其实我希望他走在前面。

“安格斯！”我在风中喊道。

马库斯吹起口哨，嘹亮的哨声在暴风雨中回荡。我的身体僵硬，呼吸声清晰可辨。不要过来，安格斯。不要过来。时间一点点流逝。我可以听到马库斯每走一步，重心随之发生变化时，雨具发出窸窸窣窣的声响，雨水击打着我的肩膀。

“我们去柴火棚看一下吧。”我提议说。

马库斯点点头，他的脸隐在棒球帽下，向我打手势，让我先走。他向前打了一束光。混凝土砌成的台阶很滑，积着雨水和落叶。我的目光在森林中四处搜寻，装作在寻找安格斯，心里却在想从哪里逃走最合适。脚下的这片土地崎岖不平、地势险峻。

“我要整理一下靴子。”我弯下腰来系登山靴的鞋带，在心里盘算穿着这双鞋可以跑多快。马库斯站在我身后狭窄的台阶上，用灯光对着我的脚。我真希望他可以省省力气，但他仍然在扮演着绅士。我在地上搜寻着随手可及的什么东西，比如一块石头、一根树枝，但是什么都没有，只有一条雨水汇聚而成的溪流。

我正要站起身来，后脑勺猛地被什么东西重重一击，身子向前栽倒，双手和膝盖扑通一声着地。后脑勺嗡嗡作响，疼痛在我头颅里来回奔突，顺着脊椎颠簸而下。我想要站起来，但是胳膊一直颤抖着，台阶迎面扑来，我的脸撞在混凝土台阶的棱上，颧骨突突地抖动，牙齿磕碰在一起，我尝到了鲜血的味道。

身旁是马库斯的靴子。黑色的鞋尖，雨水在表面泛着晶莹的光泽。

“琳赛？”他的声音听起来很遥远，我仿佛正置身于水面之下。“你能听到我说话吗？”世界从边缘开始坍塌，我被拽向黑暗的深坑。我需要保持清醒，需要保护自己。我挣扎着爬向下一级台阶，躯干却不受控制地侧着向下滑去，倒在泥里，雨水汇成的小溪漫过我的双腿。我抬起头，望着马库斯。

恍惚间，我看见他抬起了胳膊，用手电筒对准我的头砸了下来。

第四十三章

琳赛

我悠悠地醒过来，缓慢地眨着眼睛，头顶的天花板模糊不清。我又眨了几下眼，天花板渐渐浮现。我的脑袋一侧隐隐作痛，我抬起胳膊，想要触碰，但发现手腕被什么牢牢固定住了。是防水胶带。嘴巴也被一层又一层胶带封住了。腿也动不了，脚踝被绑在一起。我浑身湿透了，寒气侵入了骨髓，真是太冷了。我身上只穿了一件衬衫和一条牛仔裤，外套和靴子都不见了。

我把视线移向旁边，整个世界好像蓦地倾覆了，一阵天旋地转，眼前的一切都扭曲起来。胃酸上涌，泛进嗓子眼里，我感到一股酸涩的滋味。我看不到马库斯，但听到窸窣的脚步声，便慢慢抬起头。

他弓着身子，站在房间另一头的梳妆台前。他身上换了一件迷彩外套，我之前从没见他穿过，他此时看上去就像一个猎人。

我的身体剧烈地颤抖起来，我绷紧肌肉，用力地拉扯、扭动手腕，想要挣脱胶带的束缚，可是没有用。我想起，刀就藏在枕头下面。我刚要抬起手，可太迟了，他转过身来。

“你醒了。”他向床边走来，我把被缚的双脚抵住床垫，借用腹部肌肉的力量抬起上半身，后背靠在床头板上。胶带封住的嘴呼吸不畅，我用鼻子急促地呼吸着。我想要踢他，我要抬起腿，踢他的腹部；用我的拳头揍他；用手指抠他的眼睛。

他停在床的尾部，往圆筒形的行李包里塞了几件衬衫。我们来的时候他没有带行李包——他提的是行李箱。行李包是军绿色的，像是荒野求生用的。现在他又转移到衣柜旁，取下衣架上挂的衣服。他把衬衫叠好，仔细地放进包里。

他在计划什么？他看起来并不愤怒，甚至没有不高兴。他的动作迅速而高效，不急不躁。

他没有杀我。他原本可以杀掉我，但他却没有。这一定有什么原因。他难道要带我走，像俘虏一样？我仔细听外面有没有警笛声传来，但却只听见嗖嗖的风声。

现在，他走进了浴室里。我用手在枕头底下摸索，寻找之前藏好的刀。刀去哪了？他出来了，我把手放回到面前。他拿着剃须套组走到床脚处，打开套组，取出装药片的肥皂盒，用指头扒拉着里面的白色药片数数。然后，他瞥了一眼水杯，与我的目光相遇。

“你打算给我下药，就像你当初对安德鲁做的那样。”

胶带堵住了嘴，我的嘴巴里发出咕噜咕噜的声音，我做出请求的手势，然后又指了指自己的嘴，用眼神恳求他：把胶带取下来，拜托让我说说话！我可以解释！

他将剃须套组放入行李袋中，“我们都心知肚明，如果我取下胶带，你就会尖叫。”他以为孩子们还在房子里。他应该还没有检查卧室，所以才会这么从容不迫地在房子里四处走动吧。他以为自己有的是时间，可要是他听到警笛声会做何反应呢？

他把手插在口袋里，手伸出来的时候，有什么东西在叮当作响。是钥匙。他蹲下身去，我只能看到他棒球帽的顶部，只听咔嗒一声，锁开了，他取出什么东西。当他再次起身时，手里握着一把枪。

我紧靠着床头板，手伸在前面。我拼命地摇头，像动物发出濒死的求救声，因为呼吸不畅，声音断断续续的。

他没有看我，只是把枪放进口袋里，然后又弯下腰，从胸口取出一件东西。是个白色缎面的相册。

“伊丽莎白很喜欢这栋房子。”他慢慢地翻过相册，“我们几乎每个周末都会来这里一趟。”他用近乎恭敬的神情看着其中一张照片，手指轻轻抚过它，“我听说女人怀孕的时候整个人会发光，我一直以为那只是个传言，但是当我发现她终于怀上了的时候，她整个人就像是被一百支蜡烛照亮了。”

伊丽莎白怀孕了？不，这怎么可能？报纸上从来没有报道过，庭审时也没有提及。难道警方不知道吗？

“我没有告诉他们，她已经有三个月的身孕了。如果他们知道很可能会给他判更长的刑期。”他把相册放回胸口的位置，阖上箱子的盖子，手压在上面，“她的骨灰就在这里，还有她的婚纱和她买的婴儿鞋——是粉红色的。她确信自己会生一个女孩。”他抬头看着我，“安德鲁被释放的时候我也接到了通知。我本可以在他走出监狱的时候就开枪打死他，但是这么做太便宜他了。我必须先让他体会一下失去自由、家人等一切后又复得的滋味，然后我再把这些统统夺走。”

他打量着我的脸，当他看到我流下眼泪时，露出了满意的表情。他享受着这一切，把他精心设计的计划暴露出来，为自己的才智而沾沾自喜。“你把每件事都告诉了我。你和我分享了你的婚姻，我全都利用上了。你甚至在输入警报装置的密码时也没有对我避嫌。从苏菲的信件中我又了解到一些其他的事情，她把它们放在梳妆台下面，你知道吗？”

他搜寻过我家中的每一寸地方。我女儿的所有秘密，我们家的情况，事无巨细，他都非常了解。他还翻过家里的所有抽屉，而我就是那个放他进来的人。

“我开车去维多利亚市跟踪过他，观察他一天是怎么度过的。我看见他在工地上和工人一起大笑，享受着他的生活。”他咬牙切齿地吐出最后几个字，“然后，我看见他去买飞机票，他要去山茱萸海湾镇。我终于等到了这一天。你相信他在跟踪你，最后甚至连苏菲都相信了。你们要是都死了，警察会认为他就是凶手。”

我不再挣扎着想要摆脱胶带的束缚，最终的真相如绳索般紧紧地缠绕在我身上，比胶带缠得还要紧。原来一直以来，过去的每一天、每一个月，他都在计划着如何杀死我和苏菲。这突如其来的打击如此沉重，我的身体瘫软，向后倒去。我再次战栗起来，莫名的恐慌攫住了我。

“那时你非常信任我。我本来可以让事情看起来像是他跟踪你来到温哥华，然后在那里杀死了你。可是后来他尾随我进入你家里。”

随后的事情在我的脑海里逐渐明朗起来。我仿佛看到他和安德鲁站在楼梯的顶层，扭打在一起。我看清楚了安德鲁有多爱苏菲，有多爱我。

“可我还他妈的非常生气。”这是我第一次听到他咒骂，刺耳的声音加深了我的恐惧，“他死了有什么用呢？我什么也没有了。我仍然每分每秒都在思念伊丽莎白。后来，你需要一个地方落脚，我茅塞顿开，仿佛老天在向我传达某种信号。我为什么不夺走他的家人？他毁了我的家。我几乎就快要相信我可以拥有崭新的人生了，可你却在这时和我说了药片的事……”他和我的视线相遇，直勾勾地盯着我。他的绝望，他的愤怒，所有的一切我都尽收眼底。原来，从来都不是因为我。

我扭动着身体，膝盖撑在床上，双手放在胸前，摆出祷告的姿势。我放声大哭，抽泣声、咕哝声混杂在一起。对不起，对不起，对不起。

他的目光在房间里扫视了一圈，然后深吸一口气，好像在贪婪地品尝着墙壁和空气散发的味道。“我会怀念这栋房子，但是时候了。我必须重新开始。这是唯一的解决方案。”他敏捷地把行李袋背在肩上，目光再次与我的相遇，“我要烧掉这栋房子。很快，它就会被大火吞噬——而你，会先被烟呛死。”

我从床边滚下来，膝盖着地。可他早已大步向门口走去。我趴在地上，靠膝盖和肘部的支撑笨拙地向前移动。我必须爬出去，用我的身体卡住门。但他走得太快了，我跟不上他的速度。

门还开着。黑沉沉的客厅、熟悉的桌椅在我眼前一闪而过。他头都没有回地关上了门。距离门口还有几英尺的距离，我努力爬着。我听到一阵刮擦地板的声响，好像什么东西被拖到了门口。是书架。

他把我困在了卧室里。

第四十四章

苏菲

我听不到警笛声，只听见啪嗒啪嗒的脚步声。我丢了一只拖鞋，但我没有放慢脚步。我们已经走了很远的路。这时，安格斯突然停了下来，竖起耳朵，然后嗖的一声冲进路旁的一片漆黑中。

“安格斯！”我转过头，眼睛在树丛中搜寻。要不要等它回来呢？杰瑞德拽了一下我的胳膊，我又奔跑起来。我默默地对自己说：它会没事的，它会赶上来。我满心希望能听到它的项圈叮当作响，但除了唰唰的雨声、狂风的呼啸和我们的喘气声外，没有别的动静。

“我们该怎么办？”我喘着粗气问杰瑞德。

“柴火棚里有一把斧头。”大雨倾盆而下，杰瑞德眯着眼睛，他的头发光滑地拢到脑后，胳膊紧贴在身体两侧。

“我们给他来个突然袭击。”

我们要用斧头袭击一个人。那个人不是别人，正是马库斯。

道路的那头，几栋湖边小屋隐约可见，但我不确定我们现在离目的地到底有多远。这里的树木看起来都是一个样，弯弯曲曲的道路似乎永远都没有尽头。

我闻到一股熟悉的气味，而且越来越浓烈，“你闻到烟味了吗？”

“可能是从烟囱里冒出来的吧，我们快到了。”

我们拐过一道弯，湖边小屋映入眼帘。浓烟笼罩下，房屋如置身缥缈的云雾之中。烟从烟囱、窗口钻出来，漫过了屋顶。

“妈妈！”我拔腿狂奔，不顾一切地向湖边小屋跑去，疯狂地摆动脚和胳膊。杰瑞德在我身后大声喊着什么，但我什么都听不见，眼里只有滃滃的烟雾。

第四十五章

琳赛

我听到马库斯在客厅来回走动，脚步匆匆。现在，他应该不会再折返回来了。

我已经闻到烟味了。我必须要逃出去。我扭动身体，让腿蜷曲在身下，然后跪坐着，利用腹部的力量站了起来。我一蹦一跳地回到床边，手臂直直地伸在前面保持平衡。这次，我从枕头下方摸到了那把刀，它已经滑到了床头板附近。

我停下来，仔细听外面的动静。他的靴子踩在地板上发出咔嗒咔嗒的声响，随后声音渐渐远去。接着，大门砰的一声关上了，屋子里一片死寂。我坐在地板上，用指头小心翼翼地把刀从刀鞘中拔出来，然后用膝盖夹着，割开胶带。双手自由后，我很快拆开了脚踝上的束缚。才过去了几分钟，烟更浓了，从门缝不断渗入，飘浮在空气中。

我撕下嘴上的胶带，感觉好像皮肤被扯下来一块，疼得我叫出声来。我大口呼吸着空气。现在唯一的逃生出口就只有窗户了，可是窗户却打不开，锁好像出了问题。我抄起床头柜上的台灯，朝玻璃砸去。台灯反弹回来，从我手中飞脱，摔在脚边。我拿起一个枕套，把它包在手上，然后向玻璃砸去，但我力气不够大，没有把玻璃砸开。也许，浴室里有什么用得上的东西，比如淋浴杆或陶瓷马桶的盖子。

耳边传来一阵喧闹声，有人在声嘶力竭地呼喊，仔细听有两个声音，是苏菲和杰瑞德。奔跑的脚步声越来越近。他们大声呼唤我的名字，他们就在房子里！

“我在这里！”我奔到门口，用拳头把门砸得咚咚直响。

“退后！”是杰瑞德的声音。有什么东西击在了门上，门的木头应声裂开。一把斧头的顶部从门上露出。接着是踢门的声响，门被撞开了。

“妈妈！快走！”苏菲抓住我的手，把我向外拉。我们向大门口跑去。客厅里烟雾弥漫，窗帘已经被火烧着，在火焰里翻卷。

“停下！”杰瑞德从后面抓住我们的肩膀，“后门。”

我们跟着他穿过走廊，身体挤靠在一起。我的手拽着苏菲的运动衫后摆，布料又冷又湿。我们用胳膊遮着脸，不住咳嗽。我被呛得眼泪汪汪。还得眯缝着眼，在浓烟中随着他们的身形移动。杰瑞德在最前面带路，苏菲跟在他后面，我抓紧了苏菲的衣服，跟在她身后。杰瑞德打开了后门。我看到了漆黑的夜晚，闻到了雨水的味道。

突然，一声刺耳的枪声响起。我不假思索地向旁边躲开，身体失去平衡，重重地撞到墙上。视线穿过烟雾，我发现马库斯正在追赶我们，并用手中的枪对准了我。

又是一声枪响。震耳欲聋，离我很近。

子弹打在了旁边的墙上，离我的脑袋不过寸许。我忙抱头躲闪，跪倒在地。苏菲在门廊的另一头，她向我伸出手来。她的脸色苍白，像戴着一张面具，倾盆大雨浇在她身上，一绺绺湿答答的紫罗兰色头发贴在她的脸颊上。她站在空旷的场地，灯光映照出她的身影。

一个完美的靶子。

杰瑞德在她身后，拽着她的胳膊，大声吼着什么，我听不清楚。枪声在我脑海里嗡嗡作响。他张着嘴，整个人看起来惊慌失措，神色惶惶。我向前爬了几步，用手指勾住门的底部，把门从里面带上。又是一串子弹破风而来，打在了门板上。

我手脚并用地爬进洗衣房，搜寻着架子上装清洁用品的盒子。我把盒子里面的东西倒在地板上，拿起一瓶柠檬味喷雾清洁剂。门被撞开了。他从后面袭击我，我被他撞了一下，跌倒在地板上。

我翻过身，用脚后跟狠狠地踢向他裆部。他痛得弯下身体，撞在洗衣机上，枪掉在地板上，滑到了洗衣盆后面，够不着了。接着，我疯狂地往他的身上、头上喷清洁剂。他尖叫着，用手捂住眼睛。

我一把推开他，冲向大门口。客厅里到处是熊熊火焰，滚滚热浪几乎要把我逼回去。我用手和膝盖撑在地上，像蛇一样向前爬行。

他拽住我的衬衫，把我往回拉。我死死抓住一个桌腿，另一只手仍然握着喷雾瓶。他用力掰开我的手指，想要夺走喷雾瓶。门不知何时开了，新鲜空气涌进来，火焰贪婪地吸收氧气，火势暴涨，发出隆隆的吼声。

他太强壮了。我渐渐支持不住，手指慢慢松开。这时，一个巨大的身影从我身边跃过，是安格斯，它在火海中腾跃，狂吠着扑向马库斯。马库斯松开手，嘴里不知喊了句什么。

我一边扭动身体，一边摸索着清洁剂的喷头。安格斯咬着马库斯的一条腿，喉咙里发出低沉的咆哮声。他们旁边的沙发早已被火焰吞噬。

我站起来，用胳膊遮住嘴，踉踉跄跄地靠近他们。

瞄准目标，不要多想。我屏住呼吸。

我用力按下喷头，朝着马库斯的脸、身躯一阵狂喷。喷雾在空气中燃烧起来。他倒在沙发上，在液体清洁剂的催化下，火焰立刻将他吞噬，他的头发、身体燃烧起来。他扭曲着躯体，整个人变成了一个黑黢黢的影子，手臂在乱舞，发出凄厉的叫声。

我扔下瓶子，跌跌撞撞地倒退几步，跪坐在地上。火焰炙烤着我的皮肤、我的肺部剧痛，我无法呼吸。到处都是浓烟和火焰。安格斯咆哮着，拽着我前行。我爬到门口，眼前什么都看不分明。我感觉到有人用手拉住了我。

"妈妈！妈妈！"

有人想要拉我起来，拖着我的身躯，让我保持清醒。我呼吸着清新的空气，感觉到雨水不断拍打在身上。我转过脸来，冲着冰凉的雨水，大口喘气，喉咙里像是有一团火在燃烧。灰烬被雨水冲进眼里，雨水混合着眼泪，顺着脸颊流下。那凄厉的尖叫声渐渐消失了。

第四十六章

琳赛

2017 年 8 月

我提着箱子爬上楼梯，鞋子在硬木楼梯上发出咔嗒咔嗒的声响。客厅中央堆着大大小小的箱子，如迷宫一般。八月下旬的阳光依然温暖，透过整扇落地窗洒进来，给房间里的一切镀上一层金辉。屋子里的家具不是成套的，大多是二手的，但是总的来说，它们搭配在一起还别有一番趣味，和这间阁楼式公寓的风格倒也和谐。这间公寓是由某个旧百货公司的顶层改建而成的。

几个月前，苏菲、蒂兰妮和我第一次来看房的时候，我们站在窗口，一边欣赏城市的美景，一边辨认我们熟识的建筑和地标。我看着玻璃窗上映出苏菲的脸，想在上面寻找到一丝丝喜悦、兴奋，或者别的什么情绪，但我猜不出她的心思。后来，苏菲和蒂兰妮在房间里转了一圈，探着脑袋瞧了瞧卧室，又打开壁橱、橱柜看了看。最后，苏菲回到客厅里，凝望着泼洒在墙壁上的阳光，接着，她转过身来看着我，“我想生活在这里。”

她脸上的表情不是微笑，但意味深长。

如今，她已经在墙上挂了一些画，壁炉架上摆着一大幅画，上面画着抽象的花朵。她把这里布置得很有家的感觉。这是她第一个没有我的家。我胸口抽痛了一下，但是我很快就调整好情绪。这是她的人生。我从来没有一个属于自己的地方，从来没有上过大学。有时候，我感觉自己从来没有年轻过。我很开心，苏菲选择了一条截然不同的道路。

我把箱子放在厨房的料理台上，“收拾得怎么样了？”

苏菲从冰箱旁站起来，手里拿着一块海绵，脸上露出厌恶的表情，“我想有人在里面做了一场科学实验。”她头发上扎着一块粉红色的印花大方巾，她把头发染成了柔和的蜜色，几乎接近于她原本的发色。这让她看起来更像安德鲁了，但这个念头不再让我感到痛苦，也没有勾起恐惧的回忆。她只是苏菲，我可爱的女儿，不是安德鲁，不是任何人。

“你确定你不需要帮忙？”

“谢谢，妈妈，但你还嫌自己打扫得不够多吗？”她注意到我带来的箱子，偷偷看了下里面装的是什么。箱子里装满了有机面包、什锦干果、几种素食汤、罐装意大利面酱和其他各种意大利面。她嗔怪地看了我一眼，“你知道我可以自己买食物，对吧？”

“我想让你有些基本的存货。”

“基本？我觉得橱柜里已经没有空余的地方放这些东西了。你昨天已经在里面放了不少东西。”

我羞怯地笑笑，“我能说什么？我是你的妈妈。我不希望你天天吃法式炸薯条。不过可能大部分东西都进了杰瑞德的肚子里。”

“这倒是真的。”她看了一眼手表，“他今天晚上要过来。”

“他已经把东西都搬进新家了吗？”

“是啊。他的房子很不错。”杰瑞德在市中心租了房子，和几个朋友一起住。虽然我不再担心杰瑞德和安德鲁一样，但我还是担心他和苏菲可能会同居。我希望苏菲可以自由自在地享受她的第一个学年。当她告诉我他们打算分开住的时候，我松了一口气。

苏菲开始往柜子里放我买来的这箱食品。我想搭把手，但是我还是强迫自己在我们家原来的旧餐桌旁坐下。这张桌子是我从之前的临时住所搬进新房子的时候送给她的。我在靠近海边的地方租了一间两居室，房子不大，但是让人心情愉快。每天早上我都会和安格斯一起去沙滩上散散步。最初的时候，每当我的心被马库斯的背叛与谎言深深刺痛时，我都会在海边走上几个小时。

在案件的调查期间，帕克警官每天都会与我保持联系，把她了解到的最新消息分享给我们。马库斯和伊丽莎白结婚五年。他是一名精神病科医生——这部分他倒是没有撒谎——他在一家医院工作，她在医院做志愿者的时候两人相遇。他们非常想要一个孩子，抵押了房产治疗不孕不育。她甚至没有来得及告诉她的父母、姐姐她怀孕的消息。听到这些，我难过了很久，她当时该有多激动，多开心。

伊丽莎白去世后，马库斯与家人、朋友都断了联系。因为从医院偷止痛药，他被医院开除了。他卖掉了除湖边小屋之外的全部财产，拿了一笔意外保险金，在世界各地游荡，从一个国家辗转到另一个国家，直到他决定把愤怒转化为复仇。

警方认为他蓄谋已久，想在湖边杀死我们——他曾经两次邀请我去那里散心，提议说那里是个很安全的地方。他们还在地下室找到了一辆摩托车和一些其他用品，这很可能就是他那晚坚持要和我一起出门，然后用手电筒打晕了我的原因，而不是等我们熟睡之后再行动。他不想让我发现他的逃跑计划。

警方搜查他家时，发现了他的护照、几千美元的现金和一个笔记本电脑。他的电脑里详细记录着我、苏菲，还有安德鲁的信息。在他志愿教互助组的女人学拳击前，他已经暗中观察了我几个月。

一想起我是怎么一步步让他进入了我们的生活，我就感到后怕。我怎么会以为自己是真的爱上了这个男人。帕克警官安慰我说，马库斯非常聪明，但我依然在和内心挥之不去的愤怒以及创伤后的应激反应做着艰难的斗争。

我没有告诉警方那天晚上是因为什么导致了他的袭击。有时候我会想，如果那天我没有告诉马库斯药片的事，会发生什么事。很可能我们生活在一起很多年，我都不知道他会变成一个杀人凶手。但后来我意识到，如果我无法填补他内心的那个空洞，迟早有一天，他也会因为别的事情再起杀机。

我一直在接受心理疏导，苏菲也和我一起参加过几次。那场大火之后的好几个星期，她都和我睡在一张床上，半夜会突然摸索着找我的手。我也会这样。

我看着她把橱柜收拾得整整齐齐。她看起来很疲惫，但她的表情放松，只是眼睛和嘴巴周围的肌肉还紧绷着。过去的几个月里，看着她痛苦挣扎，我心如刀割。她除了要接受她的父亲被她母亲的约会对象杀害了的事实，还不得不面对随之而来的各路媒体和公众的审视。我们被媒体追赶围堵了几个星期，整个人生都被暴露在了公众视野中，成为人们茶余饭后的谈资，供人评论。

她有时候还是会突然变得很安静，但是她似乎快乐了许多。她对艺术有了新的感悟，作品也有了之前没有的成熟味道。我希望新的环境、充实的学校生活，还有朋友的陪伴可以把她彻底从黑暗中拉出来。

“我看中了一辆车，”苏菲回过头看了我一眼，“格雷格的一位朋友正在出售他的阿库拉。这辆车开了有十年，跑的里程不是很多。格雷格说他已经把车检查了一遍，他还教我如何改变油压和胎压。不错吧，嗯？”

“格雷格？”听到他的名字我感到很惊讶。夏天的时候，我想过他几次，也有一两次我在镇上见过他的卡车。他现在不负责我家这条路线的配送服务了。

“我在泥嘴峰排队的时候碰到他的。他还询问你的情况，也许你应该给他打个电话。我觉得他现在还是单身。”

“你还是操心你的学业吧，我自己操心自己的生活，好吗？”我用调侃的语气说道。一连几个月，我都觉得，自己绝不会再跟别人约会了。但最近，在心理咨询师的帮助下，我感觉还是有可能再对别人产生信任感。

现在，我则集中精力规划即将到来的假期——我和珍妮打算去棕榈泉冥想。我还打算把我的备用卧室改造成互助小组里女人们的庇护所，她们中有谁需要一个地方落脚、调整心情，我的卧室都会为她们随时开放。我会成为她们的“安全屋”。

“我担心你没有自己的生活！”苏菲说。

我笑了，“我还有安格斯，记得吗？它还在家里等我，所以我最好还是回去了。”

她点点头，把我送到门口。我们拥抱了一下，我松开她，她看着我的眼睛说：“你可以吗？”我知道她其实想说什么。没有我，你可以吗？我要展开翅膀，飞走了，可以吗？你会永远爱我吗？

“我没事的，亲爱的。这对我们俩都是一个新的开始。我其实有点兴奋。嘿，也许我会重返校园，参加一些课程。”

“哇。”她举起手来，“这个校园可容不下我们两个人。”

我哈哈大笑道：“别担心。我说的是地方大学，可能会学研究女性或是设计方面的专业。我不知道。”我耸耸肩，“未来一切皆有可能。”

“这真的很酷，妈妈。”她伸出手，捏了捏我的手。她光滑的手指提醒了我还有一件事没有完成。

“我差点忘了，我给你带来了这个，”我说着，从包里拿出一个天鹅绒小盒子，递给她，“这里面是我的订婚戒指还有结婚戒指。我觉得你可能会想要留作纪念。”

“真的吗？”她的声音里满是敬畏，她打开盒子，“之前我不确定你还留着它们。”

“当然留着。”我伸出手，摸了摸订婚戒指。我特意去把戒指保养了一遍，戒指在黑色天鹅绒的映衬下璀璨夺目。“他把这枚戒指送给我的时候，我非常高兴。”

她看着我，“你还恨他吗？”

“不，”我对她微笑着，“我不恨他。”我摸了摸她的脸，帮她把一绺头发别到耳后，就像她小时候我经常做的那样，“我怎么能恨他？他把你给了我。”

“确实如此。我这么了不起。”她打趣道，但是她的眼睛亮晶晶的，似乎在努力不让眼泪落下来。

“好吧，你有一个非常了不起的妈妈和一个很爱你的爸爸。”

她的表情悲伤起来，“他没有说谎，妈妈。他想要保护我们。”

“我知道，宝贝。我想过，如果我能再给他一次机会解释，事情会变成什么样。但他一定很开心事情能水落石出。他从来没有让你失望。你能知道他有多爱你，这对他来说很重要。你可以爱他的，没有关系。我曾经也真的爱过他。你父亲并不邪恶，他只是弄丢了自己。”

她阖上盒子，笑着把它贴在心口。我把她拉近怀里，我们脸贴着脸，我能闻到她身上清新的味道。我想起很多年前的那个晚上，我在她的床前俯下身，在她的耳边低语，然后带她逃离了她的父亲。我想起她曾问过我，有没有后悔做过某件事，如今我终于有了答案。我没有后悔过，我必须冒这个险，我必须逃跑。如果我失去了苏菲，就等于失去了一切。现在，我才发现，当我再次想起安德鲁的时候，我终于收获了内心的平静。他一直在努力寻求宽恕，我也是如此。但是我找到了，它一直都伴随着我。

第四十七章

苏菲

2017年12月

亲爱的妈妈：

好吧，也许你正在疑惑我为什么要给你写一封书信，而不是发封电子邮件。或者也许你在想："为什么她不接电话？她不经常给家里打电话！"我打了！我一直都有给你打电话，但是你总是不在。

说真的，妈妈。偶尔待在家里吧。你的日子过得比我有趣多了。你难道不知道你应该每天晚上帮我往冰箱里补充健康的食品吗？开玩笑的，我很高兴你现在很开心。

说正经的。去年我给爸爸写信的时候我没有说谎。那确实是一份作业，需要给对我们的生活影响最大的人写一封信。但我应该写信给你。你为我付出了那么多，独自一人把我抚养长大。我一直都知道，无论如何，你都爱我胜过一切。也许这就是为什么我有时候会自作聪明。好吧，好吧，不是有时候，是大多时候吧。只是，我知道你不会离开我。

不管发生了什么事，无论好坏，你都是我第一个想分享的人。我希望你为我骄傲，为你的选择骄傲，因为我为能成为你的女儿而骄傲。因为有你这样的母亲，我很骄傲。你是我知道的最勇敢的女人，当然，有时候我确实也感到苦恼，以你为榜样，要付出很多努力，但我会竭尽全力。

其实，我写这封信，主要是想让你知道我现在感觉很好。我是说真的！！我知道有时候我说我没事，也许我不是真的没事，但现在不一样了。我感觉连空气都变得美好起来，一切都变得更加轻盈美妙，连食物都更美味了（多送一些来）！

我知道你有时会感觉压抑、内疚或是其他什么的，也许你认为是你搞砸了一切，让我受到了一定程度的伤害，但不是这样的。我觉得我最好的那部分、最坚强的那部分都是遗传自你。也许我的外表随了爸爸，但是内在却更像你。

妈妈，谢谢你。很感谢你爱我，让我爱我的爸爸，还告诉我你以前有多爱他。当我知道你真的因为有我这个孩子而感到欣慰，我真的好受多了。我不想成为一个错误的结晶！哈。谢谢你督促我，鼓励我，支持我去探索这个世界。感谢你对我和杰瑞德在一起的事表现得那么开明。还有，不要让我现在就离开你，好吗？这可是我的大秘密。我还需要你，就像离不开水一样。

永远爱你的苏菲

致　谢

像往常一样，我有很多人要感谢，但我想先从两位很好的朋友开始，在我创作这本书的过程中，是他们帮我挺了过来。感谢卡拉·巴克利和罗宾·斯帕诺。多亏了这两位女士，在美好的日子里逗我开心，在艰难的日子里给予我理解，没有你们的支持，我真的完成不了这本书。

詹恩·德林是我在圣马丁出版社的编辑，在每本书的创作中，她都能让我产生新的创作灵感，也教会我更多人生道理。感谢莎莉·理查森、丽莎·森兹、南希·特鲁克、金·卢德拉姆、布兰特·詹威、伊丽莎白·卡塔拉诺、凯蒂·巴塞尔、克里斯托弗·金、凯特琳·达雷夫，还有整个百老汇和第五大道的销售团队。再次感谢戴夫·科尔和欧文·塞拉诺，还有一些加拿大的朋友。

梅尔·伯杰是我的经纪人，我们已经合作了有八年多时间，他也是出版界第一个相信我的人，我无法想象与其他人一起合作会是什么样。我也同样感谢大卫·辛德斯、西蒙·特雷温、安娜·德罗伊、艾琳·康罗伊、特蕾西·费舍尔、劳拉·邦纳、拉斐拉·迪安格里斯、安娜·玛丽·布鲁门哈根、科维·克劳利斯，以及威廉莫–里斯队奋进娱乐公司在纽约和洛杉矶的其他成员。

感谢J.莫法特巡警、弗吉尼亚默、肯·兰格里尔博士、雷尼·布朗、香农·罗伯茨、伯特·金、道格·托里、乔安妮·坎贝尔和比杰·布朗提供的专业建议。比杰，我希望我们有一天能见面，我可以当面谢谢你。

感谢我的丈夫康奈尔和我的女儿派珀。希望派珀有一天不会写一本关于我的书，感谢你让我的生活充满爱与欢笑，你是我人生最棒的一次冒险。